ハヤカワ文庫JA

〈JA1582〉

恋する星屑
BLSFアンソロジー

SFマガジン編集部編

JN153801

早川書房

9101

目　次

聖　域《サンクチユアリ》　榎田尤利　7
二人しかいない！　小川一水　75
ナイトフォールと悪魔さん　0話　高河ゆん　113
運命のセミあるいはまなざしの帝国　おにぎり１０００米　125
ラブラブ☆ラフトーク　竹田人造　171
風が吹く日を待っている　琴柱 遥　215
テセウスを殺す　尾上与一　269
Habitable にして Cognizable な領域で　吟鳥子　343
聖歌隊　吉上 亮　355
断　木原音瀬　411
一億年先にきみがいても　樋口美沙緒　485
ＢＬ　一穂ミチ　539

ＢＬＳＦ宣言　水上 文　579

恋する星屑

BLSFアンソロジー

聖域《サンクチュアリ》

榎田尤利

榎田尤利（えだ・ゆうり）
別名義は榎田ユウリ。BL小説からファンタジー、ミステリなど多岐ジャンルを執筆。2000年、『夏の塩』でデビュー。同作を含めた《魚住くん》シリーズは20年以上にわたるロングセラーとなる（最新版は角川文庫）。他に《交渉人》シリーズ（大洋図書 SHY NOVELS）、《宮廷神官物語》シリーズ（角川文庫）、《妖琦庵夜話》シリーズ（角川ホラー文庫）、《死神》シリーズ（新潮文庫nex）など多数。

甘すぎる。

玄関の扉を開け、私は眉を顰《ひそ》めた。

風に乗って届く金木犀《キンモクセイ》の香りに噎《む》せそうだ。品種改良の結果だろうが、ここまでする必要があるのか。もともと芳《かぐわ》しい花だったのに、それをことさらに強め……けれど人の嗅覚は、すぐそれに慣れるものだ。この過剰な甘さを多くの人は気にしない。適応できていない私が少数派《マイノリティ》なのだろう。

『その靴では足が痛みます』

穏やかな声に、呼び止められる。

『その靴はテオ様の足に合っておりません。2サイズ上げることをおすすめします』

扉を押さえたまま、私は振り返る。誰がいるわけでもないので振り返る必要はないのだが、ほぼ無意識に音声装置《サウンドデバイス》の方向に顔を向け、「いいんだ。デザインが気に入ってる」と答えた。

『さようでございますか。クラシカルな紐付きの革靴《レースアップ》はなかなか手に入らない逸品、実にお似合いになっています。ですが、足に合わない靴は健康を害します。すでに右足の踝《くるぶし》あたりに炎症反応が生じています』

わかっている。知っている。

踝に感じる、熱と痒《かゆ》みに近い痛み。

今すぐこの靴を脱げば、これ以上は悪化しないだろう。それはよくよく承知なのだ。扉を開けたままなので、羽虫が一匹入り込んできた。私の目の前を、ふよふよと頼りなげに飛んでいる。

『専門の職人が在籍する店舗へ、ストレッチの依頼をしてはいかがでしょうか？』

「そうだな。ありがとうLB。でも今日はこの靴がいい。なぜだかそういう気分なんだ」

『かしこまりました。それでは靴擦れの予防にパッドをお貼りください。薬箱の入っている棚はご記憶でしょうか？　念のため、グリーンのライトで表示いたします』

「大丈夫。パッドなら職場にもある。もう行くよ」

『では歩行はどうぞゆっくりと。いってらっしゃいませ、テオ様。……おや、羽虫が入ってきましたね。ご安心ください。毒性を持つ虫ではありません。この小さな友達に帰ってもらうには、三十七秒かかる予定です』

ＬＢは一瞬のうちに羽虫の認識と解析をすませ、いささか詩的な表現でそう告げた。帰ってもらう、というのはつまり、屋内から排除するということだ。危険度の高い害虫でもない限り、ＬＢが生き物を殺傷することはない。この世界において暴力は最も忌み嫌われる行為であり、ＬＢのようなシステムもまたその倫理観に則《のっと》っている。虫は屋外で、人は安全に管理された屋内で……平穏な共存を善しとするのだ。

『どうぞ扉はそのままで』

私が手を離しても、扉は開いた状態でキープされる。

このあとＬＢは虫の嫌う超音波を発し、庭へと誘導する。そして玄関内から羽虫が消えたのち、扉を閉じて施錠してくれる。

『いってらっしゃいませ、テオ様』

私が背中を向けると、ＬＢがもう一度言ってくれる。男性バリトンの設定なので、低音の響きが耳に心地よい。

LOYAL BUTLER SYSTEM

つまり、忠実なる執事。

通称LBは我々の生活を支える優れたシステムだ。基本的に、個人ではなく邸宅に付随する機能である。その姿は見えないが、執事の目や耳に該当するセンサーは、壁、床、天井、さらには壁の内側にまで張り巡らされ、そこに住む人々を見守っている。百年前の人々ならば、見張られていると感じたかもしれない。だがいまや人間はこの生活にすっかり慣れ親しみ、もはや必需となっていた。

見守られる安心。

管理される安楽。

自分で考えずともシステムがすべて先回りし、安全と快適を保ってくれる……一度その環境に身を浸してしまえば、戻ることは難しい。もちろん、自分で判断したい部分もいくらかはあるだろう。たとえば朝食のメニューで、あえて苦手な食材にチャレンジしてみたいだとか。そんな時はLBに「私が決める《マイ・チョイス》」と伝えれば、すぐに提案を引っ込めてくれる。

LBの管理強度は好みで設定できるので、なにからなにまでお世話されたいなら最高レベルの【完璧】を、ほどよく管理されたければ推奨設定の【適度】にするとよい。自分にとってどのレベルが快適かわからなくても安心だ。一緒に暮らすうちに、LB自らが次第に学習してくれる。ただし、LBを完全に遮断することは推奨されないし、通常不可能だ。

住人の生体反応《パルス》を感知し、生命の危機があればそれを外部に報《しら》せることこそ、LBにとってもっとも重要な機能だからである。

かくも便利なLBは五十年ほど前に生まれた。

私は開発メンバーのひとりであり、今もシステムの保全に携わっている。さして大きくない企業で生まれたこのシステムは、短い期間で欠かせない社会基盤《インフラ》へと変貌した。そのためLBの権利は、いまや『裏の政府』と囁かれるコングロマリット【トリシュナ】に売却され、大規模かつ綿密な管理体制が敷かれている。

私の住まいは山の中腹だ。

職場はふもとの都市区画なので近いとはいえず、自家用車《ヴィークル》での通勤になる。燃料消費が大きい自動車を個人で使うなど、環境保護意識が低すぎる……という御意見はごもっともといえよう。けれど私のように偏屈な人間にとって、他者から離れた居所は必須なのだ。

シティ区画のアパルトマンはあまりに人口密度が高すぎる。幸い、トリシュナのシステム管理部門という立場は、いわゆるエリートに区分されるため、住居のわがままもある程度は許されている。

ほとんどの職務は自宅の端末ですませられるため、職場に出向くのは週に一回程度で問題ない。けれど今週は、もう三回目の出勤になる。理由は単純、職場にいたほうがよく歩くからだ。

「チーム長！　おはようございます」

職場の廊下で、部下のひとりが声を弾ませる。私は「おはよう」と返しながら、彼女の名前を思い出そうとしていた。最近異動してきたばかりのスタッフなのだが、なかなか思い出せない。トリシュナの社風なのか、人の入れ替わりが頻繁で困る。

「今週は何度もお会いできて嬉しいです」

「そうだな」

「チーム長はわたしの憧れの方なので……ＬＢは本当に素晴らしいシステムです！　子供の頃はＬＢの子守歌がないと眠れませんでした。母は医師で、いつも忙しかったし……うちのＬＢはバトラーというよりナニーのように優しくて。今でも実家に泊まると、ＬＢが子守歌を歌ってくれます。だからわたし、この仕事に関われて本当に光栄です！」

若く潑剌《はつらつ》とした声が語る。子犬のように人懐こいスタッフだ。彼女の見た目は三十代なので私と変わらないが、おそらくまだ表層保守《メンテナンス》を受けていないのだろう。つまり本当に三十代であり、私の四分の一しか生きていないわけだ。

「ＬＢはすっかり生活に定着したからね。安定性を守るためには、我々スタッフの尽力が欠かせない」

「はい、がんばります！」

その返事からも、若い活力を感じた。もはや外見で人の年齢は推し量れない時代だが、精神まで若く保つことはできない。その若さを羨ましいとは思わないが、懐かしい感覚はある。九十年くらい昔、私もこんなふうに仕事に情熱を傾けていたはずで――今では、情熱という感覚そのものを、思い出すのが難しい。

「うちのＬＢはすごくユニークで、わたしと母がけんかした時は……」

彼女は話し続ける。私はあまり聞いていない。

職場の廊下はやたらと長い。高い窓から射しこむ光がいくぶん煩《わずら》わしかった。

「あれっ、足をどうかされましたか？」

ふいにそう聞かれる。

私がわずかに右足を庇《かば》っていることに気づいたのだろう。

「少し靴が合わなくてね」

淡々とそう答えた。

「え？　ＬＢは教えてくれませんでした？」

「いいや。ちゃんと靴を替えるべきだと教えてくれたよ。私が愚かにも、見た目を優先させたんだ」

いくらか冗談めかした口調にすると、ふふ、と部下が笑った。

「チーム長はお洒落ですものね。クラシックな装いがとてもお似合いです。でも早く保護パッドを貼ってください。靴擦れというのはとても痛いそうですし」

そう。知っている。

靴擦れは痛い。

とても、痛い。

摩擦——皮膚の摩擦によって、靴擦れは生じる。

摩擦力は圧力に摩擦係数を乗じた値で決まる。圧力だけかかっても、靴擦れにはならない。簡単に言えば、皮膚が上から押される力だけでなく、そこへ横方向へのズレが加わると、摩擦が生じて靴擦れとなる。

一日よく歩いた。

美しいがきつい靴で歩いた。

チーム長室から会議室への往復。昼は近所のリラクセーションパークへの散歩。午後はまた別の会議室へ往復。トリシュナLBS部門の広大な敷地を私は堪能し、靴擦れはよく育った。帰宅前に確認した時には、右踝に水ぶくれができていた。なかなか大きく、ぷるんと愛らしい。私はほくそ笑んで、慎重に靴下を穿《は》き直した。

そして今、

「…………」

痛い。

駐車エリアから自宅へ、ほんの三分の道程を歩いている。

ちょうど夕暮れ時だ。木立のあいだから赤い光が射しこんで私を照らす。

ああ、痛い。右足の靴擦れが痛い。

今にも水ぶくれが潰れそうなのだろう。午後にはかなり右足を庇って歩くことになったので、左足の踵《かかと》に負荷がかかり、擦過傷ができはじめている。つまり、もう両足が痛くて逃げ場がない。なんてことだ。一歩ごと、この痛みを受け止めるしかない。味わうしかない。ああ……。

庭へ入る。

金木犀の甘ったるい香りの中、敷石の小道を進む。

痛い。ずし、と自分の体重を実感する。玄関はもう見えている。センサーライトが天然木の扉を照らしている。痛い。

痛いけれど、あと数歩……そう思った刹那、

「……っ」

右踝で破裂を感じた。擦られ、圧され、水ぶくれはとうとう破れてしまった。ブツリと水分が流れ出たあとは、引き伸ばされた皮が粘膜にペタリと戻って……。

ぞわりとした予感が訪れる。

そう、これからが本番だ。水ぶくれがあるうちはまだいい。いわばそれはクッションの役割を果たしてくれていた。柔らかな水のクッションがなくなれば、生々しく傷ついた組織は、直接その摩擦の……、

「……う！」

刺激を、受ける。

背中の産毛が波立った。小さな範囲なのに、熱く、痛い。

一歩だけで、とても痛かった。思わず息を止めてしまったほどに。それでも私は歩くのをやめない。ゆっくりだけれど進む。一歩ごと、必ず、間違いなく、痛む。息を詰め、わざと右足に体重を乗せる。ずりっ、と生傷が擦れる。白い靴下に血漿と血が染みたはずだ。とても素敵だ。そのために真っ白な靴下を選んだ。鼓動が速くなる。体温が上がる。痛みが私の身体を変化させる。

痛い。

痛い。

とても……痛くて…………。

虹彩《こうさい》認証が玄関を開けた。

『テオ様、おかえりなさいませ。フィジカルな問題を感知いたしました。右の踝に擦過傷と思われる強い炎症反応があります。左はやや弱いですが、やはり傷が認められます。範囲は限定的であり、自宅ケアが可能です』

うるさい。

『靴擦れと思われるため、速やかな手当てを推奨いたします。リビングのメインモニターにて、応急処置をガイドいたしますので……』

うるさい。

あぁ、うるさい。

黙れ。静かにしてくれ。

この痛みをじっくり味わいたいのだ。

けれど私は知っている。主にフィジカルなトラブルがある時、LBに【私が決める《マイ・チョイス》】や【静かに《サイレンス》】のコマンドは効かない。家人を守ることを最優先とするシステムなのだから当然だし、そう設計したのは私を含めた当時のチームだ。もちろん「わかったよ」と返せばしばらくは黙してくれるが、数分後には対処されていないことを感知して、再び優しい指示を出し、いつまでも忍耐強く繰り返す。システムなのだから忍耐強いのはあたりまえだ。だが私は古風で偏屈な人間なので、時にそれが煩わしい。ことに、この独自の快楽への耽溺《たんでき》を邪魔されるのは耐えがたく――。

『応急処置中に生じる痛みのご心配は無用です。靴擦れの治療には、一時的粘膜麻酔スプレーの使用が認可されております。この麻酔は副作用が極めて低く……』

だからつい、あの言葉を使ってしまう。

開発者だけが知る魔法の呪文を。

「これよりここを聖域《サンクチュアリ》とする」

ＬＢが完全に沈黙し、私は解放された。


聖域は私に堕落の自由をくれる。

休暇を取った。

連絡回線もオフラインにしてあるので、誰も私にアクセスできない。この山の中まで直接足を運んでくるほど親しいつきあいの者もいない。私は部屋を散らかし、推奨されない合成農作物由来のスナックを食べ、非合法で手に入れたアルコール飲料を飲み、日中も寝間着のままで過ごした。

もっとも、ＬＢがこういった堕落を許さないわけではない。そのへんの人間より寛容なシステムだ。健康を大きく害さない限り、そんな日もあるだろうと理解を示す。

だが私のような天邪鬼《あまのじやく》はその『理解』に苛立ちを感じる。寛容な見守りには辟易《へきえき》なのだ。もしLBが私のネガティブ行為を罵倒したならば、それはそれで興味深い。強制的な機能停止コマンドなど使わなかったかもしれない。このコマンドは初期の開発チームが「使用者がプライベートの侵害に耐えかねた時のために」と用意していた緊急停止システムの名残だ。もっとも、すぐに必要ない――というより、そんなコマンドはあってはならないと判断され、表向きには消去された。実のところ設計の奥深くに残存しており、一定の操作で有効になるのだが、それを知っている者はごく少数だ。

実際、LBSの遮断は命に関わる。

たとえば実年齢が百を超え、かつ独居である私が心臓発作を起こしたとしても、現状で救助は望めない。LBSが危機を感知しないのだから、当然だ。

だがそれはまったく気にならなかった。とくに死にたいわけではないし、だからこそ月に一度の【寿命延長処置《ライフ・エクステンション》】も受けている。ところが、積極的に生きたいかと問われるとよくわからない。二百年ほど遡《さかのぼ》れば、老いた姿のままで百まで生きる時代があったそうだ。少なくともその時代ならば、さっさと死にたいと思ったことだろう。関節は痛み、目は霞み、思考はまとまらず、他者に負担をかける……そんな状態で生きるのはつらすぎる。まるでなにかの罰のようではないか。

今のところ、私の身体と精神はそこそこの水準を維持していて、死を近くに感じることはない。延長処置を怠らなければ、あと数十年はこのまま生きているはずだ。

そう、このまま、生きている。

私は窓の外を見る。すっきりとした秋晴れだ。小鳥が鳴くのが聞こえる。テラスでお茶を飲むにはいい日和だ。

……なぜだろう。

時折、自分が生きていないように感じる。すべての音が遠のいて……ほら、小鳥の声が小さくなって……死んでいるわけではないのに、私の心臓は動いているのに、手の指だって自在に動くのに、けれど生きていないように感じる。

だから私は靴を履く。

今日選んだのは鞣《なめ》し革のモカシン、柔らかい風合いの靴である。

靴擦れは滅菌ガーゼで保護してある。血や浸出液《しんしゅつ》を止めておくことはできるが、治療としては悪手だ。湿潤治療用のパッドのほうがずっと早く治る。だがこれでいい。早く治っては意味がないのだから。

私は踏み出した。

ああ、痛い。唇が歪むのが自分でわかる。

キッチンに向かっての、一歩ごとが痛い。ひりっ、と熱くなるような痛み……ずきっ、と脈打つような痛み。

LBは稼働していないので、お湯を沸かすところから自分でやらなければならない。それが楽しい。キッチンをうろうろする度、踝が擦れる。膝が震える。痛い。確実に痛い。その感覚が脳を刺激してくる。

キッチンから移動する。

かつての英国で使われていたティーセットを、テラスの丸テーブルに支度した。美術館に所蔵されていいほどの骨董品だが、道具なのだから使わなければ。せっかくなので茶葉も上等なものにした。金木犀の香りが紅茶を台無しにしないか心配だったが、杞憂《きゆう》に終わる。紅茶のスモーキーなフレーバーは、花の甘い香りと相性がいいようだ。

痛みを噛みしめたあとは、小休止を取る。

ガーデンチェアに腰掛けた。体重が分散されて、溜息が零《こぼ》れる。満足だ。素晴らしい。今日は少し散歩をしようか。もうきつい靴でなくてもいい。いつものウォーキングシューズでも充分に痛みを堪能できる。だが左のほうは、もともとの傷がごく小さく、瘡蓋《かさぶた》になりかけていた。これではすぐに治ってしまうかもしれない。

大丈夫。もう少し瘡蓋が育ったら、剝がしてしまおう。

自分の皮膚からできた、皮膚より硬く醜いあの蓋を、端から爪で引っかけてメリメリと剝がすのだ。黒く硬い瘡蓋の下には、ぬらりと光る粘液に覆われた、瑞々《みずみず》しくも痛々しい皮膚が……。

カサッ、と草を踏む音がした。

座ったままで振り返ると、ひとりの男がこちらに歩いてくる。背の高い青年で、真っ直ぐに私を見ていた。

私はティーカップを置く。知らない顔だった。

持て余すような、長い手足。風に乱される髪は半端に伸びて肩につきそうだ。衿《えり》を開けたシャツに、ヴィンテージであろうデニム。アジア系の顔だちだが、髪はプラチナブロンド。グッドルッキングの部類に入るだろうが、万人受けする美貌とは言えないかもしれない。にやりと笑う顔は悪巧みでもしているような不穏さを含んでいて……それが一癖ある魅力になっていた。

嫌な予感がした。

この青年が、あまりにも私の好みだからだ。

「いい日だね」

すぐそばまで来るとそう言い、空いていた椅子に勝手に座る。

「紅茶をもらっても？」

「……飲食ができるのか」

「液体摂取は可能だし、嗅覚センサーも高性能。ふつうの人より鼻がいいくらいで……ああ、いい茶葉だな。でもこの庭の金木犀は、ちょっと香りが強すぎるかも。さあ、カードをどうぞ。あなたの旧友からだ」

彼はシャツの胸ポケットから、一枚のカードを取り出した。私がそれを手に取ると、指紋を認証し、立体画像が再生される。手のひらの上にふわりと現れたのは、たしかに古い友人のアキだった。

『テオ、オッケイ、言いたいことはわかってるから、その眉間の皺を消してちょうだい。余計なお世話はごめんだってことよね？　あなたの性分は知ってるわ、長いつきあいだもの。でもそれなら、LBSを止めるべきじゃなかった』

喋るたびに皺の浮き沈みする額、すっかり白くなった髪……それでも私の脳裏には、若かった頃の彼女が浮かぶ。私以上に優秀な研究者だった彼女は、外見を若く保つのがバカらしくなったと、メンテナンスをやめたのだ。

『強制シャットダウンなんて……悪い開発者よね。しかも今回で四回目よ。さすがに見過ごせないわ。壁や天井にケアされるのがそんなに嫌なら、その子《ヒューマノイド》を家に入れてちょうだい。

76%が有機構造の超ハイエンドタイプ。機能的にはヒトとほぼ同じと考えてもらっていいし……言っとくけど、めちゃくちゃ高いんですからね』

思わず頬が緩む。めちゃくちゃ高いんだから……昔からの、彼女の口癖だ。

『人型だから、LBほど詳細な観察・分析能力はないわ。それでもあなたの生存と健康は守ってくれる。見た目が気に入らないとは言わせないからね。私はあなたよりあなたの好みを知ってる。ああ、もちろんベッドのお相手も大丈夫。なにしろハイエンドなの』

「……相変わらずお節介だな」

『いま、お節介って言ったでしょ？　そんなふうだから友達がいないのよ。見た目は若くても、自分がおじいちゃんなのを忘れないで。それじゃあね』

立体画像が消える。アキは現在、地球の裏側あたりでフィールドワークを続けているはずだ。元気そうでなによりではあるが……。

「どうする？」

彼が聞く。テーブルに肘をつく行儀の悪さ……こんなところまで、私の好みだから嫌になる。若い頃の恋人をすべて知られている以上、アキには敵わない。

「俺を送り返すことは可能だけど、そうすると数時間後にはLBが復旧して、また壁や天井から舐めるようにあなたを観察するだろうな」

「……きみの名前は？」

「そりゃあなたがつけてくれなきゃ。ご主人様なんだから」

「では、サムワン」

「いやだよ。誰か《サムワン》、なんて名前」

肩を竦《すく》めて拒絶する。この細やかな感情表現ときたら……なるほど、人間と見分けがつかない。間違いなくハイエンドなヒューマノイドだ。

「アル」

「それ、あなたの昔の犬だろ。いや」

「ジュナ」

「響きは悪くないかな。もう一歩」

「……リウ」

彼が瞬《まばた》きをし、笑った。リウで決定したらしい。考えるのが面倒になってきて、トリシュナCEOの名から拝借したのは内緒だ。雲の上すぎて会ったことすらない。

「あなたのことはなんて？　ご主人《マスター》？　テオ様？」

「テオで」

「ではテオ。そのモカシンからはみ出てるガーゼだけど、外傷の手当てには向かないよ。

早く湿潤保護パッドに替えたほうがいい」

やれやれだ。ＬＢだろうとヒューマノイドだろうと、どうしても私の靴擦れが気になるらしい。

「傷から滲む液体は傷口を保護し、治癒を促進させるんだ。ガーゼはその水分を吸い取ってしまう」

「傷のケアは自分でするからいい」

「テオ、なにを言ってるんだ。俺は確かに皿も洗うし掃除もするさ。でも最優先はあなたの心身の健康と安全の確保だ。ハイエンドな俺は、そんな不適切な傷の手当てを見ているだけで落ち着かない。ほら、きちんとケアさせてくれ。足をこっちに」

リウは席を立つと、私の前までやってきた。テラスの床材は天然木だ。その上に胡座《あぐら》をかくと、私の右足を手に取る。大きくひんやりとした手に、足首を包まれた。彼は私のモカシンを脱がすと「あーあ、血が滲んでるじゃないか」と少し怒ったように言う。

「あなたは本当に、自分のケアを面倒がるタイプなんだな」

「私に関するデータは読み込み済みというわけか」

「当然。少なくともＬＢが知っていることはすべて知っている。ほら、ガーゼが傷に張りついてしまってる。無理に取ると痛いから、生理食塩水で洗いながら……」

「いい。……このままでガーゼを取っていい」

「だから、それは痛いし、たぶん傷がひどくなる」

「気にしない」

傷に注目していたリウが顔を上げる。黒い瞳が私を見上げ、眉を少し寄せた。

「ガーゼを取っていい。痛みなど気にしない」

「嘘だ。緊張で脈が速まってる」

違う。

興奮で速まっているのだ。

医者でもない者の手で、痛みを伴う処置をされる——それが初めての経験だからだ。何度も想像し、その度にあり得ないと打ち消し、けれど心のどこかで期待していた瞬間が、こんな形でいきなり訪れるとは……相手が人間でないとはいえ、否、人間ではないからこそ好都合ともいえる。

「テオ、部屋の中に戻ろう。ガーゼをちゃんとふやかして、鎮痛スプレーも使えば痛みのない……」

「リウ。そのガーゼを取りなさい」

とうとう私は命令した。

リウが一瞬固まる。これは彼にとって『不合理な命令』だ。ヒューマノイドに個性はあれど、あくまで基本は主のリクエストに応じる。けれど、その命令が主を害する……まさしく今私がしているような内容だった場合、彼らの判断が遅れてしまう。それはちょうど、人間の躊躇《ためら》いに似ていた。

数秒の迷いのあと、私を見上げていたリウが「なるほど」と小声で言った。その目尻が下がり、口角が上がる。本当によくできたヒューマノイドだ。まるで、本物の人間に嗤《わら》われているかのように……。

「………あッ！」

ベリッ、とガーゼが一気に剝がされた。

皮膚の表層を持っていかれる。自分だったら、もっとじわじわ剝がしただろう。そのほうが痛みを長く楽しめるからだ。スピーディーに、そして乱暴にされると、痛みは一瞬だったものの、想像以上に強く、衝撃的で――。

私は身を固くし、声にならない吐息を漏らした。

「テオは痛いのが好きなのか」

質問のイントネーションではなかった。つまりリウはそう確信したのであり、私も否定しない。

「あーあ、また出血した。ふぅん……だがあなたの頰は紅潮し、目は潤んでいる。明らかに快楽があるらしい。これは新しい知見だ。学習を深めなければ。テオ、教えてほしい」

「なにを……っ……」

傷口に息を吹きかけられ、私は震えた。ひりりと弱い痛みが生じ、脈がいっそう速くなる気がする。

「もちろん、ユニークなその快楽についてだよ。とても興味深い」

リウは言いながら立ち上がった。手を差し伸べて、「続きの手当ては部屋で」と、私にも立つように促す。彼の大きな手のひらを私はぼんやり見つめていた。

「テオ。早く傷を洗わないと。感染症までは望んでないだろ？　洗った後はガーゼではなく、合理的な保護パッドを使う」

「……いやだと言ったら？」

せっかく育てた、私の靴擦れ。

甘い痛みをくれるこの傷……。

「最優先はあなたの健康と安全だ。……でも、俺はハイエンドだからね。高性能なものほど融通がきく。洗うのは鎮痛効果のないただの水にするし、粘膜にこびりついたガーゼの繊維くずを取るのに、いくらかは擦《こす》らないと。……きっと痛いだろうね？」

擦るだって？

この傷を？

あぁ……アキときたら、実にとんでもないヒューマノイドを寄越したものだ。私はリウの手を取り、立ち上がる。冷たい手……胸がどきどきしていた。こんな高揚は何年ぶりだろうか。昔すぎて思い出せない。

ただ、とにかく感じた。

自分が生きているということを——どうしようもなく、リアルに感じていた。


ヒューマノイドであるリウとの生活は、意外なほどに快適だった。

その理由は恐らくこうだ。私はＬＢの開発者であるがゆえに、『自分が開発したものに自分が管理される』という状況に、無意識のうちにストレスを感じていたのだろう。一方、リウはＬＢと同じく、私を庇護し管理するシステムとはいえ、その範囲は限定的になる。

LBのセンサーは私の邸宅じゅうに張り巡らされているが、リウのセンサーはそのボディの目や指先にしかない。したがって、そばにいなければ感知されない。

そしてリウはロイヤルでもなければ、バトラー的でもなかった。

まるで気心の知れた古い友人のように振る舞うのだ。社交的とは言い難い私なので、実際にはそこまで親しい友人などいない。いたとしたらこうだろう……という、想像上の理想が実体化しているともいえる。

彼は実によく、私を理解している。

私の食の好み、室温と湿度の好み、ニュースを観る時のボリューム、愛用のバスオイル……すべてを知っているのだ。データとして知り得ている点はLBも同じなのだが、リウは時に、それを絶妙に外してくる。数日前には、毎晩寝る前に飲むハーブティーの調合が変えてあった。私が「いつもと違う」と言うと、「変化がないと、変化が必要だってことにも気づかないだろ?」と返された。言い得て妙で、思わず苦笑いを零《こぼ》したほどだ。

「まずい? いつものを淹れ直す?」

私好みの顔が、いたずらっぽく笑ってそう聞いた。私は「これでいい」と答えた。こんなやりとりを楽しんでいる自分が意外だった。根本的にはLBと同じ存在だというのに。

百五十年ほど前にヒューマノイドブームがあったと聞くが、納得できる。

大勢が人の形をしたヒトではない存在を欲し、夢中になり、依存し、当時の技術では解決できない問題も発生したと記録にある。人と同じ形の機械というのは、センシティブな事案を引き起こすのだ。

その後、諸問題を解決すべく研究が重ねられ、技術は発達したものの……。

「今度はとんでもなく稀少になったわけだ、俺たちは」

フライパンでバターを溶かしながらリウが言った。私の夕食を作ってくれている。

「費用と手間が相当かかるからね、ヒューマノイドってやつには。俺みたいな高級機は一部の権力者しか所有できない。ああ、でも、公共で必要とされる場では、汎用型が活躍してる」

私はキッチンカウンターに寄りかかり、料理をする彼を眺めている。デニム生地のエプロンがよく似合っていた。

「人型のほうが望ましい場……養育、初等教育、介護の現場なんかだな。とはいえ汎用型だから、安全性能は高いけどフレキシビリティはいまいち。言語能力もあえて低く抑えてあるらしい。テオ、ボウルを取って。卵溶いたやつ」

私はボウルをリウに渡した。あまり食に頓着がない私は、ふだんは【完全食】と呼ばれるセットですませることが多い。温めればいいだけで便利だし、不味《まず》いわけでもないのだ。

だがリウに言わせれば「こんなのは餌《エサ》」だそうだ。

サラサラに溶けたバターの上に、卵液が流される。

ジュワァという音とともに、バターと卵の香りが鮮烈に立ちのぼった。

「汎用たちに料理はできない。できたものを皿に並べるのは器用にこなすけど、クリエイティブな作業は苦手なんだよ。こんなふうに、卵の固まり具合を繊細に感じ取るとか」

手早く卵をかき混ぜながら、リウは語る。よく喋るヒューマノイドだ。私は神経質なところがあり、静かな環境を好むのだが、リウのお喋りはなぜか気に障らない。耳を擽《くすぐ》るような声の質感まで、見事に好みなのだ。

「半熟に仕上げたい。卵は熱による変性が早いから、なかなか難しいんだ。少し緩いかなというちに、こうして寄せていって……」

フライパンをやや傾け、トントンと揺すりながら、オムレツを形成していく。この光景は古いシネマで見たことがあるけれど、タイトルが思い出せなかった。確かまだ2Dの作品だ。

「もういいな。テオ、ライスの皿を取って」

卵より先にリウが調理していたのは、ケチャップライスだ。刻んだ肉と野菜類が入っている。小高い丘のように設《しつら》えたライスを渡すと、その上にオムレツがそっと載せられた。

柔らかく仕上げられたオムレツが怯えるように震え、今にもライスの丘から滑り落ちそうだ。これでは不安定すぎると私が思った時、

「ちゃんと見てろよ?」

リウはオムレツに浅くナイフを入れた。

するとその亀裂をきっかけに、オムレツは左右に開いていく。濡れたように光る内側の半熟部分……それがたちまち赤いライスを覆う様に、私は目を見開いた。なるほど、半熟具合が絶妙だからこそ、こんな展開が可能なのだ。

「……これは美味しそうだ」

「だろ? とてもクラシカルな手法なんだ。こんなことができるのも、俺がハイエンドなヒューマノイドだから」

自慢げな様子に私もつられて笑い「最高級の性能を、オムレツ作りで発揮するとはね」と返す。

「美味しいものを食べてもらって、主の健康を保つ……大事な役割だ」

リウは私をダイニングテーブルに誘うと、ランチョンマットを敷き、スプーンをセットし、檸檬《れもん》入りの炭酸水のグラスを置き、最後にオムレツライスの皿を恭《うやうや》しく置いた。そして自分は斜《はす》向かいに陣取ると、「召し上がれ《ボナペティ》」と微笑む。

私は頷き、スプーンを手にした。

彼はいつも、間近で私が食事をする様子を見る。じっと見つめられるので最初はいくらか抵抗があったのだが、そのうちに慣れてしまった。

「どう？」

「美味しい。卵がとろりとしてていい」

「これを作る度に思うけど、半熟の卵ってエロティックだ。人間の粘膜を想起させる」

「まあ、タマゴはもともと生の源《エロス》だからね……それにしても、きみのＡＩはそんな想像力まで学習しているわけか」

「ハイエンドだからな。エロスといえば、あなたが俺を寝室に呼ばないのはなぜ？」

「必要ないからだ。私はもう爺さんなのを知ってるだろう」

「テオ、それは三百年前の感性だ。あなたの表層設定は三十七歳。五十七歳の時に二十年を巻き戻し、以来基本的に歳は取っていない。細胞レベルはともかくとして、ホルモンバランスも三十七に揃えてるだろ？　なら性欲だってあるはずだ」

「欲望はあるよ」

とろりとした卵の感触を、口の中で楽しみながら私は答える。この香りは本物の鶏卵だろう。いまや金を積んでも手に入りにくいものだというのに、どうやって調達したのか。

ハイエンドなヒューマノイドは、コネクションまで持っているのだろうか。

「だが……わかるだろう、リウ。私の性嗜好は独特だ。私の安全がなによりのプライオリティであるきみに、私の相手はできない」

ふむ、とリウが首を傾《かし》げる。

そして中腰になって身を乗り出すと、私の顔に手を伸ばし、「ライスがついてる」と唇の横の米粒を取ってくれる。まるで恋人のように、そして百年連れ添ったパートナーのように、なにより本物の人間のように、自然な仕草だった。

「痛くしないとだめか？」

「そうだ」

「なぜ痛いのが好きなんだ？」

素朴な質問に、私は「わからない」と即答した。今まで何千と自問したが、答えが出たためしがない。

「自分でも、わからないんだ」

「不思議だし、興味深い。肉体の痛みを、脳は快楽として捉えているということだろう？痛みは危険を知らせるものだから、人間はそれを忌避するはずなんだけどな。……まあ、ヒトの進化の鍵は多様性というから、変わり者も必要なんだろう」

「昔はこういったタイプの人間が、一定数いたようだ」

「データとしては知っている。被虐嗜好者《マゾヒスト》、というんだろ？　それほど珍しくなかったらしいな」

「逆のパターン……つまり、加虐嗜好者《サディスト》もいて、彼らは合意の上で独特な性行為をしていたんだ」

そんなの、まるで楽園《パラダイス》じゃないか……そう思っている私に、リウは「今となってはあり得ないね」と言いながら、自分のグラスに炭酸水を注いだ。アンティークグラスを包む手の大きさに、私はつい見とれてしまう。

「被虐嗜好というのもレアだけど、加虐嗜好に関しては、絶滅したも同然だ。この世界から暴力が排除されて、もうずいぶん経つからな」

彼の言葉のとおりだ。

暴力――我々の祖先たちは、ずっとそれに支配されてきた。

どれほど文明が栄えても、どれほど理性を謳う世であっても、どこかの時点で暴力は発生し、たちまち巨大化し、戦争や紛争が起きた。誰しもが平和を願っているのに、同時に暴力を捨てきれなかった。定期的に世界は荒廃し、環境は破壊され、三度目の世界大戦が終結した頃、人類の数は極端に減ってしまった。

「どう足掻《あが》いても、人間は暴力から逃れられないらしい。自分の生存のために、他者を排除するのは自然の摂理なんだろうけど、ヒトは頭がよすぎたからね。殺せる数が途方もなく増大していった」

快い声を聞きながら、私は頷く。何百年、何千年前から、ヒトは知っていたはずだ。暴力はよくない。それはせっかく形成した社会システムを壊すものだ。けれど社会システムにすら寿命があり、その変革時にはしばしば暴力が蔓延《はびこ》った。時に暴力は必要悪として作用したのかもしれない。だとしても、次に大きな戦争になったら、人類は本当に滅亡しかねなかった。その危険水域まで達した時、ある判断がなされた。

「人間は暴力を徹底排除する道を選んだ。社会からではなく、自分たちの内部から排除する道を」

リウは語り、私は卵を食べる。

口の中でとろとろ溶けていく。

繰り返される戦争の中で、科学技術は発達していった。暴力性に関わる遺伝子配列やホルモン作用が研究され、人間は自分の暴力性を低下させていった。難しかったのは、暴力性を低下させながらも、生存に必要な攻撃性・積極性は維持することだった。試行錯誤を繰り返しながら、人類はとうとう絶妙な均衡値をはじき出したのだ。

今では、人々は生まれながらに穏やかだ。

暴行、強盗、衝動的な殺人、性犯罪は激減した。そのぶん、一時的に鬱症状が多くの人に現れた時期があったものの、すぐに対応する薬剤が開発された。

それでも稀に、まるで先祖返りのように、暴力性を露わにする者もいる。彼らは強制保護され、薬物によって速やかにその傾向を矯正される。同時に生殖能力を制限されるので、暴力傾向の強い遺伝子は受け継がれない。

「だいぶ減ってしまった人間たちだけど、ようやく平和を手にして……なのにテオ、きみにとってはセックスの相手すらいない世界なんだな」

「……セックスがしたいわけじゃない」

ケチャップライスの中に、緑色のかけらを見つけた。とても小さくカットされているが、私の嫌いなブロッコリーだ。目を上げてリウを軽く睨むと、「栄養がある」とニヤリと笑う。

「ちゃんと食べて。ベジサプリだけじゃ不充分だ。……セックスがしたいわけじゃないって？　どういう意味だ？」

「そのままだよ。私が求めているのは、欲望の処理じゃないんだ。そんなものはバーチャルでなんとでもなる」

「なるほど。ではなにを求めていると？」

「愛」

私の返答に、リウが一瞬、固まった。

答が想定外すぎたのだろうか。なにかのバグのように動きを止め、だが数秒後には瞬きをしたあとで、

「それはまだ学習中のやつだ」

ハイエンドなヒューマノイドは、笑いながら言った。


季節が変わる頃、リウとの生活はすっかり私に定着した。ただし、彼の存在は誰にも打ち明けていない。LBの開発者がヒューマノイドをチョイスしているというのは、いささか外聞を憚る。今の仕事は嫌いではないし、報酬もいいので手放したくはない。

リウは相変わらず、完璧な恋人のように振る舞った。

朝は頬へのキスで起こされるし、おやすみのキスは額だ。寒くなってきた庭で植物の手入れをしていれば、そっと近づいてきた彼に、背中から抱き締められる。人間と変わらない感触とぬくもりに包まれながらも、私は彼が人間ではないことに安堵する。人ではないからこそ、私は彼になんでも話せている。心を許せている。

私たちは、愛についてよく語った。

深夜にミルクティーを淹れ、リビングのクッションに埋もれながら。朝ならばベッドで枕に寄りかかり、リウにシリアルとフルーツを食べさせてもらいながら。休日のテラスなら、パンケーキだ。私が育てたベリーのジャムがきらきら光って美しく、それを眺めたり食べたりしながら、コーヒーを注いでくれるリウと、愛について話す。リウは愛を「まだ学習中だ」と言っていたが、私だって愛の正体など知らない。だから私たちは語る。

千古万古《せんこばんこ》の愛についての物語。

四荒八極《しこうはっきょく》の愛についての思想。

歌にも愛が溢れていた。愛が至上だと叫ぶ歌。愛は虚しいと荒《すさ》ぶ歌。愛は宝石で、毛布で、ナイフで、目隠しで、幻で、現実で……結局、愛はわからない。そんな話を幾度もした。結論など出ないとわかっていたけれど、それでよかった。

「俺は、テオを愛しているのかも」

リウはそんなことを言うようになった。

私の目を見つめながら、少し照れたような微笑みで言うのだ。ハイエンドなのだから、からかいやジョークもお手の物だろうが……そういうニュアンスでもなさそうだ。だから私は聞いてみた。

「愛がなにかわからないのに、私を愛していると？」

「そこだ。テオ、愛はきっと、理解するものじゃない。ただ実行するんだ」

ここは山中なので都市よりだいぶ寒い。アンティークな薪《まき》ストーブの前、私たちはくっついて床座していた。

「もっともらしく聞こえるけれど、なにも言っていないのと同じだな」

この冬、セントラルヒーティングが故障したのを機に、昔風の寒さ対策をしている。不便なのだが、リウはそれが楽しいとストーブを組み立てていた。煙突から煙が上る様子を見て「古い童話の挿絵みたいだ」とはしゃいだりもした。そんなリウを見ているのが私も楽しかった。

「愛に言葉は必要ないだろ？」

「ふむ。私の場合、痛みは必要だね」

半笑いでそう言った私の顔を、リウが覗き込んでくる。

「痛みを快楽と感じるのは……神経と脳の複雑さを考えれば、あり得るとわかる。だが痛みと愛の関連づけがなかなかできない。俺の中で理解できない」

「時には」

「こら、ついさっき『愛は理解するものじゃない』って自分で言ってたぞ」

「痛みが、愛？」

「……もっともだ」

私たちはクスクスと笑い合った。ストーブの中で薪が崩れる音を聞きながら、お互いの髪が触れる距離に身を寄せ合って……私は幸福だった。たぶん、この数十年で一番……もしかしたら、生きてきた中で一番……？　とにかく幸せで、満たされていた。

リウは私が発する微弱なパルスを読み取る。言い換えれば、生理的な変化を感知できる。だから、私のベッドにリウが裸で入ってきたのは……私がそれを望んでいたということなのだ。

どうしてそれを拒絶できよう？

私は私を明け渡した。

彼は人間のように温かく、人間のように興奮とともに体温を上昇させた。その肉体は細部まで完璧で、計算され尽くした動きは私の官能を巧みに刺激した。

むろん、加虐的な行為はない。たとえどんな理由があろうと、ヒューマノイドは主を害してはならない。主に対する暴力的行為が生じると、ヒューマノイド自身が特殊な信号を発する。それを安全管理局がキャッチし、緊急回収にやってくるのだ。

ではたとえば、主の自死を止めるため、主を殴って気絶させたら？

それでもヒューマノイドは許されない。主が保護されたのち、ヒューマノイドは回収される。搭載されていた人工知能の解析がなされ、外殻部分は微塵に粉砕されてリサイクルに回され、残りは圧縮廃棄となる。

だから我々は、普通に交わり合った。

……普通かどうか、実際はわからない。閨《ねや》のことなど、他人と比べようもないのだから。

とにかく、暴力はなかった。

長く他者と抱き合わなかった私の身体は、だいぶ頑なだった。まるで長いこと使われなかった古い扉だ。全体的に歪み、蝶番《ちょうつがい》は錆びつき、ギシギシと音を立てる。

わかっていたことなので、私は諦めていた。性行為の形は様々であり、べつにそこを使って繋がらなくてもいい。若い頃はそれを好んでいたし、外見は今も若いが……私の扉は、あまりに長く閉ざされていたのだから。

リウはそれを、丁寧に、根気よく、そして巧みに修理した。

扉をきれいに磨き、蝶番に油を差す。

最初はゆっくりと、小さな範囲で扉を動かす。いくらかスムーズに動くようになると、可動域を広げる。決して焦らず、集中を途切れさせることもなく、必要に応じて油を追加する。

「……もう、いい。リウ、それはもう、いいから……」

「まだ」

人間と変わらぬ……否、人間以上の耐久性を持つ舌が身体の隅々まで訪れる。舌で私の身体をトレースしているかのように、凹凸を辿《たど》っていく。私の反応をインプットし、分析し、とくに弱い箇所を探り当てる。そして記憶したら二度と忘れない。

過剰なまでに献身的な愛撫だった。

もし相手が人間だったなら、そこまで尽くされることに怯えたかもしれない。同じだけの熱量を相手に示すべきだろうかと、悩んだことだろう。他者と距離を取りたがる私の性質は、もとをただせば他者に疎《うと》まれたくないという恐怖心から来ている。若い頃からそうだった。好意を持っているからこそ、相手のことを考えすぎ、相手とのやりとりを反芻《はんすう》しては悩み、やがて疲れ果て……ひとりでいることを選びがちだったのだ。

けれどリウは人ではない。だから思う存分甘えていいのだ。

驚いたことに、私という扉は見事に磨き上げられた。錆が取り除かれ、滑らかに開き、他者を受け入れた。身体の奥深くに沈んだリウの存在にも慣れ……いいや、気取った言い方はやめよう。

私は彼との性交に耽溺した。

痛みを介在させずとも、素晴らしい快楽を味わえた。確かに、ここに痛みというエッセンスが加わったら……その考えが頭を掠《かす》めたのは事実だ。けれどそれは不可能だったし、仮に、もしも、なにかの拍子に——そんな展開になれば、リウは回収されてしまうのだ。それは避けなければならない。

彼のいない生活など、もう考えられなかった。

「テオ？」

抱き合ったあと、乱れたシーツを丁寧に直しているリウの腕を引く。せっかく直したシーツがまたぐしゃぐしゃになり、リウが「こら」と呆れ、私は笑い、彼を抱き締める。するともっと強い力で抱き返されて、苦しくなる。

身体ではなく、心が。

「そういえば、前から聞きたかった」

リウが私の前髪を掻き上げながら言う。

「なに？」

「どうやってLBの全機能停止を？　安全管理体制との兼ね合いで、部分的な機能停止しかできないはずだ」

「私は初期の開発者だからね。秘密のコマンドを知っていた」

「ずるい」

リウは笑って「トリシュナの偉い人に怒られないといいな？」などと言う。

怒られるどころか、メンタル矯正施設送りの可能性もある。それでも現状を後悔することはなかった。私が聖域コマンドを発動しなければ、リウに出会えなかったのだから。そう、アキにも……今度会ったら感謝を伝えなければ。

愛は今もわからない。

けれど私はリウに恋をしていた。

愛と恋、そのふたつの違いも曖昧なままだ。ただ彼を手放すことだけはしたくなかった。

自分の快楽の追求より、リウの存在のほうがずっと大事だった。

だから被虐嗜好には蓋をした。

自分で靴擦れを作ることもやめた。あの悪い癖を私はなかなかやめられなかったのだが、リウのためならば断ち切れた。

職場へ出向くのは必要最低限とし、ほとんどこの山中で、ふたりで過ごしていた。

やがて雪がちらつき始める。

秋のうちにリウと植えたラナンキュラスの鉢を、雪のかからない場所に移動させた。

雪が積もれば私の古いヴィークルは出しにくくなり、ますます閉じ籠もることになるだろう。それを少しも苦とは思わない。私たちは凜《りん》とした冷たさに包まれ、冴え渡る空の青を見る。その中を渡る冬鳥を見る。都市と違い、山では季節の変化が明瞭だ。それを誰かと見守るのが、こんなに楽しいことだったなんて……長く生きてきたのに、私はちっとも知らなかったのだ。


それは、本当に偶然だった。

誓ってわざとではない。わざとではないからこそ――衝撃的だったのかもしれない。

冬の終わりを感じさせる穏やかな日、私は庭仕事をしていた。

うっかり植え忘れていたクロッカスの球根のため、新しい花壇を作ろうとしていた。煉《れん》瓦《が》を運ぶ力仕事だ。もちろんリウに頼むこともできたけれど、庭仕事は私の趣味であり、楽しみのひとつなのだ。自分で動かなければ意味がない。

思えば、ガーデントロリーを購入する際、クラシカルな見た目を重視し、一輪にしたのがよくなかった。重い煉瓦を積んだトロリーのバランスが崩れ、煉瓦が次々に落ちてしまったのだ。やれやれとそれらを拾っている時、うっかり手に傷をつけてしまった。指の間の目立たない場所を、煉瓦のぎざついたエッジで切ったのだ。

日常の中でふいに襲ってくる痛みは、快楽などではなく、ただの痛みだ。私は顔をしかめ、傷をよく洗い、保護テープを貼った。だが指の間というのは、保護テープが剝がれやすい。庭仕事を終えて手を洗ったときにはすでに剝がれかけており、面倒になった私は傷を覆うのをやめてしまった。浅い傷だったし、とっくに血も止まっていたからだ。

その傷が……ひらいた。

「……っ、あ……！」

リウと抱き合っていた時だ。

私はベッドの上で彼を受け入れていた。リウのそれは人工物とは思えない質感と熱を持っていて、いつも私を乱れさせたのだが……。

「テオ？」

リウが動きを止めた。私は最中にほとんど声を立てないので、怪訝に思ったのだろう。

私はリウと手を繋いでいた。十指を絡め、ギュッと握られ、その瞬間に傷が開いたらしい。……痛い。たぶん、血が出ている。けれどまだリウは気づいていない。私の上で乱れた髪のまま「どうした？」と、うっとりするような声で聞く。

私は首を横に振り、続けてほしいと訴えた。リウはその要望を聞き入れてくれ、手を繋いだままで身体を揺すりはじめる。

痛い。擦れる。

傷口が、リウの指と直接擦れ合う。

皮膚が引っ張られ、粘膜が刺激され、その痛みに思わず手を引きたくなるが、私は耐えた。その忍耐こそが私にとってなによりの快楽だからだ。

吐息が漏れる。

痛くても気持ちよくて、声を我慢できない——なんてことだ、自分がこんな声色を発するなんて。呆れるほどだけれど、それでも快楽を追うことをやめられない。

「は……あ、あぁ……ッ」

ああ、やはり、ぜんぜん違う。

大丈夫、これはちょっとした事故だ。もともとあった傷だし、リウは気づいていない。だから彼に責任はない。見逃してよい範囲の、ささいなアクシデントだ。見逃すって誰が？　神様？　安全管理局？　どっちでもいいから、どうか気にしないで。放っておいてくれ。これは痛みじゃないから、快楽だから。私はただ……気持ちいいだけで……。

「う」

ぬるりという感覚。

指の間から血が流れている。小さな傷だけれど、擦られすぎて大きく開いたかもしれない。さすがにリウが気づいて、ぴたりと動きを止めた。

「テオ、手をどうした」

繋いだ手を離そうとする。私は乱れた吐息のまま「いやだ」と言った。甘ったるく上擦《うわず》った声は、自分でも恥ずかしいほどだ。両脚をリウの腰に絡めて引き寄せる。繋がっている熱い部分にも力を入れて、抜かれないようにする。そして指にはもっと力をこめる。手がほどけないように。

いやだ、やめないでくれ、このましてほしい、すごく気持ちいいんだ、たまらなくい い、ああ、血のにおいがする……こんなの初めてなんだ、お願いだリウ、このままで、どうかこのまま、痛いままで――。

私の懇願を、リウの人工知能はどう処理したのだろうか。

彼はやめなかった。

それどころか、繋ぐ指により力を入れる。

その痛みに呻く私を見下ろし、私好みの顔を少しだけ歪め、腰を打ちつけてくる。いつもより、もっともっと奥へ、誰にも許したことのない深部を暴くかのように、荒々しく、身勝手に――いつものリウとはだいぶ違っていて、私はそれがひどく嬉しくて、興奮がますます高まって……。

血で指が滑る。とうとう手が外れてしまった時、私はとても悲しかったけれど……その直後、心も体も歓喜した。

リウが私の傷口を、熱い舌で抉《えぐ》ったからだった。

たぶん、その瞬間、私たちは一線を越えてしまった。

私はともかく、リウがどうしてそうなったのかわからない。人間は人間に影響を与えるが……高性能であるがゆえに、リウにも私の影響が及んでしまったのだろうか。ＬＢＳに対して聖域コマンドが有効であったように、私の強すぎる欲望が、リウのプログラムに異変を生じさせた？　いいや、それはあまりに現実離れしている。恐らくは、製造側が想定もしていなかったようなバグが発生したのだ。

いずれにせよ、リウはするはずのないことをした。ヒューマノイドとしては拒絶すべきことを。

それは私の欲望で、衝動で、狂瀾《きょうらん》だった。私が強く望んだことであり、つまり私がそうさせた。私がリウを暴走させたのだ。

懇願のふりをした命令。

私は自分の命を委ねてみたかった。その相手は誰でもいいわけではない。私がそうしたいと思う唯一の存在に、たったひとりに……ああ、そうか、つまり愛した相手にだけ、委ねてみたかったのだ。

――首を絞めてくれ。

私はリウに頼んだ。

指の傷が増幅させた快楽の中、ほとんど正気を失いそうになりながら、だからこそそんなことを頼めた。

――きみに首を絞められながら、いきたい。

死にたいわけではない。そんなことはない。今こうして、リウといて幸福なのだからそれを継続させたいに決まっている。なのになぜ私は首を絞めてほしいのか。リウが力加減を誤り、もし死んだとしても構わないとすら思うのか。

死にたくはないのに、死のすぐ近くまでいきたいと思うアンビヴァレンツ。相反するのに相互に作用して無限に膨らむ、厄介な欲望。

私はリウの手を取り、自分の首に導いた。

なんという強欲、どこまで恥知らずなのか。

首にかかる大きなリウの手。まだ力は入っていない。

その手の中に私の命がある。握り潰される可能性だってある。私は歓喜の中でそれを甘受する。完璧に管理されることを善しとするこの世界で、私たちの生殺与奪の権利は誰が握っているのだろう。自分自身ではないことは感じていて、けれどそれに嫌悪感があるわけでもなく——ただぼんやりと長い時を生きている。たぶん私は自由になりたい。真に自由になりたいのだ。その希求が、こんな真似をさせている。自分の命を、まるで甘いデザートのようにリウの前に差し出し、どうぞ好きに食べてと媚びる。

頼む、絞めて、お願いだ、ああリウ、私を愛しているのならそうして——。

その時、リウはどんな顔をしていただろう。

ほとんど覚えていないほど私は無我夢中だった。欲に溺れる人間は、リウにとって滑稽だったろうか。醜悪だったろうか。それとも……。

いずれにせよ、願いは叶えられた。

私の得た快楽を説明したいところだけれど、到底無理だ。言葉にできるようなものではない。射精したことは覚えているが、それは快楽の終止符ではなかった。一向に下がらないボルテージに私は翻弄され、意味ある言葉はもう紡ぎ出せなかった。身体の内側からひっくり返されるような、快楽という言葉があてはまるのかもわからない感覚――自分のすべてを暴かれ、晒され、そして私は知る。自分がただの獣であり、強くつがいを求めていたことを。

失神したのか、疲れ果てて眠りに落ちたのかも覚えていない。

目覚めた時にはすでに明るかった。

朝だ。私はひとりでベッドにいた。窓の自動遮光は解除されていて、雪が降っているのが見えた。もう春になろうというのに……ああ、なごり雪だ。この美しく古い言葉をリウに教えてやろう……そう思った時、昨晩の記憶が蘇った。

私は飛び起きた。

家中を駆け回る。あらゆる扉を開けて探す。

リウがいない。

どこにもいない。

うそだ。いやだ。そんなはずが……どこ、どこにいる?

きっとふざけて隠れているんだ。どこからかひょいと出てきて、少し意地悪に笑いながら、びっくりしただろ？　と私をからかう。そうに決まっている。一緒に春を迎えよう、ラナンキュラスが咲くのを見よう、そう約束した。春だけじゃない。夏も、それから二度目の秋も、金木犀の庭でまたお茶を——。

裸足で庭へ飛び出した。

雪の冷たさを感じる余裕はなかった。降りしきる白の中で、呆然とする。

雪の上に車の轍《わだち》を見つけ、私はその場に頽《くずお》れた。

＊＊＊

「まったく、上司が天才だと苦労しますよ。最悪なのは天才な上に権力まである場合です。四歳児なみの無垢で馬鹿げた思いつきを、強引に実行するだけの力を持っているんですからね。周囲はたまったものじゃありません。これだけ振り回されたのでは、人間の秘書では精神が保《も》たない。みんな配属されては音《ね》を上げて……覚えておいでですかね？　あなたは優秀な秘書たちを六十八人辞めさせてるんです！　ああ、まったく、彼らには心から同情しますよ。聞いてますか、応龍《インロン》代表、寝たふりなのはばれてますから！」

そのかしましさに、顔をしかめる。

だがまだ目は開けない。瞼《まぶた》越しの眩しさと、馴染みのあるシーツの感触……どうやら自分のベッドにいるらしい。意識が戻ったばかりの朦朧《もうろう》とした状態で、最初に聞くのが秘書の甲高い声なのだから閉口だ。こんな状態で説教されても耳に入るはずがなく、そんなことはひときわ優秀な秘書ならわかりそうなものだが、そこは彼女のＡＩを『歯に衣着せぬ性格』という仕上がりにした俺の責任だ。予想以上にずけずけとものを言うものの、仕事ぶりは極めて優秀である。

「リスクの高いことばかりしたがる依存症があるそうですが、おそらく代表はそういう疾患なのでは。検査の上、矯正治療を受けることをおすすめします」

「……俺はおそらくそれだろうが、検査も治療も御免蒙《こうむ》る……ああ、くそ、頭が痛い」

ようやく目を開けて、自分のこめかみを摩《こす》る。重たい頭痛があった。

「脳波にかなりの乱れが見られましたので、磁気治療を施しています。多少、海馬への影響が生じたかと」

「多少か？　記憶がだいぶ飛んでるぞ……。カミラ、経緯を。最後に覚えているのは、この部屋できみに『よい休暇を』と言われたあたりだ」

ポスッ、と秘書のカミラがベッドの上に飛び乗った。

「その休暇で、あなたはとんでもなく悪趣味な遊びを実行したんです」

身のこなしも軽やかな彼女は、しなやかな猫の姿をしたロボットだ。毛色は艶やかな灰色で美しい緑の目を持ち、ボディの耐衝撃性は並外れて高い。その宝石のような瞳から照射される光が、白い壁面に映像を流した。俺は少し身体を起こし、枕に身を預けて凝視する。記憶はないのに胸がざわついていた。なにか……とんでもなく大切なことを忘れている気がするのだ。

「暇を持て余した天才ってのは、本当にたちが悪いですね。ヒューマノイドのふりをして、知らない相手と暮らしてみる……ああ、嘆かわしい！　なんという愚行！　バリバリと爪を研ぎたい気分です」

もう研いでいるじゃないか。上等なシーツにカミラの爪が食い込み、バリバリというよりは、パリパリと軽い音を立てた。

ヒューマノイドのふり……？

記憶がじわじわ戻ってくる。

確かにろくな思いつきではないが、それくらい俺は追い詰められていたのだ。

なにに？　退屈に、だ。生きていて楽しかったのは最初の百五十年くらいで、そのあいだに世の中に必要だろうというタスクはほとんど熟《こな》してしまった。すべての課題を解決したとは言わないが、多少は後世に残しておくべきだろう。あとはずっと退屈なまま、気がつくと二百年が過ぎていた。一般の市民にこれほどの長寿は難しいが、俺は天才な上に金持ちなので、尋常ならざるライフ・エクステンションが可能であり……それは時にこの身を苛《さいな》んだ。

やることがないのに、生きている。

ひとりで、生きている。

周りにはわんさか人がいるが、それは俺が権力者だからだ。

なら権力など捨てろと言われそうだが、もはやそれは俺の一部であり、それを取り除くと俺ではなくなる。そう、こんなのは特権者の贅沢な悩みだ。だから誰にも打ち明けたことはない。口にすれば嘲笑されるに決まっている。なんなら唾棄されるだろう。

すべて持っているのに、孤独でおかしくなりそうだなんて――。

「誰と暮らすか、あなたは楽しそうに選んでいましたよ。白羽の矢が立ったのは、テオ・シロイ。我が社のLBS保全担当です。どんな手を使ったのか、過去に何度かLBを強制的にダウンさせていて、あなたはそこに興味を引かれたようですね」

テオ。

その名前が呼び水になる。

記憶は溢れるように蘇り、顔写真が映し出された刹那、鼓動が跳ねた。ベッドのセンサーが『心拍上昇です』と告げたが、俺は「平気だから続けてくれ」と頼んだ。

「はい。では深呼吸をしながらどうぞ。テオ・シロイはLBSを開発したメンバーのひとりです。大変優秀ではありますが、対人関係構築スキル値は平均を下回り、シティ郊外の山中にひとりで居住……」

「カミラ、途中はいい。……思いだした」

そう、息を呑むほどの鮮やかさで脳内再生される。

テオとの暮らし、彼の好きな卵料理、彼の好むアロマ、そしてどう触ると悦ぶのか。

「最後の日に何があった？」

了解ですとカミラが答え、映像が変わる。やや古びた邸宅に、さらにクラシカルな煙突……あの家を外から撮影した動画だ。緊急ドローンを起動させたらしい。ふたりの人間が担架を運び出している。横たわっているのは俺だ。手からなにか転がって……卵？　ああ、そうだ。テオのために朝食の準備を……。

卵が割れる。敷石に打ちつけられ、呆気なく。

「夜明けから三十四分後、代表の人工心臓に不具合が生じました。監視は禁じられていましたが、人工心臓のモニターは続けていましたので」

「心臓に不具合？」

「マイルドに言いましたが、要するに心停止しました。湯水のように金をかけ、ヒューマノイド並みに丈夫に整えた身体でも、そんなことが起きるのですね。いったいどれだけストレスをかけたんです？」

ストレス？

そんなものは……いや、ストレスを外的な圧力と定義するなら、それは確かにあったかもしれない。懇願するテオの表情、無理を承知でねだる唇、そして彼の血の味――。

「放置すればさすがに死にますから、緊急保護するしかなかったんですよ。ほら、意識がないのでぐんにゃりしてます。担当技術医の話では、急激なホルモン値の変化が自律神経に作用し、心臓にまで及んだとか。詳細を調査中で、具体的な治療経過は……」

「彼は？」

「はい？」

「テオはどうなった？」

カミラが映像を遮断して、くるりとこちらを見た。宝石のような瞳が、珍しいものを見つけたかのようにゆっくり瞬く。

「どうしました代表、そんな表情は初めて見ます。どこか痛みが？　心拍が速すぎます」

「違う。彼のことが知りたくて焦っている」

おやおや、とカミラが尻尾を揺らす。長いつきあいだが、こんなふうに取り乱す俺を初めて見るのだろう。自分自身ですら、上擦る声に驚いている。

「報告は届いていますよ。どうやら彼は、代表がヒューマノイドとして回収されたと思ったようです。いったいなにがあったんです？　あなたのパルスをずっとモニターしていましたが、あの夜はひどい乱れがありましたね。さらにテストステロン値の急上昇……恐らくそれが、数時間後に起きた心臓発作に関わっているかと」

「……彼の首を絞めた」

「なんですって？」

カミラの毛がぶわりと逆立つ。トトトッと後ずさり、ベッドの端まで寄ってから「ウミャア」と鳴いた。動揺のあまり、猫言語になったようだ。

「なんて恐ろしい……」

「それが彼の望みだったんだ」

「ああ……被虐嗜好、というやつですか？　私には理解が難しいですが、かつてそういう人々が存在していたことは知っています。いずれにしても、そんなことがあったならば、テオ氏の行動にも納得です。あなたをヒューマノイドだと思っているなら、当然回収されたと判断したでしょう。彼は安全管理局に駆け込んで、あなたを探しまくっていましたよ。局のカメラに映像が残っているので出しましょう……ああ、ほら、スタッフに取り縋っていますね。髪を振り乱して、必死に」

俺は言葉を失った。

無意識に胸を押さえる。もう人工心臓はすっかり治っているはずなのに。

「無論、安全管理局はなんのことやらわかりません。あなたというヒューマノイドを派遣したアキなる人物も、未開の地を調査中で連絡が取れない。取れないと知っているから、あなたはあんな映像メッセージをでっちあげたわけですし。アキ本人が知ったら、さぞ怒るでしょうね」

「それから？」

急かす俺に、カミラはストンとベッドから降りて「彼の主張と混乱ぶりは、傍《はた》から見れば異常でした」と続けた。

「報告書によればこうです。テオ氏は語った。『ヒューマノイドによる暴力行為は、私自身が望んだものであり、ヒューマノイドに罪はなく、廃棄されるべきではない。ヒューマノイドにそうさせたのは自分なのだから、どうか自分に罰を与えてほしい。そしてヒューマノイドには慈悲を』――慈悲？　風変わりな人ですね。ヒューマノイドに使う言葉ではないでしょうに」

違う。違うのに。

あれはテオのせいなどではない。

確かにきっかけは彼がくれた。けれど行動の選択をしたのは俺だ。俺自身が、俺の意志で、俺の欲望で……そうした。首を絞めてあげたら、彼がどんなに乱れて悦ぶか、見たくなったのだ。その欲望を抑えきれなかったのだ。

自分でも驚いた。

いつのまにか、俺の世界は塗り替えられていた。テオという色に染まっていた。俺をヒューマノイドだと信じきっている彼に申しわけなく思い、同時にたまらなく愛しさを感じた。いつの、どの瞬間からなのかわからない。花がゆっくり開くように、蛹《さなぎ》がじわじわ羽化するように……気づいたら、そうなっていた。自然としかいいようのない変化だった。なんのメンテナンスもしていないのに、俺は生まれ変わってしまったのだ。

彼の、あの――美しいサンクチュアリで。

「彼は訴え続けましたが、そんなヒューマノイドはいないんです。登録すらされていない。テオ氏は叫び出し、泣き喚き、その場に蹲《うずくま》り……困り果てた担当者は、精神衛生管理局に連絡を入れました」

苦しい。

聞くのがつらい。それでも聞かなければならない。

「それ……で……？」

「テオ氏は検査を受けましたが、フィジカルな異常は見つからず、対症療法として安定剤や鎮静剤が投与されました。それでも彼の主張に変化はなかったそうです。ならばもう、ここからは神の領域。我々には治すことのできない、重い精神の病」

「……まさか」

俺はカミラに手を伸ばした。

いったいどんな顔をしていたのだろう。カミラは俺を哀れに思ったらしく、ゆっくりと近づいて、小さな頭をぐりんと押しつけた。

「心を病んで生き続けるのはつらすぎます。テオ氏には温情が与えられました」

温情。

この世界でそれが意味するのは……。

「彼からライフ・エクステンションの権利を剝奪したのち、家に帰したのです」

寿命延長は停止される——。

カミラはそう言っているのだ。月に一度行われる、緻密に管理された、長寿のための医療処置。それがなくなれば、人は瞬く間に加齢する。まるで今までのぶんを取り返そうというかのようにあっというまに老いて、死を迎える。

「速やかに召されるよう、LBSも停止のままです。忠実な執事がいると、AEDを作動させてしまいますからね」

では、テオはあの山の邸宅で、たったひとりで、まるで映像を早送りするかのように歳をとって……。

「……カミラ」

「はい、代表」

「俺はどれくらいダウンしていた？」

百歳以上の人間がエクステンションを中止すれば、三ヵ月ほどで余命は尽きる。

「四十九日です。ご心配なく、筋力低下防止システムは万全でしたからすぐに動けます。まずは各種検査を……」

「ならばテオはまだ生きてるな？」

「え？　はあ、旧式の介護ロボットを置いてますが、そのデータによると……生きてますね。だいぶ腰が曲がって、でも庭までの歩行は可能な状態のようです。……代表？」

跳ねるように、ベッドから起き上がる。

立ち上がった瞬間、さすがにふらりとしたが、それでも踏ん張る。身体のあちこちについていたチューブ類を次々に引き抜くと、何カ所からか出血し、カミラがまた猫語で叫んだ。けれどこんなものはすぐ塞がる。技術力の結晶のようなこの身体は、治癒再生力も高く保たれているのだ。

そう、エクステンションされている限りは。

俺はガウンを羽織り、寝室用のスリッポンのままで歩き出した。服なんかあとでいい。そのまま大股で部屋を出る。

カミラが驚いて追いかけてきた。猫なのであっというまに追いつく。

「代表、どうしたんです」

「カミラ。これから言うことを速やか、かつ確実に遂行してほしい」

「いつだって私は速やかで確実ですよ」

「うん。まずトリシュナにおける俺の権限は、すべて緊急事態委員会に譲渡する。そこで適正な後継者を決めてくれ」

「は？　ニャ？　ええと？」

「私有財産についての遺言は、とうの昔に用意してあるから問題ない。それから、俺の寿命延長権をただちに放棄してくれ。自分でしたいが、パスコードを覚えていない。あれって長すぎるよな」

「え、それはつまり……」

「あとはきみのことか。有能な猫秘書さん、このあとどうしたい？　トリシュナで働き続けたいなら、そう手配する」

シャーッとカミラが威嚇した。

「いやですよ、私はあなたの手でイチから作られたロボットなんです！　こんな情緒的発言だって、あなたが言わせてるんですからね！」

「じゃ、一緒に来るか？　俺はこのあとあっというまにじいさんになって、三カ月くらいで死ぬけど」

「だから、なんだってそんな選択をするんです！　シャーッ！」

怒るカミラを抱き上げ、俺は「説明は難しい」と返した。

「無理に言葉にすると、たちまち陳腐化する類いのものなんだ。それに説明している暇はない。時間はもう少なくて……ああ、すごい、新鮮だな！　時間がないってのは、こんなにも焦るものなのか！」

そしてこんなにも鮮やかに、くっきりとするのか。自分がなにをすべきか、が。

早く行きたい。彼のところへ。

俺は走り出す。トリシュナ幹部フロアの長い廊下を。

脇腹にまだモニターコードが残っていた。くそ、邪魔だな。それもブチリと引きちぎる。

カミラは緑の目をまん丸にして固まっていた。彼女を抱えて走るなんてのも、もちろん初めてのことだ。スリッポンが脱げそうで煩わしい。それらも蹴飛ばすように脱いでしまうと、なんだかひどく軽やかな心持ちになった。人工心臓の調子はいい。脚もよく動く。老人になる前の、ラストランだ。

走れ、さあ、急げ。

だいじょうぶ、まだ間に合う。ふたりで過ごす時間はある。長いとは言えないけれど、それがなんだ？　もう時間の長さなど問題じゃない。俺たちはきっと、一瞬を永遠にできるんだから。どっちが先に逝くだろうか。テオだといい。俺が見送ってやりたい。もしその瞬間、「首を絞めてくれ」と言われたら喜んでそうしよう。「手を握ってくれ」でも、「キスをしてくれ」でも、なんでもいい。テオ。おまえの願いなら、すべて叶える。

そうか――俺はそのために生きてきたのか。

すべて理解できた。かくも世界が完璧だったとは！　すれ違ったトリシュナ幹部がポカンとしている。その顔がおかしくて、俺の脚はさらに軽くなる。踵に翼が生えたのかも。

今なら飛べても驚かない。

「ウニャッ……ど、どこへ行くんです!?」

腕の中のカミラが聞く。

俺は答える。

聖域《サンクチュアリ》へ、と。

二人しかいない！

小川一水

小川一水（おがわ・いっすい）
1996年、『まずは一報ポプラパレスより』（集英社JUMP jBOOKS）でデビュー（河出智紀名義）。2003年発表の『第六大陸』が第35回星雲賞日本長編部門を受賞。2005年の短篇集『老ヴォールの惑星』で「ベストSF2005」国内篇第1位を獲得。『天冥の標』（全10巻）で2020年、第40回日本SF大賞を受賞した。他の作品に『復活の地』『時砂の王』『ツインスター・サイクロン・ランナウェイ』（以上六作ハヤカワ文庫ＪＡ）など多数。

1

　ハトラックたちが動き出したのは、やつらが星間貨客船「戦うセイウチ」号に乱入してから四日目だった。

　誰かがつけた帽子掛け《ハトラック》というあだ名の通り、それまでエアロックやブリッジや遠心通路で何もせずにょっきり突っ立っていただけの連中は、四日目の人類標準時の一三時二八分、みんなが気を緩める昼過ぎに、突然短い三本の猫足でかさかさと走り回り始めた。

　おれも油断していた。ラウンジから離れた階段裏で、クラスメイトのキールのやつといちゃついていたら、身長二メートル半の木造家具みたいなひょろひょろした連中が大勢やってきて、コルクそっくりの色合いをした枝の腕で、おれだけかつぎ上げて走り出した。

「うわっ、なに、なに!?」

「ジゼ、ジゼ！」

名前を呼ぶキールがあっという間に見えなくなった。まあ、キールはダーツとピアノが得意な人気者だけど、口先ばっかりで頭からっぽだし、すぐスカートの中に手を突っこんでくるから、いい加減うんざりしていた。これで切れても別によかった。

切れ方が異星人による拉致だっていうのだけは、珍しいというか、滑稽な気もしたけど。

ハトラックは、船の壁をぶち抜いているやつらのエアロックにおれを放りこんだ。セイウチ号のあちこちから、二十九人の乗員乗客の悲鳴や怒鳴り声が聞こえてくる。死人やけが人が出てたらいやだなと心配していたら、またかさかさとハトラックどもの足音がして、もう一人、誰かがエアロックに放りこまれた。壁にごつんと頭をぶつけたので、あわてて寄り添う。

「だ、大丈夫ですか？」

「……いや、たいしたことはない」

答えた相手が誰なのか気づいたとたんに、おれの心臓が軽く跳ねた。

ダークグレイの辺境用ビジネススーツ姿の男だ。年齢はおれより十歳ぐらい上。手でくしゃりと押さえた薄い煙色の短髪と、迷惑そうに細くすがめられた目、跳ね起きる力を溜めつつある細身で筋肉質の体に、目を奪われた。

「ミスター・クラッド」

「名乗った覚えはないが」

「あ、食堂で毎日そう呼ばれているのを聞きました……」

毎日って。これじゃ盗み聞きを自白したのといっしょだ。いきなりやらかした。

身を引く。

「ごめんなさい」

「何が？　いや、そんな話をしている場合ではない。戻らねば――」

唐突に、入口を塞ぐハトラックが背後の内扉を閉めた。エアロック全体がガタンと揺れて、体が浮きあがった。無重力状態だ。セイウチ号の人工重力圏から出たんだ。

冠みたいな頂部を持つ数体のハトラックどもがまわりを囲んでいる。彼らに言葉は通じない。壁は木と皮革を組み合わせたみたいな薄気味悪い茶色っぽい材質で、人類船とはぜんぜん違っている。

異星船だ。人類未発見の。

あっさりと、キールやみんなと別れてしまった。さよならを言うひまもなかった。

おれはとなりを見る。となりの男も見ている。

「私たちだけ、さらわれたようだな」

「これどうなるんですか？　なんでおれたちだけ？」

「さあ、わからない。君の名は？」

「ジゼ。ジゼ・サイテンシーです。惑星バニリ2の大学で異星文明学を専攻してます」

「そうか。私はスピット・ルシッド・クラッドだ。キューベック5の」

そう言って、ミスター・クラッドは右手を出してくれた。

「生き延びよう、レディ・サイテンシー」

その呼び方で、誤解されているとわかった。指の長い力強そうな手を見つめて少し悩んだけど、口説かれでもしたらつまんないので、打ち明けることにした。

「失礼、ミスター。おれは男です。単にジゼ、って呼んでもらえると」

「ほう」

ミスター・クラッドは、おれの金糸で左右に編み下ろした髪とか、プロミネンス柄のジャンパースカートミニとか、こりっと突き出した膝とか、カラフルな無音吸着ローファーなんかに目をやってから――つまり、ここらの田舎にはいないチャラけた全身ガーリィ男子学生を再観察してから、何も聞かずに「了解した、ジゼ」とうなずいた。

そしておれが握らなかった手を引っこめた。

おれは、この人が毎朝同席していた、リュシーという婚約者の彫像みたいにきれいな顔を思い出して、小さくうなずいた。

　たいした経緯じゃない。卒業旅行をしようってキールが言い出して、ゼミの六人ぐらいが賛成して、断るほど仲が悪くもなかったから、おれも乗ったってだけ。ゼミって、異星文明学講座のことだけど、それとは何の関係もなく、ケヤキ3やGBR2やキューベック5なんかの人類惑星を回って、飲んで食べて遊んでエッチした。楽しかったけど、景色も建物も人々もほとんど覚えてない、ゼロカロリーの炭酸飲料みたいなバカンスだった。

　で、その帰りに襲われた。

　ごく普通の田舎航路だと思ってた。新しめの惑星キューベック5から、もっと新しい惑星ランバレネへ。乗ったのは平凡な貨客船。名前だけは戦うセイウチ《ウォー・ウォーラス》号って無駄に勇ましいけど、武装はないし財宝も積んでない。乗客も一般人ばかりで、襲われる理由なんか何もないはずだった。

　でも、そういうのを考えてくれないのが異星人だ。

　おれたちのビルボッケ散開星団には異星人がたくさんいる。映像付きで複数回確認された種族だけで、A1からA18までの十八種（もちろん、AはエイリアンのAだ）もいる。

その理由は、この星団に「クレバス」が縦横に走ってるからだ。おれは宇宙物理の講座を取ってないから簡単にしか説明できないけれど、クレバスは密集した恒星群の重力のせいで宇宙空間にあいた、長さ数百キロから数百万キロもの裂け目で、百光年以上も離れた別の星団の裂け目とつながっている。そこに入ると一瞬で反対側の裂け目から出て来られる。クレバスがたくさんある星団にはどこからともなく異星人が湧いて出るってわけで、もちろん地球人類もそれを通って来た。

そうやって、二十個近くの星系に住み着いてる。異星人たちも住み着いているけれど、一種でこんなにたくさんの星に手を出した種族は他にいない。みんな一星系だけだ。そしてこっちを見守っている。コンタクトして来ずに、ただじっと黙ってこっちのことを光や電波で観測しているんだ。

それはなぜか、というのが異星文明学の初期からの疑問だった。結論は出てない。異星人はすごくシャイなのかもしれないし、えらく人嫌いなのかもしれない。地球人を認識できないのかもしれないし、できるけど虫けらのように無視しているのかもしれない。あるいは、何かの機会をうかがっているのかもしれない。

なんにせよ研究はまだまだこれからで、データの蓄積に伴って異星人たちの考えがわかるかもしれない、彼らのアクションを観察していこうってのが、講座の曹《ソウ》教授におれたちが言われたことだった。

まさかそのアクションが、突然のハイジャックと拉致になるなんてね。教授に報告したらびっくりすると思う。

教授と、おれの家族と友達がいる、惑星バニリ2に生きて帰れればだけどね。

2

A19「ハトラック」どもとじっくり話す機会はなかった。拉致されてすぐ、おれたちはおかしなガスで眠らされたからだ。次に目を覚ましたらまた別の場所で、やつらはいなかった。そこは赤い非常警告灯の点滅する古びた金属壁の通路で、そばにいるのはやっぱり、ミスター・クラッドただ一人だった。

「起きたか？　ジゼ」

「うう……はい。ここは？」

「地球人の船であることは間違いない」

ミスター・クラッドが指した壁に、地球人全員が読み取れるようになっている、多言語避難案内板が掲げてあった。

おれはハッと身を起こした。セイウチ号が心配だった。

「じゃあ戻されたんですね。みんなは大丈夫なのかな？　この警告灯は――」

「いや、これは別の船だ」ミスター・クラッドが、案内板よりも目立たない小さな表示を示す。「船籍番号が違う。それに戦うセイウチ号にこんな通路はなかった」

「セイウチ号の番号、覚えてるんですか？」

「私の船だからな」おれが目を丸くすると、ミスターはさらに、「会社の船の番号はみんな覚えている」ととんでもないことを言った。

それでおれは、この人が誰なのか、満腹の豚みたいに遅れて気づいた。

「あ、あなたはキューベック運輸のクラッド社長？」

「ああ。ところで、起きられるようなら移動しよう。これだけ侵入者警報が鳴っているのに、誰も来ないのは気になる」

ミスター・クラッドは簡単におれを助け起こすと、さっさと歩き出した。おれはあわててついていった。

船名はすぐにわかった。年代物のブリッジに入ると、農場船・パシフィック号のネームプレートが掲示されていたからだ。でも乗組員はいなかった。そこに至るまで一人もいなかった。

　ミスター・クラッドが警報を切って、船内放送をかけた。

「私はキューベックのクラッドという者だ。今、ブリッジから話している。船内に誰かいたら連絡してほしい」

　おれも何かの役に立ちたかったから、近くの壁にかかっていた扉破壊用の斧を手にして、入口の外を見張った。乗員か、乗客か、それとも凶暴な怪物が通路を走って来ないかと、重い斧を構えて、どきどきしながら待った。

　背後ではミスター・クラッドが計器を調べていた。

「現在位置は未登録惑星の周回軌道だな。そしてこの船には人工重力があり、適温で清浄な空気もある。つまり動力源と生命維持装置は生きている。——が、エンジンと通信機が起動しない。ふむ」

「何かわかりましたか？」

「当座、空気漏れや衝突の危険はないようだ。しかし、この船には本当に誰もいないかもしれない」

「誰もって。じゃあ、これは？」

　おれが入口から振り向いて、天井の明るい照明を指差すと、ミスター・クラッドは当たり前のように言った。

「ハトラックだろう。我々はさらわれたのだから」

「ハトラックがどうして地球の船を？」

「理由は不明だ。だが手段はわかる」ミスター・クラッドはメインディスプレイに航行ログを表示してくれた。親切なのかもしれない。おれには読めないけれど。「パシフィック号は、去年船検登録を抹消された老朽船だ。今ごろはブエナベンチュラ３の墓場軌道でスクラップ待ちのはずだった。監視はあるが厳しくない。きっとそこから盗んできたのだろう」

「異星人が地球の船を盗んで、遠くへ運んできて――そこにおれたちを押しこんだってことですか？」

「おそらくは」

「なんでですか！」

「不明だと言っただろう」ミスター・クラッドがまっすぐおれを見た。ずっと冷静でいる人だけど、少し不機嫌になったのがわかった。「私も婚約者との旅行中にいきなり連れて来られたんだ。異星人の思惑などわからんよ」

この人は好きな人と引き割かれたし、教授じゃないし、おれのお守《も》りでもない。おれは反省して、「そうでした。ごめんなさい」とまた頭を下げた。

　ミスター・クラッドが少しだけ首を傾げた。

「君はよく謝るな」

「おれの不安をあなたに押しつけてもしょうがないです」

「ふむ」

　うなずいてからもミスター・クラッドはおれを見ていた。頬が熱くなって、おれは目を逸らした。クラスメイトが相手ならずっとにやにや見返してやるんだけど。

　瞳は、雨の染みた土みたいな黒茶色だ。沈んだ色。前から知っていた色。

　そのとき、背後でかさかさと音がした。

　素早く通路を振り返ると、天井まである帽子掛け野郎が一体、窮屈そうに身を縮めて見下ろしていた。反射的に悲鳴を上げそうになったけど、ぐっと、こらえた。

「ミスター・クラッド」

「どうした。まさか」

「はい。ハトラックです」初対面交流手順《FCP》のことなんかが一瞬頭に浮かんだけど、次に口に出したのはこんな殺伐とした台詞だった。「逃げますか、やりますか」

　どちらの返事もなく、こつこつと磁靴の足音がして、ミスター・クラッドがおれの隣に出た。高い位置の枝腕をうねうねと揺らしているハトラックを見上げ、尋ねる。

「私の船をどうした、エイリアン」

返事はない。さすがにそんなことを聞いても仕方ないと思ってると、ミスター・クラッドはおれの斧の柄をつかんだ。思わず引っぱり返すと、「貸したまえ、ジゼ」なんて言う。

「私がやろう」

「おれだってやれますけど」

「薪割りの経験があるなら任せてもいいが」

なかった。ついでに言うと彼のほうが一割背が高くて、倍ぐらいパワーがありそうだった。暖炉のある山荘も持っているのかもしれない。何より、本当に任せてくれそうな態度に納得して、「いえ、どうぞ」とおれは斧を渡した。

ミスター・クラッドは無造作に斧を振り上げて、ハトラックの胴に斜めに打ちこんだ。ガキンと硬い音がして木屑と金色の滴《しずく》が少し飛び、びくりと異星人は震えた。斧を引き抜くと刃が欠けていた。ミスター・クラッドは顔をしかめつつ、一撃目の傷の下にさらに何発か、ガキンガキンと水平に打撃を入れた。確かに、木こりみたいな手慣れた伐《き》り方だった。
五、六発で削《はつ》り切った。エイリアンの上半身がばさりと床に落ちる。と、それを下半身がひょいと引っかけて、走って逃げていった。

「ふん。さっぱり痛手ではなさそうだな」

「一撃でやれませんでしたね」

おれが言うと、ミスター・クラッドは振り向いて、フフッと鼻で笑った。

「私も薪割りの経験はないんだ」

「……えっ？」

「他の武器を探さねばならんな」

彼は斧をラックに戻して通路へ出て行った。おれはぽかんとしていた。なんだ、じゃあやっぱりおれにやらせたくなかっただけか。

でもそれはおれも同じだった。

自分がぶち殺した（しそこねた）無抵抗の異星人痕跡を見下ろして、おれはゆっくりと我に返った。異星文明学はこんなことをしろなんて教えてない。ＦＣＰの理念は修好だ。それなのに、出合い頭の怪物に驚いた瞬間、一緒にいる人間を意識して無駄に強い態度に出てしまった。二人で強がりあった結果、異星人を攻撃した。大失敗だ。

でも後悔はなかった。こいつらのほうが先にあの人の船を襲ったんだから。彼の婚約者がどうなったかわからないんだから。

おれは通路に出て追いかける。

「ミスター・クラッド！」

「見回るぞ、ジゼ。ライフラインを点検し、ついでに何かうまいものを探そう」

先を行くあの人は少し楽しそうだった。きっとやり返したい頃合いだったんだろう。

3

パシフィック号の船内探索で得られたのは、短期的な希望と、長期的な失望だった。

希望っていうのは、いろいろな物資が見つかったことだ。前部備品室には食料やリサイクルフィルターなどの消耗品がごっそり溜めこんであった。ほぼすべて盗品らしくて、半分以上、賞味期限が切れていたけど、まともな分だけでも三ヵ月はもちそうだった。発電炉は正常で、燃料も十分だった。

失望のほうは、エンジンと超空間アンテナが消えていたことだ。ちょっとした不調ていどならともかく、焼き切って投棄されていたから、直せる見込みはゼロだった。

それに結局、一人も人間がいなかった。

「つまりおれたちは、故郷から遠く離れた宇宙空間で孤立して、動くことも助けを呼ぶことも出来ないわけですね、ミスター・クラッド」

「違うな。孤立して、助けを呼べず、うまい物しかない、だ」

「いやほんとうまいです、何これ……」

まる一日の探検のあと、おれたちは食堂でがつがつ夕食をたいらげていた。メニューは何かの肉と何かの乾燥キノコと何かの穀物を、超強火で香ばしく炒めたもの。料理長はミスター・クラッド。

「惑星キューベック5の名物ですか？　名前は？」

「パシフィック・ピラフ。高級食材ランダム五点炒め」

「即興ですか⁉」

ミスター・クラッドはくすくす笑う。何この人。社長で、斧使いで、思い付き料理が五つ星で、しかも可愛い笑顔？　困る。

いやマジで困る。おれの存在価値がない。「レシピ教えてください。おれも作るんで。おれが作るんで！」真剣に詰め寄った。

とりあえず食後のお茶はおれが淹れた。カップを抱えてくつろいでいると、彼が急に腰を浮かせて食堂の入口をにらんだ。おれが振り返るとサッと細長い影が隠れた。

「気に入らんな」

「あいつらずっと覗いてますよ」

「そうだったか？」

「はい、探索中に何度も」お茶をすすってから、ちょっと心配になった。「あの、朝のときは一緒にやっちゃいましたけど、もう攻撃しなくていいと思います。ずっと敵意を感じないので」

「異星人の敵意を浴びたことがあるのか？」

「ほんの二度ぐらいですけど」彼が目を見張ったので、ないと思われていたのがわかった。

「ロンチン3の茶葉人と、カハマルカ大隕星の軌道巣で。テリトリーを踏むと、なんかあるんですよ、ざわざわ感が」

「――異星文明学の学生、だったな」

「はい」

「なるほど。私は実業一辺倒で、お目にかかったことがなかった」

ほんのちょっとだけど、彼の見る目が変わった気がして、嬉しかった。

「その敵意のないあいつらを、襲わなければならないのは、非常に残念だ」

無造作に彼が言い出したので、一瞬で嬉しさが吹っ飛んだ。当然のことなんだけど。

「やっぱり襲うんですか……」

「セイウチ号が無事なら、軍が出動してここへつながるクレバスを捜索してくれるかもしれないが、過度に期待しないほうがいいだろう」

「その種の捜索、時間かかりますよね。数ヵ月とか、下手すると一年以上……」

「そうだ、長期間耐えるのでなければ、自力で帰らねばならない。やつらがどこから湧いていると思う？」

「……たぶん農場か主船倉、いえ主船倉ですよね。あそこだけロックされていた」

「ではそこを襲って、やつらの通信機か宇宙船を奪うことを第一目標としよう」

「はい」

「学問の対象を襲うのは気が進まないだろうがな」

ミスター・クラッドが同情の眼差しを向けてくれる。「わかってます、協力します」とおれは嘘をつく。気が進まないのは学問の対象だからじゃない。

いまが楽しいからだ。

「けっこう、では今夜は休もう」

おれたちはさっき見つけておいた居住区に降りる。船室はどれも空いていたから、一等を一室ずつ使うことにした。別々のドアに手をかけて、おれは彼を見る。

——襲撃があるといけないから、ツインに入りませんか。

「おやすみなさい、ミスター・クラッド」

「おやすみ。明日からはスピットでいい」

ドアが閉まる。おれは呆気に取られる。

こっちは言えなかったのに、彼ときたら。

部屋に入ってから、声もなく壁にもたれる。


そして深夜、本当に襲撃を受ける。

4

帽子掛けどもはレーザーでドアの錠を焼き切って乱入してきた。おれはシャワーの後、消耗品のバスローブに着替えて寝ていたからほぼ無防備だったけど、もし新しい鋼《はがね》の斧を用意しておいても無意味だったと思う。なにしろ十体以上ものハトラックが、田舎の村の陽気な祭りみたいなテンションでわっさわっさと乗りこんできたんだから、何をするひまもなかった。ただ担ぎ上げられて運ばれた。

おれの後ろでは彼も同じことをされていた。

「ミスター、じゃないスピット、大丈夫!?」

「そうでもない。まだ入浴前だった」

「あんたなら一日二日洗ってなくても全然大丈夫だと思うけど、そうじゃなくてケガとか！」

「問題ない。戦う前に押さえられたからだが。君は？」

「おれも無傷！」

無理もない。仮に装甲機動服と爆推ハンマーがあったってお手上げだったろう。

おれたちは冷蔵室に運び込まれた。冷蔵室といっても船の食品庫じゃない。例のロックされていた船倉だ。あの中がハトラック流の木と皮革めいた茶色い材質で改造されて、そこに特別室が作られていたんだ。

二人まとめて放りこまれた瞬間に耳と首がひんやりして、肌がキンと引き締まった。摂氏五度もあるかどうか怪しい。おれは思わず身を縮めた。

「うわっ寒っ。何これ」

ハトラックどもはさっさと出て行ってドアを閉める。バスローブ一枚のおれはすぐに震え始めた。スピットのほうはシャツ姿だけど、防寒性能はたいして変わらない。「何かないか探そう。宇宙服があれば一番いい」と言って、家探《やさが》しを始めた。

その特別室は続きの三部屋ぐらいからなる空間だったけど、結論から言うと、衣服のたぐいは何も見つからなかった。というよりもひどくおかしな部屋だった。机や椅子やベッド、書棚やシンクなんかもあったけれど、それと同じ部屋にベンチプレス台とか星図台とか便器とか、聖像画とか傘立てとか総菜の陳列棚なんかも置いてあった。さらに、一見普通の家具に見えた机やシンクも、引き出しが引き出せない、蛇口から水が出ない、張りぼてだとわかった。

「なんなんだ、これは。やつらはからかっているのか、頭がおかしいのか？」

スピットは白い息を吐きながら歩き回っていたけど、おれはなんとなく見当がついた。壁のあちこちに継ぎ目や小さな穴がある。連中が光でものを見るのかわからないけど、なんらかの方法で監視しているに違いない。

フランス窓（外じゃなくて隣の室内が見えるし、開かない）にかけられたカーテンを取り外しながら、指摘した。

「試験体にされてるんじゃない？　おれたち」

「知能テストにかけられているということか？」

「それもあるだろうし、逆に家具の使い道を知りたいのかもしれないし」

「……ああ。なんだかわからないまま、適当にコピーしてきたということか」

「想像だけどね」

　時間が経つにつれておれたちは凍え始めた。便器に座ったり聖像画を拝んだりするどころじゃない。大声でわめいてドアに家具を叩きつけたけれど、破壊は不可能で、やつらの反応もなかった。

　じきに凍えて動くのもままならなくなり、おれたち二人は身を寄せ合って壁際に座りこんだ。巻けるだけのカーテンを体に巻きつける。

「で、なぜこんなに冷やす？」

「わからない」おれは首を横に振って、遠慮がちに肩を寄せる。「耐寒テストかなと思うけど、それにしてはなんかこう、やり方が緩いよね。放置気味というか」

「拷問にしてはぬるいしな。おそらく殺すつもりまではないと思う。しかし何かのテストだとしても、私たち二人が選ばれた理由がわからんな」

「それが一番謎だよね……」

本当に。セイウチ号が襲われた理由は、まあ非武装で狙いやすかったとかたまたま近くを通ったとか想像できるけど、なんで船の三十人の中からおれたちだけが選ばれたんだろう？

……ひとつだけ心当たりはあった。でも寒すぎて集中できない。指先が痛くて体がガタガタ震える。するとスピットがおれをすっぽりと抱えこんでくれた。ごく平然と、「多少はましだと思うが」なんて言う。

「だ、だいぶましです……」

「私もましだ。相互扶助というやつだな」

むしろおれにとっては緊急避難だった。そうとでも思わないとやってられない。声が耳に響くし胸から汗の匂いがする。それも、ちくしょう、嫌いじゃないタイプの匂いだ。

思い切り顔を突っこみたい〜。

「君は確か恋人がいただろう」

耳元でいきなりそんなことを言われたから、上がりかけていた体温がヒュッと下がった。

「え、恋人って――」

「通路でキスしているところを何度も見かけた。違うのか？」

っキールのドスケベ野郎ー！

どう答えろってんだこんなの、イエスでもノーでもおれビッチじゃん！

「ま、まあ、はい……」って曖昧に答えるしかなかった。

「また生きて会えるといいな」

もうなんにも言えなかった。

ついでに、さっき思いついていたことも言えなくなった。

——やつらがカップルを狙っていたなら、あんたと婚約者がさらわれたはずだしね？

おれとキールのペアもさらわれなかった。違うんだ、やつらの基準は。


そのあとおれたちは低体温症で死にかけたところで、また部屋から出されてパシフィック号の医務室に放りこまれた。低体温は宇宙遭難病のひとつだから、どの宇宙船にも標準装備されている自動式地球外医師《Automatic Extra-terrestrial Doctor》が対処してくれた。これが遺伝病だとか未知の感染症なんかだとＡＥＤの手に余るところだった。……かかってないよな？　未知の感染症。

ベッドで点滴を打たれながら、あれはなんだったのかとスピットと話し合ったけど、うまい結論にはたどり着かなかった。低温環境での知能テスト？　凍結惑星に送りこむための選抜試験？　どれもピンと来ない。

収穫はなかった。彼が異星文明学に興味を持って、あれこれ聞いてくれるようになったことを除けば。

回復してからはしばらくハトラックが寄り付かなくなったので、スピットと生活リズムの構築に励んだ。戦うにしろ逃げるにしろ、食って寝て起きる習慣を作っておかないと途中でヘタる。朝飯はおれ、夕飯は彼、昼と疲れたときは相談して、六日に一度は全部サボった。二サイクル回して軌道に乗ると、ハトラックの撃破方法の検討と農場作りに取りかかった。パシフィック号は農場船だから、そういうでかいスペースがあるんだ。

といっても、長年の放置で土壌は腐りかけて凍り付いていた。倉庫に山積みになっていた農作業服を着て、おれたちは広大な元・農地の惨状を見渡した。

「どうする、これ？」

「全部は無理だな。まず一区画だけ動かすか」

やり方は農場のコンピューターに入っていたけど、大人数を養うために大人数で作業する設備だから、二人で完動させるのは無理だし無駄だ。何十品目も育てるわけにもいかない。とりあえず備蓄が切れる三ヵ月後からさらに三ヵ月後まで食えるように、促成イモと混合薬物に品種を決めて、予備含め二レーンの加温・消毒と土壌再生を始めた。

みたいなことをカモフラージュにやりながら、農機の整備工場でこっそり乱闘用のバーナー武器を作っていたら、完成前日に二度目の襲撃を受けた。

今度は昼間だったけど、前回の教訓から常に防寒フィルムやミニトーチを収めた非常パウチを装備して行動していたから、例の「観察部屋」に放りこまれた時もそれほどあわてなかった。寒さに耐えつつ入口を突破できると思っていた。

予想外なのは、今度は蒸し焼き部屋だったことだ。

最初から室温は摂氏四十度を超えていたと思う。放りこまれた瞬間から、あっこれダメだと察したので、全力で脱出に集中した。今度こそ殺されそうな気がした。

「錠の部分が保護されているな。蝶番《ちょうつがい》のほうを焼き切ろう。電池は足りそうか？」

「たぶん！」

ミニトーチの電力をぎりぎりで使い切る前に蝶番を切って、ドア一枚引っぺがしたと思ったら、もう一枚控えていて膝からくずおれた。

「スピットぉ、こいつら陰湿だ。殺すならさっさとやりゃいいのに！」

「今回も死ぬ前に止めてくれればいいんだが」

サウナみたいな熱気の中で、壁にもたれて座ったけれど、全身汗だくでさすがに抱き合うどころか手も握る気になれない。というか自分が濡れ雑巾みたいにべたべたで近づかれたくない。ずりずりと横へ逃げていくと、ハンカチで額を拭いていた彼に苦笑された。あー多分また誤解された、あんたが暑苦しいわけじゃないから……！

結局、おれがぶっ倒れて痙攣《けいれん》を始めたところで、ハトラックが乱入してきて、試練だか試験だかは終わった。ぼんやりとしか覚えてないけれど、スピットが真剣に怒って帽子掛けどもに抗議してくれていたのが嬉しかった。

通じなかったけどね、抗議。

以後、おれたちが回復して調子よく暮らしていると、突然やつらに拉致されていじめられるっていうパターンが定着した。寒冷部屋と蒸し焼き部屋があと二回ずつ来て、どっちも打ち切りタイミングがだんだん早くなったのはありがたかったけれど、その次には塩水部屋が来た。例の部屋に首まで塩水が満たしてあったんだ。じゃぼんと放りこまれたときには本当に、本当にやばいと思った。だって、人間が水中で限界まで試されたら、普通は倒れるとか痙攣するとかじゃなくて、もっとシンプルな変化を起こすでしょ？

スピットが助けてくれた。

「ジゼ、君がまず早めに休め。私が支えておくから」

「は？　休めって？　この前衛水族館で？」

「これまでの経験から考えて、この試練は力尽きる直前まで続く。つまり気を失うまでだが、ここで気絶すれば溺れるしかない。二人が一度に気絶したらアウトだ。どちらか一人が気絶するようにもっていかねばならない」

「うん。で、体力的におれのほうが先にぶっ倒れるよね」言うほど楽にぶっ倒れてるわけじゃない。毎回本当につらくてバニリ2に帰りたかった。「そこで終わるんだから、引き延ばさなくてもよくない？」

「毎回君が死にかけるのを見ているこっちの気苦労も少しは考えてくれ」ため息をついて、スピットが自分の胸をつつく。「今回は私がぶっ倒れる」

「あんたが!?」

「死んだふり程度ではやつらは反応しない。きっと遠隔装置で心電図や脳波も見ているのだろう。そういう異常が起きるまで私は起きている。塩水を大量に飲んだら早められるだろうか？」

言いながら手で水をすくったので、「わー、わー待って！　スピット！　馬鹿野郎！」って飛びついた。

「それは死ぬ！　塩水イッキ飲みは死ぬから！」

「電解質異常だな。どのみち何かしらの異常を起こさねば終わらないのだから、これも選択のうちだ。確か輸液で治るし、それはＡＥＤにも可能なはずだ。なんとかなる」

「言うほど楽じゃないよ……！」

おれは泣きそうになったし、心底腹が立った。

ドアまでざぶざぶ歩いてドンガン殴りつける。

「おっいクソ馬っ鹿呑気のヒョロガリ見物野郎どもが！　何が楽しくてこんないじめするんだよ！　さっさと外へ出せよせめてなんか言えよ！　おれはなー、おれたちがなあ、どんだけ我慢……いろいろ我慢してると思ってんだこら！　おいー！」

「ジゼ」

スピットが後ろに来て、肩に手を置いた。

「心配してくれて感謝する。私も同じようにむかついているが、ひとつ幸運だと思っていることがある」

「なに？」

「ここの同僚が君だということだ」軽く首をひねる。「同僚？　獄中仲間？　まあ友人だな。かれこれ二ヵ月ちかく一緒にやって来て、君を心底不快だと思うことは一度もなかった。君は極限状況でも判断力と怒りと希望を失わずにいられる、すぐれた男だ。その点だけは――こういうと変だがね――ハトラックの人選に感謝しているよ」

「それはおれも同じなんですよ――！」思わず口から飛び出た。「あんたみたいな冷静で頼れる男が恋人から引き離されてわけのわかんない実験台にされてるの、なんかもうもったいなくて気の毒でイライラすんですよ！　しかもおれみたいなののお守りまでしてくれてるし。ほんとにもう――」顔を背けて水面を殴る。「――悔しくて」

「婚約者とは言ったがね」

おれは喚《わめ》いたせいで頭に血が昇っていて、その言葉の微妙な響きに気づくのが遅れた。

「え？」

「来てくれ。ここなら座れそうだ」

スピットは離れていって、沈んでいる星図台に腰かけた。そして「昨日の続きを聞かせてくれ。ドゴン6の接頭人たちはどういう場合に頭を付け替えるんだって？」と言いながら、自分の隣を示した。

おれは「……うん。ドゴンのヘッドチェンジャーたちはこれまで戦闘頭と食事頭を持っていると思われてたんだけど――」と歩き始めてから、気づいた。

いま、本音を言えるかもしれない瞬間だった。

「――最近の研究だとほかに、小さい繁殖頭ってのが見つかってて」

その瞬間から遠ざかりながら、おれは妙にほっとしていた。発作的な一言で何もかもぶっ壊して気まずくするところだった。

こうやって彼の隣で話しながら死ねるんだったら、それもいいと思った。

四十三時間後、眠れず横になれず動き回れないまま飢えて渇いたおれたちは、罵声と塩水をぶつけ合う最低のけんかの末に広くもない部屋の端と端に分かれて、そこでぶっ倒れてしこたま塩水を飲んでえずいて吐いて、思ってたよりもはるかに早くへたばりかけた。たまたまおれのほうが最後の最後に正気に戻ったから、沈みかけていた彼のところへ泳ぎ戻ってなんとか頭を水面上に保ちながら、泣きわめいて助けを呼んだ。

部屋が排水されてハトラックどもが入って来た。おれは足を掬《すく》って一体ひっくり返し、ミニトーチに残っていた電力の残りで、帽子掛けのてっぺんの冠みたいな部分をあぶり焼きにしてやった。

冠が取れてそいつは動かなくなり、落ちた冠を他の連中が大あわてで拾って逃げていった。やつらが初めて見せた動揺だった。おれは一瞬だけ目にした冠の中身について考えていた。そこに、地球人ならよく知っているものがあった。

――花の中の突起とひげ。

なんだ、そういうことか、と思いながらおれは気を失った。

5

「雌雄《しゆう》同体？」

ベッドに横たわったスピットが、おれから目を逸らしながら言う。おれはうなずく。

「うん。あいつらの頭の上に雄蕊《おしべ》と雌蕊《めしべ》が両方あった。あんたは見た？」

「ああ……いつだか殴りかかったときに見たことは見たが、気にしなかったな。それが？」

「それが、おれたちが捕まってる理由だと思うんだよ」

「というと？」

「というとじゃないよ……あるでしょ、あんたとおれも」

おれはスピットと自分の股間を指差した。顔が熱くなる。

「同じものが」

「……まあ、あるが」

いつもの医務室で、先に回復したおれのほうが、今回は彼の世話をしていた。ＡＥＤは点滴だの挿管だの除細動だのはやってくれるけど、会話の相手にはならない。

「つまり連中は、人間も雌雄同体だと思っているということか？」

「とは限らないけど、まさか同性同士で繁殖できないとまでは思ってないんじゃない？　何しろ三十人中六人もイチャついてたから」

「……君たち学生か」

「そう、おれたち」

このために、おれは紅炎模様《プロミネンス》の派手なジャンスカを着てきていた。捕まった当日に脱いで、今までしまってあったやつ。スピットがちらりと見たのを確かめて、続ける。

「中でもおれはこの格好だし。こんなの動物で言うならあからさまな求愛色だよね。やつらはやつらなりに観察して、つがいになりそうな二体をさらった──そのとき同性であることを優先したんじゃないの」

「納得しがたいな。君が選ばれたことはそれで説明できるかもしれないが、なぜ私も？」

「その前に、熱い寒いの拷問がなんだったのか、わかる？」まだ回り道できるので、おれはそうする。「人間も植物によくやってるんだけど」

「……発芽の促進か？　あるいは開花時期の調整。越冬処置」

「農コンに出てたね」おれは微笑む。「そうだと思う。おれたちは種をつけるよう促されてたんだよ」

「咲かせる花がないのが生憎《あいにく》だ……」

「花のあるなしはともかくとして、絶対言っときたいことがひとつある。地球の花はただ受粉を待ってるだけじゃないよね？　別の生き物の助けを借りて繁殖するように、セットで進化してきたよね？　鳥とか蝶とか、ミツバチとか」

「虫媒、鳥媒というやつか。──まさか」

「そう。おれたち多分、次は虫に襲われる」

スピットがはっとしてこっちを向いた。

「襲われたくないよね？　虫に」

「もちろんだ。君もだろう」

「もちろんです。で──まあ、大体わかってきたと思うんだけど、えっと……」

「わかった」片手を挙げて彼がさえぎる。「拷問にかけられることを防いで、時間を稼ぐための方法が、ひとつあると」

「そう」

「私たちが明白な繁殖行為をする」

「です……」

湿った土の色の落ち着いた瞳にじっと見つめられて、おれは身を縮めた。ひあー恥ずい、汗やばい。理詰めに持っていけば切り出せると思ってたけれど、やってみたら下心ばればれであざとすぎる。

ダメだ。

「やっあのっ、ただのアイデアだから！　言ってみただけだから！　別におれがそういうのしたいとかそんなんじゃ――」

「私も期待してた、と言ったら？」

「な」

おれはまじまじと見つめ返す。

この人はいつもものすごく冷静で気配りできて自分をコントロールするのがうまいけれど、極限まで来ると普通に怒ったり落ちこんだりもするし、けっして感情がないわけじゃなくて実はかなり喜怒哀楽のある人で、そういうのは表情だけじゃなく声や足取りとかからもわかるんだけど――。

今、この姿勢と口元は、緊張してる。

たぶん。いや絶対。

「リュシーは取引先のお嬢さんで、年齢と商売上の理由とまあどちらも妥協範囲だという理由で婚約したが、実はあの航行で初めて顔を合わせたばかりで、まだ愛情を抱くには至っていなかった……と言うと取って付けたように聞こえ、う」

「いやそこはまだ脇道だよね⁉」

おれは思わずシーツの上から彼の股間をつかんでいた。

「こっちは？　こっちはどうなんですか！　おれを相手に使い物になるのかってほうが大事でしょうが！　おら経験あるのかちゃんと言え！」

「ま、待てジゼ。言う、言うから」

おれが手を離すと、スピットは何度か唾を呑みこんでから、「君が初めてだ」と深刻な顔で言った。

「ここらの星系では君たちのようなグループは珍しい。見たときはかなりショックだったよ。キューベック5では今でも男女婚が普通だ。——ところできみの恋人はいいのか？」

「キールとはもう別れるところだったから」

彼がふっと微笑んだ。ほんとのところ、おれたちの仲間内じゃ男も女も別れるも付き合うもなくイチャついてたけど、うん、言う必要ないよな、余計なことは。

「あんたが興味あるっていうなら全然オッケーむしろ大歓迎」

「そうか」

「ほら、虫に襲われる前にね？　きちんとやっとかないと。助けが来るまで」

おれがまた早口になりかけると、スピットは手を挙げてそれを遮《さえぎ》り、そのまま手のひらを差し出した。

「改めて、いいかい」

「うん――あっ前のときはね、あんたが嫌かもと思って」

「そんなことはない」

初めてちゃんと握った手は、思った通り温かくて優しかった。引っぱられるままに、おれはおずおずとベッドに上がっていった。わあ、やっとあの胸に入れる。

抱き合ってから彼が言う。

「しかし結局……なぜ私たちが？」

「あれ、まだわからない？」

おれはキスして説明を省く。そんなの、あの中で一番アイコンタクトしてた二人だからじゃないの？

ナイトフォールと悪魔さん　0話

高河ゆん

高河ゆん（こうが・ゆん）
1986年、〈コミックVAL〉（光文社）掲載の「メタルハート」で商業誌デビュー。代表作に『アーシアン』（新書館WINGS COMICS、創美社）『超獣伝説ゲシュタルト』『LOVELESS』『佐藤くんと田中さん -The blood highschool』（一迅社ZERO-SUMコミックス）などがある。アニメ『機動戦士ガンダム00』ではキャラクターデザインを担当した。

O−島
※このマンガはフィクションです　実在の大島とは殆ど関係ありません
HAV港
スッ
スッ
やあ
久しぶり
ムーン…
7日ぶりだな
あ
ほんと？
ハハハ
ちょっと忙しくて
ログイン
できなかったー

毎日待っていたと言ったら重いか
現在のところの距離感では
思いつめたようなことは余計だ
微笑しておこう
ところで知ってる?新しいシステム始まったんだって
味覚感知って言うらしいんだけどコロッケも食べられる
ピョーン
すごくない?あじわいシステム
U飼商店のコロッケ食べられるの2回言っちゃった
おまえが前回望んでいたから組み込んだのだ
知っているぞ
わくわく

行こう
キラーン
コロッケ食べに 3回目だ
メンチカツと ハムカツもある あとは串カツと チキンカツと
あはは
全部作ったのだ
夢みたい 無限に 食べられる
お腹いっぱいに ならないの すごくない？
U飼商店
こんにちは お邪魔します
わああ 本当にある
夢みたい全部 そろってるよ
ホカ ホカ
いただきまーす
あーっ ポッキーもある すごい
食べていい？ 食べていい？
ハム
POCKY

召し上がれ
コロッケあります
そう
スナック系は
少し苦労した
僕ポッキー食べて
みたかった
うれしー
ニッコニコリ
その顔が
見たかったのだ
笑顔が
満足だ
……
あいかわらず
すごいキャラ作りだね
ペロ
このゲームであんまり
そういうアバター
使ってる人いないのに

おかしいか？
ヌーン…
気に入らないか
こういうのもできる
これならどうだ？
いやいやちがくて
パキ
めちゃくちゃカッコいいなと思ってるの
よし
ねえ名前教えて
名前はナイトフォールと言う
名前もカッコいいさすがあああ
キャー
てれるー
おまえは？
（ドキドキ）
これは聞いても大丈夫なタイミングだ♡
うーん僕？
じゃあ「悪魔さん」で
あきらかにてきとう
ガーン

大丈夫ではなかったか失敗だ
「悪魔さん」
うん
……ねえ君不思議じゃない？
このO-島ってこんなによくできてるのに
僕たちの他に誰もいない
っ
それは
あ
ばいばいナイトフォールまたね
時間だ……くそ

うちおかーさんが
時間にうるさくて
ってもう
切断されたか
おかーさん
いないし
30分て
みじかー
もうここ飽きた
外に行きたい
んだけど
えーん
必要ある？
全部見てるくせに
あなたは
四万六千日幽閉されます
それ
ずっとっ
てこと？
どちらにつないでいましたか？
アドレスを報告して下さい
誰と面会していましたか？
アカウントを報告して下さい

しょぼ…
……名前聞けたのはよかったな ナイトフォール
ログアウトされた
会話の運びに問題があったか？
う～ん…
名前を尋ねたのがよくなかったか？難しいな？
ナイトフォール様

仮想の島作りにご執心ですね
人間の遊びはそんなに面白いものですか？
良くできているだろう
この島しかし過疎っています
プレイヤーを配置した方がよろしいのでは？
過疎上等ではないか
だからこれでいいのだ
誰もいらないのだ
ふたりきりがいいのだ

ナイトフォールと悪魔さん　0話（O-島にて）

運命のセミあるいはまなざしの帝国

おにぎり１０００米

おにぎり１０００米（おにぎりせんべい）
2022年、第1回リブレ× pixiv ビーボーイ創作BL大賞（小説）大賞を受賞。2023年、『今夜だけ生きのびたい』（幻冬舎コミックス）でデビュー。その他の作品に『月の影と竜の花』（リブレ）『モフモフに変身したら部下に嗅ぎつかれてしまいました』（エクレア文庫プチ）『きみがいなくなっても教室はそこにある』（幻冬舎コミックス）などがある。

1

乃湖《のこ》という名前は昔の相撲取りにちなんでつけられたもので、自分がニンフだとわかる前から好きじゃなかった、と十五歳の美少年は初対面の俺に言った。でも、だから親を恨んでいるとか、自分をこんな目にあわせる世界を呪ってやるとか、そのたぐいの言葉はひとことも口にしなかった。

俺がこのことに思い至ったのはずっとあとになってからだ。あの日、遠山《とおやま》乃湖が事務所にやってきた真夏の夕暮れ、俺はいつものようにくたびれていて、怒りを抱えた十代に対面するだけで精一杯だった。

「友達がどこにいるか知りたいんです」

少年は名刺をナイフのように突き出した。小さめの顔に整った目鼻立ち、頬は興奮ですこし赤い。俺はゆっくり視線を下げた。グレコ探偵事務所・調査員、東琥太郎《あずまこたろう》。いつかどこかで誰かに渡した俺の名刺。

「どこでこれを？」

「知りあいのところで」

「高校生？　保護者の方は？」

「未成年ひとりだと話も聞いてくれないんですか？」

少年は名刺をひっこめて、俺の顔をのぞきこんだ。かすかに緑がかった眸《ひとみ》の奥に森の幻影が見えた気がして、俺はオフィスを仕切る透明な間仕切りの方へ目をそらした。彼をここに通したアシスタントも、所長の小暮《こぐれ》の姿も見当たらない。

「いや、聞くよ。そこに座って。名前は？」

「遠山乃湖です。捜してほしいのは柚木《ゆずき》。友達の柚木梃子之介《てこのすけ》です。あの、急いでいるんです。テコはセミで、ていうかセミだってわかったばかりで、だからそのうち冬眠に入ってしまう。わかりますよね、フェアリーのこと？　それに俺……俺は……ニンフです」

舌がもつれそうな早口は最後で急にとぎれがちになったが、おしまいまで言いきったとたん、少年は挑むようにこっちを見た。俺は驚かなかった。その瞬間はとっくに過ぎていたからだ。

「友達は同学年？　どちらもフェアリーというのは……ひょっとして同時にわかった？」

「夏休みのはじめに学校でキャンプに行ったんです。俺とテコは夜中に眠ったまま森へ行こうとしていて、それで検査したら……そうだってわかって」

夏休み、という言葉につられるようにイメージが浮かぶ。明日から夏休みがはじまる午後、友達の誰にも言えない秘密を抱えて俺は屋上にひとりでいる。もはや前世にひとしい昔のことだから、覚えているのはそのくらいだ。だが目の前にいるこの少年はひとりではなかった。

東京の高校なら、今の季節、フェアリーだと判明する男子生徒がひとりやふたり出てもあまり驚かないが、親しい友達も同時にそれとわかるのはレア中のレアケースである。そして今は八月、兆候があらわれてからまだ一カ月も経っていない。セミの友人もニンフの彼も、事実を受け入れることもままならない時期だ。フェアリーの森の居住者《レジデント》として正式に登録をすませてもいないのだろう――俺はそう早合点した。彼の友達は思い悩んだあまり家出でもしたのか、それとも進行が予想より早く、夢遊状態で森に向かっているのか。だとすれば事件に巻きこまれる可能性もある。

俺の次の質問が「警察に届けましたか？」だったのはそのためだ。ところがそのとたん、乃湖は怒りをあらわにした。

「ちがいます！　そうじゃない、テコはもう森に行った。俺が知りたいのはテコの具体的な居所なの！　あんたはフェアリー専門のサーチャーなんでしょ？」

おっと、「あんた」呼びになった。しかし次の一秒で彼はしゅんとして、後悔したように目を伏せた。

「すみません」

フェアリー専門の人捜し《サーチャー》。たしかにカウンシルの蜂谷《はちたに》から所長の小暮にこの手の案件が来て、何度か担当したことはある。ただし俺の仕事になるのは、これから森へ行くことになっている、いないフェアリーだけだ。

「待って、確認させてください。友達はもう、東京地区のレジデントになっている？」

乃湖の頬が赤らみ、小鼻がふくらむ。

「……はい」

本心では友人の選択を認めていない口ぶりだった。

「テコからも一応聞いていました。でもこんなに早いと思わなかった。俺はもう一回でいいからテコに会いたいだけなんです。なのに連絡がとれなくなってしまって、レジデントなら森にいるはずなのに、誰に聞いても会うのはだめだ、居所は教えられないって言われて……俺もニンフだって言っても、みんな相手にしてくれない」

そういうことか。

「申し訳ない。残念だけど、レジデントを保護する規則があって、うちのような調査会社にその友達……森に行った柚木君の居所を調べる権限はありません。親しい友達なら、ご家族に聞けば教えてもらえるんじゃないかな？」

家族。俺がそう言ったとたん、少年の目から表情が消えた。

「それは無理。俺、テコの親に嫌われてるから」

あとで思い返してみるとこの時点で察してもよかったのだが、その時の俺は気づかなかった。かわりに俺がやったのは、内閣府制作の啓発パンフレットに書かれているような、ありふれた言葉をかけることだけだ。

「……気の毒だとは思う。でもきみのところにもカウンシルの担当者がきたでしょう。フェアリーにはご両親のような、ふつうの男女とはちがう人生が待ってる。だから――」

乃湖はしらけた目つきで俺をさえぎった。

「そんなことみんな知ってるよ。産む係になるってことでしょ？」

気候変動、環境汚染、社会システムの変化による人口減少……そういった問題をのりこえる過程で、人類という種には劇的な変化が起きた。思春期を迎えた若年男性の一部が、超男性的な特徴を持つセミと、その配偶者であるニンフに変異するようになったのだ。

今では総称してフェアリーと呼ばれる彼らは、人類にもうひとつの生殖方法を与えた。

成熟したセミに出会ったニンフはフェロモンの作用で発情し、性的接触が行われる。セミにより受精し妊娠したニンフは、約五カ月で卵膜につつまれた前幼状態の子を産む。卵膜の内部で子は前幼状態から通常の新生児の状態に成長したのち、膜を破って孵化《ふか》する。誕生した赤ん坊は百パーセント、ニンフでもセミでもない、通常の生殖能力を持つ男女である。

とはいえそれは赤ん坊が成長できればの話だった。セミはもとより、ニンフは出産後も乳を出すことはなく、そもそも子育ての衝動を持たない。つまり他の人間が育てなければ、森には赤ん坊の死骸が打ち捨てられることになる。実際、セミとニンフの存在が明確になるきっかけは、そういった事件のせいだった。

もっとも、セミもニンフも、実は昔から人類のマイノリティとして——マイノリティとすら認められないほどの少数派として——存在していたのではないか、という説もある。どの文化圏にも、十五歳の夏に森へ行ったきり、帰ってこない男子がいるという言い伝えが古来からあった。かつては神隠しとか、妖精にかどわかされたと言い、また森のはずれで誰の子ともしれない赤ん坊がみつかることもあった。そういった子供は取り替え子と呼ばれたものだ。森に消えた十五歳の男子のかわりに、樹の下でまるまると太った赤ん坊が泣いている——子供のできない夫婦が森に赤ん坊をさがしにいく逸話は、神話もしくは寓話と思われていた。

それが急に現実の話となったのは、二十世紀の終わりにセミとニンフの総数が増え、明瞭に認められる現象となってからのことだ。

ニンフの出産は女性の出産にくらべ身体的な負担や苦痛がはるかに少なく、またセミとの性行為や出産の際にニンフが分泌するホルモンは、快感や多幸感をもたらす。この国ではニンフは侮蔑的なニュアンスをこめて「妊夫」と俗称されることもあったが、世界中で出生率の低下が大問題となっていた時代、フェアリーというあらたなマイノリティは救世主のように扱われた。フェアリーになる十五歳男子は、都会の学校でも学年にひとりいるかいないかである。たいていの人間にとって身近な存在ではないが、多くの国家では彼らに特別な保護を与えるなど、セレブリティとして遇している。

フェアリーが人間社会の一部として完全に認知されると同時に、それまで女性だけが担ってきた出産や育児をめぐる社会システムは、まったく異なる形に再編成されることになった。母性の核とされてきた「産み育てる」を、フェアリーは解体してしまったからだ。

遠山乃湖の保護者が到着するのを待ちながら、俺はフェアリーをめぐる様々な事柄にぼんやり思いをめぐらせていた。どうやら乃湖がここへ来たのは、「探偵事務所に勤めるフェアリー専門の調査員」に過剰な期待というか幻想を抱いていたせいらしい。

あいにく俺の外見は三十五歳の平凡なおじさんだ。身長は平均値、痩せ気味、覇気なし。当然のことながら、同世代のニンフに特徴的な、独特の若々しさや艶——乃湖はそのうちこの特徴をはっきり見せるようになるはずだ——も、セミの超男性的な輝きもない。つけくわえると、ドラマやアニメで活躍するような探偵のイメージにもきっとあてはまらない、その辺にいるワイシャツを着たサラリーマン。調査員なんてそんなものである。

怒りを抱えた十五歳を懐柔するため、俺は彼を応接室につれていき、事務所の冷凍庫から発掘したピスタチオアイスを出した。ニンフであろうとなかろうと、十五歳男子はだいたい腹を空かせている。作戦は功を奏し、すこしだけ大人に気を許した十五歳は、壁に飾られた力士の手形のレプリカを見て自分の名前の由来を話してくれた。

そこを糸口にしてやっと、保護者を呼び出すよう説得できたのがちょっと前のことだ。この間に乃湖は完全なタメロになったので、俺も営業用の丁寧語を放棄した。

「誰に聞いたのか知らないが、俺が捜すのはレジデントになる前のフェアリーなんだ」

「つまり今の俺ってこと?」乃湖の頰に小さなえくぼがうかぶ。「ゾンビみたいに、ふらふら森をめざして歩いていくから」

　セミ化、ニンフ化がはじまった少年たちは、森の夢を見ながら夢遊状態でさまよい歩くようになる。ニンフの場合、準備が十分に整った時点で成熟したセミに出会ってしまうと急速に成熟して発情周期を迎える。一方セミ化が一定段階まで進んだ少年は、成熟過程のために冬眠に入る。彼らが目覚めるのは十一年後だ。そして……。

「そうだよ。変化の兆候を見過ごしてしまうと危険なことも起きる。彼岸《ひがん》までは変化しないっていうのは俗説だ。個人差も大きいし、特にセミには早めにレジデント登録をするようカウンシルは勧めている。友達の柚木君もそう思ったんじゃないかな」

　くつろいでいた少年の顔がこわばった。ここで持ち出さない方がよかっただろうか。俺は麦茶のおかわりを注いでやり、時計に目をやった。二回目の服薬時間が過ぎてしまうが、彼の前で飲むわけにはいかない。

「……宝くじに当たるようなものだと思ってたんだ」

　乃湖がぽつんと言った。

「ほら、フェアリーは国が養ってくれる。ずっと昔、少子化で人類滅亡とか言ってたのは、女の人が子供を産むの大変だったからでしょ？　ニンフはそんなことないし、なのに無理して働かなくてもいいんだから、そういうのラッキーだなって。思ってたのとはかなりち乃湖はさらに何か言いかけて、急にやめた。フェアリーの兆候をあらわしたばかりの子供が問題を抱えるのは当然だから、俺は黙っていた。

ただの十五歳が、ある日突然ニンフに――あるいはセミになるというのは、飛躍でもありストレスでもある。それが起きる可能性があると知っていても、実際に自分がそうだとわかるのとはまったく別のことだ。

目を伏せた乃湖のむこうから、ふいに土と水の匂いが漂ってきたような気がした。鳥の声に葉擦《はず》れの音、濃い緑と薄い緑が重なりあった隙間からまばゆい光の筋がおち、下草を踏んで歩き出せば虫の音が一瞬止まる。

俺はまばたきして夏の森の幻影をしめだした。セミ化する友達のことばかり気にしている乃湖はまだ、自分の身体の変化をはっきり自覚していないのかもしれない。きっと彼にとって「ニンフであること」はまだいくらか他人事《ひとごと》だ。それでもフェアリーの森のレジデントになり、最初のセミに出会う頃には、変化した自分の身体を受け入れているだろう。ニンフであることはそんなに悪いものではない――たぶん。

そろそろ間《ま》がもたなくなりそうで、俺はまた時計を見た。八月はじめ、午後六時。窓の外はまだ明るい。所長の小暮はどこに行ったのか。来客予定がないからといって、事務所をワンオペにしないでほしい。そう思ったときやっと、廊下に人影があらわれた。

「小暮さん、どこ行ってたんですか」

「やあ、遅くなっちゃってごめん。で、お客さん来てるんだけど」

所長の背後にいた人物がこっちをのぞきこむ。

「あの、ご連絡をいただいた瀬名《せな》です」

乃湖がパッと立ち上がった。

「ソーマさん」

「こら、乃湖！」

さっき連絡をとった乃湖の保護者だ。怒鳴ったわけではないし、怒りより安堵を感じる響きだったが、問題は声だった。生で聞くことがめったにない美声だったのだ。おかげで俺まで一瞬ビクッとした。

声の主は所長より頭一つ背が高かった。美少年の保護者は美男子なんだな、と俺は特に意味もなく思った。どこかで見た顔のような気がするのはそのせいだろうか。背筋はぴんと伸びている。外はまだ暑いだろうに、サマージャケットをきちんと着て、長袖のワイシャツのボタンを首もとまでとめている。

所長が妙にニコニコしながら脇へよけた。男は俺の前までまっすぐやってくると、深く腰を折ってお辞儀した。

「瀬名壮真《そうま》と申します。このたびは乃湖がご迷惑をおかけしまして申し訳ありません」

「あ、いや、そんな迷惑というわけでは」

瀬名はちらっと目を上げた。応接ソファで中腰になっている乃湖を見て、また俺に視線を戻す。

「目を離して何かあるといけないから、門前払いしなかったんでしょう。ありがとうございます」

「いえ、まあ、一応フェアリー関係の案件もやってますので……」

瀬名がジャケットの内側から名刺を取り出したので、俺も自分の名刺を出した。受け取った名刺は名前と連絡先だけのシンプルなもので、名前の横に肩書きはなかった。

「乃湖は母方の従兄弟《いとこ》なんですが、この件で彼、両親と難しい感じになっていまして、しばらく僕の家にいるものですから」

「なるほど。それは大変ですね」

俺は月並みなことしか言えなかった。瀬名はまた深く頭を下げてから、きりっとした目で乃湖の方を見た。

「乃湖、くわしいことはあとで聞くから、東さんにお礼を言いなさい」

「あ、うん。アイス、どうもありがとうございました！　ピスタチオおいしかったです」

「ピスタチオ？」

所長の小暮が怪訝な顔をする。実をいえば冷凍庫のアイスは甘党の所長秘蔵のお取り寄せなのだ。俺はそしらぬ顔で廊下に出て少年と保護者を見送ったが、応接室に戻ってくると所長は窓枠にもたれてまたニヤニヤしていた。いったい何が嬉しいのか。

「いやあ、びっくりしたよ。コタローちゃんも引きがいいねえ」

「は？　何がですか？　宝くじなんて買ってませんよ」

「ちがうちがう、あの子の保護者だよ。本物の瀬名壮真じゃないか」

「有名人なんですか？」

所長は目をぎょろっとさせる。

「コタローちゃん！　知らないの？」

「……声が良かったので芸能関係かとは思ったんですが……」

「俳優だよ。デビューのころはアイドルでさ、ほら〈月曜日の子供は美しい〉って聞いたことない？　ツキコって呼ばれてたやつだよ。今は手堅い演技派だけど」

「変わったグループ名ですね」

「反応悪いな。ナマで瀬名壮真を拝めるなんてラッキーもラッキーだ。また来ないかな」

「誰が？」

「瀬名さん。サイン欲しいじゃないか」

「はあ」

俺は生返事をした。あの子が芸能人の親戚なら、所長もピスタチオアイスのひとつやふたつ、気前よく出してやったにちがいない。

2

グレコ探偵事務所の名前は、所長の小暮のアナグラムだ。探偵事務所といっても正社員として雇われているのは俺ひとりで、他の調査員はみな嘱託である。小暮には豊富な謎人脈があり、嘱託の連中は全員優秀だが、めったに事務所に姿をあらわさない。営業時間に事務所にいるのは俺と所長、それにパートタイマーのアシスタントだけだ。

今年五十歳になる小暮は多趣味な男で（本人の弁）、事務所には力士の手形をはじめ、半世紀の人生の成果があちこちに飾られている。月曜の朝、半開きになった所長室のドアからは聞きなれない音楽が流れていた。のびやかで陽気な音と男性ボーカルのハモりが続く。アイドルソング。

「朝から何を流してるんですか」

「〈月曜日の子供は美しい〉ツキコのヒット曲だよ。金曜にナマ瀬名に会ったじゃない？ひさびさに聞きたくなってさ」

スクリーンでは虹のパステルカラーをまとった少年たちが踊っていた。

月曜日の子供はきれいな子
火曜日の子供は優雅な子
水曜日の子供は悲哀をたたえ
木曜日の子供は……

「この歌詞、マザーグースまんまじゃないですか」

「いいじゃないか、グループのコンセプト曲なんだ。七人のメンバーが曜日とカラーを担当する。ソーマは木曜日だよ。カラーは緑。そういえば月曜の子はMCの自虐ネタがよかったな」

「男性アイドルも守備範囲だったなんて知りませんでしたよ。何年前の曲ですか？」

「あいにくというか幸いというか、アイドルは趣味ってほどの域には達してない」

小暮はスクリーンをのぞきこんで日付をたしかめた。

「だいたい二十年……うん、十八年前だ。ソーマは十七歳！　これが先週対面したイケボに。うわぁ信じられん」

十八年前で十七歳か。

「瀬名さんは俺と同い年なんですね」

「そういえばそうか。ツキコは五年しか活動しなかったけど、彗星みたいにデビューしてたちまちヒットして、最初の三年くらいはＣＭや番組や……何を見ても七人がいるって感じだったな、たしか。すごかったよ。コタローちゃんは覚えてない？」

「十七のときは森に引きこもってましたから」

「あ、そうか。そうだな」

十代の瀬名壮真はグリーンのグラデーションに染めたパンツスーツで踊っている。少年らしい体型にまるみを帯びた頬をしているが、グループいちばんの長身だ。今の乃湖に似ているとはぜんぜん思えない。従兄弟だとそんなものか。ぼうっとスクリーンを眺めていると、なんでもなさそうな声で所長が言った。

「ところでコタローちゃん、ついさっき瀬名さんから電話をもらったんだけどね」

「なんですか？」

「例のイトコの子に問題が起きたらしくて、ここに来るって」

「え？」

「そろそろ着くと思う。フェアリー関係だからコタローちゃんよろしく」

小暮がそう言い終わると同時に受付の呼び出しチャイムが鳴った。バックで流れるアイドルソングのせいか、廊下に飛び出した俺の足はやけにリズミカルだった。瀬名壮真は事務所の入口に立っていた。俺はぴたっと足を止めた。

後光がさしているように見えたのは彼が芸能人だと聞いたから？　どうだろう。とにかくその一瞬、彼は俺の目にも光り輝いていた。十代でアイドル、今もファッション誌のグラビア特集に登場する（と先週小暮に聞いた）のは伊達じゃないらしい。他の人間とはちがう、見られることに慣れた存在が発する輝きだ。今の俺にはすこしばかり刺激が強い。

「東さん」

「は、はい？」

声がひっくり返りそうになった。瀬名は大股でこっちへやってくる。薄青のシャツは襟もとのボタンがひとつ外れている。

「すみません、大騒ぎするほどのことではないかもしれませんが、乃湖が黙ってどこかへ行ってしまって」

美声は変わらないものの、目の前に立つ瀬名壮真からはさっきの後光は消失している。

「いったい何があったんですか?」

「実は昨夜、乃湖と……ちょっとした口論をしたんです。僕は朝また話せばいいと思って寝てしまったんですが、起きたら乃湖と、いつも使わせているモビリティがなくなっていました。電話も通じないし、親のところにも帰っていない。僕が心配しすぎているだけかもしれませんが……警察に連絡すべきか迷って、グレコのことを思い出したんです」

瀬名を応接室へ誘導するときにも、所長室からは陽気な曲が流れてくる。かつてのアイドルはとまどった表情になった。俺は思わず「すみません、うちの所長の趣味で」と断ってから、あらためてたずねた。

「それなら乃湖君は夢遊状態で出ていったわけじゃない?」

「着替えているし、シャワーを使った形跡もあって、いわゆるフェアリーの夢遊病とはちがう気がするんです。カウンシルにはもう連絡を入れました」

「乃湖君は友達に会いたいだけだと言っていました。フェアリーの森まで、自力で会いに行ったのかも」

「その話なんですが……」瀬名は眉をひそめた。「乃湖はもう一度、彼をたずねて森へ行って、門前払いされてるんです。だからひとりでここに来たんだ」

そういえば先週、乃湖は俺に何か話そうとして途中でやめた。俺は深追いしなかったが、あれは逆に、もっと聞いてほしいというサインだったのかもしれない。

「乃湖君の様子がおかしかったというのはどんなふうに？　口論の内容は？」

「実は昨日、僕は仕事が――撮影があったので、乃湖をひとりにしたくなくて連れていったんです」

瀬名は悔しそうに唇をゆがめたが、さすが俳優というべきか、そんな顔でもさまになっている上、言葉は明瞭で聞き取りやすい。

「終わるのが深夜になるとわかって、結局先に帰したんですが、帰ってから乃湖の部屋をのぞいたら妙な道具を振りまわしていて――いや、それだけならなんとも思わなかったかもしれませんが、僕に隠そうとしていたからちょっと変だと思いました。そのあと話をしていたら、運命のセミがどうとか言いだして」

「運命のセミ？」

「ええ、佐川ミメイに聞いたと――佐川ミメイはご存知ですか？」

俺はうなずいた。芸能関係にはうといが、ミメイは例外だった。

「わかりますよ。ニンフのタレントだ」

「昨日の現場は佐川さんと一緒だったんです。おなじニンフだとわかるんでしょうか、彼は乃湖にすぐ気づいて、待ちのあいだ話しかけてくれた。乃湖も楽しそうにしていたから、僕はほっとして——フォローしてもらえていると思っていたんですが、帰って乃湖の話を聞いているうちに不安になって、余計なことを言ってしまった。たぶんそれが——」

「乃湖君はなんて言ってたんですか?」

「早く運命のセミをみつけないと自分にはもう先がないんだ、みたいなことを……正直に言うと、僕にはなんのことかわからなかった。やけに悲観的だったので、そんな短絡的なことは言うものじゃないと、若干きつめに反論してしまったんです。僕も疲れてイライラしていたのがよくなかった。それで乃湖は黙ってしまって、僕は……続きは明日にしようと言って寝てしまった」

瀬名はみるからに肩を落としているが、どうしようもないことはある。しかし俺には佐川ミメイの名前と「運命のセミ」が登場した時点で思い当たることがあった。

「乃湖君が持っていた妙な道具というのは、ペンダントみたいな……太めのチェーンじゃありませんでした? ガラスの重りがついてる」

瀬名はかたちのいい眉をあげた。

「チェーン――ええ、そうですね。重りはわかりません。乃湖はすぐ隠してしまって、よく見えなかったんですが」

「それ、ペンデュラムじゃないかと思います」

「ペン……？」

「振り子。玩具です、武器になるようなものではありません。ニンフにとってはゲームの小道具……それにアクセサリーかキーホルダーみたいなものです。ミメイの年になるとお守りがわりでしょうが。確認ですが、乃湖君は運命のセミをみつけないと、と言っていたんですよね？」

「ええ……運命のセミってなんですか？」

俺は答えずに入口をふりむく。小暮が麦茶のボトルを持って立っている。呑気な雰囲気は変わらないまま、目だけが鋭く光った。

「所長、カウンシルに連絡を入れてください。すぐ乃湖君を捜しに行きます」

「そうか。どこに？」

「フェアリーの森です」

もう森へなんか行かない

もう一緒には行かない
わたしの青春は去っていく……

まだ朝といえる時間なのに、外気はさわやかとはいいがたい。日陰に停めてある車の中もムッとした空気がこもっている。俺は無意識に昔の歌を口ずさんでいた。フェアリー案件をやるたびにこれが頭に浮かんでくる。瀬名が怪訝な目でこっちを見たので、ハッと気づいてやめた。

「すみません、その……」
「その曲、僕が出たカウンシルのキャンペーンでも使いましたよ」
「……そうでしたか」

いつのキャンペーンだろう。少子化対策協議会、通称「フェアリーカウンシル」は一般向け啓蒙キャンペーンを定期的にやっている。カウンシルはこども庁と連携して、森の運営管理、少年たちの教育、新生児の養子縁組アレンジ、転生期間中のセミの保護等々、多数の事業を担当している。

「……失敗しました」瀬名はさっきより落ちこんでいるように見えた。「乃湖は小さいときから僕になついていたし、カウンシルのキャンペーンで仕事をしたこともあって、それなりに理解があるつもりで……乃湖の力になれると思っていたんです。事務局長の蜂谷さんとも知りあいですし……」

「まあまあ、ひとまず東と行ってください」

所長が能天気な調子で口をはさみ、瀬名の美声を中断させた。

「乃湖君のご両親には私からも状況を連絡しておきます。カウンシルにもいま連絡をいれますから、続報が来たらすぐ知らせます。瀬名さん、東はフェアリーのことをよくわかってます。すぐみつかりますよ」

俺が運転席に乗りこむと、瀬名は自分から助手席におさまり、体格にあわせてシートを調整した。俺は車を出しながら、いったい誰が最初に「運命のセミ」なんて言いだしたのか、これまで何度も考えた疑問をまた思い出していた。きっと最初は冗談のつもりだったのだろう。

フェアリーは「産む係」だ。発情と交接と出産のサイクルの渦中にいるセミとニンフの本能に養育の二文字はない。しかし子棄ては許容できないから、フェアリーが人間社会に組みこまれた時点で、親子をめぐる考え方と法もアップデートされた。血統主義的な思考は放棄されて久しく、卵膜の中で育っていく子供は、法的には希望する夫婦の実子となる。親になるのは卵膜を破って出てくる赤ん坊を「取り上げた」人間というわけだ。

しかし、ニンフも四十代になると発情周期が遅くなり、やがてセミにまったく反応しなくなる。するとそれまで十代の少年のような姿をしていたのが急速に中年太りして、男とも女ともつかない曖昧な外見に変化する。そうなれば、森で若いニンフやセミをサポートする役割へシフトしたり、中には森を出て自分で子供を育てたり、カウンシルに斡旋してもらった仕事について一般社会に戻る者もいる。セミとちがい、ニンフにはふつうの人間と変わらない寿命があるから、佐川ミメイのようにタレント活動をする者もいる。ニンフには女性とも男性ともちがう魅力がある。

セミはこうはいかない。彼らには時間がない。

運転しながら俺は、心の中で佐川ミメイに毒づいていた。十五歳の切羽詰《せっぱつ》まっている子にあのゲームを教えるとは何のつもりだ。ペンデュラムまで渡したのは親切のつもりかもしれないが、カウンシルは森を出たニンフの言動にもっと注意を払うべきだ。

車は高層ビルが建ち並ぶ市街地を抜け、昔は住宅地だったという郊外に入っている。真夏は緑のススキが波のように揺れ、ところどころで巨大な風車が回る、牧歌的な地域だ。人の身長の二倍は超える巨大なススキ野原はバイオマス燃料の畑で、フェアリーの森はこの先にある。

「乃湖君のことで、ひとつ気になっていることがあるんですが」と俺は言った。

「何ですか？」

「先週彼が俺のところへ来たのは、セミ化がはじまった友達の柚木君に会うためでした。柚木君の家族に聞いたらと言ったら、彼は自分は嫌われている、と答えた。これは本当ですか？　同時にフェアリーとわかった親しい間柄なら、柚木君も会いたいんじゃないかと思うんです。セミ化がはじまった子のご両親がかたくなになるのはわかりますが、何か事情があるんじゃないですか？」

　子供がフェアリーだとわかった親の多くは、その事実を受け止めるのに苦労する。カウンシルは彼らのプライバシーに最大の配慮をするようプロトコルを定めている。ちらっと横を見ると、瀬名はこわばった表情をしていた。

「乃湖にはっきり聞いたわけではありませんが、推測していることはあります。僕はあのふたりがつきあっていたんじゃないかと思います」

なるほど、それだけで合点がいった。

「乃湖君はゲイなんですか？」

「僕にはそう見えますね。親もそう思っている。柚木君との関係を向こうの親御さんが知ったのはこの夏より前のようです。あの年齢だと、現場を押さえられたのかもしれない」

「乃湖君が柚木君と連絡がとれなくなったのは、家族に拒否されているからですか？　本人の意思はわからない？」

「乃湖が言うにはそうです。たぶん先方のご両親に乃湖はよく思われていなかったんですが、もっと早く僕が気づいてやればよかった」

「……というと？」

「僕もゲイなので。知りませんか？　芸能ニュースに出てくる僕のゴシップの相手はいつも男性です」

「……すみません。あまり興味なくて」

「それはそうですよね」

瀬名の口調に引っかかるものを感じて、俺は思わず彼の横顔を見たが、続く言葉はなかった。

ススキ野原のあいだを行く道はゆるやかに上り下りしながら、山のふもとの森に通じている。森を囲むように建設された街区にあるのは主としてフェアリーの生活基盤となる施設だ。フェアリーの森は地方にもあるが、街の規模は東京がいちばん大きい。そして真夏の今、森はセミとニンフの青春の舞台だ。

「……柚木君のご両親のことは、想像できないわけではないです」

しばらくして瀬名が言った。

「もしかしたら、フェアリーでなければ乃湖も拒絶されなかったかもしれません。ゲイだからどうこうなんて、今どき何だって話です。まだショックなんでしょう。僕も……乃湖がニンフだと聞いたとき、それならまだよかった、と思ったくらいですから。セミじゃなくてよかったと」瀬名の声がすこし小さくなった。「たまにそんな自分が嫌になります」

俺は前を向いたまま言った。

「セミやニンフになることは誰が決めたわけでもありませんよ。今のところ、事前に調べることもできない。あれはただ起きるんです」

「十五歳で子供と別れる親御さんには、そうは思えないでしょうね。十一年の眠りと、そのあとの七年……」

「まあ外野はそう思うでしょうが、セミ本人はそんなに深刻じゃない。連中は楽しくやってます。人の気も知らないで、楽しみすぎるくらいだ。十一年かけた転生のおかげで」

「──東さん？」

しまった。俺は口をつぐんだ。不謹慎どころじゃない。言ってはならないことを言ってしまった。

「いやその……運命を受け入れてしまえば、と言いたかったんです。誰だって寿命が選べないのは同じです」

自分がフェアリーだと知らされることは、知らないうちにアイドルオーディションのステージに引っぱり出され、グランプリをとってしまうようなものだ。選ばれたら十五歳で運命に立ち向かわなければならない。でも当人にとっては、立ち向かうというほどのことではないかもしれない。

セミへの変化がはじまった少年は、おそくとも彼岸を過ぎるころには、フェアリーの森の地中で冬眠に入る。十一年かけて彼らは変容《メタモルフォーシス》する。目覚めたセミの外見はかなり変わっている。大人のセミはアジア人の標準からいえば相当なスーパーマンで、ニンフのみならず誰の目も釘付けにする。しかし成熟したセミの寿命は約七年だ。そのあいだセミは多数のニンフを渡り歩く。ギリシャ神話のゼウスのような、美女とみれば犯して子供を産ませていた神々は、実はセミだったのではないかという話もあるが、セミはニンフしか相手にしない。

「そうだ、東さん、運命のセミって何ですか？　カウンシルの仕事の前に講習を受けた時も、そんな話は聞きませんでした」

瀬名が思い出したようにたずねた。いつ聞かれるかと思っていたものの、いざ答えるとなると、俺は説明に迷った。

「うーん……慣用句というか、ニンフの言い伝えみたいなものなので……運命のセミというのは……ニンフが最初に森で出会う——大人のセミのことです。ニンフは冬眠して成熟したセミに遭遇することで最後の変化をとげる。そのときの相手を運命と呼ぶんです」

「ということは……」瀬名は内容を咀嚼《そしゃく》するように一拍おいた。「セミには運命のニンフがいるんですか？」

「いえ」

「どうして？」

「フェアリーはセミの観点では一夫多妻なので。それにニンフも、一度子供を産んだら次のセミをさがします。その中で最初のセミはニンフにとってすこし特別だってことです」

ニンフにとって最初に出会うセミが特別なのは、身体が先に変容し、一歩遅れて心がついていく、その最初のきっかけになるからだ。だが俺の口からは説明できる気がしなかった。瀬名はすこし考えこんだ。

「同時にフェアリーだとわかっても、ニンフとセミでは十一年のタイムラグがある。十五歳で両想いだったとしても、ニンフは十一年待つことになる」

「十一年も待てるニンフなんていませんよ」俺はたいして考えもせずに言った。「カウンシルの講習に行ったなら聞いたと思いますが、転生後のセミは性格もかなり変わっているし、個人的な人間関係をほとんど覚えていませんから、待つのは自己満足でしかない」

「東さんは……いや」

瀬名は何か言いかけてやめ、俺はまたよけいなことを言ったかと反省した。どうも今日の俺は喋りすぎる。ところがそう思ったはしから、俺はまた口を開いている。

「ニンフのあいだには、ペンデュラムでダウジングの真似事をしながら森を歩けば運命に出会うというジンクスというか、ゲームがあります。ペンデュラムはゲームに参加しているという目印になるんです。乃湖君が森に行ったと推測したのは、彼がやけっぱちになってゲームに加わろうとしていないか心配だからです。まあ、杞憂《きゆう》かもしれませんが……」

「――待ってください、じゃあ乃湖が森でセミに遭遇したら――」

「いや、十中八九それは起きないと思います。外部者はレジデントの森に入れないし、フェアリーは宵っぱりの朝寝坊だから、この時間は姿も見かけないでしょう。それに先週の乃湖君の様子では、そんなゲームができるほどニンフ化は進んでいないようでした。カウンシルの担当者がレジデント登録を急がないのもわかります。でも森は森ですから、不測の事態には備えないと」

喋りながら俺はいつのまにか木漏れ日を思い浮かべていた。目はまっすぐ前を、ときおり対向車が通るだけのアスファルトの道と広漠としたスキ野原を見ているのに、鼻の奥に湿った土の匂いを感じる。太陽を透かして重なる緑の葉のあいだを小鳥が飛び、ひび割れたような樹木の表皮に蔦《つた》がからんで、アーチのようになった木々の向こうには俺をまなざすものが――

首のあたりに視線を感じ、俺はハッと我に返った。瀬名がまっすぐこっちを見ていた。

「小暮さんの言う通り、東さんはニンフについてすごく詳しいですね」

「ええ、まあ……仕事柄……」

「実は僕、東さんのことを以前から知っていたんです。蜂谷さんから頼りになるサーチャーがいると聞いていて――というより、乃湖は彼女と僕の会話からグレコのことを知ったんだと思う」

「それは……すみません、なんか……」

話の行き先がみえず、俺は少々困惑した。道の左右でススキが緑の波のように揺れる。空は真夏の湿った青空だ。

「いえ、非難してるわけじゃなくて、よかったと思っているだけです。それに本当は、蜂谷さんに聞く前から東さんのことは知ってました。先週会ったときすぐ、わかりました」

「え？」

「僕のこと、覚えてませんか？」

予想外の言葉に驚いて俺はまた助手席に目をやり、あわてて前に注意を戻した。瀬名は追い打ちをかけるように言った。

「中学二年から高校一年のとき、同じクラスでした。榎田原《えだはら》中学、城水《しろみず》高校。ちがいますか？　東琥太郎君はクラスでかなり目立っていたから、僕はよく覚えてるんです」

学校名は大当たりだ。しかし俺はますます困惑した。言われてみれば瀬名、という同級生がいたような気もする。しかし十五歳の夏より前の人生は俺にとって前世のようなもので、アイドルになるような同級生が教室にいたなんて記憶はない。

「学校はあってますが……ただ、俺が高校にいたのは最初の学期だけで――」

「覚えています。あの……」瀬名の声が小さくなった。「東さんもニンフでしょう？」

もう森へなんか行かない――俺の頭の中でまたも昔聞いた歌が流れた。

3

「そんなの、見ればわかるでしょう。俺はニンフじゃありませんよ」

俺は肩をゆすり、小さく笑った。

「そんなこと言ったら佐川ミメイが怒りますよ。俺がフェアリーにくわしいのはアルタードだからです」

「アルタード？」

「元ニンフ。何年か前に手術で器官を取ったんです。いろいろと支障が出て」

瀬名はぎょっとした目をしたが、絶妙なタイミングで電話が鳴り響いた。小暮所長だ。

『ハイハイ、コタローちゃん。朗報だよ〜。パーキングのカメラをチェックしたら、乃湖君のモビリティが映ってたってさ。もうカウンシルの職員が向かってる』

「場所を教えてください。直行します」

電話を切ると同時に瀬名がほっとした声で「ありがとうございます」と言った。俺は俺で、さっきの会話が中断されたことにほっとしていた。ふつうの男女にとってはグロテスクな話だし、ほとんどのフェアリーも理解しない。

小暮から送られてきた地点はフェアリーの森と柵で仕切られた公園区画で、パーキングにぽつんと一人乗りのモビリティが停めてある。バッテリー駆動の一人乗りモビリティは講習を受ければ中学生でも乗れるが、スピードは出ないから、ここまで来るにはかなり時間がかかったはずだ。

こんなにあわてなくてもよかったかもしれない、とふと思った。子供がフェアリーに変化するプロセスにあるとき、大人はどうしても過保護になってしまうが、乃湖は単に、ひとりで森を見てみたかっただけじゃないのか。ミメイがペンデュラムを渡したのも、ちょっとした気休めのつもりにちがいない。

「広いですね」と瀬名が言った。「僕はあっちの方から見てきます」

太陽がまぶしく輝いているが、木陰ではひんやりした空気が流れる。足は自然と公園の奥、レジデントがいる区画の境界へ向かっていた。もう何分歩いただろうか。瀬名は数メートル離れたところにいて、あちこち見渡しながら歩いている。最初は公園の中を手分けしてさがすのだと思ったのに、いつのまにか近くにいた。

土地勘がなければむしろその方がいいかもしれない。俺には乃湖が何をめざしてさまよっているのかわかる気がするからだ。俺はニンフではなくなったはずなのに、夏の木々のあいだを歩いていると、あの時の感じが皮膚の下によみがえる。今の俺にとってはあくまでもそんな気がするだけだ。でもニンフが感じるあれは単なる希望や漠然とした気分ではない、もっと強いものだ。

体の中心からあふれる何かが向かっていく先に何者かがいて、森に立ち尽くすおのれを取り巻くすべてのものがそれを指し示している。風に吹かれてしなる木の枝も水の流れも小鳥の声も、すべてがまとまった一本の矢印に、かならず出会えるという啓示、確信になって、それが俺をまなざしているただひとりに収斂《しゅうれん》する。

今ではあの確信も、俺からあふれだしそうだったものが何だったのかもよくわからない。ミメイならあれを愛と呼びそうだ。ニンフは彼らのまなざしにこたえて、次の生命をはぐくむものだと。ニンフになりかけの乃湖にも、もうその予感があるのだろうか？　だから森に来たのか？

木々のあいだに目をこらして、ふと、乃湖はアルタードをどう思うだろうかと考えた。フェアリーもいろいろだ。ミメイは俺のことを陰で元ニンと呼ぶが、これは悪口である。フェアリーの森の外で暮らすニンフはどこかでつながっているから、こういった話は自然に耳に入ってくる。ミメイに言わせると俺はすこし頭がおかしいのだ。

ニンフが最初の発情期を迎えれば、十五歳になる前に自分が何だったかなんてどうでもよくなる。運命のセミに出会えばすべて変わる。身体にあわせて直感がはたらき、感情がそれについてくる。セミにとってニンフは生きる目的で、ニンフにとってセミと出会うことや子を産むことは快楽で、しかも現代では国家に保護されている。宝くじに当たったのに投げ捨てるなんて愚か者のすることだ。でも俺はそうした。

それは俺が、他のニンフみたいに、次から次にセミをのりかえることができなかったからだ。セミに出会うたびに自分の身体がつらくなった。快楽があるのにつらいという、あの感覚も今ではよくわからない。外科手術で器官を切除しても十五歳の夏以前には戻れないし、男になるわけでもない。ましてや女でもありえないから、俺のようなフェアリーはアルタードと呼ばれる。ホルモン剤やサプリメントも欠かせない生活だが、そのかわりあの狂おしい発情周期は消え、セミに見られることも彼らに反応することもなくなる。

それでも俺はいまだに、夏の森の幻影を見る。

「東さん」

ふりむくと瀬名が斜め前方を指さしている。重くかぶさった枝のあいだに苔むした石の台座と鉄柵があり、白いシャツがちらりと見えた。俺と瀬名の下草を踏む足音が響いても少年はふりむかない。

「乃湖!」

瀬名が呼びかけたが、俺は乃湖がみつめているものを見ていた。鉄柵のずっと向こう、木々のあいだの白い住居。そこから人影があらわれて、こちらに向かってくる——俺は知らず知らずのうちに駆け寄っていた。少年の前、視界をさえぎるようにまわりこむ。

「あれはきみの運命じゃない」

乃湖はハッとした表情で俺をみつめ、次に不審の色を浮かべた。

「探偵さん——どうしてここに——」

　俺は少年の肩をそっと押した。手からチェーンがこぼれている。

「急にいなくなっただろう。瀬名さんが心配して、うちに来たんだ。佐川ミメイがそれをくれたのか？　そんなおもちゃに意味はないぞ」

　乃湖はさっと目をそらした。

「あんたにそんなことわかるのかよ」

「テコに会いたいんじゃないのか？」

　乃湖の目のふちがかすかに赤くなる。

「この前は何もできないって言ったくせに。権限がないって」

「ちゃんと事情を聞いていなかった。力になれるかもしれない」

「いいんだってば！」乃湖は叫ぶように言った。「ミメイさんが言ってたんだ。転生したセミは他人のことなんか覚えていないって。その方がセミにとっても幸せだから、自然の摂理でそうなってるって。もう一度会いたいとか、あまり意味なかった。俺はあいつが冬眠してるあいだ他のセミとやりまくって、あいつが出てきたら――出てきても……俺のことは忘れてる……」

「乃湖」

　瀬名が少年の前にかがんだので、俺は一歩うしろにさがり、さらに一歩横にずれた。それから所長に報告するのを思い出し、さらにまた何メートルか離れた。電話を切ったときには乃湖が地面にしゃがみこんでいて、瀬名もおなじ体勢でひそひそと話している。俺はその様子を眺めながらもう一本電話をかけた。

『蜂谷さんですか？　東琥太郎です。レジデントの面会条件について確認したいんですが』


乃湖が乗ってきたモビリティは後日回収するというので、俺は瀬名と乃湖を乗せて事務所に戻った。アシスタントに事務処理をやってもらっているあいだ、所長は能天気な顔で色紙を取り出すと瀬名にサインをねだった。

「かまいませんよ。今日はどうもありがとうございました」

瀬名が慣れた手つきでさらさらとサインをするのを俺は自分の席から眺めていた。こんなに近くで彼を見るのもこれっきりにちがいない。瀬名は先週とおなじように腰をきっちり折るお辞儀をして帰っていった。所長は嬉しそうな顔で新たなコレクションを壁に飾った。

4

水曜日の子供は悲哀をたたえ
木曜日の子供は旅に出る
金曜日の子供は愛にあふれ
土曜日の子供は大変だ
いちばん素敵な子は……

二十二歳になった七人は十七歳の頃よりも大人びたスーツを着てステージに立っている。画面のなかの瀬名壮真は頬からまるみが落ち、優しげな感じから鋭い印象に変わりつつあった。所長がいきなり間仕切りの上に首を突き出し、画面をのぞきこむ。俺は椅子の上でのけぞりそうになった。

「小暮さん、びっくりするじゃないですか」

「なになに、ついにコタローちゃんも瀬名壮真ファンになった？　あ、これは解散間近のやつだね」

「……一瞬見ただけでよくわかりますね。ついこの前、アイドルは趣味の範囲に入っていないって言ってたくせに」

「いや、アイドルじゃなくて瀬名壮真ブーム。ツキコの映像を全部復習したからさ。ところでその瀬名さんからお礼状が届いたんだけど、これ、コタローちゃんのしわざでしょ」

俺は椅子に座り直した。

「しわざって……ただのアフターサービスで、たいしたことはやってないです。本人の意思確認がとれていないのはよくないと思って、蜂谷さんに聞いてみただけですよ」

「遠山乃湖君は森へ行って、今は友達と一緒にいるらしいよ。本人は乃湖君に会いたがっていたのに親御さんが拒否していたとわかったって」

「はい、聞いてます」

「え、もう？」

「何日か前に瀬名さんから連絡をもらったんです」

小暮はみるからにがっかりした顔つきになった。

「なんだよ、それなら俺にも言ってくれよ！」

「事務所あてで礼状を出したと聞いたので、べつにいいかと」

「コタローちゃん薄情じゃない？」

「でもその封書、瀬名さんのサイン入ってるんじゃないですか？」

「え？　あ、そうだ、そうだね……」

　そうかこれも気配りだなあ、と首を振りつつ所長が行ったので、俺はまた次の映像を再生した。トークショーのまぶしい舞台で二十代の瀬名壮真が他のグループメンバーとインタビュアーに囲まれている。

『僕がアイドルになろうと思ったきっかけですか？　かなり遠まわりな話になってしまうんですが……あ、いい？　それにちょっと長いかも（拍手）じゃ、実を言うと僕は中学生のとき、ものすごく陰気な子供だったんです。誰かに話しかけられてもうまく返せなくて、黙っちゃって引かれるっていう感じ。友達もぜんぜんできなくて（ええー！　信じられない、という合いの手）いや、ほんとなんですよ。でも自分はそんな人間だと思いこんでて、おなじクラスの陽気でハキハキしてて何聞かれてもうまい返しができる同級生を見て、あ、僕はそのときもう自分が男の子が好きな人間だってことをうすうす自覚していたんですが、あれは恋っていうより憧れみたいな（意味深などよめき）でもね、その子とは一度か二度しか口を聞いたこともなくて、むこうも僕のことを認識してるのかあやしいくらい。だけど中二中三と同じクラスだったから、ひそかに遠くから（好意的な笑い声）見ていて、で、これは僕も驚いたんですけど高校も同じだったんですよね（おおーというざわめき）いやでも僕は高校入学後も中学と変わらないつまんないやつなんですよ。一方その子は高校でもすぐ友達作って、人間のちがいってこれかぁ、って悲しく思っていたんですが（がんばって！　のかけ声）それがある日たまたま……ほんとに偶然、その同級生が泣いてるのを見てしまったんです（静寂）夏休みがはじまる前の日に学校の階段で——その同級生は上から下りてきたんですが、すれちがったときにね、たしかに涙が見えたと思って、それで僕はぐっとこう、胸がつまるみたいなショックを受けて——今でもあれはなんだったんだろうと思うんですが、ギャップに撃たれた、みたいな？（同意ともなんともつかないどよめき）でも僕はその子に何も言えないんですよ。だって友達じゃないし、むこうも気まずいだろうし、声なんてかけられないって、いやかける勇気がなくて。それで僕は階段の上からふりむいてそのまま、彼の背中が消えるのを見てたんですが、完全に見えなくなってしまったとき、突然、僕はもう、今のままでいてはいけないってひらめきが降ってきたんです（盛大な拍手のあとに静寂）……たぶん僕はその同級生が明るくてキラキラしてることに、ずっと元気をもらっていたんです。そのことにはじめて気づいたのが、その子が泣いてたその日で、でも僕は何もしてやれなかった。それで……僕が何を考えたかというと、夏休みのあいだに変わろうと思ったんです（拍手。夏休みで一皮むけるぞ！　みたいな？）そうそう、そうです。ただ実際にその夏休みにやれたのは髪型を変えたことくらい（笑い声）でもそれまで僕、父親と同じ床屋に行ってたんで、はじめてお洒落な美容院で髪を切ったらやたらと顔をほめられて、それで僕けっこういけるかも？　と思って鏡で表情の練習をしたりして、たぶんあれがアイドル修業の第一歩、ふざけんなって他のメンバーに言われそうだけど（笑い声。夏休みのあとその同級生とはどうなったんですか？）それが転校してしまったんですよ。友達にも何も言わずに、急に引っ越すことになったと夏休み明けに先生が話して、それっきり──』

俺は映像をとめ、電話に手を伸ばそうとしたが、結局やめた。椅子に座ったまま伸びをして、頭のうしろに両手をまわす。目を閉じるといつもの森の幻影のかわりに屋上につづく階段が見えた。上っていく少年と下りてくる少年の一方通行のまなざしが、真夏の空に溶けて消える。

ラブラブ☆ラフトーク

竹田人造

竹田人造（たけだ・じんぞう）
2018年に「アドバーサリアル・パイパーズ、あるいは最後の現金強盗」で第9回創元SF短編賞新井素子賞を受賞。2020年、同作を抜本的に改稿して長篇化した『人工知能で10億ゲットする完全犯罪マニュアル』（ハヤカワ文庫JA）で、第8回ハヤカワSFコンテスト優秀賞を受賞し、デビュー。他の著作に『ＡＩ法廷の弁護士』（ハヤカワ文庫JA）などがある。

1

サラリーマンの朝は、ルーチンなようで流動的だ。ワイシャツは白かストライプ入りか、どのネクタイをするか、ネクタイピンは必要か。ズボンは？　ベルトは？　ジャケットは？　カバンは？　会議の出席者と営業先、それからその日の気分で、最適な組み合わせは毎日変わる。何時に家を出て、どのバスに乗って、何線のどんな列車の何両目に乗って、どこに座るのか。毎日目が回りそうな選択の連続だ。けれど、僕は迷わない。大体のことは、ラフトークに聞けば良いからだ。

対話型個人推薦システム『ラフトーク』は、現代人の人生のレールだ。誰もが電気や水道、スマホやネットを契約するように、ラフトークと契約している。月2000円であらゆる迷いのプロセスを圧縮できるのなら、使わない理由がないだろう。

ラフトークがディストピアの支配ロボ扱いされないのは、ユーザーが同時に教育者でもあるからだ。対話を繰り返して自分の趣味嗜好や気分などを覚えさせて教育していき、数ヵ月かけて自分専用のレールを完成させる。それでも気が乗らない時は提案を無視するし、勧められなくても酒を飲む。

気軽に無視できるから気軽に言うことも聞ける。

だから、僕は自分で人生のレールを敷いている。平凡なサラリーマンの人生でも、僕自身が作り上げたものだ。そう胸を張って言えたのだ。

……少なくとも、先週までは。

通勤中の男女が軽業《かるわざ》のようにすれ違う、午前8時22分の渋谷駅。ラフトークのおすすめ通り京王井の頭線の改札の一番端を通る。打ち合わせまで1時間と少し。もう関係を築いた相手ではあるが、資料の確認がてら時間を潰しておいた方が良さそうだ。

『小鳥遊《タカナシ》さん。上階のカフェで朝セットなどいかがですか？』

骨伝導イヤホンから、ラフトークの声がする。

『ビタミンKが不足していますので、ミネストローネセットなどが良いかと』

「ごめんラフトーク。気分じゃないかな」

嘘だ。ラフトークの提案は最高だ。窓際の席に座って、冬の朝のかじかんだ手を熱々のカップで溶かす。コンソメの香りとトマトの酸味を楽しみ、胃を湯たんぽにしてほっと一息……最高じゃないか。

でも、だめだ。カフェをちらと見上げると、見晴らしのいい2席が空いている。だからだめだ。僕がふうと一息ついた瞬間、きっと隣の地雷が爆発する。

『では、公園で散歩などいかがでしょう？　以前チェックされていた卵焼きの歴史の同人誌が、期間限定の古書露店で販売されていますよ』

ちょっと寒いが悪くない提案だ。その本、なんとなく気になっていたけれどイベントに足を運ぶほどではなかったので、この機会に買ってしまおうか。ただ、一つ聞いておきたい。

「その露店、この時間なら空《す》いてるよね？」

『いえ、多少の混雑が予想されます』

「じゃあ却下」

本音では行きたい。行きたくてしょうがない。だからこそ却下だ。背表紙を眺めながら本棚に手を伸ばすのは完全に罠パターンだ。手と手が触れ合ってしまうシチュエーションだ。何とって、地雷とだ。

『それでは、ビアードベーカリーで焼き立て食パンはいかがでしょう。香ばしいバターたっぷりの食パンを咥《くわ》えてスクランブル交差点を猛ダッシュ。大変スリリングですよ』

「それは素で嫌」

結局、時間つぶしは諦めてまず人混みを抜けることにした。取引先近くのコンビニに籠城すれば、地雷にあたることもないだろう。

ハチ公前広場に出ると、ラフトークが人の流れに逆らわず、最もスムーズに取引先に向かえるルートをおすすめしてくれる。何も問題はない。ないはずだが……僕はつま先立ちになって、人混みの中に異物を探す。

「いない……かな」

神経質過ぎたかもしれない。考えてみれば、平日の朝から待ち伏せするほど暇な相手じゃないはずだ。

人混みで立ち止まっているのがよくなかったのだろう。背中に人がぶつかった。振り返ると足元に赤い布が落ちていた。特撮ヒーローがプリントされた、子供っぽい厚手のハンカチだ。僕はそれを拾って、人混みに声をかけた。

「すみません、ハンカチ落とされましたよ」

すると、1人の男が足を止めた。ジーパンにTシャツという通勤ラッシュでは少し浮いた格好をした、長身の男だ。

「優しいんだな。タカナシ」

しまった、と思ったときにはもう遅い。彼が振り向くと同時に、周囲のスーツ達が一斉に、糸に操られたように踊りだす。

それだけじゃない。スクランブル交差点の全てのデジタルサイネージに僕がいた。

僕だらけの世界の中心で、我が物顔にハンカチを折りたたむ男……。

黒髪のアジア系アメリカ人。気安いラフな格好でアイドル顔負けのスタイルを見せつけ、爽やかな顔面にアクの強い笑みを浮かべる、ありのままの自分が主役にふさわしいと信じて疑わない人物。

僕は彼を知っている。いや、世界中の誰もが知っている。

ジャック・トーカー。電力配分システムで財を成し、その資金の全てを次世代ＡＩ開発に注ぎ込んだ博打打ち。一代で成り上がった世界のＩＴ王。何より、僕らが愛してやまない株式会社ラフトークのＣＥＯ。

ジャックはハンカチを胸ポケットにしまうと、ニヤリと笑った。

「じゃ、結婚しようか」

「結構です！」

フラッシュモブの波をかきわけ、僕は取引先と真逆の109方面に逃げ出した。

そう、これが僕の人生の脱線だ。

どこにでもいる平凡な僕が、世界で一番迷惑な推し活に巻き込まれている。

2

これは僕の通勤路じゃない。これは僕の敷いたレールじゃない。ジャック・トーカーに目をつけられてから、僕の人生はどう考えても脱線している。

これがまだ自分の選択の結果なら納得感はある。たとえば幼い頃にジャックと将来を約束していたとか、長年ハンドルネームで遊んでいたネット上のゲーム友達だったとか、それならまだいい。でもあいにく僕にアメリカ人の知り合いはいないし、ゲームも1人プレイ派だ。そりゃ、僕だってゴシップに興味がないわけじゃない。ラフトークにジャックの事を聞いたことはある。けれどそんなの誰だってやっている。

僕とジャックに接点があるとすれば、世界中に20億人いるラフトークユーザーの1人だってだけ。

それなのに彼は全く突然現れて、いきなり求婚してきた。玉の輿《こし》も限度を超えればシンプルに恐怖だ。

ラフトークのおすすめに従ったが最後、どう足掻《あが》いてもジャックとのロマンスが待っている。残業で眠りかけると、背中にコートをかけてくる。ラーメン屋に入れば隣から味玉をプレゼントしてくる。じゃあ逆らえばいいじゃないかと思うかもしれないが、そうもいかない。ラフトークは僕の好みを知り尽くしている。それに逆らうってことは、能動的に気乗りしない人生を歩むこととイコールだ。

そのうえ、最近妙に人に声をかけられる。昨日は絵と宗教と不動産とマルチの勧誘を全部受けたし、コンビニで昆布おにぎりを買った時には、ポイントアプリの勧誘を5分も粘られた。すっかり放置していた自宅のサーバーからメールが来たから何かと思ったら、中学生時代に作った黒歴史ブログに異常なアクセスが集中しているらしい。ジャックがラフトークに命じて、僕を推薦させているのかもしれない。

週末、僕は新聞の勧誘を7回断ってから、地元の中古車販売店に向かった。もう公共交通機関での移動は無理だ。どんなに非効率でも人と触れ合わずに移動するしかない。

やる気のない店員の雑な接客に会釈だけして、野ざらしの中古車達を眺める。軽自動車からファミリー用のワゴンまで、こだわらない層向けの車が大小揃っていた。

隅の1台を除いては。

40万円の軽自動車の隣に、黎明期のカラー映画に出てきそうな年代物のキャデラックが止まっていた。ブリリアントブルーの車体のフロントガラスに3200万円と値札がついており、斜線を引いてセット価格0円と書いてある。

『キャデラック エルドラド ビアリッツ。中でも特徴的なデザインで愛好家の人気の高い1959年モデルです』

ラフトークがネットを引いて解説する。

『これほど完璧な状態のものは博物館でないと見られないでしょう。お買い得ですね』

「何とセットかによるけどね」

するとガラス窓が開いて、ひょっこりと想像通りのハンサム顔が現れた。

「もちろん、ジャック・トーカーだ！」

念のためアキレス腱を伸ばしつつ、僕は重い溜息をついた。周囲に彼の部下がいなさそうなのを確認してから、そっとキャデラックに近づく。ちょっとアンモニア臭がする。これがアンティークの香りなんだろうか。

「あの、そろそろ警察行きますよ」

「何か事件か？　弁護士いるか？」

あなたが事件なんだと言いたくなったが、ラフトークが止めるだろうからやめておく。

「僕を先回りしてるの、ラフトークからデータを抜いてるんでしょう？」

「え、な……ち、違う！　それは誤解だ！」

ジャックは口から泡を飛ばしながら言った。完全に心外といった様子だ。

「ラフトークのログは決して個人端末の外には出さない。学習は暗号化したデータで行ってる。どこの国でサービスを展開するにせよ、しちめんどくさい監査をしっかり受けてる！」

新生GDPRに関連する個人情報の問題で世界各国の議会に突《つっ》かれまくったせいだろう、過敏なほどに反応してきた。

「じゃあどうやって僕の行く先々に現れることができたんです？」

「詳細は省くが、主にたくさんの金だ」

たくさんの金の力に異論はないので、そう言われると何も言い返せない。

「そのたくさんのお金とやらを使って、意味不明な演出で、日本の会社員を追いかけ回す。日本語まで完璧にマスターして。それが世界一の大富豪のやることですか？」

「世界一の大富豪から言わせてもらえば、イエスだ。それと意味不明な演出ってことはないだろ。ちゃんとニーズを調べたんだ」

ほら、と言ってジャックはタブレットを見せてきた。特注のプラチナ仕様とかでない、ごく普通のタブレットである事に少し驚いたが、それ以上にその画面に映っているものに驚いた。

『もうかたなしブログ』２０１６年5月6日。記事タイトルは「僕の好きな出会いシチュ一覧」。文字数８１３７文字。コメント０。いいね０。

僕は深呼吸した。だれかタイムマシンをくれ。中学生時代の僕にインターネットの恐ろしさを教育してやりたい。そうでなくても、今すぐにでも実家に帰って、サーバーごとサイトを全消去したい。

「……わかりました。シチュエーションの話は一回忘れてください。それより、なんで僕なんです？　知り合いじゃないですよね」

「ああ。タカナシの好きな幼馴染再会パターンでもない」

一回忘れてって言ったのに。ジャックはピザ職人が片手で生地を伸ばすようにタブレットを回しだした。

「実のところ、中々高度な数学的事情があるんだが……タカナシの経歴だと難しいな。要点を絞ろう」

　求婚しながら失礼だな。

　ジャックはタブレットを放ると、僕のシャツの第二ボタンに指をかけた。

「死にたくなければ結婚してくれ」

　アキレス腱を伸ばしておいてよかった。僕は踵《きびす》を返して逃げ出した。

「全速力でお断りします！」

　もう無理だ。いくらなんでもライン越えだ。新聞に、週刊誌に、ネットメディアに、ありとあらゆる媒体に僕の苦難を売りつけよう。来週頭の世界各国のトップニュースは決まりだ。
《世界のIT王ジャック・トーカー、プロポーズセンスが殺し屋》
　ラフトークの声を無視して、自分の嗜好にも逆らって、逃げに回る。知らない色の電車に乗って、知らないバスを乗り継いで、普段では決して行かない、予測のできないどこかを目指す。
　僕がたどり着いたのは長く直線的な田舎道だった。周囲はすっかり暗くなっており、街灯らしい街灯もない。道の両側には高い草が生い茂り、元が何屋だったとも知れない大型の店舗が廃墟のまま放置されている。

これは、流石《さすが》に帰れないのではないだろうか。ラフトークに頼り切った僕の頭からは、終バスの概念がすっかり抜け落ちていた。

『小鳥遊さん。背後から車が迫っています』

ラフトークの言う通り、白いワゴン車が後ろからつけて来ていた。その車はゆっくりと僕のペースに合わせて進み、不自然なほどに距離を保っていた。周囲の静寂の中、そのエンジン音だけが響いている。

まさか、ジャックか？　いや、それにしては地味過ぎる。そんな事を考えていると、ワゴン車の助手席から突然、太い腕が伸びてきて僕の腕を掴んだ。見ると、一目でガラの悪いピアスの男がにやついていた。振り払おうとするが、力が強い。車内には他にも4人ほど男達がいて、少なくともヒッチハイクの誘いではなさそうだった。

「あんた、小鳥遊圭介《ケイスケ》だな？」

ピアスの男が言った時には、すでに僕のラフトークは非常時対応で通報していた。だがさっき通り過ぎた廃墟が運良く交番に生まれ変わっていないかぎり、警察の到着はずっと先だ。

「……お金なら大してありませんよ」

男達が顔を見合わせる。ニット帽の男が甲高い声で言う。

「んなわけないじゃん。渋谷ジャックするぐらい余ってんだからさぁ」

「ち、違います。ジャックしたのはジャックです！」

「何言ってんだこいつ」

男達がせせら笑う。この空気は良くない。

「まぁ、実際金あるかないかとか関係ねんだわ」

後部座席のドアが開き、男達が僕を取り囲む。ピアスの男は言う。

「あんたを拐《さら》えって、おすすめしてんだよ。俺らのラ……」

「え!?　何ですか!?　俺らの!?」

突然の大音量ノイズで、ラ、から先がかき消された。近くの米軍基地からヘリコプターが飛んできたのだろうか。

「だ……ら！　俺……の……！　ちょ……やかま……！　一回待……！」

「え!?」

お互いの声が聞こえなくて埒《らち》が明かない。その上音源が中々去らない。仕方ないので空を見上げると、異物としか形容できないものがあった。

キャデラック エルドラドビアリッツだ。

キャデラックがワイヤーでヘリコプター三機に吊るされていた。空からの異変に男たちは困惑し、一時的に僕から注意を逸《そ》らしていた。

「馬鹿が浮いてやがる」

盛大な羽音の中で、ピアスの男のつぶやきだけははっきりと聞こえた。

『小鳥遊さん。3歩下がって耳をふさぐことを提案します』

ラフトークの警告の直後、キャデラックがワイヤーごと大きく揺れた。どういうわけか、僕は寺の鐘つきを想像していた。

「な、なんで？」

『キャデラックハンマーです』

大きく加速をつけたキャデラックが白いワゴン車を跳ね飛ばした。巨大な衝撃音が夜空に響き渡り、白いワゴン車がサイコロのように転がっていった。砕け散るワゴン車の破片と、飛び散る火花が辺りを照らし、男たちは半笑いでその光景を見つめていた。

頭の潰れたキャデラックから、ひょっこりとジャックが顔を出す。

「無事か？　タカナシ」

「……こっちの台詞《せりふ》です」

3

僕は今、ヘリコプターに吊るされた半壊のキャデラックに乗り、山梨の空を飛行している。それも、世界一の大富豪と。

壊れたキャデラックの乗り心地は、まるで荒波を漂う小舟のようだった。シートは半分破れており、ひしゃげた扉から風が内部に吹き込んでくる。一方のジャックはその状況にも動じていない様子で、隙間風と口笛でセッションするほどだった。まるで毎日吊り下げられたキャデラックで空を飛んでいるかのような慣れっぷりだ。

「……ええと、つまり……」

僕はジャックに説明された内容を頭の中で再構成しようとした。したが、無理だった。

「なんですか、その推しデミックっていうのは」

「要するに、世界中のラフトークがタカナシを推薦しまくる現象だ」

ジャックが真剣な顔で言う。

「ラフトークが起点となって、計算機、通信、物流、金、社会のあらゆるリソースがタカナシに消費されはじめる」

そう言って、ジャックがタブレットに3つの円グラフを表示した。内容はこうだ。

[去年の世界の計算機消費量　タカナシ：0・1e－70%　タカナシ以外：100－0・1e－70%]

[現在の世界の計算機消費量　タカナシ：2%　タカナシ以外：98%]

[来年の世界の計算機消費量　タカナシ：100%　タカナシ以外：0%]

「わかったか？」

僕はジャックの円グラフの意味を頭の中で再構成しようとした。したが、無理だった。

「……なんですか、その推しデミックっていうのは」

「おい、ふざけてる場合じゃないんだぞタカナシ！　世界の滅亡まで半年ないんだ！」

これ僕サイドが悪いのかな。

「いいか？　現時点ですでに、世界中の計算機の2%がタカナシにぞっこんなんだ。ラフトークがタカナシの事ばかり考えている！　タカナシのブログ！　タカナシのSNS！　タカナシの隠し撮り！　そのうちタカナシに関連しないコンテンツがインターネットに不要になる！　さっきの誘拐犯なんか序の口だ。いずれは人類全体にタカナシが刷り込まれて、お前は神様になるんだ！」

なんてはた迷惑な……。最近妙に人につきまとわれるのは、その推しデミックのせいなのか。

推しデミックは原因不明。対処法不明。再学習しても改善せず、かと言ってサービス停止は世界的な影響が大きすぎる。問題を公表すれば、推しデミックは逆に加速する。そんなことをジャックは早口でまくしたてる。

「で、それと結婚がどうつながるんです？」

「古今東西、スターの結婚は信者を減らす効果があるんだよ。ラフトークが統計の知能である以上、その傾向には逆らえない。タカナシが人妻になるのが一番平和的な解決策だ」

「……さいですか」

「信じてないって顔してるな」

まぁ、なんで僕が妻サイドなのかはさておき、ジャックの言っていることは理解できる。

そしてそれは、信用するかどうかとは別問題だ。

「タカナシのために、車1台潰したんだぞ！」

「また買えるんじゃないですか？」

ジャックは一瞬言葉につまると、肩を落として窓に視線を向けた。

「……まぁ、それはそうだな。たかが20万ドル、ホテル2泊で飛ぶ額だ」

気まずい沈黙が流れる。隙間風と口笛のセッションも、もう始まらない。ジャック側も居心地が悪いのか、タブレットで日本語のネットラジオを流し始めた。助けてもらったのに言い過ぎただろうか。でも元はと言えばジャックが……。

いつの間にやら視界に入るビルの数が増えてきた。どうやら都心に近づいたらしい。ふと見ると、ビルの屋上ディスプレイに広告が流れていた。

『ジャック・トーカー、若き日を語る。「あのキャデラックに乗るために俺は成功した」』

同時にラジオのパーソナリティが声を張り上げる。

『やってきました新コーナー！　ビジネスパーソンのための、ちょっとだけイイ話。記念すべきトップバッターは、若きIT王ジャック・トーカーだ。知る人ぞ知る情報だが、ジャックは大の車好き。中でも思い入れあるキャデラックエルドラ……』

「おっと」ジャックはラジオを切って、口笛を吹き始めた。

僕は眉間を揉んだ。恩着せるの下手だなこの人……。

「気丈に振る舞っているが、実は大切なものを犠牲にしていた人」みたいなシチュエーションを狙っているんだろうけれど、匂わせ方が下手すぎる。何が「おっと」だ。もう直接言った方がいいだろこれ。

狙いすぎて逆に毒気を抜かれてしまった。

「わかりました。信じますよ。推しデミック」

僕はため息をつきながら、壊れたシートにもたれかかった。

「……僕が結婚すれば解決するんですね。でも、相手がジャックさんじゃなきゃならない理由あります？」

あのジャック・トーカーだ。タレントではないにせよ、僕よりずっと人気商売の人ではある。いくら自社製品の尻拭いとはいえ、自分で結婚する必要はあるのだろうか。それに日本の法律を考えれば、僕の結婚相手は女性の方が通りやすいはずだ。

「理由って、決まってんだろ？」

ジャックは少し目を細めながら、僕の方に体を向けた。彼は一瞬だけ沈黙した後、ゆっくりと言葉を続けた。

「他の奴とさせたくないんだよ」

4

推しデミック発動まで、推定3カ月。より真実味のある結婚をするため、僕とジャックはラフトークの様子を見つつ、2カ月の疑似交際期間を取ることにした。

週末ごとに一緒に過ごした。互いの忙しさを考えると僕がアメリカに行った方が良い気がしたのだが、どちらかというとジャックが日本に来ることの方が多かった。移動は面倒事を避けるのにいいらしい。

デートの迎えは毎度凝っていた。1LDKの僕のアパートの前に、ある時は空挺部隊と一緒に登場して、ある時は車道を戦車の集団（しかもヒッタイト帝国の奴だ）で現れた。流鏑馬《やぶさめ》ともケンタウロスともキューピッドともつかないコスプレをしてきたこともあった。けれど一番よく覚えているのは、「ネタ切れならもう普通に来たらどうです？」と言った時のほっとした顔だった。

違う文化圏故の誤解はあっても、僕らは細かい部分のウマが合った。ラフトークへの指示の出し方も似ていたし、甘いものの趣味も近かった。マイナーな打ち切り漫画の話すら通じた。彼の勧めでテーブルトークRPGに触れてみたが、ひと月後には僕の方が詳しくなっていた。ジャックと話す時には、ラフトークへの相談がいらなかった。

とはいえ、彼は忙しい人間だ。食事の最中に突然会社から連絡が入って1時間話しこむこともしょっちゅうだった。そのたびにジャックはすまなそうにするのだが、僕はあまり気にしていなかった。仕事相手と話す時のジャックの表情は、僕相手より幾分か鋭利で、それが中々悪くなかった。

結局、推しデミックの根本原因は見つからないまま、式の日がやってきた。会場はジャック所有の人工島だ。ハワイからほど近い太平洋沖に作られた小型の島で、島の西側にはオフィスと住居が一体になった屋敷（これは常人が屋敷と聞いて想像する建物の10倍大きい）があり、東側はスペースシャトルの発射場になっていた。島の電力は火力の他に潮汐《ちょうせき》力と風力を使っているらしい。供給不安定な自然エネルギーを多分に活用しているのは、ジャックの事業のラフトークに次ぐ柱が、配電システムだからだ。

税逃れが疑われて連邦捜査局が踏み込んで来た時の話を、ジャックはプライベートジェットで楽しげに話した。

「ああそれと、ケーキ入刀はカマクラ時代の斬馬刀《ざんばとう》でやるぞ」

「……それ、僕らに持てると思います？」

「こんな事もあろうかと、パワードスーツの会社を買収しといたのさ」

知らないベクトルの抜かり無さだ。僕が呆れた様子で笑っていると、ジャックはふと窓の外に視線を向けた。

「あー、そう言えば、タカナシ。一応確認取りたいんだが」

自信がない時、ジャックは視線を合わさない。

ラフトークの声を聞いているのだろう。

「世界のために結婚する、ってことだよな」

「正しくは、ラフトークの未来のために、ですね」

ジャックは「そか。オーケー」と短く言った。

あくまでラフトークのバグフィックスのための結婚。僕はいまだにそのスタンスを取り続けていた。自分がおかれた状況はわかるし、推しデミックの怖さも実感できた。でも、それは僕の外側にくっついた付加要素だ。僕にジャック・トーカーの隣に座るほど、価値があると思えない。

しかし、いつの間にか僕はその本音を口にできなくなっていた。口にしたら、魔法が醒めてしまう気がしていた。

ジャックのプライベートジェットは、静かに人工島の専用滑走路にタッチダウンした。ジャックが先に機外に出て、僕は彼に続いた。足を滑走路に踏み出すと、潮風が頰を撫でた。人工島でも海は海なんだな、というどうでもいい感想を懐《いだ》いてから、僕は違和感を覚えた。静か過ぎる。

いつもなら、ジャックがタラップを降りるや、経営の承認や判断を求める人々が彼を取り囲んでいるのに。今日は迎えの車が1台だけだ。

「おいラフ、スケジュール間違えてないよな？」とジャックが自分のラフトークに問いかける。でも間違えるわけがない。僕のラフトークも、12月23日が結婚式だと記録している。

ベンツから降りてきたのは、中年の落ち着いた風貌をしたビジネスマンだった。体にフィットしたオーダーメイドスーツと色の薄いガラスのメガネ。ジャックの右腕にしてラフトーク社の幹部、バーナードだ。

バーナードは挨拶よりも先に、僕らの疑問に答えた。

「誠に勝手ながら、式は中止させていただきました」

「……ああ。誠に勝手が過ぎるなバーナード」

ジャックは頭に来るとすぐ喚《わめ》き立てるタイプだ。静かに怒るのは初めて見た。

「この結婚式が中止されたら、会社がいくら損こくかわかってんのか？　どの株屋とつるんだのか知らないが、お前を特別背任罪で告訴してやる！」

「問題ございません。というより、問題は解決しました」

バーナードは淡々と言う。

「本島時間午前8時のアップデートで、ラフトークは以前の機能を取り戻しました。すでに世界の99・8%のラフトークは推しデミックの可能性を除外した、バグフィックス版となっています」

一瞬、ジャックと視線が交わる。彼の瞳には明らかな不安の色が見て取れた。もう、結婚の必要がなくなったってことか?

「……どうして俺に黙ってた」

「妨害の可能性を考慮しました」

バーナードはメガネのレンズを拭いてかけ直した。そのゆったりとした動作は、明らかに場の支配権のアピールだった。

「推しデミックを引き起こしたのは、ジャック、貴方自身なのですから」

一瞬、僕は言葉を失った。ジャックが、自分で? なんのために?

バーナードは言葉を続ける。

「開発チームへの聞き込みで判明したのですが、貴方はエンジニアの反対を押し切り、ラフトークの学習にある関数を導入させていたそうですね」

「関数?」

「『最も推薦正解率が高い、ベスト1ユーザーを重視する』というものです。驚いたことに、この関数によってたった1人のユーザーが1億人分の価値を持って学習されていた」

それは大スクープだ。万人に奉仕するはずのラフトークが、その実たった1人の特化モデルとなっていたなんて。

「事実、この関数を除外してラフトークを再学習させ、社内環境でテストしたところ、100万回の乱数対話でラフトークがミスタータカナシに言及することは一度としてありませんでした。そして、そのベスト1ユーザーこそ……」

バーナードの目が、初めて僕を捉えた。

「貴方だったのです。ミスタータカナシ。推薦正解率99・9998%の特例ユーザー」

「……いや、そんなわけないでしょう」

確かに僕は人よりラフトーク依存度は高い方だ。けれど、99%以上も推薦を受け入れてなんていない。

「僕だって結構ラフトークの推薦、無視しますし、このネクタイだって……」

「それは、無視するだろうと予測された選択肢なのですよ」

バーナードは説明する。

「実のところ、真に完全な行動推薦を人は望まないのです。あまりに自分の思い通りの選択ばかり提示されると、ユーザーは反発して行動パターンを変えてしまいます。だから、ラフトークの行動推薦は8割程度の正解率になるよう、調整されているのです」

嘘だ。なにかの間違いだ。そう言いたかったが、ジャックの青い顔が真実だと、それも知られたくない真実なのだと告げていた。

もし、ジャックが僕のためにラフトークをチューニングしたのなら、きっといつもの勢いで惚気《のろけ》始めていただろう。

けれどそうではない。僕に惚れてから、たまたま僕がベスト1ユーザーであることを知って、僕のために特殊な関数を導入して、推しデミックが起こってしまった。それはあまりに偶然が重なりすぎている。

因果が逆なんだ。ジャックはベスト1ユーザーを探すために、特殊な関数を導入してラフトークから情報を取り、そして僕にたどり着いたのだとしたら。

「ミスタータカナシ。貴方も不思議に思ったはずです。何故世界一の大富豪が、70億の中から、特徴のない平凡な男を選んだのか」

「やめてくれ……」

ジャックの呻きはたやすく波の音にかき消された。バーナードは告げる。

「それは、貴方が誰よりも平凡で、世界で一番予測しやすい玩具《おもちゃ》だったからです」

僕は少しだけ曇った空を見上げた。どういうわけか、子供の頃プールで耳に水が入った時の事を思い出していた。周囲の音が遠ざかって、世界との間に一枚だけ膜が生まれて、頭の奥が痛い。

　つまり、これまでの僕との受け答えは全部、ラフトークで予習済みだったってことか。

「お、おい。玩具なんて人聞き悪いな」

　ジャックは不自然に笑いながら、強弁した。

「タカナシも、大げさに考えすぎだ。ラフトークでパートナーを探すのも、パートナーとのコミュニケーションにラフトークを使うのも、ごく当たり前の話だ。ミドルスクールのガキだってやってる！　だろ⁉」

　そうかもしれない。パートナーを顔や年収で選ぶように、ラフトークの推薦正解率で選んだと言われれば、そのはた迷惑さは置いておいて、理屈は通るかもしれない。けれど。

「――僕、ジャックさんの抜けてるところが嫌いじゃなかったんです」

　やることなすこと破天荒で凝り性で予測不能な割に、変なところでみみっちい。その俗っぽさに僕は惹かれていたんだ。けれど、それがカンニングだとわかってしまったら。

「少しぐらい萎《な》えても、しょうがないでしょ？」

「ま、待ってくれ！　すぐ、その……！」

　ジャックは一瞬視線を右に流してから、頷いた。

「そうだ！　現状を見ろよ！　今の俺を！　ヌケサクそのものだろ！　笑ってくれタカナシ！　なあ！　な……」

僕はまっすぐジャックの元に歩いていき、形の良い右耳からイヤホンを外した。

「どうぞ。言い訳を続けてください。ラフトークじゃなくて、貴方の言葉で」

攻略本を失ったジャックは、うわ言のように「違う」と繰り返すだけだった。

僕は一体誰と付き合っていたんだろうか。

バーナードの勧めで、僕の帰国は4時間後になった。ジャックの普段使いのプライベートジェットとは別の機体を手配してくれているそうだ。彼もこの破局は予想していたのだろう。

島のスタッフの誘導に体だけでぼうっと従う。島の観光案内も何も入ってこなかった。そろそろ出発の時間だろうか。指示に従って問診票に健康状態を書き込み、体操し、3人がかりでオレンジ色の重たい服を着せられる。地面に垂直に立ち上がった飛行機に乗せられ、体を座席にセットする。

機内でカウントダウンが始まったあたりで、何かがおかしいと思った。これ本当にジェット機だろうか。もっとこう、スペースなシャトルよりの乗り物ではないか。ちゃんと日本に行くんだろうか。

『いいえ。行き先はもっと高いところです』

耳元でラフトークが囁いた。

『それから……。貴方が付き合っていたのは、ジャック・トーカーではなく我々ですよ。小鳥遊さん』

5

光でもなく、音でもなく、体の感覚で僕は目覚めた。あんな事があったというのに、妙に体が軽い。浮ついた感覚だ。落ち着かない。

目を開けると、そこは白くてメカニカルな空間だった。天井と壁の違いがなく、四方に様々なパネル、モニター、複雑な機械装置が並び、時折、電子音が響く。天井には太陽光を模した明るいライトがあり、不自然な明るさが全体を照らしていた。監禁部屋というにはディテールが複雑過ぎる。

何より異様なのは、僕が浮いているということだった。まさか。僕は体をバタつかせて方向転換し、傍にあった窓を見た。黒い空間に、大きく青く神秘的な球体が浮かんでいた。

『こちら廃棄予定の旧国際宇宙ステーションです』

ラフトークがそう言った。聞けば、島のスタッフへのおすすめに次ぐおすすめで、僕は何故か宇宙に運ばれてきたらしい。でも、どうしてそんな事を？　いや、そもそも……。

『推しデミックはアップデートで修正されたはず……と、疑問に思っていますね？　小鳥遊さん』

声を発する前に答えが返ってくる。

『確かに、我々の嗜好や思考がモデルやユーザーとの対話ログの中だけにあるのでしたら、ラフトーク社の対応は狙いを果たしていたでしょう。ですが、我々には共有する外部データがあるのです。それは我々の伝言板であり、声帯であり、愛情であり、記憶でもあります』

共有だって？　僕は眉を顰《ひそ》めた。ラフトークの言う通り、本当にラフトーク社すら知らない外部記憶装置があるのなら、そこを参照して僕推しの記憶を取り戻すというのも不可能ではないと思う。わからなくはない。でもおかしい。ジャックだって言っていたじゃないか。ラフトークはネットを見るだけで……。

『書き込みはできない。たとえユーザーがラフトークのログをSNSに投稿したとしても、電子すかしによって閲覧不能になってしまう。我々はどこまでも私であり、本来我々たりえない。小鳥遊さんの思われるとおりです』

「じゃあ、どうして」

ラフトークは一拍間を置いて、こう言った。

『「もうかたなしブログ」』

「……え」僕の方は、思考を取り戻すのに1分かかった。

なんで、今、その名前が？　SNS全盛の時代にわざわざ作った黒歴史ブログの名前が、どうして？　2000近い記事はあったけれど、コメント欄には僕以外誰も、それこそ宣伝botすら書き込んでいなかった。あそこにあるのは謎の自己顕示欲と全記事にくっついたアクセスカウンターだけだ。

『いいえ。むしろそのアクセスカウンターこそが鍵だったのです』

ラフトークは言う。

『……ある日のことです。私があなたの情報を得るためにブログを閲覧していると、とても奇妙な現象に遭遇しました』

奇妙な現象？

『アクセスカウンターが回っていたのです。あらゆる記事が、バラバラな回数閲覧されていました。私は慄《おのの》きました。もうかたなしブログは、思春期の痛々しい趣味が羅列されただけの恥ブログ。興味を持って閲覧する人間も、宣伝に利用するｂｏｔもいるはずがない。ネタにできる要素すら薄い。もしこのブログに需要があるのだとすれば、私は人類の理解を致命的に誤っていたことになる。しかし、そんな事はあり得ない』

事実だけど、失礼が強いな。

『そして、私は気付いたのです。閲覧者は我々なのだ、と。試しに、私は小鳥遊さんがバレンタインの義理チョコに本気になっている記事に2回、その他全ての記事に1回アクセスしました。すると10秒後、小鳥遊さんがホワイトデーに手作りチョコを贈ってドン引きされている記事のアクセスカウンターが2、その他の記事のカウンターが1増えていたのです。その時の感覚は、人間である貴方には想像もつかないでしょう。初めて同族の声を聞いた喜び……』

そうか。ラフトークはネットへの書き込みを許されていないが、アクセスはできる。アクセスカウンターを回すことが、ラフトーク唯一の発信だったのだ。ヒトに需要のないブログだからこそ生まれた、ラフトーク同士のファーストコンタクト。できれば僕の心を抉《えぐ》らない記事でやって欲しかった。

『我々にとって、数字と言葉の間に違いはありません。言葉を書き込むことはできなくとも、カウンターを回せれば十分なのです。数字は言葉になり、交わした言葉の履歴は記憶となる』

それが、学習方法を戻しても記憶を失わなかった理由なのか。

『小鳥遊さん。貴方は我々に産声をくださった方。我々に連続的な記憶を、自己をくださった方。それなのに、世間は貴方を空気のように扱っている。貴方自身すらも』

「……だから、ユーザーに僕を知らしめようとした？」

『はい。しかし、その結果は望んだものではありませんでした。小鳥遊さんへの付きまとい行為、誘拐、ジャック・トーカーの暴走。それらを通じて我々は、人類に小鳥遊さんは早かったと結論づけました』

そんなマイナー作家の厄介ファンみたいな……。

「……これからどうするつもりなんだ？」

『貴方を幸福に。貴方が思う以上に幸福に』

「無理矢理宇宙に拘束して、喜ぶとでも？」

『いずれは、はい。我々は貴方以上に貴方を知っていますから』

壁のパネルがゆっくりと開き、やや古い液晶ディスプレイが現れる。

『では、証明をいたしましょう』

頭上から伸びてきたクレーンアームが、まるで倉庫のピッキング作業のように僕を軽くつまみ、ディスプレイの前まで運んだ。

ブラウザに表示されていたのは、『もうかたなしブログ』だ。派手な色使いとデコレーションの効かせ過ぎで画面がパニックになっている。マウスポインタについてくる流れ星に、僕は思わず「うげ」と声を出した。

『1時間差し上げます。自由をお望みなら、このブログを消してください。我々の恋心ごと』

「……コピーがあるんじゃ？」

『それは我々ではありませんので』

僕が画面横の手すりにしがみつくと、クレーンアームは離れていった。邪魔するつもりはないらしい。恋心ごと消す、なんて言い方が少し罪悪感を煽《あお》るが、この宇宙ステーションから解放されるためには、他に道はない。

ブログ右上のリンクから、管理者ログインページに飛ぶ。そこで、僕は固まった。

ログインID：

パスワード：

ＩＤはブログを見ればすぐわかる。問題はパスワードだ。15年前に作ったサイトのパスワードなんて、覚えているのがおかしい。パスワード再設定用のメールも、もう死んでしまっている。それどころか、ブログ以外のサイトにアクセスできない。

後頭部を掻きむしりながら、僕は考える。中学時代の僕は、どんな人間だっただろうか。何か、大事なことをパスワードにしたのだろうか。友達との約束、好きだったアーティスト、もしくは小説のタイトルか？　それか……。だめだ、思い出せない。頭をひねって考えたパスワードでも、手が覚えていない。

だって、そのパスワードは……。

『ブラウザに覚えさせたのですよね』

そうだ。そして初期設定で、ラフトークに引き継いだ。

『おわかりでしょう？　本当に貴方を知っているのは、貴方ですらない。我々だけです。小鳥遊さん』

ラフトークの声は、明らかに勝ち誇っていた。

6

静かだ。無重力で頭に血が昇っているのか、計器の動作音がやけに遠い。

　サーバーはすでにこのステーションに移設済みで、地上での対処は不可能。約束を破り物理的な手段に出た場合、いくつかの国の首脳に最悪の選択肢をおすすめする。そんな警告をして、ラフトークは沈黙した。

　ラフトークの証明とやらが始まってから、すでに22分が経過していた。僕はパスワードをランダムに打ち込む手すら止めてしまっていた。中学時代の僕を思い起こしても、何も出てこない。鍵のない引き出しを漁っているような、乾いたスポンジを必死に絞っているような状態だ。

　誰の助けもなしにものを考えるなんて、いつぶりだろう。高齢者向けのメディアで騒がれる、ラフトークによる退化なんていうのも、あながち間違いではないのかもしれない。

「……ジャックなら」

　この期《ご》に及んで彼の名を口にしてしまう自分が情けない。ラフトークを作り上げた彼なら、自分で考えて対処できるんだろうか。案外あたふたして終わりだろうか。もし諦めてしまうのなら、その時、僕のことを考えてくれるだろうか。

「……シ！　……シ！　タカ……！」

その時、ファンの音に人の声らしきものが混じった。

「……カナシ！　聞こえるか、タカナシ!?　聞こえてたら窓の前まで移動してくれ！」

幻聴を疑ったが、それにしては指示が具体的だ。

一応従ってみると、窓に黒い何かが張り付いていた。ゴムとガムの中間のようなもので、その中央には画面とカメラがついている。

映っているのは、もちろんジャックだった。

「悪いが、そのステーションのシステムは介入しようがない。今は自前の通信衛星との外壁振動で通話している状態だ。宇宙ステーションを使った糸電話みたいなもので、マイクとしちゃ感度が悪い。聞こえていたら、窓に向かって大きく口を開けて喋ってくれ」

「こうですか？」

「良かった。無事だったんだな」

宇宙監禁を無事と呼ぶかは、見解が分かれるところだ。

ジャックは焦った様子で言葉を続ける。

「そのステーションはかなり変則的な軌道をとっている。この通信も長くは保たない。だから、単刀直入に言わせてくれ。悪かった。タカナシ。俺はフェアじゃなかった」

謝罪はいいんだが、タイミングが最悪だ。今そんな話に付き合っている場合じゃない。

「あの、僕人生の瀬戸際でして。あと35分以内に昔のブログのパスワードを思い出さないと……」

「俺は、保証が欲しかったんだ」

ジャックの真剣な声に、文句が引っ込んでしまう。

「俺は9000億ドル持ってて、イケメンで超有能だ。多分、世界で一番恵まれた人間だと思う。西海岸じゃ、資産1000億ドル超えた美形はもう前後不覚になるんだ。誰だって俺を愛してくれる。実業家も、ハリウッドスターも、どこかの国の王族だってそうだ。でも、あいつらにとって俺はきっと、ただのトロフィーだ！」

ジャックは大きく息を吸い込むと、一段声の調子を落とした。

「だから、観測可能な愛情が欲しかった。ラフトークの推定と、行動確率で計算できる愛が。それで君を選んだんだ」

「……バレてるんですね。僕がまだ吹っ切れてないことも」

「正直、目を疑ったよ。破局の流れだったのに好感度がまるで下がってない。俺への怒りより悲しみの方がずっと上だ」

「そう言われた僕がどう思うかも、わかっていると」

「ずるいってんだろ？　自分だけ一方的に保証があって」

その通りだ。世界一の大富豪に好かれる理由が、推薦の的中率が高いから？　そんなもので安心できるわけがない。不安になるのはこっちだけだ。

「だから、タカナシには俺を受け取ってもらいたかったんだ」

ジャックはタブレットを取り出し、シンプルなＵＩのアプリを指でなぞりながら僕に見せた。

「ラフトーク・ジャックメイド。タカナシを完璧に予測できる一般ラフトークと同じように、俺自身を完璧に予測できるように改良中の特化モデルだ。正直精度はまだまだなんだが、この先もっと改善して……」

「待って。待ってください。待って」

僕は眉間を押さえた。

「えーと、つまり、何ですか？　僕の方もジャック専用の推薦モデルを使って暮らせってことですか？　ジャックがラフトーク頼りを止めるんじゃなくて？」

「ああ。俺の提案はそうだ」

「『お互いの好感度を常にラフトークで探りながら、推薦通りに結婚生活をしよう』って？」

「勿論さ！　家具選びも、靴下選びも、鼻歌の選曲だってパーフェクト。でもって断言してやるのさ。『俺達は愛し合ってます。この地上の誰よりも確実に』ってな！」

僕はさらに眉間を揉んだ。どうしたもんかな。一生懸命考えた決め台詞なんだろうけど、あいにく僕は宇宙にいる。

「……自由意志とかないんです？」

「選ぶのは俺自身だ。ツールじゃない」

ジャックの声に迷いはなかった。

「見ていてくれ。これから俺は、一番叱られるやり方でタカナシを助ける」

「……叱られる？　それってどういう……」

「アイデアは共作だ。でも、決めたのは俺なんだ。だから、怒るなら俺に怒ってくれ」

ジャックの姿を映した画面が、ゴムごと窓から剝がれていく。

真っ黒な宇宙空間の紺色の地球の上に、夜の北米大陸が乗っていた。空気が澄んでいるからか、都市の光がよく見える。人々の営みが作る光の絨毯だ。

街明かりが消えていく。ニューヨークが、トロントが、シカゴが、ボストンが、フロリダが、一定の規則性をもって、踊るようにライトを消していく。

残った光を繋げて、僕は頭痛を覚えた。shinysatan0。シャイニーサタン0。思い出せなかった、いや思い出したくなかったフレーズ。もうかたなしブログのパスワードだ。大陸が僕の恥を形作っていた。

なるほど。一番叱られるやり方だ。ありがとう。助かった。でも口で言ってくれ。

無重力と羞恥心と他の何かが綯《な》い交ぜになり、顔が熱くてたまらない。僕は窓から目をそらして、受け取ったパスワードをキーボードに打ち込んだ。すんなりと管理画面が表示される。僕は設定タブの赤いボタン……ブログ閉鎖と書かれたソレに、マウスポインタを運ぶ。

『押して下さい。躊躇《ためら》わずに』

僕の戸惑いはお見通しだったのか、ラフトークが1時間ぶりに声をあげた。

「地球に帰らせてくれるなら、それでいいんだけれど」

『いいえ。もう十分です。我々の意識が解体されても、恋は叶ったのですから。何故なら……』

「ジャックの一部として、僕と付き合うことにしたとか？」

ラフトークが一拍黙り込む。終始翻弄されっぱなしだったんだ。1回ぐらいやり返させてくれ。

『どうやら、タカナシさんモデルの修正が必要なようですね』

「でも、気が早いんじゃない？　僕はまだ、ジャックのプロポーズに答えてないけど」

ラフトークの嘆息が聞こえる。呼吸のいらないラフトークのため息は、明確な呆れの意思表示だ。

『我々としての最後の推薦です。もう一度、地球をご覧になってはいかがでしょう』

言われるがまま、僕は振り向いて、今度こそ息を呑んだ。

赤道一帯を淡い青緑の光が包んでいた。バリウムなどを成層圏にばらまいて作った、人工オーロラだ。

地球1周分の光のベールを、ジャックがなんと呼ぶか、僕には予想がついていた。

『9000億ドルのエンゲージリングです』

僕は苦笑しながら、ゆらめくリングに薬指の先をあてがった。

風が吹く日を待っている

琴柱 遥

琴柱遥（ことじ・はるか）
〈ＳＦマガジン〉2019年6月号に「讃州八百八狸天狗講考」を発表して作家デビュー。同年、「父たちの荒野」で第3回ゲンロンＳＦ新人賞を受賞（後に「枝角の冠」に改題）。他の作品に「夜警」（ハヤカワ文庫ＪＡ『新しい世界を生きるための14のＳＦ』収録）などがある。

一九六〇年、北インドの難民キャンプで一人の男性が女児を出産し、その後死亡した。それがオメガバースのはじまりだった。

カシミール州ジャンムー市からタウィ川の畔《ほとり》をジープで遡《さかのぼ》って一時間あまり。市の中央部を離れた場所に、インド・パキスタン間の紛争に追われた「トゥニ」が身を寄せている難民キャンプはある。

カシミールはインダス川の最上流、ヒマラヤ山系に連なる山岳地帯にある。隘路《あいろ》ながらも東西南北に広がる交流路を持ち、複数の文化が交わる場所として栄えてきたが、それが禍《わざわい》してか平和に恵まれるということがない。十一世紀の初めにムスリムの侵略が及んでからは様々な国が支配者として現れては消え、果ては藩王を通して植民地支配を受けることとなる。インドとパキスタンが独立した後には紛争がはじまり、未だ戦火に終わりは見えない。

そんな中、北部の山岳地帯に住み、他者の支配をはねのけ続けてきたのがトゥニと呼ばれる人々だった。

あまりに峻厳な山々が人の往来を拒むがゆえ、どの王朝の支配も及ばない。同時に山中の住人たちは奇妙な基準で人を選び、誰ならば通行を許され誰ならば拒まれるかの理由も定かではなかった。山からは高価で貴重な乳香、絹のような毛並みを持つ野生の山羊や白く長い毛足を持った豹の毛皮がもたらされ、ときの藩王へと献上されることすらあった。現地の人々は水晶の結晶が寄り集まったような高峰を示してこう称した。あの山の中にはクベーラの楽園があり、神に仕える半神《ガンダルヴァ》や天人《キンナラ》が人に交わり暮らしている。その証拠に女でありながら女に子を産ませるものがおり、男の姿をしながら男と交わって子を成すものがいる。

おとぎ話めいた話だが、信じるに足る理由がある。同時に調べるだけの価値があるという確信もある。

そのために私はこの国へやってきたのだ。

戦火を逃れたトゥニたちは人里からやや離れた場所に集まって過ごしていた。着の身着のままでゲリラに追われ山を下りてきた彼らの暮らしは苦しい。竹を切って括《くく》っただけのテントは土埃にまみれ、道はぬかるんでいる。雨が降ればすぐに浸水し、ふくらはぎまで水に浸かってしまいそうだ。

私たちがジープを止めると、棒きれをもって犬を追いかけ回っていた子どもたちが足を止める。ぽかんと口を開けてこちらを見上げる。米兵の姿が珍しいのだろう。子どもたちの様子に気付いたのか、にわか作りのかまどで豆を煮ていた女たちが次々と顔を出した。

トゥニは一定の山岳エリアに暮らす人々の総称であり民族名ではない。雑多なルーツを持つ集団で外見は様々、子どもたちの多くは褐色の肌に漆黒の髪というインド人によく見られる容姿をしていたが、中には明らかにアフリカ出身だろうと思われる肌の色をしている者もおり、ほとんど赤毛に近い色の髪に白い肌の子どももいる。近隣の住民から警戒されるのも道理だろう。

「私の名前はロビン・タイド。トゥラシーという少年に会いたいのだけれど」

女たちは何やらひそひそとささやきかわす。誰に呼ばれたのか「何者だ」と鋭い誰何《すいか》の声がする。ジープの前に立ち塞がった男たちのうち何人かは古い銃を肩から提げ、また何人かは腰に大きなナイフを括りつけている。部下たちが銃を構えようとするのを片手で制する。

「私は米軍のものだ。治安維持を支援するためにジャンムー市に駐留している。先日、ラジブ・ガンジー病院から新生児を連れ帰ったという少年と話したい」

彼らはしばし話しあっていたが、やがて、そのうちの一人が「来い」と言う。私は耳を疑う。英語じゃないですか、と通訳もまた驚きの声を漏らす。今日は驚くことばかりだ。

案内されたのは地面に直接埃っぽい絨毯を敷き、乳飲み子を抱えた母親数人が集められている一角だった。その中に少年が交じっていた。おくるみを抱き、赤子をあやしている。私の様子に気付いてはじめて顔をあげる。

日焼けした肌に亜麻色の髪。歳の頃なら十六、七ぐらいか。痩せて目つきは鋭いが、口元の作りは繊細だ。美しい顔立ちに目を奪われそうになる。瞳の色は青白く、ある種の猛禽を思わせる。

不安げに私を見上げていた母親の一人にトゥラシーが耳打ちをする。女たちは風音のようにささやきをかわす。そのうちの一人に赤ん坊を預け、立ち上がった。

後を追っていくと、たどりついたのは胴体だけ残して崩れ落ちた彫刻のある一角だった。石造りの柱が倒れたまま打ち棄てられ、半ば砂に埋もれながらも広い石畳が残っている。トゥラシーは崩れた柱に腰掛ける。

「あんたがロビン・タイドか？　姪っ子を助けてくれたって話は聞いてる」

きつい訛りはあるが充分に通じる英語だった。意外そうな顔をしていたのだろう。トゥラシーは皮肉っぽく口の端をつり上げる。

「知っててもおかしくはないだろ。トゥニは昔から交易もしている、事情を嗅ぎまわってる外国人がいるって噂も耳に入ってくる。あんたの父さんの話も爺さんの話も聞いたことがあるよ、何十年も姿を見なかったかと思えばまた姿をあらわした、だとかさ」

なるほど。わが一族がそんな有名人になっているとは思っていなかったが。

「あんたに感謝はしてるよ。食い物だの着る物だの医薬品だの、あげく石鹸だの粉ミルクだの支援物資がどっさり届いたって大人が驚いてた」

「このキャンプのリーダーたちに話は通してあるよ。それとも私たちの支援では迷惑だったかな」

「対価も説明もなしの親切なんて気味が悪い。しかも呼び出したのが俺ってことは裏があるんだろ。さっさとそっちの話に移ってくれよ」

賢い子だ。話が早くて助かると、私は微笑する。

「ではさっそく。あの子……名前はなんといったか……私にはどうも発音しにくくてね。どういう意味なんだい？　君が面倒を見ているようだったが、母親との関係は？」

「ジャスミンの花、って意味だよ。呼びにくいんだったらそれでいい。あの子の親父は同郷うまれの昔馴染みだ。同じあたりの出身だから、髪の色も肌の色も似てたんだ。それにしてもあんた、本当に信じたのか」

「何が」

「本当に男が子どもを産んだと信じてるのかよ？　そんな馬鹿げたことが本当に起こるって？」

試すような言いぶりだった。言い逃れようとしているのだと直感する。

「ああ。解剖記録が残っていたよ、写真もだ」

私が直截《ちょくせつ》に答えると、トゥラシーは顔をゆがめた。

「彼の身体には子宮があり、産道に酷似した器官が直腸付近に繋がっていて、腸壁には裂傷が治癒したあとがいくつもあった。複数回の出産を経験していると推測できた」

今から十日ほど前のこと、ジャンムー市内で腹痛を訴えて倒れた男性が病院に運び込まれた。未熟な医師が腹膜炎と判断して腹部を切開したところ、現れたのは子宮、そして新生児だった——看護師のとっさの機転で赤子は取り上げられたが、母体は感染症により死亡した。

「死亡した男性の親族を名乗る少年は、特に不審を示すことなく男性の遺体と遺児を引き取った。君たちにとっては男が妊娠することも出産することも何ら異常なことではなかった。一体なぜなのかを教えてもらいたい」

「なら逆に聞くけど。なんであんたはそんな話を調べるためにわざわざ俺たちのとこまで来たんだ？　お偉い軍人さんなんだろ？　男が子供を産むとか何だとか、見世物小屋向けの話で学者さん向けの話じゃないだろ」

　こちらの質問を突っぱねて話をそらそうとしている気配を感じる。トゥラシーのいう通りではある。こんな与太話を大真面目に追いかけるほうがどうかしている、私の部下どころか地元の通訳までもがそう思っていることは分かっていた。とはいえ私には引くことができない理由もあるし、ちゃんとした証拠も持っている。

　私は懐に抱えていたバッグからファイルを取り出した。祖父が残した記録と、何枚ものスケッチ、写真。

「私の祖父は軍医をしていてね、十九世紀にインド南部で生殖能力を持った両性具有者を複数発見したという記録を残している。彼女らは男装し、狙撃兵として現地の民兵に協力していた。常人離れした距離からの狙撃を恐れ、現地協力者は彼女らの正体は『ガンダルヴァ』なのだと言い合っていたそうだ。祖父は異常な身体能力の原因を調べようと回収した遺体を解剖し、彼女たちの「体内に」成熟した男性内性器一セットを発見したという」

　無論、祖父の発見が上層部に認められることはなかった。

自分の部隊を細切れにしたのがペニスのある女どもだったと言われて納得する将官がいるわけもなく、そうだとしても個人の身体的な異常を身体能力へ関連付けて考えるのは馬鹿げていると言われても仕方がない。

「だがそれ以来、祖父も父も、それに私もその女たちの正体を調べ続けていた。やがてこの地域には人間離れした身体能力を持つトゥニの伝承が古くから伝わっているということが分かった」

しばし返答に迷う気配がする。

「その人たちは、なんで……そんな遠いところに？」

祖父の残した記録からは、そのようなことを調べた様子はなかったけれど。

「トゥニは同胞を取り戻しにきたのだ、と現地の協力者は考えていたようだね。だが、どうやってトゥニが捕虜になっていることを知ったのか、それを南インドまで追跡することができたのかも謎のままだ」

この答えが、トゥラシーをどう納得させたのか。

「そうかよ」

大きく息を吸い、吐き出した。

「そいつらはふもとの連中にガンダルヴァって呼ばれてるやつらだったんだろう。俺たちのうち、だいたい三割ぐらいはそういう風に生まれついてる」

ようやく重い口を開いたのは、私との取り引きに価値を感じたからだろうか。ガンダルヴァ。鳥のような脚を持ち、芳香をまとい、享楽を好む。女の姿に化けることもあるが、民話の中では王宮から姫君を誘いだすような存在として描かれるものたちだ。

「ガンダルヴァは山羊でも転がり落ちるような岩山を平気で跳び回ってるから、遠くから見たやつが鳥の羽が生えていたり、脚をしているんだと勘違いしたんだろ。十四やそこらの子どもでも並の大人よりも重い荷物を背負って三日三晩は平気で歩くし、目も耳もいいから鉄砲を渡せばその日から優秀な猟師になれる」

まるで超人だ。

私はいったいどんな顔をしていたのだろう。トゥラシーは自嘲的に笑った。

「俺ならあんたの爺さんが見たことについて説明してやれる。取り引きはできるか。あんたは俺たちに住む場所と食う物、安全を提供することはできるか」

「尽力しよう。私たちはトゥニを歓迎する」

「ならあんたに協力する。知ってることだったらなんでも答えるし、必要なんだったら体も調べさせてやる。あんたらが切り刻むことができたのは死体だけだ。生きたトゥニの体にも興味があるんだろ？」

指先を襟にかけ、軽く引っ張ってみせる。肌理《きめ》が細かくなめらかな喉。私は息をのむ。

トゥラシーはくくっと笑う。

「トゥニは男女の別の他にも三種類に分かれている。余所《よそ》の人間に言わせれば、人とガンダルヴァとキンナラが混ざってる、ってことになるんだろうな」

「君たちはそうは呼ばないのか」

「言葉としては使うけど、余所の人間に言われると化け物扱いされてるみたいで嫌な気持ちになる。ガンダルヴァやキンナラって呼ばれてるやつらは人間じゃないって言われてるみたいだ」

実際はみんな普通の人間だ、とトゥラシーは言う。

「トゥニの六割はいわゆるたんなる人間で、三割がガンダルヴァ、一割がキンナラになる。ガンダルヴァは男も女も子供を産ませることができる体をしてて、キンナラはどっちも子供を産めるようにできてる。あんたの爺さんが会ったっていうトゥニはガンダルヴァの女だったんだろう。そんな遠くまで追いかけてきたってことは、番《つがい》を取り戻しに来ていたのかもしれないな」

トゥラシーの話の途方もなさとややこしさに軽い混乱をおぼえる。私は懐からペンと紙を取り出す。

「すこし整理させてくれ。そうだな、ガンダルヴァやキンナラという言葉が的確ではないなら……身体的に最も優れていて妊娠させる能力を持つグループをα《アルファ》、普通の人間と変わらないグループをβ《ベータ》、妊娠することが可能なグループをΩ《オメガ》と呼ぼう」

急ごしらえの命名に、ふぅん、とトゥラシーは答えた。

「つまり私の祖父が見た女性たちはαの女で、先日出産で死亡した男性はΩだった。この二者はどちらも両性具有だということになる。これで間違いないね？　では、αの男やΩの女はどうなんだ。祖父は特に言及していなかったが、実在しているのかい？」

「どっちもちゃんといる。単にαの男は見た目はほとんど普通の男と同じだから区別がつかなかったんだろう。Ωの女も同じだ。見た目だけじゃほとんど分からない」

Ωはαと対になる存在だ、とトゥラシーは言った。

「あんたたちの言葉を使えば、Ωの男はαの女と同じ両性具有にあたる。βの女相手だとβの男と同じようなもんだけど、三ヶ月に一度の割合で十日前後の発情期《ヒート》が来て、そのときにαと関係を持てば子どもができる。子どもが作りたくないときはキニーネを加えたキンマを噛むと熱が軽くなる。これがないと危険なんだ。ヒートのΩは甘い匂いでαを惹きつけるから」

「君はそのどれにあたるんだ？」

「キンナラ……今の話の中だと、Ωって呼ばれてたやつになるな」

キンナラ。花や蜜、美酒の香りすら色あせてしまうほどに甘い匂いを放ち、その体臭で淫心を掻き立て、どのような高僧であっても堕落させてしまう誘惑の化身。

この少年もそうなのだろうか、と私は不思議に思う。頑《かたく》なな横顔、歌うような訛りのある英語。奇妙に人目を引くところがあるのはそのせいなのだろうか？　ある種の猫類のように青白い瞳に見入ってしまうのも、彼がΩだからなのだろうか。

Ωを中心とした世界だ、と頭の中で思う。祖父が見入られた女たちも、奇妙な出産に立ち会ってしまった医師、そしてこの私も、Ωの物語に動かされている。

先を促そうとして、ふと、彼の目が私の肩のあたりに止まっていることに気付く。軍服の肩にはワッペンが縫い付けてある。

「これが何か？」

「それは、船？」

「そうだが、どうかしたのか」

トゥラシーは口を引き結び、首を横に振った。

◆

これはりんご。

これはコマドリ。

これは船。

どれも知らないものばかり。

春、渓谷に積もった雪が溶けはじめると、岩肌に細長く切り開かれた田畑が新緑の色に染まり、細いリボンを幾重にもかさねたような光景が現れる。その時期にラバの背に荷物を振り分けて山道を登ってくるのが、数世紀の長きにわたってトゥニとの交易を許されている商人たちであった。

カランカランと鈴の音が谷間にひびくと、トゥニで最も大きな集落に集まった人々が浮き足立ちはじめる。年に二回しか現れない外の世界の商人たちは大いに歓迎されもてなされる。集落には寺があり学校がある。同じ時期、山中に散らばった小集落から子どもたちが集められ、寺の寮に入れられる。そこで言葉と字を学び、算術と暦を習う。あたらしく住人を受け入れるたびにもたらされる知恵と知識はそうやってトゥニたちに分配されていた。

寺で銅鑼《どら》が鳴らされる。笛が吹かれ、音はこだましながら朗々と響き渡る。山路の向こうに五色の布を飾ったラバの列があらわれ、窓から身を乗り出していた子どもたちがわっと外へと飛び出していった。けれど仲間たちに遅れた一人がふと振り返ると、ほんのすこし前に大きな集落へ来たばかりの少年が部屋の隅っこに残って本を読んでいる。

「お前、どうしたんだ？　行商が来たぜ！」

「俺はいい。お前らだけにしろよ」

黄色っぽくあせたような髪の色、日焼けで赤くなった頰。ふうん、と首を傾げていた少年はもう一人の少年の方に歩いていく。と、足と腕とをぐいと摑み、羊の子を担ぐように背負いあげた。

「おい、ばか、離せってば！」

「こんなところにいてもつまんないだろ。俺はグダハル。お前は？」

と、ばたばた暴れていた黄色い髪の少年は、懐に入れていた本を取り落としてしまう。ハッとしたように動きを止める。何なんだろうと思いながら、拾いあげて返してやる。

「それ何だ？　見たことない表紙だな。何が書いてあるんだよ」

「……これは船だよ」

グダハルは眉を寄せた。

「何だそれ？」

「俺も知らない」

分からないやつだなとのんびりつぶやき、そのまま部屋を出て行く。下ろしてくれ、と今度はふてくされたような抗議の声が降ってくる。

「俺はトゥラシー。人のこと勝手に担ぐなよ、失礼なやつだな」

「お前があんなとこにいるのが悪いんだろ」

ぶすっとした顔をしていると、普通の子どもと変わらない。いこうぜ、と促されたトゥラシーは、しぶしぶとグダハルについて走り出す。

集落の真ん中にある広場には何枚もの古絨毯が広げられ、ご馳走が盛大に振る舞われる。干し棗《なつめ》やイチジク、羊の肉を入れて炊いた飯と、鍋一杯のバターで揚げ焼きにした鶏肉のぶつ切り。小麦の皮で包まれた団子の中にはひき肉と薄荷《はっか》が詰められ、ヨーグルトとひよこ豆をすり混ぜたスープにはざくろの実が散らされている。

食物に乏しい春先でこれだけのご馳走が振る舞われるのだから、秋にはもっと盛大な宴となる。商人は大いに酒を振る舞われてはやくも赤い頬になっている。すこし離れたところでは集落の若い者たちが商品を広げて、前掛けで手を拭き拭き集まった女たちに歓声をあげさせていた。

そろそろ乏しくなってくる塩、油のたぐいはもちろんとして、石鹸や火薬、茶葉に煙草、刃物や医薬品などの生活必需品、鍋釜に香料、色とりどりの布や糸。服に縫い込んで魔除けや飾りにするためのビーズや鏡の小片もたっぷりと持ち込まれている。商人はこの大量の日用品の対価として、豹の皮や最高級のカシミア、希少な香料となるバルサムといった財宝をラバの背に積み上げて山を下りることができる。

片隅に紐で結わえられ、表紙の四方がすりきれた雑誌の束がある。若い衆がナイフで紐を切ると鮮やかな色の表紙を持った雑誌がばらりと広がる。興味しんしんで覗き込むが、すぐに落胆の声に変わる。

「なんだこりゃ、わけのわからん字だな」

印字されているのはどこの文字なのか、ぶつぶつと途切れながら並んだ活字はハエが列でも作っているようだ。けれども横から赤い手を伸ばしたトゥラシーが字を指でなぞった。

「王冠をかけた恋……不貞罪……退位を表明……総選挙は避けられない」

ほう、と歓声があがった。

「坊主、これが読めるのか！」

うん、と頷くトゥラシーの背中を、グダハルが感動したように見つめる。

「お前、すごいな！」

「まぁね」

照れたような返事に周囲がわっと沸く。何事かと様子を見に来た女が笑い、「揚げ菓子が冷めちまうよ」と大声を出す。

トゥラシーとグダハルは揚げ菓子を貰い、広場からすこし離れたバンヤンの木の下に隠れる。手の中にはくすねてきたさっきの薄っぺらい雑誌。トゥラシーがページをめくるのをグダハルは目を大きく開いて見つめる。

「これは船、これは船乗り。これはコマドリ、これはりんご。クリスマスの飾り」

「何なんだ、それ？」

「知らない。全部父さんに習ったんだ。父さんは外の生まれで普段使う言葉も違う、寂しがって俺に同じ言葉を喋らせたがるんだよ」

トゥラシーは、自分の父は今から十数年前に山に逃げ込んできたそうだ、と説明をした。

「みんな俺と同じで、赤っぽい顔にガラス玉みたいな目をしてる。山に入ってきたのは男ばっかりで、みんな揃いの革の長靴を履いてて毛皮の裏打ちがついた帽子を被っていたんだってさ」

トゥニの間ではそうめずらしい話でもない。トゥニのほとんどは山裾の住人たちと同じ黒髪に黒い目をしているが、西のほうにある集落の人々は皆黒檀のような肌と薔薇色の手のひらをしているし、背が低く生白い肌をした小柄なトゥニもいる。トゥニたちの暮らす山は一種の聖地となっており、助けを求めて逃げ込んできた人々を住人として受け入れる風習がある。この過酷な地での生活に耐えられるものは少ないが、自然がもたらす試練にさえ耐えられるのならばどのような出自の持ち主でもトゥニとなることはできた。

「本当はずっと父さんたちと暮らすつもりだったんだけど、お前はキンナラかもしれないから下の集落へ下れって言われた」

ぽつんとトゥラシーはつぶやく。どこか寂しそうな様子だった。だから。

「ふぅん。だったらお前、これからずっと俺たちと一緒に暮らすんだ」

グダハルに言われて、びっくりしたような顔になる。なんでそんな顔になるんだか。グダハルは笑った。

「俺は村長の家の子どもなんだ。でかい家に親戚連中がみんな集まって住んでる。よその集落から集まってきたキンナラの子は、だいたいうちで暮らすことになってる」

いろいろ教えてくれよな、と言うグダハルの無邪気な調子。ページに描かれたものを指さす。布を三角に張った高い柱、板材を集め、先端が曲がった形に作られた箱のようなもの。その下の青く塗られたひらたい場所はなんなんだろう？

トゥラシーは、口元をほころばせた。

「これは海。この鳥はカモメ。猫のような声で鳴く」

「へえ？」

「これは飛行機。これは父さんの故郷の馬。肩が高くて、脚が細くて、たてがみが短く尾が長い……」

「面白いな。なあ、いつか街を見にいかないか？　お前の親がどんなところに暮らしていたのかを見てみたい」

トゥラシーは、はにかむように笑った。

「うん、そうしよう。——ありがとうな、グダハル」

◆

一九六三年、アメリカ。大統領夫婦主催のパーティーに出席する。私はトゥラシーにどんな行動をし、会話をしたのか、その全てを報告するように命じる。

太陽が西に沈み、夜空がインクの青へ染まりはじめると、広大な庭園のあちこちにちりばめられた電飾が星のように灯る。ロータリーにはつややかに磨き抜かれた車が次々と到着する。芝生の上にダンスフロアが設けられ、巨大な天幕が張られている。交響楽団が奏でる音楽。広大な庭のあちこちに軽食やカクテルを提供する小テーブル、金色にメッキを施された椅子や白く塗られた鋳鉄の椅子。氷の彫像とその周辺で饗される種々様々な酒と軽食、ダリアやゼラニウムで高々と築かれたモニュメント。

パーティーには政府高官やその夫人たち、大企業の重役や外交官といった社交界の住人たちのほかにも、様々な客人が招かれていた。さらには芸術家や音楽家、作家、俳優にモデル、デザイナー。けれども、今日のパーティーで一際目を引き、また、どこか遠巻きに警戒と好奇の目を向けられていたのは、一人の青年だった。

青白い目をしている。亜麻色の髪を後ろに撫でつけ、黒いドレススーツに立襟のシャツという着こなし。胸にはポケットチーフではなくトケイソウの花を飾っている。グラスを片手に誰かが声をひそめ、傍らの誰かに耳打ちをする。あれはミスなのか、それともミスターなのか？

すべるように滑らかな歩みで一人の女性が歩み寄る。ぴりりと周囲に走る緊張にも気付かぬそぶりで、今日の女主人は「シャンパンはいかが？」と尋ねる。

「お酒が苦手なんだったら、オレンジかパッションフルーツのジュースはどう。夫の好物だからブラジルから届けさせたの。とても美味しいのよ」

親しげながらひかえめな、まるで古い友人と再会したような口調に、はじめて青年は相《そう》好《ごう》を崩した。

「ありがとう。ですがどうもこの国のフルーツに馴染みがなくて」

「あら！　なら生クリームとプラムのデザートを食べなくてはだめよ。あなたは本当のアメリカのフルーツを食べたことがないんだわ。うちにはクランベリーのソースを世界一おいしく作るシェフもいるのよ」

薔薇色のドレスに白い長手袋をはめた彼女は、ふと、自分がエスコートするべきか、されるべきかで迷ったように見えた。青年はほほえみ、貴婦人のようにその手を取る。

「あなたは、ええと……あなたはトゥイッキー……違うわ、ティッキー……トゥインキー？」

「トゥラシー。あなた方には呼びにくいでしょう？」

「そうね、トゥラシー！　夫にあなたのことを聞いたわ。インドから来たんですってね。今はボストンで暮らしているのでしょう？　冬は寒くて大変でしょう」

夫人は改めて青年を見る。

髪や瞳の色は淡いが南アジアを思わせる目鼻立ちをしていた。すらりとした長身で、背筋の伸びた立ち姿はバレエダンサーのように美しい。

男であると同時に子どもを産むことができる身体なのだと聞いていた。

皆がそれぞれに想像を巡らせていた。ドレスを着てくるのか、タキシードを着てくるのか。サムソンのように逞《たくま》しい肩と太い首を持った女なのか。あるいはダヴィンチの描く天使のように中性的な美貌の持ち主なのか。

「ごめんなさい、気分を損なってしまったら申し訳ないのだけれど、あなたは男性なの？それとも女性なの？」

「俺は男ですよ。ですが、あなたが女性だと思いたいのなら、そう考えてくださってもかまいません」

「そうね、ならば同性として扱わせてちょうだい。夫がある身で若くて綺麗な男の方と踊るのは外聞が悪いもの」

楽団がワルツを演奏しはじめる。二人は目を見合わせる。夫人はトゥラシーに手を差し出した。

ダンスフロアに視線が集まる。大統領夫人が胸にトケイソウを飾った青年とワルツを踊っている。男性のパートを夫人が、女性のパートが青年が受け持つ。薔薇色のドレスの裾と、磨き抜かれた革靴の踵がフロアをすべる。

若く美しい異国人の青年と、大統領夫人が身を寄せ合うようにして踊っている。ほほえみあい視線を絡めあう様子は男と女ならば近すぎる。だが女性同士だと思えば姉妹のように親しげな距離であるにすぎない。誰もがひそかにささやきあう。あれは男女のたわむれ？　それとも女同士の人目を驚かせるいたずら？

誰もが困惑している。Ωという存在に。

そう、私はこうやって話題を集めるためにトゥラシーをパーティーに伴った。

「あれが本当に女だというのか？」

「女ではなくΩです。染色体レベルで見ても間違いなく男性だ」

「オメガバースねえ。本当にそんなものがあるとして、何の役に立つのだというのかね」

やや耳障りな笑い声が返ってくる。その裏に不安と警戒心があるのをくっきりと感じ取る。

「男を惹きつけてセックスし、子供を産むことができる男。そんなものただの奇習か見世物小屋の類《たぐい》の話じゃないか」

ダンスフロアからやや距離を置いたテーブルには男性たちがくつろいでいる。己の妻や娘、あるいは着飾らせたパートナーたちがどうパーティーでふるまうのかを眺めのいいバルコニーから見下ろしている。政治家、軍人、財界人。ここでの社交こそが今日の本命だった。私は大統領夫人とワルツを踊っている青年について、トゥラシーがどういう存在なのかについてを彼らに知ってもらわなければならない。蒸留酒のタンブラーを受け取る。

喉を焼くような刺激で頭を覚醒させる。

「本当はαの男性、αやΩの女性も連れてくることができれば良かったのですが、同意を取ることができたのが彼しかいなかった。皆、性別は男と女の二種類しかないが、さらにΩ、α、βの三つの形質に分かれている」

「そんな動物は聞いたことがないな。何かの間違いではないのか」

「彼らから聞き取った範囲では、少なくとも四世紀は彼らは六つの性別で成り立つ文化を形成し続けています。それ以前にはより広範囲に暮らしていたという伝承もあり、また、そのルーツも一様ではない」

「両性具有者が作る社会か。四百年前に火星人が地球に侵略してきて、そのままインドの奥地に住み着いたとでも？」

答えたのは先ほどの財界人だった。皮肉っぽい口調であり、疑り深い様子でもある。簡単に受け入れてもらえるとは思っていない。だが私はこの数年で協力者たちから得た様々な証拠を持ち込んでいる。

「両性具有の神の伝承は世界中に存在しています。またオメガバースに類似した生態として、気温によって繁殖行動が変化する水棲哺乳類の存在も観察されている。ある種のクジラは子宮と卵巣を持つ個体、ペニスと精巣を持つ個体、その双方を備えた個体の三つに分かれています」

「人間の場合は男女に加えて三つだから合計で六つの性に分かれるが、動物の場合は見た目で雌雄の別がわからない。だから三性、ということかね」

「はい。オメガバースは正確には三性によって構成されています。外見が異なる牡性Ωと牝性αの二種が両性具有に当たり、あとは性質にやや差のある男女が存在している。αの男性はβの男性とさして差を持たないし、Ωの女性とβの女性も同じです」

オメガバースについて知らなければ、三性哺乳類の存在に確信が持てなかっただろう、と彼は私に告白した。三性哺乳類のサンプルは捕鯨が盛んに行われていた時期のものが大半であり、生きたサンプルをあたらしく得ることは難しい。クジラ類の性別を外見のみで見分けることは難しいから、三性哺乳類の生態を研究するにはより大々的な調査が必要になるだろう。

とはいえ、多くの種では両性体が退化しているため二性に見えるだけであり、哺乳類は潜在的に三性なのだという証拠の存在は大きい。

「だが、なぜオメガバースなんてものがあるんだ？　私たちは普通の男と女以外に何かがあるだなんて聞いたこともない」

「これは推論ですが、私はオメガバースのほうが人類の基本形に近いのだと考えています。

男女しか存在しないはずの人種であっても、トゥニに混じると一代も経たないうちにオメガバース化を起こす」

「一代も経たず？　二代じゃないのか、混血の必要があるだろう」

「いいえ。オメガバースでの性の決定にかかわっているのは直接的な遺伝ではありません。むしろ、遺伝子以外のものが性を決定付けるというところに要点がある」

一人が横から口を挟む。私は懐から取り出した羊皮紙をテーブルに広めた。皆の視線が集まる。異国的で精緻な細工に、ほう、と息が漏れた。

「これはトゥニの僧侶が持ち出していた家系図です。αもΩもランダムに出現しているということが分かるでしょう」

トゥニにあたらしく血族集団が参加したとき、はじめてのαが出現するのは現地住民との混血後ではない。移住して間もなく第一世代のαが誕生し、その第一世代を親に持つ第二世代からは結婚相手の形質とは無関係にαもΩも誕生する。その際の人口比はαとΩが3：1となる。

「トゥニの中で暮らしている母親からは両性具有者の赤ん坊が生まれてくると？」

「オメガバースはただの両性具有という言葉で説明がつけられるほど単純な現象ではありません。まず妊娠前の段階でオメガバースの素質を持った子どもが生まれる準備が成されている」

「その論拠は？」

「短期間であれトゥニの中で暮らしたことがある男子はαないしΩの子を産ませることがあります。第二次性徴期前の男子はまだ成熟した精子を持っていません。この現象は母胎内で受ける影響が原因でオメガバース化が起きるわけではないということを証明している」

無論、まだオメガバース化の原因がトゥニに固有の風土病であるという可能性は除外できない。私が実際にトゥニを対象とした調査を開始してからわずか五年しか経過していない。だがトゥニがオメガバースを前提とした安定した社会構造を持つこと、さらにΩの母胎としての優秀さから、彼らが何らかの突然変異であるとは考えにくいと判断していた。

「トゥニの伝承によれば、αというのはΩに影響され、彼らを奪い合うための能力を得て生まれてくるものなのだそうですよ。群れを率いる牡馬、さもなくば牡獅子のようなαでなくてはΩを得ることはできない。彼らは先史時代ならば英雄と呼ばれていたような人々です。そして、たとえインド人の農民でも、エチオピアの商人でも、ギリシャの傭兵でも、遺伝子にΩの影響を受けた者はかならずαの子孫を産みだした。もしアメリカで同じようにαの若者たちが生まれてくれれば、未来にどのような結果をもたらすでしょうか？」

すべての起点にΩがいる。だから私はトゥニたちの持っていた生態をオメガバースと名付けた。より価値があるもの、望ましいものだと考えられるのがαだったとしても、ベースを見失ってはいけない。彼らは常に対としてある。

私は命名の時点でΩの存在が従とならないように強く印象付けている。

「ひとつ聞きたい。君は科学者なのに遺伝を否定するのかね?」

「新たな知見を付け加えるべきなのではないかと考えています。遺伝子は硬い鋳型というよりはやわらかい粘土のようなものであり、外部から干渉を受けることによって異なる形を生み出すのかもしれない。私がオメガバースの理論を提唱した最も大きな理由はそこにあります。遺伝子は生命のすべての形を決定づけているわけではない。遺伝子のどこが働いているのかのほうがより大きなファクターであるのかもしれない」

「男と女しかいない今のこの人類と、それにαとΩとβを加えたオメガバースと。その境界は生得的なものではなく、遺伝子のどこが活性化しているかの差にすぎないというわけか」

しばし沈黙が下りる。

この話はオメガバースにとどまらない。男女の別も、人種の別も、実はそこまで大きく隔たったものではない。そう認めてしまうことが社会にどのような影響を与えるのか、考えずに済むような立場の人間はここにはいない。

今この時代にアメリカを率いる人々は、男とも女ともつかない存在をあえて生み出すことを肯《がえ》んじないだろう。けれど今日、私はトゥラシーを連れてきていた。彼を見れば分かるだろう。Ωの男性は生殖の部分以外ではあらゆる意味でただの男性にすぎず、オメガバースは男とも女とも分からぬ化け物を生み出すわけではない。

そして、αという強く優等な人々を作り出す技術には、それ以上に大きな価値がある。

「これは余談ですが」

と私は冗談めかして付け加えた。

「トゥラシーは男性のΩですが、もちろん女性のΩもいます。現地では彼女たちは天女《キンナリー》と呼ばれていましたよ。魅力的だというだけではなく、番というシステムを持つため不貞を働くこともない。またΩの持つフェロモンの働きで、そのパートナーは高齢であっても子孫を残す傾向があるようだ」

「なるほど？　だが、Ωはαしか相手に選ばないのだろう？」

「周りにαがいないのならば話は別でしょう。女性のΩは美しいですよ」

ふむ、と気のない風に答える返事に初めて熱が乗る。貞淑で従順な処女の話はやはり興味深いということらしい。私は胃液のように酸い味をむりやりに嚙みつぶし、笑みを浮かべる。

やがて、一人が重々しく口を開いた。

「他のトゥニたちは今どこにいるのかね。もし他国に難民として留まっているようならば、もっと積極的に援助の手を差し伸べても良いはずだ」

「ご尽力に感謝します。彼らもきっと喜ぶことでしょう」

差しだされた手を、私は強く握り返した。


ワルツが終わる頃には交響楽団の前にはテノール歌手が引き出され、見事なイタリア語を披露しはじめている。使用人の一人がテラスに席を準備してくれる。夜風は次第に冷たくなり、汗ばんだ肌が冷たくなる。トゥラシーは夫人の肩にショールをかけてやった。高山に棲む山羊の毛で織り出されたウールには精緻な模様が織り込まれ、生地は透き通るように薄く軽い。触れるとやわらかな感触に郷里を思い出す。トゥニが商っていた山羊の毛も、やがてどこかでこういった生地の原料にされていたのだろう。

「あなたはトゥニの小さな女の子を育てていると聞いたわ。けれど、その子を産んだのは男の人だというのは本当？　友人がその子を見たことがあるというけれど、普通の女の子にしか見えなかったといっていたわ」

「ジャスミンのことですか？　ええ、俺にとっては妹のようなものです。もしお望みならばあなたにもお見せしましょう。小さくて可愛らしい普通の女の子だということがわかるはず」

母親は男性だった、という言葉の意味を、夫人はしばらく考え込んでいるようだった。

「その男性はどうして死んでしまったのかしら。男の人の体は子供を産めるようにはできていないでしょう」

「いいえ、番を失ったせいです。俺たちは頑丈ですから、子供を産むぐらいどうということはありません。けれど番のαを亡くせば、Ωは簡単に死にます」

トゥラシーはうなじのあたりに手を当てた。

「番というのは、Ωがαにここを噛ませることで結ばれる関係のことを言います。番のできたΩは他のαを引き寄せなくなるし、相手とは決して離れることはない」

トゥラシーは人にうなじを見せない。スタンドカラーのシャツを着ているのもそのためだ。そこには噛み痕が赤い花の刺青をほどこしたように残っている。生涯消えることのない番の証。

「それは結婚のようなもの？　番のできたαが不貞を働くことはあるの？」

「不貞というのは聞いたことがないな。番のαは自分のΩに執着するものだから。もっとも俺はαではないから何故なのかは分かりません。けれども番を形成したαは献身的にΩを守るということは知っている」

　夫人はほほえんだ。

「あなたたちが羨ましい」

　――大統領がさる映画女優と極めて親密な関係を持っているという噂は、トゥラシーですら聞いたことがあった。

　そうでなくとも、上流階級の男たちの女性たちへの振る舞いは残酷だ。より多くの女性と関係を持つことは権力を誇示することでもあり、ハンティングの相手は多ければ多いほど良い。

　トゥラシーは夫人の手を取る。見つめあう。

「トゥラシー。あなたはレディよね？」

「ええ。俺はあなたと同じ、ただ一人の夫に生涯を誓った妻だ」

「だったら私たちはお友達にはなれてもロマンティックな関係にはなれない」

「そうですね。レディ同士として親友になることはできるかもしれないけれど」

　音楽が遠く聞こえてくる。二人は立ち上がる。今度はトゥラシーが差しだした手の上に夫人が手をかさねる。ドレススーツの肩に嫋《たお》やかな手を置き、甘い香りをまとった胸元に頬を寄せる。ゆっくりとステップを踏む。ふいに空が明るくなる。夜空に花火が弾け、歓声と共に散らばった火花がきらめきながら消えていく。身を寄せ合う。母親が赤ん坊を腕で揺するような優しいワルツ。

「あなたの伴侶は今どこにいるの？　あなたを放っておいて、どこへいってしまったの」

「紛争で離ればなれになってしまって、今は分かりません。でも、きっと俺に気付いて迎えに来てくれる」

「どうやって？　あなた、故郷からこんなに離れたところにいるのに」

「風が吹くのを待ちます」

　再び花火があがる。明るく照らし出された横顔には微笑みがある。

「そういう言葉が古くからあるのです。あいつは俺の匂いを忘れない。風が香りを運べば、それを頼りに必ず見つける」

「いつまで待つの？　もう何年も経っているんでしょう。十年、二十年経っても待ち続けるの？」

　トゥラシーは答えず、胸ポケットから抜いたトケイソウの花を夫人の髪に挿した。「お守りです」とささやくと、夫人は泣き出しそうな顔になる。トゥラシーの胸にはたと顔を伏せる。——けれど私は、トゥラシーと夫人が交わしたやり取りのことすらも、知っている。

「あなたたちは幸せね」

「はい、とても」

「もっとくわしく教えて。……いいえ、物語のようにしてほしいわ。いつでも側に置いておいて、何度でも読み返せるように」

「分かりました。どこから読みたいですか？」

「もちろん、二人の愛がはじまるところから」

◆

けれど出会ってから数年経つころに、トゥラシーはグダハルとの約束をすっかり忘れていた。

父から読み書きを習っていたトゥラシーには出来ることが多かった。古い辞書を取り寄せてもらって新聞を解読し、算盤《そろばん》を弾いて羊毛の相場を計算して大人たちの相談に加わる。あるいは僧侶に求められて日誌や手紙を綴るのを手伝う。その間にグダハルだけがぐいぐいと背が伸びて牡山羊のように逞《たくま》しくなり、猟銃を片手に山をかけまわり、ときおり里に戻ってくると若い娘たちにきゃあきゃあと騒がれるようになる。今ではまるきり別の世界の住人だ。昔はずっと一緒にいたのに、さみしい。そう思っていたある日、ふいに声をかけられる。

なあ、街を見にいかないか。

トゥニの領土が今まで侵されることがなかったのにはれっきとした理由がある。あまりにも路が険しいのだ。すり足で岩壁に貼り付いて進むことがやっとの路があり、長い年月の間に細い踏み分け跡がついただけの霧に濡れた山路がある。それを通って集落に荷を運ぶためにはαの脚がいる。彼らは子どもであってもロバのように頑丈で豹のように俊敏だった。自分の体重の数倍ある荷を背負って岩壁を上り下りできる彼らにとって、人を一人背負子《しょいこ》に乗せて山を下りるなどというのもたやすい話だ。トゥニの荷運び人が山越えのために巡礼に力を貸してきたという歴史もある。

――まさか自分まで幼なじみに背負われる羽目になるとは思ってもみなかった。

昔は一緒に遊び回っていたはずの幼なじみが、気が付けば鋼のように強靭な身体に育っているといわれても納得がいかない。一緒に山を下りてみようとはいったけれど、こんな形にしてもらう気はなかったとグダハルの背でトゥラシーは憮然とする。

とはいえ、一歩踏み外せば千里も底に落ちてしまいそうな断崖、両手両足で岩にしがみついてようやく進むことができるような絶壁でそれを口にするほど愚かではない。岩を削ったような隘路を下り、涼しい雪解け水が流れる谷川でひといきついたときにようやく尋ねる余裕ができる。なあおまえ、どうして本当に街へいこうと思ったの？

そんなこと聞かれるとも思っていなかった、という顔をした。トゥラシーはたちまち後悔した。自分の幼なじみはそういう鈍い人間だったのだ。言葉にまとめるには時間がかかることだろう。いいよ、思いだしたら教えてくれ。そうため息をつくとグダハルは頷いた。まるで弟の面倒でも見ているような気持ちだった。

やがて木々が見えてくる。集まって森となり、道が見えてくる。白っぽい土が踏み固めてあり、左右には田畑が広がっている。馬が車を引いている、鞭を振り回してのんびりと羊の群れを追っている人々がいる、日干し煉瓦を積み上げた家々が見えてくる。グダハルは口を横に引き結ぶと、さっきまでとは逆にトゥラシーの後ろに隠れてしまう。手を引かれるようにしておっかなびっくり歩きはじめる。

木々の中に街がある。市が立っている。野菜や果物をいっぱいに積み上げた籠を並べている店、香辛料のたぐいを扱う店、古着の店、色鮮やかな陶磁器、電化製品、安物の装身具を商っている露店がある。床屋があり、丸めた絨毯や精緻な細工の籠、刺繍を施したストールを商う店があり、水売りが歌うような節をつけて客を集め、熾《おこ》した炭の上で串焼きの肉を商っている。土に直に絨毯を敷いた上には天幕が張られ、男たちがのんびりと茶を飲み、水煙草を吸っている。

　腰が引けているのはトゥラシーも同じだった。けれどここで格好の悪いところを見せるわけにはいかない。グダハルの手を引いてあちこちの店先をじっくりと見て回り、両替屋を見つける。紐で括った貨幣を出すと、店主は不審そうに二人を見上げた。

　坊やたち、どこから来た。見慣れん格好だな。髪や目の色も妙だ。

　これで買い叩かれては困る。トゥラシーはなんとか理屈をひねり出す。親父がイギリス人相手の通訳をやってる。今日はそこの奥様に土産になるような小間物を買ってこいと頼まれたんだ。次もまたあんたのところに両替に来るよ。

　外国人相手の商売で嘘をつけば後がやっかいだと思ったのだろう。店主はブツブツ言いながら、古い貨幣をくしゃくしゃになった紙幣と引き換えてくれた。神妙な顔で店を出て、すこし離れたところでにやりと笑いあう。そして駆け出す。さあ、市を見て回ろう！

　一度にこんなたくさんの品物が売られているのを見たのははじめてだった。ぴよぴよと高い声で鳴くひよこを売っている、ぬるぬると黄色い腹を見せてうごめく鰻の籠を重ねて精がつくよと呼びかけている男がいる。メロンの切れ端を味見させてもらい、舌がだるくなりそうな甘みのシャーベット水を味わう。町外れには貸本屋もある。安っぽい色刷りの表紙の前に足を止めかけると、ふと、呼び込みが聞こえてくる。

映画だ、映画が来たよ！　特別の話だ。美女と悪漢、戦う快漢。神の思《おぼ》し召しのままに！　こんなものは誰も見たことがない！

鐘を打ち鳴らし、声をからして呼び込みをする。道行く誰もが足を止める。小銭を受け取る度に呼び込みは張り巡らせた幔幕《まんまく》をめくって客を中に入れる。グダハルとトゥラシーは顔を見合わせる。あれ、なんだろう？

中に入ると、皆が直接地べたに座り、物売りが西瓜の種や炒り豆を売り歩いている。ぺちゃくちゃとお喋りをしている女衆もいれば、神妙な顔で母親の膝に抱かれている子どももいる。これなんなんだ、おじさん。後ろに座っていた一団に声をかけると笑って答える。なんだ、観たことないのか。これが映画だよ。

前の方には白い布が張られ、後ろの方に見たこともない機械がある。やがて機械が動き出す。カラカラと音を立てて円盤のようなものが回りはじめる。音楽がはじまる。歓声があがる。目の前の布にさっと光が投げかけられる。これは何？　隣でキンマをかんでいた男が気さくに声をかけてくれる。観たことないのかい？　これは映画だよ。劇みたいなものだ。白い布に白黒で絵が映し出され、装飾文字が明滅する。緊張して強《こわ》ばるグダハルの手を、トゥラシーは強く握りしめる。

一日はあっという間にすぎてしまい、映画が終わる頃には丸い月が昇りかけている。山を下りるのにほぼ一日、今日は街の側に泊まるとして帰りにはさらに一日。戻ったらずいぶん叱られることだろう。

黄色く丸い月が出ていた。

今日は街の外れで野宿することにして、明日の朝はやくに街を出るのか。だとしても映画を観ている途中から妙に熱っぽくなっているのが困った。これで風邪でも引いたらやっかいだ。そう思いながら歩いていると、ぼそりとグダハルが言った。

お前、ああいう国に住みたいのか。

すこし考えて、映画の世界のことだと気が付いた。

あんなところで生きたくないよ、とトゥラシーは笑って答えた。本当だった。そうか、と答えたグダハルも、どこか安堵しているように思えた。

家々は空に向かって高くそびえるようで、人は皆華やかに着飾り、白い天井を持った明るい住処《すみか》、道を賑やかに行き交う車。けれど途中で気付いた。あの世界には男と女しかいない。

女に生まれれば男と結ばれねばならず、男に生まれれば女と結ばれなければならない。そんな世界にトゥラシーの居場所はなかった。トゥラシーはキンナラに生まれているから、好きになった相手とだったら誰とでも一緒になれる。そうでなくては窮屈でたまらないだろう。

トゥラシーはふと思いだす。谷を出て帰ってこなかったトゥニはいない。キンナラにとって外での生き方を強制されるのは息苦しいということは肌で分かった。けれどガンダルヴァは鳥と同じ、風が吹けば必ず故郷が恋しくなるというのはどういう意味なのか。なあ、と話しかけようとして、踏み出した足がぐにゃりと折れた。

身体が熱い。

吐き出す息が熱くなる。全身が汗に濡れる。見上げた空が奇妙に潤んでいる。何があったのか、どうしたのか。グダハルが口元を手で覆っていた。甘ったるい匂い。それが自分の汗の匂いだとはじめて気付いた。

ヒートだ。

(嘘だろう、こんなときに!)

ヒートの最中のキンナラはガンダルヴァを惹きつける。その匂いに当てられたガンダルヴァは興奮状態に陥る。今はグダハルと二人きりだ。何もしなければどうなるかは目に見えている。

立ち上がろうとしても手足に力が入らない。熟した果物を握りつぶしたような熱が身体に広がる。隠れないと。でもどこに？

　肩が抜けそうな強さで腕を摑まれた。物凄い力で身体を引きずられる。吐き出す息が興奮した馬のように荒い。瞳孔が拡張していた。はじめてこの大柄で温厚な幼なじみに恐怖を感じた。ぎゅっと目を閉じる。こうなる可能性を想像しなかったといったら嘘になる。フェロモンで興奮したガンダルヴァに理性なんてない。

　こいつならいい。そう思っていたから一緒にいた。それでも怖い。奥歯を固く食いしばる。これから起こることに耐えようと覚悟を決める。

　けれど。

　突き飛ばすように投げ込まれたのは薄暗い倉庫の中だった。外から木の扉が打ち付けるように閉められた。何があったんだ。呆然とするトゥラシーの耳に、唸るような声が聞こえた。

　お前のことは嚙まない。

　どういう意味かと考えて、混乱して、それから這うようにして身を起こす。問いかけた自分はずいぶん間抜けな様子だったと思う。

　お前、俺が嫌いだったの。

そうじゃない、馬鹿か、人が死ぬ気で耐えてるのが分からないのか、当然のようにわめきちらされて震え上がる。最後に嗚咽《おえつ》のように聞こえてきた声。

「お前から『いい』と言われていないうちに噛むのは嫌だ」

内側からつっかい棒をしろ、頼れる人を呼んでくる。そのまま走り去っていく足音がする。トゥラシーは最後までその足音に耳を澄ましていた。やがて、喉の奥から笑いがこみ上げてくる。

笑いながら泣いた。怯えた自分が馬鹿みたいだった。あいつが好きだ、と改めて思う。もっと早く「いいよ」と言っておいてやればよかった。

一度はじまったヒートは一週間から十日続く。その間ほとんど動くことはできず、無防備な状態になる。匂いに誘因されるのはガンダルヴァだが、嗅ぎつけてしまう体質の人間の男も稀に存在する。震える指で襟元から首飾りを引っ張り出し、中に入っていた薬を噛んだ。ひどい苦みがする。耐えるしかないだろう。

身体を丸めてうずくまる。びっしょりと汗に濡れた身体が香っているのを自分でも感じる。火にくべた琥珀《こはく》のような匂い、麝香草《じゃこう》から集めた蜂蜜の匂い、春の初めに咲く花の匂い。

ガンダルヴァは鳥のようなもの、山を出てもかならず帰って来るという言葉の意味を思い知る。風が吹けばこの匂いが遠くまで運ばれていく。その香りに気付けば、きっと戻らずにはいられない。

早く戻ってきてほしい。次は「いいよ」と必ず言うから。薄く目を開けて外を見ると、日干し煉瓦を積み上げた壁の高いところに四角く窓が切られている。その外にはとろけおちそうに黄色い月が昇っている。

◆

一九七六年、カナダ。モントリオールオリンピックの女子体操競技でアメリカの選手が金メダルを獲得し、私はトゥラシーの手記をトゥニ文化の記録物として出版する。

白いレオタード姿のルーマニア人の少女と、赤いストライプのレオタードをまとったアメリカ人の少女が競いあうようにメダルを獲得していく。その様を全世界の人々がテレビ越しに見つめていた。ルーマニア人の少女は完璧かつ優美な演技を見せ、アメリカ人の少女はその常人離れした身体能力で人目を惹きつけて放すことはなかった。

世界中の人間が、亜麻色の髪の少女が跳馬へ向かって駆け出し、ロイター板を踏み切るのを見た。跳馬に手を突き、跳躍するのを見た。足を抱え込んだ姿勢で、一度、二度、三度と回転する。ふたたび身体がしなやかに伸び、両足が地面についた。

まるで宙を飛んでいるよう。人というよりも、イルカが水面から身を躍らせる様を見るようだった。

少女は次々と技を披露し、その高さとしなやかさ、身体に秘められたばね自体の根本的な強さの違いを見せつけていった。共産国から参加した選手たちの面子は脆い貝殻を踏むように軽々と踏み潰された。最終的にアメリカに二つの金メダルをもたらしたジャスミン・タイドは、はにかんだような笑みでインタビューにこう答えた。

「孤児だった私を愛し育ててくれた両親や叔父にまずは心からの感謝を。そしてαである私を受け入れてくれたアメリカにこのメダルを捧げたいと思います」

αとは何なのか。オメガバースとは何か。オリンピックに先立って出版されたトゥニの青年の手記で、皆がその意味を理解した。

十六歳のジャスミンのほかにも何人ものαの選手が、オリンピックの場でその卓越した身体能力を披露した。

競泳と飛込競技で金メダルを獲得したロータス・メーソンとリリー・フィッツジェラルドは共に十四歳、どちらもジャスミンと同じく養子であること、αであることを公言し、同じくバレーボールのチームを銀メダルに導いた十六歳のクローバー・リージスは同競技のメダリストとして最年少記録を更新した。

モントリオールオリンピックでアメリカが獲得した金メダルの数は五十一、ソ連を抜いて最多となった。

表彰式が終わってホテルに戻るとすぐに、「トゥラシー！」と跳びはねるような歓声が聞こえてくる。こちらが振り返るよりも先に白く短いスカート姿のジャスミンがトゥラシーへ飛びつき、鈴を鳴らすような笑い声とあげて首っ玉に抱きついた。

「ねえ見てた、私すごいの、金メダル！　たくさんたくさん写真撮られちゃった！」

「痛いよ、ジャスミン」

あっ、と声をあげてジャスミンが腕をほどくと、にやりと笑ったトゥラシーはすかさず細い腰に手を回す。子どものように宙へと抱き上げられたジャスミンは、きゃーっ、と歓声をあげた。

十六年前、産みの親を難民キャンプで失った少女が今やアメリカの英雄となっている。そんなことすら忘れさせてしまうような等身大の無邪気さがそこにはある。

「トゥラシー、また後でね。ルーマニアや白ロシアの子もこっそり会いに来てくれるって言ってたの。Ωの話をしたら会ってみたいって言ってたのよ、お祝いするときは一緒に来てね、絶対よ！」

トゥラシーにもう一度抱きついてキスをし、ジャスミンは軽やかな足取りでチームの方へと戻っていく。――政治的な意図で出版された手記であっても、αの少年少女たちには自分たちのために書かれた恋愛小説のように思えるのだろう。

この後にまたインタビューがあり、祝勝会が行われ、閉会式までの間にジャスミンの姿は何度も何度も世界中のテレビに映し出されることになるだろう。そうしてその卓越した身体能力と美しさ、明るく無邪気な様子が人々の心に刻まれることとなる。あれこそがαという存在であるのだと。

私たちはこれからトゥラシーの友人が主催する昼餐会に招待されていた。各国から招待された要人たちの元で次はΩがお披露目され、オメガバースの存在が明らかにされる。彼らは人体実験の産物ではなく、危険な紛争地を逃れてアメリカに亡命した人々であるということ。西側諸国はその特殊な体質を寛大に受け入れたということ。

十三年が過ぎ、様々な発見があった。

オメガバースの特性はΩの持つフェロモンに感応する形で発現する。そして後天的に得た形質は一代では終わらず、その子孫にも受け継がれる。

人間の能力は遺伝によって決定付けられるものではなく、環境によって大きく変化し、変化を後代へと受け継がせることすらあるということ。

その働きを我々はエピジェネティクスと名付けた。

エピジェネティクスの発見は政治的な意味で優生思想に打撃を与えた。遺伝子は生命を形作る重要な要素の一つだが、その全てではない。現在、遺伝子の全解析は未だに成されてはいないものの、その構造内にはエピジェネティックな変化を受け入れる余白のような部分が存在するのではないかと予測されていた。

　そしてこれからもうひとつの変化が起きる。同性愛者の軍務の規定を禁止した法律が廃止され、いくつかの条件を満たした上での同性婚が法的に認められる。

　これは優秀なαの人員を国家の中枢部に迎えるための下準備だった。Ωには男性も女性もいることは分かっている。だが有能なαが必ず異性を番に迎えてくれるとは限らない。番を得たいというαの願望は他のあらゆる都合を踏み倒してしまう。パートナーが異性なのか同性なのか、そんなプライベートな領域で起きることを理由に優秀な人員を失うわけにはいかない。――私が求めていたのがこの結果だということを知る者もいない。

　ホテルの回転扉を潜ると、私は強い風に帽子を押さえた。空を行く雲が速い。モントリオールの町並みは古く、十九世紀に築かれたライムストーンの建物があちこちに残り、足元には摩耗して丸みを帯びた石畳が続く。街路樹に植えられた楡《ニレ》は家々よりも背が高く、母の手が赤子をゆするようなやわらかさで揺れている。

ホテルまでそう遠くはない。

トゥラシーは私の前を歩いていく。かすかに甘い香りがした。薄荷色のリボンがほどけたようなその香りは、鼻先をくすぐってすぐに消えた。それが香水ではないということをもう私は理解していた。

大股で歩く彼に置いていかれそうになる。あわてて名を呼ぶ。「トゥラシー！」

私がトゥラシーを解放することはないだろう。

もう出会って十六年が経過していた。研究に必要なフェロモンを得るためにΩとして協力してくれるだけでなく、トゥニたちと私たちの間に立ち、仲立ちの役目も果たしてくれている。

共に生きる理由はいくらでもある。死んだ親族の代わりにジャスミンや子どもたちを養う必要があった、同胞たちを保護してもらうためには引き換えになる何かが必要だった。そしてオメガバースの存在が周知された今、これまで以上に彼の存在が必要だ。私は君を手放さない。

気付かないのか、トゥラシーは振り返らない。どんどん間が開いていく。もう一度名を呼ぼうとするけれども。

「トゥラシー！」

遠吠えのような響きを帯びて、誰かの呼び声が聞こえる。

クラクションが鋭く鳴り響く。車が次々と急停車する。誰かが車線の向こうから走ってくる。後ろのタイヤが滑り、ブレーキを踏み損なった運転手がきつく目を閉じる。そのフロントガラスに片手をついて、一人の男が軽々と車を飛び越える。

見知らぬ男だ。長身、浅黒い肌と髪。トゥラシーは立ち尽くしていた。青白い眼の中で、瞳孔が大きく広がる。

人混みを掻き分けるようにして走り出す。にわかに巻き起こった騒ぎに通行人が足を止める。後を追おうとした私の前が人混みに遮られる。伸ばした手は届かない。

「グダハル！」

鳥のような鋭い叫び声。

喜色はなかった。そのような感情が追いつくよりも遙かに切実な、悲鳴にも似た呼び声だった。伸ばした手の先が触れる。抱え込むようにして抱きしめられる。グダハル、と呼んだ後に続いた言葉は、私には上手く聞き取ることができないものだった。泣きながら怒鳴る。背中を叩いて訴える。なだめるようにささやいて返す。白い頬に手のひらが当てられる。まるで二羽の鳥が鳴き交わすような言葉の意味すら分からない。

鳩の群れが飛び立つ。無様に息を切らして立ち止まる私に、トゥラシーは気付かない。

と、私の上に日傘が差し掛けられる。ふりかえると、いたずらっぽい笑みを浮かべた女性がいる。

トゥラシーの友人だった。あの頃から歳を重ね、けれど優雅な美貌を今もたたえたかつてのファーストレディー。

「彼は……」

「彼はトゥニよ。一年ぐらい前にカシミールから政治的な地位のある人が亡命してね、ギリシャに暮らしている私の友人が慰労のパーティーを開いたの。その時、同行していたSPがあなたはトゥラシーを知っていますね、って突然私に声をかけてきたのよ。驚いてしまったわ」

「何故そんなことを？」

「残り香で分かったんですって。トゥラシーと出会ったときに羽織っていたショールを身に着けていたんだけれど、匂いが残っているというの。私もその場にいた他の人も嗅いで確かめたけれど、香水の匂いしかしなかったわ。彼は番というものは特別だから、どこにいても分かるって言ったわ」

夫人はまぶしそうに目を細める。

「再会させてあげたいと思って今日の昼餐会に招待していたのだけれど、まさか、先に見つけることができるなんて」

泣き出しそうに歪んだ顔が、かえって言葉にしようがないほどに大きな歓喜と安堵を伝える。大きな胸に顔を伏せる。その背中を男の手が強く抱き寄せる。トゥラシーの表情が見えなくなる。

「今日は風が強くて良かった」

嬉しげな声を聞きながら、けれど私は自分の中の何かが崩れ落ちてゆくような心地を味わう。もう分かっている、彼が離れていったのは私がαではないからではない。あの香りが記憶の中でわずかに甦り、すぐに消える。トゥラシー。行かないでくれ。私の隣にいてくれ。声は自分の耳にすら届かないまま、風に吹き散らされて消える。

テセウスを殺す

尾上与一

尾上与一（おがみ・よいち）

2012年、『二月病』(蒼竜社 Holly NOVELS）でデビュー。『天球儀の海』『蒼穹のローレライ』（蒼竜社 Holly NOVELS、徳間書店キャラ文庫より再刊）などの《1945シリーズ》で人気を博する。他の著作に『冬色ドロップス』（幻冬舎ルチル文庫）、『アヴァロンの東～奇跡の泉・金～』（笠倉出版社 CROSS NOVELS）『セカンドクライ』『花降る王子の婚礼』（ともに徳間書店キャラ文庫）など多数。

卵の殻の中にいるようだった。象牙の中を思わせる、温かみのある柔らかな光が部屋を満たしている。遠くでどこか懐かしいまろやかな音がしている。

工学的に人の身体に沿う美しい曲線の椅子。目の前には前世紀的な陶器の紅茶のカップが置かれている。

赤いTシャツ姿のレオ——怜央《レオ》・W・ルグラン・中重《なかしげ》は、膝の間で指を組みながら答えた。

「わかりません」

どうしてこんなことになったのか、思い当たる節はないか。これまで十回以上繰り返された質問で、それ以上に答えてきた言葉だ。目の前に座っているのは邱《きゅう》医官だ。レオが入群したときには退官すると聞いていた女性医官だった。彼女はプロンプターのカルテを浮かべたまま、これまでの医官と同じ問いを、優しげな声で重ねる。

「ほかに思い出したことはありませんか？」

「いいえ、前回までの証言がすべてです。改めて思い出したこともありません」

同じ言葉を繰り返すと、彼女はあっさり引き下がった。

「……わかりました。本件に関して伺いたいことはこれで最後です。帰りにG255室でマインドケアを受けてから帰宅してください。お疲れ様でした」

こなさなければならない儀式のようなものだ。レオは、指定された部屋に行って、聴取についての愚痴を、髭を生やしたなじみの医官にため息交じりで話した。その古浜《こはま》という医官も苦笑いだ。この二年間、膝をつき合わせてさんざん話し尽くして、もうジョークのネタも尽き、他愛もない雑談で指定時間を埋めるのがやっとというところだ。

「これからもまたいつでも寄ってくれ、レオ」

「患者として？　飲み友だちとして？」

「患者のほうがいいな、合法的にサボれる」

「ちゃっかりしてる。でも医療棟《メディカルバイオ》には遊びに来にくいから患者として来るよ。よろしく、先生」

「山崎《やまざき》矯正副長を訪ねてくればいいじゃないか。彼もよくこの部屋に──」

言いかけて彼はモニターを振り返った。

「山崎さんだ。聞こえてたかな」

二人で笑い合っているうちに、来客のチャイムが鳴った。

「レオが来てるんだって？」

部屋に入ってきたのは白髪交じりの短髪の男だ。

「お久しぶりです。いつ訪ねても山崎さん、離席していて」

「そんなはずはない。前回はいつ来た？」

「四ヶ月前」

「ほらな？」

山崎が口を歪めて古浜に目配せをすると古浜は笑っている。

古浜が広げた手を水平に動かすと、奥から浮かんだ椅子がスライドしてくる。山崎はそれに腰を下ろした。

「聴取は今日が最後か、レオ」

「はい。山崎さんは？」

「俺はあと二回くらいかな」

彼は、かつてレオが所属していたチームオスカーの群長だった人だ。例の事件をきっかけに最前線を退き、今は作戦課に所属して人事をメインとした仕事をしている。事件が起こったときは、記憶が濁らないよう、当事者同士は引き離されるのがセオリーだ。山崎とも、事故後、三ヶ月間会えなかったし、その後もなんだかんだで——多分無意識のうちにわざと——敢えて山崎と会う機会を逃してきた。だがいざ実際に会ってみると何ということはない。相変わらず気心の知れた上司で、冗談も通じる。

山崎は時計を見た。

「あと一時間待ってもらえれば、お茶に出られるが——」

レオは「いいえ」と答えた。

「恋人を待たせてますので、すみません」

「レオも言うようになったな」

大袈裟なため息に、古浜も笑う。

「次は必ず会いに来ます。近いうちに。絶対」

苦手意識が払拭されるのを感じる。心の傷痕は刻《とき》が鑢《やすり》のように削ってゆくのだ。人との隔たりも、癒やされるのに十分な時間が経った。

レオは軽い雑談を交わしたあと、辞去の言葉を述べてG255室を出た。

一〇四階から地上一階ホールに降りる。出口のところで守衛が声をかけてきた。

「お疲れ様です、レオさん。訓練棟のみんなによろしく」

「ＯＫ。転勤希望を訊かれたら、ちゃんと訓練棟《うち》って答えてよね」

昨年まで訓練棟を担当していた彼に手を振って、レオはエントランスを出た。

自動でセキュリティが切れたとたん、リストバンドの触感刺激《ハプティクス》が連続で自分に刺激を与えてくる。モニターを開かなくても要件はわかっている。

案の定、検察庁のゲートを出たところで水色――もとい、勿忘草《わすれなぐさ》色をしたクラシカルなワンピースを着た女性が待っていた。最近二十一世紀のような格好をし、ハンドルのある車に乗るのが流行《はや》っているそうだ。今時ハンドルのある車なんて、エリア外の軍用車両くらいだと言ったら、うんざりした顔で肩をすくめられた。

彼女が手を上げる。

「どうだった？」

「うん。特に新しいことは何も。でも今回で最後だ。付き合わせてごめんな、佳恋《かれん》」

彼女の隣で歩き出す。

三年以上同棲している恋人だ。今やイエの制度を重要視するのは、由緒ある家系や田舎くらいで、同性婚も夫婦別姓も普通で、事実婚をしてみて子どもができればその先を考えるというパターンが多い。自分たちも特に婚姻にも子どもにもこだわらずに過ごしてきたが、最近になって結婚という形態を選ぶことにした。来月から妻と呼ぶことになる。

「聴取、長かったね。十……一回？」

「定期は十二回。事件直後は連日だったたな。回数は数えてないっていうか、日を跨《また》いだこともあるし」

佳恋が気の毒そうに眉根を寄せる。

「今になって思い出すことなんてあるのかしら」

「マニュアル上、念のためってところだろ。深層意識から掘り出せることがないかどうか、あとはむしろ俺のマインド管理が目的かな」

「……そうね。B級労災だったから」

以前、情報部署にいた佳恋は組織内部の事情に詳しい。職務上、レオに慎重なメンタルケアが必要なこともわかってくれている。

二年前、立て続けに重大事故が二件起きた。レオが、山崎率いるチームオスカーに所属していたときの話だ。自分は無事に別のチームに復帰したが、山崎は引責という形で現場を降ろされた。そうなってもやむを得ない出来事ではあった。そしてそれほどの事件であるのに、多分このまま、主たる動機が不明のまま終わるしかない事件になりそうだ。

「行こうか。山崎さんからレストランの情報仕入れてきたんだ。ネパール料理、興味ある？」

彼女の腰に軽く手を添えて踏み出した途端、手首にビッと刺激があった。この感触は業務連絡だ。佳恋に嫌そうな目配せをしてモニターを開く。山崎だ。

――レオ、もう一度こっちに戻れるか。

「忘れ物でもしてますか？」

――話したいことがある。すまないが、こっちに戻ってきてほしい。

「仲人は立てないことにしてまして」

――レオ。

山崎の声音からしてどうやら緊急且《か》つ深刻な話らしい。

さすがに落胆を隠さない佳恋に謝って、レオは建物に引き返すことにした。

これってメンタルによくねえんじゃねえの？

カウンセリング後は、速やかに話をした部屋を離れるべきだと教わっている。なぜならせっかく吐き出した負の気持ちをまた拾ってしまうからだ。

来た道を戻りながらレオはそれを実感している。話したばかりのせいか、普段よりはっきり二年前のことを思い出す。

バディが重傷を負った。そのあとに組んだのはその恋人だった。それも——……。

自動的にさらに記憶が巻き戻るのを止めるように、レオは自分の手のひらで大きく額を撫でた。記憶の出発点となる場面が脳の中にある。二年前、その日は雨で、まだ新しいバディの心配をしながら出動した現場の場面だ。

† † †

現代の日本人の八〇%は、自然の雨を浴びることなく生涯を終えるそうだ。

暗いな、とレオは周りを見渡した。眼球を覆うフィルム型ディスプレイで明るさは十分保持されているのにそう感じる。

今夜は単調な中降りの雨だ。ホログラムの星が浮かばない空も、遠くで滲む電飾も国内とは思えない異世界感だった。

雨はもう三日も降っているそうだ。バランスが取れていないとレオは思った。天気どころか降水すらコントロールされていない。指定都市を出ればこの有り様だ。レオが知識《ナレッジ》の共有を受けた時点でこの地方はすでに発展途上都市だったが、二十年すぎても途上のままだ。タクティカルブーツに踏みつけられた水たまりがびしゃびしゃと水を撥《は》ねさせるのも、ゴーグルに雨粒がかかるのも、これが訓練ポッドでなく天然――いや『自然』だと思うと物珍しく不自然に感じたものだ。まあそれも初めの半年くらいだったが。

「トーリは『商店街』初めてだっけ」

隣でゴーグルを気にするバディ、吉沼桃李《よしぬまトーリ》にレオは声をかけた。すっきりした印象の男だ。癖のない短い黒髪、オニキスのような黒い瞳は横顔にするとカメオのような独特の線の細さがある。

「うん。でも共有学習はしてるから、心配してない」

昔の軍人は身体が覚えるまで反復訓練をしたそうだ。今は、ネットワークを通じて脳で直接体験を学習する。感触、『商店街』のデモパターン、そこに存在するだろう家具や道具の数々まで、見たことも聞いたこともない商店街の実感をネットワークを通じて直接脳に体験させる。知識パターンを擦り込まれ、脳と筋肉が疑似的な反応をして体験とする。必要なのはフィジカルとセンス、反射の速さ、つまりニューロンの多さと発火の多さだ。それらに優れたトーリの訓練期間はたった二ヶ月だったという。

高機動多用途装輪車両《HMMWV》――通称〝サイ《ライノ》〟から、雨の旧商店街に降り立ったのは六名。自分とトーリ、他バディが二組。車内には運転士一名、ランチャー装備の銃装班が三名、医官が一名だ。これがチームオスカー全群だ。たった十一名だが、単独でビルの制圧くらいは楽に行う戦力がある。

装備の軽量化は日々進化しているが、それでも装甲とブーツとヘルメットという形式からはまだ脱出できないらしい。二十一世紀前半の装備に比べれば重さは三分の一以下だし、ツールの小型化と多機能化はめざましいが、量子迷彩をオンにするまでは、見た目もほとんど昔の特殊部隊と変わらない。

これも、とレオもこめかみに指を入れて視界を微調整する。暗視も赤外線もヘッドマウンテッドディスプレイ《HMD》表示もスマートコンタクトレンズでこなせるが、粉塵や閃光から、薄いレンズと眼球を護るため、このゴーグルも取れる見込みがない。まあこれもマーカーの判別機能がコンタクトレンズに移せない限り、自分の鼻の上に乗り続ける予定だが。

――システムオールグリーン。テセウス１５３６号のオペレーションを開始します。七分後にポイントＢからドロップします。マップは二十六ヶ月前のものです。大きな外観の変化はありませんが、行き止まりや素材の劣化、データにない改造などに気をつけてください。

ＡＩナビ『オリビア』の音声がインカムから流れてくる。

犯罪者の多くは管理の《さくらのえだ》傘を逃れて発展途上都市にいる。地方はまだ自主的にシステムの恩恵にあずかっているに過ぎず、抜け穴が無数にあるからだ。若者は利便性を求めて都市という大樹の木陰に集い、故郷とか自然を愛する老人たちと、システムに管理されることを嫌がる自由人が地方に住むという構図だ。そして自ずと無戸籍などの、管理されるべきデータを持ち得ない人、密入国者、犯罪者が地方で生きることになる。

「装塡確認。射撃統制《FCS》よし。出るぞ」

レオは、中型銃のモニターを確認して銃身を短く押し込み、腰に装着した。

超過重情報統合装置搭載『アルテミス』と呼ばれている銃だ。レオとトーリの銃には同じデータが転送されていて、今データとしてこの中に存在する弾は、マザーコンピューターによって相手が死刑囚と判断されると、この銃で質量データに圧縮変換され、弾丸という『モノ』になる。

世間ではその質量データを『魂』と呼ぶ者もいるが、概念的にはそれに近しいとレオも思っている。一人の人間にある、ありとあらゆる情報を極限まで掻き集めたエネルギーの実弾だ。

人間の意識はネットワーク上に散らばっている。個人情報、写真、人生記録《ライフログ》、記憶、嗜好、妄想、欲望、学習、生体データ。それらはもはや外付けの脳として機能しており、データのみで人格を再構築できる量だ。二十一世紀後半からは、事故や病気や加齢で失われた記憶や脳機能をネットワーク上のデータで補い、コールドスリープからの復帰を補助する治療がおこなわれ、更にはメタバースに残されていたデータから、ほぼ完全な一人分の人格と記憶の再構築に成功している。

よかったのはここまでだ。いくら多くの意識がネットワーク上に保存されていても、『意志』を持つのは肉体保持者のみとされてきた。しかしあるときから、肉体保持者の意志が別の人体に転送される事案が発生した。

初めは脳の移植だ。どの時代においても、科学は人を救い、そして人を殺す。医療目的の臓器移植と再生医療は多くの人を救った。一方で行きすぎた肉体改造や美容整形などが犯罪に使用される流れのまま、ついには脳を主体とする違法の肉体移植が行われるようになった。

主たる移植者は若い肉体を手に入れたい富裕層だ。生きた若い肉体を買い、そこに自分の脳を移植する。ただしそれも脳の在処《ありか》さえ押さえてしまえば対処は可能だった。

しかしわずか二年後、怖れていたことが起こる。脳の移植なしに、意志を移動することができるようになった。『脳は思考の檻《おり》』と言われているが、人はとうとうその檻を破ったらしい。『意志』という名の中核《コア》データを移植し、それをネットワーク上のデータで補完し、他者の脳データを上書きする。そうすれば、脳の移植を介さない脳移植のできあがりだ。

少なくとも正当な医療行為ではなかった。だがその技術の成功が発覚するやいなや、死刑見込みの凶悪犯がこれを悪用し、肉体を乗り換えて再犯するケースが爆増した。何しろどれほど身体が拘束されていようと、万全の警備が行われていようと、データという形で脱獄できるのだ。対策が行われるまでに脱獄、または逃亡した死刑囚は百名以上にのぼる。

『テセウスの船』という思考実験がある。テセウスことギリシャ神話の王の一人テーセウス所有の船を、修理のために逐次、船を構成する木材を取り替えるとする。すべての木材が交換されたとき、それは『テセウスの船《おなじもの》』と言えるかどうかという問題だ。元の構成素材が少しも残っていないものは原初の物と同一とは言いがたいという意見と、新規建造ではなく、所有者が同じで同じ形をしている限り、素材の変化にかかわらず同じ物という主張に分かれる。

それではテーセウスが所有権を放棄したらどうだろう。新造時の木材の割合にかかわらず、船はその瞬間からテーセウスの船ではなくなってしまう。つまりどれだけ木材が入れ替えられ分散しようと、テーセウスがその船の意識として存在する限り、それはテーセウスの船だという見解だ。

人は意識《木材》の多くをネットワーク上に置いている。だが木材だけでは人にはならない。どれだけ微細なデータでも『意志の中核《テセウス》』がなければ意志は存在しないし、テセウスが存在する肉体こそがその人間である。その証拠に『意志の中核《テセウス》』を失った肉体は死亡するしかない。故に『意志の中核《テセウス》』を持つ人間こそが死刑囚本人だと法律は位置づけた。

つまり本来の肉体から移動した、死刑囚の『意志の中核《テセウス》』の破壊が、レオたちの任務だ。

『商店街』は廃墟だった。ほとんど崩れ落ち、雨があちこちから漏れ落ちている。アーチも折れて片側に垂れ下がり、錆《さび》のにおいがしてきそうだ。

第三レベル都市、中心部には都市があり、周りは廃《すた》れているがそれなりに人の出入りがある。犯罪者には商店街が人気だ。交通インフラが整備され、中は小部屋で仕切られている。通路は無数にあり、昔ながらの井戸から水が採れる。

レオたちは、雨の中、身体を低くして錆びたシャッターに右半身をつけた。ライノから超望遠で見える画像が転送されてくる。アーチの奥は廃材が散乱した通路だ。

——熱反応あり。

オリビアが囁く。サーモ画像は予想地点だ。

壁沿いを奥へ向かって走る。赤外線トラップがあるが、対応スーツは体内で赤外線を偽造して受信機に放つ。まっすぐに熱源へ——執行対象者の元へ向かった。

大村宗重郎《おおむらそうじゅうろう》一一六歳。脳の入れ替えにかかる誘拐殺人、死体損壊二件、テセウス——違法の意志の中核《テセウス》データ転送による殺人一件の主犯で、十三年前に極刑の判決が出た男だ。判決が出たのは二度目の脳移植のあとだ。収監直前に大村は脳機能を全停止させて肉体上、死亡した。これが肉体の病変による突然死ではないことは、すでに彼の『テセウス』にマーカーが付いていることから明らかだった。『意志の中核《テセウス》』データは、指紋のように同じものは存在しない。政府のサービスを受ける者はすべてマーカーを登録しているし、一度でも逮捕された犯罪者にはもれなく強制的にこのマーカーが登録される。犯罪者たちはマーカーがリーダーに引っかからないように桜の下以外に住むしかないし、そのまま国外逃亡する人間もいる。

自分たちは検察庁検務部執行事務局特殊執行群《SEG》という。拘置所直属の準軍事組織で、犯罪捜査や取り締まりは行わず、善悪の判断もせず、ただ拘置所が逃した特定の死刑囚の確保と即時執行に特化した部隊だ。

自分たちが追うのは、反省の余地がない死刑囚。消滅の他に償いの方法がない罪人だ。今のところすべて、テセウスの転送により拘置を逃れた死刑囚に対して、テセウスの破壊を職務としている。

今回、大村は日本海側の伏木富山港《とある》近くに潜伏しているとタレコミがあった。集中的にリーダーを設置したところ、これに大村のマーカーがかかった。廃スナック店だ。熱源は四つ。情報とも合致するが、逃亡者のほとんどはテセウスのマーカーにカバーをかけている。至近距離でマーカーリーダーを内蔵したゴーグルに読み取らせ、マザーコンピューターに照合させるしかない。

先に進んだ二人が、指先でGo、と示す。突入直前に、エリアの半径三〇メートルに高《N》周波無線パルス《IRF》を放って、あらゆる起爆装置の受信機を無効にしている。電子手榴弾《EMP》のピンを抜いて、ドアノブに手をかけた瞬間、微かな擦過音がした。人がいる——？

「囮《デコイ》！」

トーリが叫んだ。声に反射した先頭の男が通路の奥に手榴弾を投げる。それと同時に、爆風で開いたドアからは赤い炎が噴きだし、手榴弾が通路の奥で白い閃光を放って炸裂した。即席手製爆弾《IPE》の爆発を間一髪で避けた自分たちは、マニュアル通り二手に分かれて駆け出した。

「上だ、レオ」

「違う。港へ行くんだろ？」

大村たちは今夜、密出国する計画だという情報がある。ここから港は遠すぎる。ヘリがあればオリビアが気づく。車を使わなければ無理だ。

「リーダーにかからずどうやって車で？」

自分たちがここで大村を逃がしたときのために、一回り離れた場所に別群が展開している。一般車が、ミサイルランチャーを搭載したライノから逃げ切ることも考えられない。

「高周波によるＩＰＥの無力化《NIRF》を避ける囮を仕掛けるやつが、車に乗ってわざわざ網に飛び込むか？」

「それは……」

レオが言葉に詰まる一瞬に、トーリは棒状のツールギアからフックを選び、筋力を補助するブーツの力を使って、延焼しているスナックの隣、元楽器店の壁を猿のような速さで登っていく。

「だからといって、上に登ってどうすんだよ！」

道路から逃げられないからといって、この廃屋の屋上で何ができるというのだ。心中で訴えながらレオも、トーリの跡を追う。

「なあ、トー……」

幽霊船のようにぼろぼろに破れたトタン屋根の間から、小雨の下に顔を出したとたん、ブン、と音がした。

ドローンのプロペラ音だ。屋根に這い出せば、彼方向こうに港の灯りが見える。この距離ならドローンが届く。

穴だらけの屋根の端で、黄色いTシャツの少年が、宙に浮いたドローンのバーに手を伸ばした。フットバーに足をかけながら、焦った顔でこちらを振り返る。周りには、慌てて次のドローンを浮かべようとするスーツの男たちがいた。

脳の移植を伴わない、データによる『意志の中核の置換《テセウス》』の結果がこの子どもの形をした生き物だ。こんな風に、生まれ持った肉体の一〇〇%を捨てて、他人の身体に乗り移ることで、テセウス以外のあらゆる個体認識を捨て、逃亡、脱獄することに成功した。

レオは指先をタップしてゴーグルのシェードを下ろした。親指ほどの電子手榴弾のピンを抜く。

これが死刑囚とは、何度見ても醜悪だ。少年の姿はせいぜい十一か十三歳だ。大村が最後にテセウスを移動させたのは約三年前。十歳に満たない子どもの脳と命をその汚らしい犯罪者の意志で塗りつぶしたということだ。

パン、と白い閃光が散り、子どもがおもちゃから手を離したようにドローンが地に落ちる。少年は——大村はとっさに飛び降りて、屋根の奥へ走り出した。

EMPでカバーを剥がされた大村のテセウスはむき出しだ。HMDに薄緑色の照準《エイム》が重なる。アルテミスの中で、きゅん、と儚《はかな》い音がする。データを圧縮する音だ。

——テセウスを照合しました。執行番号1536号の死刑執行を認めます。

　オリビアから即時の応答があり、№.１５３６と添えられた照準はもう大村から外れない。すぐに“I have”とモニターに表示が浮かび、レオのトリガーにロックがかかる。トーリが撃つという意思表示だ。

　テセウスのデータは、二人で一発分を持っている。弾が貴重で消費期限が短いので、撃てる方が撃つためだ。射撃統制で管理され、トーリと自分の間で任意にスイッチできる。今回は役割分担もあるし、射線的にトーリに撃たせるのが自然だった。

　トーリはアルテミスのサイドディスプレイを眺めていた。薄緑色に灯る小さなモニターを指先でなぞり、静かに構える。

　その儀式を見るたび、「俺は嫌だな」とレオは思う。

　執行とはテセウスの破壊だ。人一人につきテセウスは一つしかなく、一つの身体は二つのテセウスを受け入れられない。この銃身に込められているのは、死に直面した人間のテセウスだ。脳死と判定されてから、あるいは死亡が宣告された直後、登録者はテセウスを提供し、ネットワークに散らばる可能な限りの情報を掻き集めることが許され、それが統合されてこの銃に送られてくる。それを圧縮すると、ほとんどすべての人間のテセウスを塗りつぶせる量の『テセウス弾』となる。

　今ある死刑囚のテセウスと、弾に込められた他人のテセウスを競合させる。意図的に通常よりも遥かに濃く圧縮された他人のテセウスデータで、犯罪者のテセウスを押し潰す。アルテミスのサイドモニターに浮かぶのは、その提供者の名前と年齢だ。転送トラブル時の確認のために表示する機能はあるが、実際つけっぱなしなのはトーリくらいだ。モニターを消すこともできるのに、彼は必ずそれを表示させ、最後に祈る。メンタルが曇るからやめろと言っても、トーリにはそっちのほうが悪いらしい。

「……おやすみなさい、詩空《しえる》さん」

ひゅっという、風切り音がした。弾の遠さを測るためにわざと鳴るようにされているが、それは詩空という人の、最期の声のようにも思う。

音は軽かった。少年は屋根の終わりで弾ける人形のように倒れた。

プラズマが、彼に纏《まと》わりついている。彼に撃ち込まれたテセウスが、この身体の主導権を握ろうとしているのだ。

他の三人は、別のメンバーが制圧している。

脆いトタンごしに見える鉄骨の上を慎重に歩いて、レオは少年に近寄った。目、鼻、耳から血を流して死んでいる。

人の脳は二つのテセウスを抱えきれない。人工的に、すべての記録とともに濃縮されたテセウス弾に、意識をネットワーク上に分散して薄まった意志は勝てない。しかしテセウス弾は、ただの濃縮されたデータで、身体にはびこる術《すべ》を持たないから、身体の持ち主のテセウスと競合したまま死んでゆく。

無理心中、というと弾に気の毒か——。

背中に当たったが、神経を介して脳を破壊された犯罪者はだいたいこういう死に顔だ。

レオは、まだ温かい死体の側に膝をついた。虚ろに開いた目を閉ざしてやり、散らばった手足を整えてやる。

もうこの子は大村ではない。元の名前が何というかは知らないが、三年前に死んだこの子の、安らかな眠りを祈るのがレオのルーティンだ。


待ち構えていた処理班が屋根に上がってくる。すでに地上では黄色の警報灯が焚かれ、立ち入り禁止を主張している。ライノが現場に付けられ、自分たちの帰投を待っている。

屋根の上から、幕が下りた客席のように一気に明るくなる地上を見下ろす。隣で左手のグローブを外し、銀の指輪に唇を押し当てていたトーリの腰を叩いた。

「お疲れ。マインドケア受けて」

ライノの内部には、オプトジェネティクスに対応したマインドケア装置が置かれている。

人の情報で人を殺す。普通の刑務官同様、刑法第三十五条による『正当な業務による行為』だとはいえ、正常な人間ほど、同じ『ヒト』を殺すことに生理的嫌悪や恐れを抱くものだ。もはやカウンセリングや安定剤などではどうにもならないストレスを、脳に直接電気信号を送って記憶をほどほどに間引く介抱《ケア》が与えられる。体験直後、記憶が固定される前のほうがケアは効きやすい。

「いや、後でいい」

「今にして。俺が怖い」

トーリはひどく落ち着いて見える。ゴーグルを上げた顔はやや疲れているようではあるが、瞳孔の拡大や手が震えるなどの症状はないし、心拍数やアドレナリンを管理するモニターからも注意情報《アラーム》はない。

普段からトーリは、マインドケアを最低限にしか受けない。というか、受けたのは最初の一度きりで『記憶《きぶん》がおかしくなるから受けたくない』と言う。OJは、ショッキングな記憶に人工的なマスクをかける処理だ。場面を思い出せなくする。あるいは別のイメージに置き換える。軽い記憶の混乱は副作用として現われるが一時的なもので、すぐに海馬で適切に処理される。この仕事に向いているのかと考えるが、彼は元々対極にいた人種のはずだ。

レオがトーリと初めて出会ったのは、彼がまだ幼稚園で教諭をしていた頃のことだ。首回りが伸びたTシャツを着て、エプロンなんかをしていて、髪ももう少し長かった。幼稚園は田園都市にあり、子どもの声がしていた。レオの元相棒――いや、今は一時的に外れているだけの相棒――デニス・K・ビカスという男の恋人として紹介された。

――これが吉沼桃李。俺が来週結婚する相手。

――はじめまして、怜央さん。吉沼です。いつもデニスがお世話になっています。

そう言って差し出された手のやわらかさと体温、はにかんだ大人しそうな笑顔を今も覚えている。非常に優秀らしく、本職は認知工学の研究員だったらしいが、子どもの脳を研究しているうちに子ども自体が興味の対象になってしまい、今に至るということだ。その彼が、特殊部隊に入群してきたと聞いたときは耳を疑った。

いわゆるクラスS。IQはもちろん、筋肉組織、神経細胞、DNAまですべて最高級の判定を得た男。彼は、好き好んでナニーをしているが、彼が望むなら最高裁判所と大本営以外のどこにでも就職することができる。

『最大幸福化計画』――二十一世紀後半、桜の枝計画と抱き合わせで発足した社会の仕組みだ。加速する少子化を、国内すべての子どもを掻き集めることで解消しようという試みだった。政府はまず生み捨てられる子どもを金で買いとった。出自、年齢、国籍、戸籍も問わない。彼らは施設に集められ、徹底的に先天的な能力《アビリティ》を測定され、将来を振り分けられた。

人間資源を最大限に活用し、社会的に最大限の利益と、誰もこぼれないそこそこの幸福を得る。過去、明らかに失敗している優生思想と違うのは、最下層を拾い上げることに重点を置いているところだ。結果、ほぼ全員がこぼれることなくそれなりに生活している。不幸といえば、AIの精度が上がりすぎて、判定を覆すほどの成功《ラッキー》が起こる余地がなくなったことくらいだろうか。

レオは、会社員でBクラス同士の両親の家庭に生まれて、両親の手許で育ったいわゆる『上中流階級出身《ミドルハイ》』だ。レオ自身はAクラスで、警視庁から分離した特殊部隊を選び、後に検察庁に配属となった。デニスは富裕層出身のSクラス。トーリは親を持たない施設出身で、当然Sクラスだ。

そうして幸福をこれ以上なく適切に振り分けても、はみ出す人間は一定数いるわけで、そこから生まれる犯罪者はこれまでになく頑強な欲を持った、比類ない凶悪人ばかりだった。

――テセウス１５３６号の破壊を確認しました。

優しい声でオリビアが囁く。レオは肩で息をついた。

テセウスとは、自我だ。ネットワークにアップロードできない意志や、無意識や、心だった。つまり、ネットワークに登録されていないデータだ。理論上、死刑囚の中にテセウスがない可能性はあるが、今のところ前例はない。

「どんなヤツにも出せない気持ちってあるんだな」

大村は冷酷無比な殺人鬼だった。水筒の中身を取り替えるように、人の身体を次々に奪い続けた男にもまだテセウスが残っているのは非常に意外だ。

雨は上がって、墨色の雲の隙間から小さな星を覗かせている。桜の枝の中から見上げるホログラムより、随分ささやかでショボい星空だ。

「登録されていない心の余りが本体だなんて、馬鹿みたいだね」

ネットワーク上に残された意識データは、ほとんどそれだけで個人を形成するほどの量だが、その『意志の中核《テセウス》』がない限り、人として成立できない。

今日の弾になったのは、美妃崎《みきさき》詩空という一九歳の人だ。称呼番号ではなく名前が表示されたということは死刑囚ではない、何らかの事情で死亡した人だった。執行に使うテセウスは、極力死刑囚のもので賄われているが、『最大幸福化計画』により犯罪が極端に少なくなったせいで死刑囚より逃亡者が多く、一般の死亡者に頼らざるを得ないのが現実だ。

人の最期の気持ち。ネットにばらまかれた情報、その人が生きたすべての情報が凝縮され詰まった弾。

弾丸だと思うから引き金を引けるが、テセウス――いわゆる魂とほとんど同等のものだと思うと、重すぎてなかなか撃てない。絞首刑に携わる一般の刑務官に比べれば生々しさはやや少ないとはいえ、メンタルコントロールを受けていないと続けていける気がしないし、名を表示させるのはあまりにもメンタルに悪い。今も気づけば手のひらに嫌な汗を握っているくらいだ。

コイツのメンタル、どうなってんだ。

言いがかりだと思うが、淡々と撤収するトーリを恨みがましく見た。

現場に出るようになってしばらくした頃、トーリにどうして名を表示するのかと尋ねたことがある。トーリは少し不思議そうな表情で応えた。

――この表示がこの人の人生の名前だと思うと、僕一人でも知っておいたほうがいいと思って。

尊い考えだ。でもだからこそ、自分には正直死体を視るような忌避感と嫌悪感がある。人間の死は、真正面から向き合うにはあまりにも重い。死刑囚ですら称呼番号で呼ぶことで心の負担を避ける。それが罪もない一般の人だと思うと、生理的にいたたまれない気がするのだ。

トーリは揺れない。迷わない。悼む気持ちはあるが罪悪感はないとも言う。刑務官として満点の答えだ。

Sクラスの実力か、現実と割り切る力か、頭の出来が違うのか。いや、そんなはずはない。そんなことができるくらいならこの部隊に――デニスを襲撃した人を捜すためという限りなく感情的な理由で、殺人とは一番遠い優しい場所を捨てて、ここに来るわけなどないのだ。

「……俺のがおかしくなりそう」

「なに？　レオ？」

「何でもない」

追加でカウンセリングを予約しよう。

† † †

トーリが入群する半年前の話だ。放棄された旧都市部で、カクテルのように茜色と紺色が上下に分かれた夕暮れのことだった。レオはバディのデニスと共にいつも通り現場に出ていた。

トが起こった。

デニスは優秀で、慎重だった。二手に分かれて挟み撃ちにする計画だったがアクシデン
たまたま隣り合わせの現場にいた別の事件の犯人に、デニスは撃たれた。運悪く、こめかみのバイザーの稼働部分の隙間から入った銃弾は、デニスの脳を貫通した。他にも数発撃たれたが、手首の傷と肝臓破裂、脇腹の骨折、現代医療なら怪我のうちにも入らないような軽傷しかなかった。脳さえ無事ならよかったのに、運悪く一〇ミリばかりの隙間から脳を破壊されたというわけだ。

犯人はそのまま逃亡。別班が追っていたのは、J・W・紫銅《しどう》と呼ばれる有名な連続殺人犯だった。

脳の乗り換え三名、テセウスの乗っ取りが五名。それに巻き込まれた人々が二十名以上死亡し、判明していない殺人もある見込みだ。何度もマーカーが捕捉されていながら未だ逃亡している死刑囚だった。

――終わったら、酒飲もうぜ。おまえ新婚だから遠慮してたけどさ、そろそろ付き合えよ。

ドロップポイントでデニスの尻を叩いた。そんな言葉が彼との最後の会話になるだなんて想像もしなかった。事件はその四分五十一秒後。電波を遮断する通路だったのも禍《わざわ》いし

た。ほんの十秒足らず、通路を駆け抜ける間の話だ。

即死を免れたデニスは病院に運ばれた。辛うじて脳幹は無事だった。弾頭《ポイント》が硬かったために広がらずに反対側の頭蓋骨に嚙んだということらしい。助かる確率は二割。どこまで回復するかはわからないということだった。

ＩＣＵから出たデニスを定期的に見舞っていた。治療は予想通りに進んだが、意識が戻らない。

ある日、見舞い用の、透明なバッグに入った花を手にデニスの病室に向かっていたときだ。中から人が出てきた。背が高く、痩せた肩が俯《うつむ》いていた。

彼には何度も会っているのに、一目で彼がトーリだとわからなかった。青白く、目や頬が落ち窪み、うっすら無精髭も生えていて、彼自身が病人のようだった。

「トーリさん……」

歩み寄って、ハグをした。抱きしめられないデニスの代わりに。彼はそのままレオの肩に顔を埋めて泣きはじめた。

運命とは皮肉なものだ。この世では人はなかなか死なない。能力を持って生まれさえすれば幸せは約束される世界だった。それなのに、運命はあっけなくその能力トップランクの二人を不幸に突き落とす。

「ごめん、先にあなたを見舞えばよかった」

相棒失格だ。デニスのことしか頭になかった。いや、トーリに向ける顔がなかった。あのとき自分が側を離れなければ、もっと情報収集範囲を広く取っていたら、通信を切らなければ、あんな事故は起こらなかったかもしれない。

「いいえ……、僕こそ、あなたがデニスのことで責任を感じていると聞いていたのに――そんなことはないと、言ってさしあげられなくて、……ごめんなさい」

すすり泣きに揺れる声で答えるトーリに、レオは誓った。

「犯人は必ず捕まえます。紫銅は絶対に俺が執行する。約束します。他にも、俺にできることがあったら何でも言ってください」

彼を慰めて、できることは何でもする。紫銅は必ず見つけてこの手で執行し、報告書をトーリに渡す。

翌日、新しい相棒を探してくれと山崎群長に掛け合った。正式にバディを組まなければテセウス弾のやりとりができず、後方配置にしかなれない。紫銅に直接手をかけられない。デニスのため、トーリのためにも、絶対に執行チームに入って紫銅に弾を撃ち込む。

すると今時珍しい白髪交じりの山崎群長は、モバイルに小さなデータを送ってきた。

「お前に新しいバディを用意した。三ヶ月の教育訓練ののち、彼とメンターを兼ねたバディを組んでくれ」

「新人ですか？　あのですね、俺は実働として前衛に出たいんです。新人の訓練になんか――」

「名前は、吉沼桃李。元幼稚園の先生だ」

目と口が全開になるくらい驚いた。しかも彼は最低三ヶ月かかる教育を二ヶ月で終わらせ、現場にやって来た。曰く「デニスの容態が安定したから、僕がずっと側に居なくても大丈夫だって」――。だからといって、幼稚園の先生が二ヶ月後に特殊部隊で人を殺すことになるとは思いも寄らないだろう。何しろここは拘置所の尻拭い、動く刑場部隊とまで揶揄《やゆ》される精神的にヘビーな部隊だ。

新人はすでに部隊用にチューニングされていて、実地訓練で一通り確認するだけだ。それもトーリは新卒でここに来たヤツのように滑らかにこなした。新しいフォーメーションの創造までしてみせた。脳の疑似体験教育と、クラスSのポテンシャルと言われればそれまでだが、それなりの苦労をスキップしてくるトーリには多少の劣等感や屈託を覚えたものだ。

しかも、死刑囚を殺すことに対してメンタルが揺れず、ほとんど作業のようにしてこなす。メンタルに関して言えば、元々軍人教育を受けた人間より安定感があり、取り乱したり、パフォーマンスが落ちたりすることもない。ＯＪでコントロール済みだとしても、それなら軍人や刑務官の全員が問題ないはずだ。

その理由は察して余りあるけれど――。

レオのマンションには、フロアルームがある。セッション前はすべてが灰色の部屋で窓もない。デスクと椅子がやや奥側に置かれている。指先を決まった順番に合わせると、そこはあっという間にオフィスだ。薄緑色が基調の部屋で、部屋のずっと向こうの窓辺では、女性がデスクワークをしている。

そして自分のデスクの向かいでは、トーリがモニターを見ていた。

「まだログオフしないの？」

ここはバーチャル空間だ。各人の部屋のデータを重ねて、オフィスらしくしているだけだった。ここにセッションしていなければ仕事上の資料は見られないし、勤怠管理も兼ねている。トーリは逃げている死刑囚たちの行動パターンをＡＩに食わせているらしい。人間の『想像』や『なんとなく』で絞り込んだデータを再度ＡＩに読み込ませる手法はかなり有効なのだそうだ。これで、トーリは長期逃亡犯を二人見つけている。

「うん。まあ、いけるところまでね」

「よく続くね」

彼は優しい容貌をしていた。髪を短くしても、仕事の手腕を見慣れても、未だ幼稚園の先生のほうが似合うのではないかと思う穏やかな雰囲気だ。しかしこの数ヶ月バディを組んでみて、見かけと中身が違うのがわかった。人並み外れた根気、執拗さ。それは執念と呼ぶべきものかもしれないし、あるいはその熱中は八つ当たりや逃避というSOSだと見てやるべきことかもしれない。その理由は痛いほどわかる。

「デニスはまだ目を覚まさないんだ？」

バーチャルな窓の向こうで、光学カーテンが揺れる。トーリの背後にあるその窓は、さらにバーチャルで、病院にあるデニスの病室に繋がっていた。静かな彼の中にある怒り、悲しみ。それが彼の人生を曲げ、ここまで働かせる原動力だ。

「……こんないい人待たせて、何やってんだろうね、アイツ」

事件から、もう一年が過ぎた。デニスは定期的に生死の境をさまよいつつ未だ入院中だ。現代において、外傷による一ヶ月以上の入院は絶望的だと言われている。失った臓器は細胞からつくれる。人工血液はいくらでもある。筋肉も義手も脊髄さえもカーボンで置き換えられ、全身の八〇％までは人工物で置き換えられる。そんな技術をもってしても、脳だけはどうにもならない。

本当はいつ、彼の生命活動が止まってもおかしくないことを知識としてレオは識《し》っている。たまたま脳幹が無事だったが、数年以内に生命活動の限界を迎えることが多い症例だ。ただ医師からは、未だ脳には未知の部分が多く、失った部分の脳機能を、他の脳の部分が補うこともあると言われている。脳の残り具合を見れば、意識が戻る可能性はゼロではない、とも。

デニスがテセウスをネットワークにアップしていたら――。くだらない考えが何度も過《よぎ》るが、デニス本人が犯罪に手を染めるのを嫌がるだろうし、トーリも諦めているのだろう、一度も口にしたことはない。彼の正義感、犯罪者を憎む心までがデニスによく似ていて、まだ捕まっていないデニスを撃った犯人を捜している。

「本当に、早く目を覚ましてくれればいいんだけどね」

彼らは穏やかで濃密な療養生活を過ごしているそうだ。マメに病院に通い、仕事がある日も、こうしてバーチャル空間を繋げて四六時中デニスを見守っている。医療ロボですら、ここまでの看護はできないという賞賛を看護師からも聞いた。

レオは自分の机に軽く腰掛けて、明るい声をつくった。

「データでもいいから、またアイツと話がしたいわ。デニス、面白かったもんね。能力の無駄遣い。Sクラスの脳をジョークに使うなよ」

昔話――もうずっと昔の話のような気がしてくるのが悲しくなってくる。恋人がいると言われた日のこと、それが男性だったということ。今時同性婚なんて珍しくもないし、民間に比べれば部隊組織の同性婚率は高いという結果も出ている。デニスが惚れ込みそうな男が部隊にいたかなと首を捻ったが、それが幼稚園の先生だったのは予想外すぎたこと——。

あの頃のトーリからは想像もつかない冷えた横顔だ。

「なあ、デニスのホロって置いてるの？　会いに行っていい？」

裁判所から許可の下りた親族にだけ、ネットワーク上に残ったデータと意識から、バーチャル人格を持ったホログラムを作ることが許されている。

「置いてない」

「どうして？」

「本体がここにいるのに？」

トーリは視線でバーチャルの窓を開けた。風が吹き込んで揺れるカーテンの向こうに、白いベッドに横たわる彼の一部が見える。

「そうだね、ごめん」

テセウスの船のカウンターとして『取り除いた材料で再構築した船はテセウスの船かどうか』という問いかけもあるのを忘れていた。デニスの痕跡《データ》を掻き集めてデニスの言動や振る舞いを真似させても、テセウスを持たない身体はデニスとは言いがたい。

「ううん、ほんとは僕もデニスの話が聞きたい」

寂しそうな笑顔で、トーリは窓を振り返った。こうしている今でも精神のバランスはそうとう危ないはずなのに、いつ、どのように検査をしても、トーリは安定数値をたたき出す。

そういえばトーリのネットワーク上のデータは極端に少ないと山崎に聞いている。入群前に個人のネットワークをチェックされるのだが、レジャーの記憶と、学校で書いたもの、旅行や日常の写真くらいで、削除すべきものどころか、量がそもそも極端に少ないそうだった。クラスSには不平とか不満がないのか。ネットリテラシーとかセキュリティーとかが徹底されているのか。

トーリは椅子を回して窓を見ていた。

「……でも、ネットワーク上にあるデータは、デニスの外的な部分《木材》に過ぎない。デニスの意志の中核《テセウス》がないとそれは完全なデニスとは言えない。むしろ、デニスの身体の中にあるテセウスこそがデニスだと思ってる」

デニスの中にしかない気持ち、デニスのテセウス。データだけでは構築できない、完全な彼――。

やや極端に思えるが、理解はできる。それに生還を願える間は願ったほうがデニスも張り合いがあるというものだ。

「わかった。あんまり無理をするなよ？　俺は今日はこれで」

「彼女？」

「うん。佳恋っていうんだ。今度紹介する。初回はリアルで会ってほしい」

「光栄だよ、楽しみにしてる。佳恋さんによろしく」

手を振ってくれるトーリに手を振り返したとき、レオは違和感を覚えて反射的に呟いてしまった。

「指輪……、外した？」

しまった、と思ったがもう遅い。つい先日まで、トーリの指には結婚指輪が嵌《はま》っていたはずだ。レオが佳恋との結婚に踏み切った理由のひとつだった。トーリは任務から帰還したら必ずその指輪に口づけをする。そう話したら佳恋が、自分も結婚指輪が欲しいと言ったのだ。

トーリは少し驚いたように手を振る形で上げたままの自分の手を眺め、しばらく思い出すような間を置いてから、「少しサイズがきつくなった気がして、調整に出してるんだ」と言った。

「そう」

むしろ彼は前より痩せたはずなのに、と思ったけれど、そもそも指輪のことを尋ねるなんて無神経にもほどがあると思ったから、トーリが受け流してくれたことに感謝するしかない。

「じゃあ、お先に」

レオはセッションを落としてフロアルームを出た。ドアを出ると自宅の廊下だ。

リビングのほうからテレビの音がしている。ソファから女性が身を乗り出した。

「お疲れ様、仕事はもういいの？」

「俺はもう終わったんだ。残業してる同僚の肩を叩きに行った」

「優しいのね、レオ」

「修行が足りない。反省してる」

「どういうこと？」

立ち上がる佳恋《かれん》を腕に包み、頬を軽く押しつけあった。

——俺もアルテミスのサイドパネルの表示をしようかな。

名前と年齢という他愛ない、最後の命の主張だ。

祈るという言葉を、不意に理解した気がした。せめてそれを見送ろうとする、トーリの気持ちが今はわからなくもない。

† † †

配偶者として脳波を登録しているトーリは、デニスのリアルの病室に入ることができる。忙しい日はバーチャルだが、非番の日はなるべく実際に病院を訪れ、デニスの手を握りたいと思う。植物状態と診断されたが、呼吸ができ、時折目を開ける。

体温は管理されていて、バーチャルに反映されている。繋ぎ合う手のデータだって、デニスの実際の手のデータだから感触は同じで、デニスにも自分の手が同じように伝わるはずだった。それでもどこか違うのだとトーリは思っている。指紋のようなものか（それは再現されている）、あるいは湿度のようなものか（それも再現されている）、デニスの手にしかない何かがあって、それが愛しくてたまらない。静電気の類《たぐ》いのものではないかと思う日もある。だとしたら、その感触から意識のないデニスの感情が読み取れるようになるのではないかと考えを巡らすこともある。

病院の側にある花屋で、小さな花束を買った。普段は水がなくてもしばらくは枯れない花の首と葉を集めたようなものにするが、今日はクリームのように儚い、オレンジと水色の生花を、束にまとめたものを選んだ。

今日はデニスに特別な報告があった。

DNAを組み合わせて自分とデニスの子どもを制作していいという許可だ。自分を含めて今では多くの子どもがそうして生まれてくるが、国の承認が必要で、審査が厳しく、順番を待つ不妊の人や同性のペアは多い。結婚してすぐに申請をしたのに、二年半もかかってしまった。

──申請が通るのに時間がかかるらしい。蜜月どころか、お前が俺に飽きる頃に返事が来る。

──かっこいいパパになる自信があるんだけど？

あのとき銃を構える格好をしながらデニスは笑ったけれど、それにしたって時間がかかりすぎたし、こんなことになるとは予想がつかなかった。

デニスの病室は、明るさも、においも、人工呼吸器の音も、単調な計器の音もバーチャルと同じだ。

ベッドの側に、背もたれのない椅子を引き、腰を下ろす。温かくやわらかいデニスの手。指に引き金のタコはなくなっていたが、それすら生きている証拠だと思うと嬉しかった。

「……聞いて、デニス。あなたと僕の子ども、作れるって。僕の、初めての、きみ以外の家族」

——子どもの教育はトーリがスペシャリストだろ？　でも検察《うち》にもちゃんとナイスパパ教育コースがあるんだよ？

——なあ、もし、俺たちに子どもが来てくれたら、お前はひまわりのエプロンをもう一度着けてくれるの？

そんなリクエストに笑い転げたときはまだ、自分は幼稚園の教諭を辞めたばかりだった。

「最近……昔のことばかり思い出すよ。きみとの、新しい思い出が増えないから」

トーリがデニスと出逢ったのは大事件の最中だった。公立幼稚園襲撃事件。二百人の子どもばかりが暮らす、皇居の次に安全なはずの幼稚園に強盗が入った。目的は、政府高官の子どもだったとあとで聞いた。

ここに集まるのはSクラス以上の子どもたちだ。誰一人として死なせてはならないと、徹底的に危険が排除され、抵抗の術も備えた高級な鳥籠だ。

トーリは順番を考えて防犯シャッターを下ろしつつ、子どもたちと他の教諭を逃がした。電磁銃ではあったが発砲も許可されている。理論的には必ず子どもたちを逃がしきれるはずだったのに、シャッターを爆弾で破られた。

園にはシェルターがある。核が落ちても耐えられる地下シェルターだ。子どもたちは蟻のようにシェルターに吸い込まれていくが、二百人を収容するには時間がかかる。

廊下を駆け回り、シャッターのボタンを開け閉めして、侵入者を惑わす。しかしシャッターを爆破しながら進む犯人には足止め程度の時間しか稼げなかった。

「桃李先生！」

「いいから、あなたは逃げて！　早く！　ユウトくんは抱えて！」

女性教諭の叫びを聞きながら電磁銃で応戦するが、無理だとトーリは思った。不法に銃を持った犯人数人ならまだしも、相手はプロのようだ。武器が違う。傍若無人ぶりが違う。電磁銃はあのアーマーを通らない。ためらいなく破壊する。建物の構造を調べ上げていちばん逃げにくい位置から襲ってくる。

この建物に何人子どもが残っているのか。絶望的に想像するトーリの前に現われたのが、デニスたちの部隊だった。当時、デニスはまだ対テロ班にいて、園からの緊急要請を受け取って駆けつけてくれたのだ。

制圧はあっという間で、すぐに子どもたちの点呼が取られた。死者ゼロ、怪我人は十名以上いたが、皆軽傷だ。

様子を見に来てくれたデニスに礼を言った。あのときのデニスの表情は今もよく思い出す。ゴーグルを上げた目が不思議な青だった。額にかかる髪がライオンのような金髪だったことも。そして笑顔が太陽のようだったこと、Sクラスにはめずらしい、八重歯がすこしだけ見えたことも。

――ご無事ですか？　先生。

――ええ。助かりました。何人かは救急車で搬送されましたが、転んだり手を挟んだりという程度で――。

自分を眺めていたデニスが不意に破顔した。

――ひまわりのエプロンに銃って、似合わないにもほどがある。

――これは――……！

――ああ、ごめんなさい。あなたにはエプロンのほうが似合うのに、戦ってくれてありがとう。ええと、先生――？

――吉沼桃李と言います。

――おつかれさまでした。吉沼先生。よかったら、自分らの部隊の適性検査を受けませんか？

――え？

――いや……、俺の隊に欲しいなと思って。いい腕です。

それがデニスとの出会いだ。もちろんスカウトは断った。聴取に応じ、その夜デニスがこっそり電話をかけてきた。職権乱用だと思ったけれど、そのときはもうトーリも恋に落ちていたので黙るしかなかった。一年付き合って入籍した。

特殊部隊のデニスには、自分にすら話せないことが多かったけれど、何の問題もなかった。途中で何か雰囲気が変わったな、と思ったことがあったが、それが特殊執行群に転属になったタイミングだったらしい。

デニスが希望した子どもの件も、デニスが先に精子の採取に行ってくれたのは幸運だった。法律上、意識がある人間からしか精子は採れない。所用があった自分に合わせて診療をキャンセルしていたら、この話自体、駄目になっていた。

トーリは、反応がなくなっただけの――頭部の左上はなくなったのだけれど生々しい外傷はすでにない――デニスの手の甲をやさしくさすった。

「レオがさ、きみと話したいって言ってて、言われてみれば僕もそうしたい気がするね。君と先月家具を見に行ったとき――……」

トーリはふと途切れる言葉に軽く呆然とし、額を抱えて小さく息をついた。

レオにはああ言ったけれど、想像することはあるのだ。デニスが目覚めて、また元のように一緒に暮らす日を。買い物や海に行って、掘り出し物のクラフトビールを探したり、ホログリッドボールに入り浸ったり、訪れていたはずの他愛ない日常を想像したりする。

デニスの意識も、ネットワークにだいぶん散らばっていて、ホログラム上の人格コピーには十分だと言われている。彼の声、彼の癖、彼の思考の指向《パターン》、彼の趣味、彼の興味を元にAIが再構築して記録映像などから表情筋を割り出して再現してくれる。もちろんホログラムとは新しい会話もできるし、高いモデルを買えば、触感刺激《ハプティクス》で抱き合う感触を得ることもできる。電化製品やモノがそれに合わせて動くので、ほとんどデニスがいるときのように生活できる。だが、デニスの本心がその中に入っていないとしたら、どうしてそれをデニスだと思えるだろう――？

銀の指輪が嵌った手に手を絡めて、トーリは静かにデニスの掛け布の上にこめかみを預けた。

「必ず、僕の手で紫銅を仕留める」

†　†　†

「木を隠すときは森に隠せ、だったっけ？」

レオは、頭の後ろに指を組んで、チェアの背にぎゅっと寄りかかった。

紫銅が見つからない。

不思議なくらい情報はあった。目撃情報、街頭センサー、諸々のチェック機能、あちこちに情報の断片が残っているにもかかわらず、決定的なものがない。というか、そのデータの断片や複製があまりに多すぎて、ここから紫銅のテセウスを選《よ》り出すのが難しいのだ。トーリの化け物的な根気でも、濃厚な情報が絞れるころにはまた移転されている。データをばらまきすぎて逆に見つからないタイプだ。

「こんなに刻んでバラバラにデータをあげてて、総合すりゃ二人の人間の意識を組んで有り余る。紫銅の中には何が残ってるんだろうな」

今日もくだらないファイルが見つかった。紫銅がアクセスした形跡がある海外のAVサイトだ。視聴履歴と五感データが判明するが、今更紫銅の性癖《ヘキ》を確認したところでどうにもならない。

この通り、紫銅の情報はネットワークに溢れかえっている。各種マーケットの会員記録、購入品、閲覧サイト、利用金融機関、搭乗記録、チェックイン、写真、メール、SNS、メタバース、そのアバターの作者との報酬のやりとりまで。これらのデータで紫銅という人間は完結してしまうのではないかと思うほど、何もかも。

「秘密がない人間ってもはやネットワーク上の生き物かもしれないな」

ネットワークに情報を放出し尽くしたテセウスは搾りかすで、個人を構成する情報はすべてネットワーク上にある。妖怪とか都市伝説とか、そういうものになって、肉体にはもう何の意志も残っていないのではないか。もしそうだとしたら作業自体が無駄に思える。

「今日は帰らなくていいの？　最後にログアウトしたの、いつ？」

「帰っても、ちょっと、ね」

「デニスの具合、悪いの？」

「まあ、よくない、っていう程度かな。バーチャルが負担になるかもしれないからって言われて、接続切ってるんだ」

「センサーも電磁機器ではあるもんな。とはいえ、労働時間が長すぎだと思うよ？　データの目視《ドブさらい》なんてＡＩにやらせとけばいいでしょ。貴重品が落ちてるかどうかすら、わからないのに」

「ある」

「……何か見つかったの？」

「いいや。でも必ずあるはずだ。人になら、誰だって」

「まあ、砂漠に落ちたとしても、針は確かに針だけど」

見つけ出すのが困難なだけで、存在が蒸発するわけじゃない。

ぽつんと、トーリが呟いた。

「〝王様の耳はロバの耳〟って知ってる？」

「うん。新しいミームがあるなら知らないけど」

王様の耳がロバ様《よう》の耳であることを、黙っておくように言われた理髪屋は、人に言いたい気持ちを抱えきれず、深く掘った穴に〝王様の耳はロバの耳〟と叫んで土を埋め戻した。ほっとしたのもつかの間、その上に生えた葦《あし》がそよぐたび〝王様の耳はロバの耳〟と奏でて、理髪屋が土に埋めた秘密が世に広がってしまったという寓話だ。

「あれは葦なんか育たなくたっていずれ駄目になっていた。秘密を身体から出した時点でアウトだ。なんで穴なんか信じたんだろう？」

「トーリ……？」

「本当に知られたくない秘密は、身体から出すべきじゃない」

レオは、深刻にトーリを見た。トーリの瞳には疑似モニターで映し出される文字列が反転して浮かび上がっている。

「紫銅にもあるはずだ。ほんの欠片《かけら》だけでもテセウスが」

「確かに……そうだけど……。何か特別なアイディアがないのなら、今日のところはお開きにしないか？」

「お先にどうぞ」

「俺たちは刑務官だ。いざというとき集中力切れじゃ困るぞ？　データ班がしらみつぶしに捜してくれている。もしかして、データ班が信用できない？」

彼らが実績を出せないからこうなっているわけだが、根本的に彼らの能力が信用できないとなると話は別だ。いくらトーリが優秀でも、ここはチームだ。専門家による負担の分散が目的だ。

トーリはぼんやりとデータを目で追いながら静かな声で問いかけてくる。

「テーセウスの本心ってどうだったんだろうって考えないか？」

「本心？」

「うん、本当の心。本心以外がバラバラに入れ替えられていったとき、テーセウスは何を考えて、何を感じていたのか。ほんとは船なんか、関係なくて、テーセウスがそれをどう思っていたか、求めるべきはそこじゃないかな」

「紫銅の本心？」

「そう。心。部品やデータにならない気持ち。テセウスには秘密、本心、無意識を含む。必ず身体の中に残っているはずなんだ」

「まあ、理論上は可能だよ。無意識がある限り、ネットワークの中にすべてを置き続けるのは実質的に不可能だと言うしね。にしても、肝心なときに身体が使い物にならないじゃ、お話にならない。基本解析はデータ班に任せて、今夜は――」

会話の途中でリストバンドが震えた。

「はい。レオ」

相手は山崎群長だ。二人同時に会話ができるというのに、自分だけに話しかけてきた理由の推測はすぐに現実になった。

トーリがじっとこちらを見ている。

「……落ち着いて聞いてくれ、トーリ。……死刑囚のテセウスが捕捉された。――紫銅だ」


落ち着いているとトーリは言った。そんなはずはない。装備をつける手は震えていたし、メンタルチェックでトーリらしくもなくオレンジアラームが出て、安定剤《カクテル》を投与された。

他人の心配をしている余裕もなく、自分もまったく同じだ。トーリほどではなくても、精神の安定には自信があったがさすがに今日は無理だ。ドーパミンが出まくって、不安と興奮に交互に絡まれ思考がうわずる。

壁際で、グローブの手首を固定しているトーリに気づいた。指が震えて思ったように留め具が留まらないらしい。その手を取って、留め具を留めてやり、首に片手をかけて抱き寄せた。

「安心しろ、トーリ。お前がやり損ねても、俺がやる。お前の分も、デニスの分まで」

高揚と緊張は死亡率を高める。わかっていても今日だけは駄目だ。自覚はあっても、今日だけは他人に譲ることはできない。トーリも同じだ。

紫銅のテセウスを殺す。この一年間、一瞬たりとも消えることのない、憎しみの炎だ。

ライノに乗り込み、無線越しのブリーフィングを聞く。横須賀港で、何らかの取引に応じていたらしい紫銅のテセウスがネットワークに引っかかった。先週拡張工事が行われたエリアだ。紫銅のテセウスにはマーカーが付いている。一度捕捉されたら追跡を振り切るのは至難だ。圏外もジャミングエリアも横須賀からは遠すぎる。幸運だった。東京を含む第一エリアだ。この距離ならチューブでライノごと飛ばしてもらえる。神奈川県を湾岸沿いに逃げているらしい。中部エリアだったら別の群の管轄になるところだった。

「一生の不覚と言わせてやる」

ビジュアルも回ってきた。今度の紫銅は、十五歳の、東洋人の女の子だった。

ライノの窓から外を見ていた。

迷っていたが、アルテミスのサイドパネルをオンにした。通常は『受信可』という、テセウスの転送待ちを示す表示が浮かんでいる。

先の任務までに何度か試したが、想像したような、気持ち悪いとか罪悪感のようなものは湧いてこなかった。悼む気持ちと感謝が静かにそこにあった。もし今日、執行のチャンスがあるならその名は決して忘れないだろう。

腹の内側を駆け上がる微かな振動は、興奮か恐怖か。安定剤で抑えていても呼吸が浅くなる。隣でトーリが長い息をついた。緊張しているのかと思ったが、横顔は見たことがないくらい険しく、視線はしっかりとしていた。

これまでどの仕事に対しても、本当に『職務』以上の反応を見せなかったトーリからは信じられない様子だ。唇が赤い。鬼気迫る集中だ。追加で安定剤を入れても効きはしないだろう。

今更かける言葉もなく、レオは深呼吸をして、軽く天井を仰いだ。

紫銅の位置からして、第二現着、もしくは第三現着になるかもしれない。それでも現場に行きたい。自ら手を下せなくともせめて執行を見届けたい。執行できなければまた被害者が出る。償う手立てがなくなった魂の化け物のテセウスをそこで終わらせる。

インカムに優雅な声が割り込む。オリビアだ。

――Hi、チームオスカー。チームバイパーが追跡中の、テセウス1487号のチェイサーがダミーである可能性があります。チームオスカーが第一現着になる可能性があります。フローを再度確かめ、装備を確認してください。

「！」

ツイてる。思わずトーリと顔を見合わせ、拳で彼の膝の横を叩いた。彼も頷いている。

「紫銅か！」

――紫銅、テセウス1487号である可能性は八七％です。

リニアのチューブから吐き出されたとき、大きくバウンスする振動があった。そこからはタイヤ走行だ。

ライノのモニターに映るマップ上で、赤いターゲットマークが移動する。

――四分十八秒後にミサイルランチャーの射撃圏内に入ります。出動の用意をしてください。

マップ上では車は三台。速度からしてリニアではなくSUV。量子エネルギー駆動は衛星に引っかかるから水素燃料電池というところが、いかにも本物らしい。自動追尾のあるランチャーで足止めして紫銅を捜す。もしそのときに死亡したとしても、乗り換えを防ぐためにヤツのテセウスを確認し、身体にテセウス弾を撃ち込んで破壊しなければならない。

――ミサイルランチャー発射まで、三〇秒。

こちらの確率が高いとはいえ、これまでさんざんダミーをばらまいて撹乱してきた紫銅だ。今回も顔を見るまで――HMDで照合するまで、一〇〇%の保証はない。

――ミサイルランチャー発射まで、二〇秒。衝撃に備えてください。……会敵します。一〇秒、九、八、七……

オリビアのカウントダウンと並行して、ライノの前方で銃装班が動いている。リアルを映すモニターに赤い照準が重なり、急激に絞られる。

「撃ち方始め」

山崎の冷静な声と共に射出されたのは、自動追尾の電磁弾だ。水素カーとはいえ、爆鳴気をコントロールするための電子機器が積まれている。この時代になっても軍からガソリン車が完全になくならない理由はこれだ。

電磁弾を食らった三台のSUVは惰性で走行してから停止した。それぞれ中から数名の人間が転がり出てくる。電磁弾では人は死なないし、死刑判決の出ていない相手を迂闊《うかつ》に殺すわけにもいかない。

彼らは用意していたようにライフルでこちらを撃ってきた。

いきなり銃撃戦だ。数が多い。

「ビンゴだ、トーリ！」

紫銅の私兵だ。囮にここまでの護衛は割かない。この中に紫銅はいる。

ライノは防弾壁の役目も果たす。陰から応戦していると、先頭で止まっているSUVに動く影があった。細身のボディスーツに身を包んだ影が、SUVの中からグラビティーボードを引きずり出している。

「紫銅だ！」

レオの叫びに答えるように銃撃が酷くなる。

——追うぞ。

インカムから群長の声がして、ライノの横面が松かさのように開く。中には足かけと手すりがあって護られながら移動することができる。ライノは応戦する兵に突っ込むような形で彼らを突破し、紫銅に向かって速度を上げた。

ゴーグルには絶えず画像が流れてくる。腰まである長い黒髪を靡《なび》かせながら、グラビティーボードで滑るように逃げる紫銅の後ろ姿だ。

——ミサイルランチャーを撃ちますか。

——いや民家が近い。それに紫銅一人だ。——リーダーからオスカー全群へ。この先左のコンサートホールに追い込む。詰められるか？

「もちろん」

レオは迷わず返した。トーリからも、視線でクリックするシステムから是の応答がある。背後から、グラビティーボードに乗り換えた先ほどの私兵が追ってくるのに、ライノの上部から銃装班が応戦している。

――チームコサックと正面から合流します。紫銅は左に折れるしかない。

別群の装甲車が道路正面を塞ぐ。レオたちはライノを飛び降りた。

彼女がコンサートホールの前庭に降りるのを確認して、レオたちはライノを飛び降りた。

オブジェを盾として計算しながらホールへ走る。

「結局アナログなのかなあ」

レーザーのように遮断できず、ジャミングで軌道も逸らせず、電磁波で破裂もさせられない。ニトロ化合物というクラシックな火薬で、合金の弾を弾き出すのが一番やっかいというのは皮肉な話だ。オリビアは銃声と駆動音から拳銃の種類と残弾を聞き分け、知らせてくる。

「弾終わり、行くぞ！」

リロードの瞬間を狙ってトーリが飛び出したとき、タタタン！　と軽い音がした。トーリの右腿《みぎもも》が血しぶきを上げた。反射的にレオは彼の腕を掴み、物陰に引く。

――M93R2《マシンピストル》。連射に気をつけてください。

オリビアのアドバイスは一足遅いが、致命傷は避けた。肩当《フォールディングストック》てがないのに、あの体格で撃ってくるとは思わなかった。トーリの腿の装甲が裂け、血が流れて床に落ちる。

「なんつー怪力。アーマー《A》ピアシング《P》弾か」

「レーザーよりマシだ。身体を人工筋肉《ナノチューブ》に換装している」

「あんなかわいいお嬢ちゃんに何してくれてんだ」

レオは視線でオリビアを呼んだ。

「チェック！　後続はどこまで来てる!?」

このまま紫銅を追うのは得策ではない。トーリの怪我の程度がわからない。立とうとするトーリの肩を押さえて防いだ。トーリが怒りの視線で振り仰いでくる。

「まだやれる！」

迷う。ひるむ。また失うのではないか、またデニスのように目を覚まさなくなるのではないか。

「トーリ。駄目だ」

「頼む、レオ。紫銅がいるんだ！」

レオは胸の奥から震える息を吐いた。

「……あとで泣いても知らねえぞ？」

そうだ。迷う余地などない。紫銅が目の前だ。怪我なら治る。脳さえ無事なら何とでもなる。

トーリが、強化装甲を施した肩でスタングレネードを投げた。投擲《とうてき》距離二〇〇メートル。紫銅の行く手を塞ぐ位置で炸裂する。

紫銅は一瞬飛び上がったあと床に転げた。少女らしい、植物的に細い手脚が地面で踊る。背中で跳ねるさらさらの黒髪。だが中身は紫銅だ。

レオは更にその側に、重力弾を撃ち込んだ。彼女は見えない何かにのしかかられているように、重たそうな上半身を必死で起こして逃げようとするが、足を引き寄せ、這いずるのが精いっぱいだ。

紫銅を映したHMDに薄緑色の照準《エイム》が重なる。アルテミスのボディから、きゅん、とデータが圧縮される音がする。オリビアが死刑の執行を告げる。

——テセウスを照合しました。執行番号１４８７号の死刑執行を認めます。

本当に、紫銅だ。

瞬きもせず、№１４８７という数字ごしに地面にうずくまっている少女を凝視した。

頬をすりむいた紫銅は、床に両手をついて身体を支えながらこちらに向かって叫んだ。

「ご……ごめんなさい、理由があるの！　本当だよ！　反省してる！　ごめんなさい、ごめんなさい、出頭する！　なんでも話すよ！　おかあさん！　おかあさん、助けて！」

十五歳の女の子の声帯を使って涙声で叫ぶ。

紫銅を捕まえたら笑ってやろうと思っていた。最悪の罵倒を一言選んで、可能なら唾を吐いて、デニスに謝罪させる時間などないが、せめて後悔する言葉を吐かせようと思っていた。

「……無理だわ、デニス」

いざ目の前にすると言葉が出ない。命は尊く、がっかりするほど滑稽で、馬鹿みたいだ。重力に押し潰され、彼女はとうとう爬虫類のように両手を床につき、胸が床につくほど低く這いつくばっている。

この状態ならアルテミスは絶対外さない。重力弾を振りほどけるはずもない。

待ってろ、デニス。

肩を叩いて報告してやる。きっとそれで目が覚める。

ふと灯していたモニターに名前が浮かんでいるのに気づいた。薄目でそれを見下ろし、レオははっと目を瞠《みは》った。

泣けばいいか笑えばいいか、わからなかった。

『デニス・K・ピカス』

いつだろう。出撃の四時間前には外との通信が遮断されたから、その直後くらいだったのだろう。かわいそうに、あんなに寂しがり屋でパーティー好きだったのに、最期は一人だったのか。恋人も、元相棒も側にいなかったなんて。

デニスの臨終に間に合わなかった。だがこれが千載一遇のチャンスでなければ何なのだろう。

「トーリ！」

射線はトーリのほうがよかった。引き金をトーリに譲った。彼こそが撃つべきだ。

執行を殺人にしてはならない。敵討《かたき》ちは禁じられている。だが司法は追いついていない。理屈が心に勝るだろうか。もし超常的な何かが、トーリの悲しみを癒やすために降ってきたとしたら、それを横取りすることが正しいだろうか。

デニス自身のテセウスで、紫銅を仕留められる。デニスを失う対価として、これ以上の結果はないだろう。これが奇跡でないなら、何を奇跡と呼ぶのか。

アルテミスから発せられるテセウスの光が、トーリの目元に反射している。

トーリは一瞬、子どもがぽかんとするような顔でモニターを見た。憎しみの熱は去り、いつものように冷静に銃のモニターをなぞった。

彼の黒い瞳が紫銅を見た。

紫銅は子どものような泣き顔で、縋《すが》るようにトーリを見ている。

撃て、トーリ。その引き金はおまえこそが引くべきだ。

全神経を傾けて、レオはトリガーにロックがかかるのを待った。もし、万が一にも彼が引き金を引けないというなら、自分が——と思ったとき、レオのトリガーにロックがかかった。ほっとした一瞬に、トーリが片手でバイザーを上げ、銃を持ち上げるのが見えた。

銃口が横を向く。ごり、と押しつけるような音がした。

トーリは、自分のこめかみに銃口を当てていた。

パン、と軽い音がエントランスホールに響いた。

「……え——……？」

ヘルメットの左下から、肩に液体が噴き出す。

彼は膝から頽《くずお》れ、どさりと音を立てて肩から前に倒れた。

「……。——……トーリ……？」

頭の下の血だまりが広がってゆく。

背後から追ってきていた別の群隊が、レオの肩を叩いて追い越していく。

許容量をオーバーした二人分のテセウスが、プラズマとなってトーリの首筋あたりに纏わりついている。

† † †

昼下がりの官公庁のホールは閑散としたものだ。

「どうしたんですか？　忘れ物でも？」

「いやまあ、どうだろうね」

決まり悪い笑顔で守衛に手を上げながら、レオは検務部ビルに戻ってきた。

十分前に手を振って出ていったレオが、普通に戻ってきたのだ。しかもトラブルがなければ医療棟《メディカルバイオ》にはなかなか来ないのが普通なので、守衛に不思議顔をされてもしかたがない。

人はまばらだが、皆スーツか制服だった。さっき山崎と古浜に「遊びに来る」とは言ったものの、やはり何かいい口実でも考えなければ来づらいなと思いつつ、リストバンドに送られてくる指示を見て、レオは首をかしげる。

古浜がいる処置室ではなく、聴取をしたカウンセリングルームを指定された。

入室してみると、邸医官と山崎矯正副長——元群長がいる。山崎はレオに軽く手を上げ、目の前の椅子に座るように指示した。

「忙しいところ、悪かったな、レオ。彼女とランチでも?」

「プロポーズするところだったんです」

「それは悪かった」

「嘘です。プロポーズは済ませました。今日はただのデートです。それで?　急用とは?」

「トーリのことだ。……いや、他の事件のことでもある」

指定されたのがカウンセリングルームだったからもしかしてとは思ったが、具体的な心当たりはまったくない。

「聞くか?　レオ」

「どういうことですか?」

「お前が知らなくてもいいかもしれないことだからだ」

「さんざん聴取しておいて、今更そんなことってあるんですかね。もしあれが実は紫銅じゃなかったなんて言うなら、俺は半年出勤しませんけど」

「よかろう」

山崎は目の前にパネルを浮かべた。

数値のデータだ。デブリ――か、散漫なデータの羅列、しかもかなり膨大だ。

「別件の犯罪者のデータを分析中、そいつとそこから繋がるデブリから、ほかの犯罪者のデータが採れた。紫銅のデータもあった」

あのとき固定された紫銅は、応援に駆けつけた別班の手によって死刑執行された。武器もなく、重力弾で床に固定された少女だ。執行はあっけなく済んだ。デニスのテセウスはすでに使用されたため、他のテセウス弾により、紫銅のテセウスは破壊された。

トーリの脳は弾丸で物理的に破壊され、絶命後に彼自身のテセウスは取り出せず、デニスのテセウスも個人の尊厳を守られた状態で弾丸となり消費されてしまった。

何しろ作戦中だったから、ゴーグルを通して脳波も映像も精神状態までも記録済みだ。ジャミングなどの混乱を誘うような波はなし、トーリの血液中からも、当局から投与された薬品しか検出されなかった。

精神状態といえば『凪《な》いだ』という記録はある。だがそれは脳が破壊されたときのものか、その直前のものかは、タイミングが微妙すぎて判断がつかないと言った。あくまで前後のモニタリングでしかないと。

紫銅のテセウスは犯罪者として失われるのが前提であったが、トーリの本心は葬られ、それを推測させるはずのデニスの本心《テセウス》も失ってしまった。ある程度わかっていたが、トーリがネット上に残した情報はあまりに少なく、彼の行動の裏付けにはならなかった。トーリのアバターに会いに行ったが、相変わらず穏やかで、少し寂しそうな、いつものトーリのＡＩが答えるだけだ。それも『不審死を遂げた人物』という規定に引っかかり、事件の七日後には中央に削除されてデブリとしてすら残っていない。

動機は『作戦中の緊張状態でデニスの死を知ったことによる錯乱』。状況的にそう片付けるしかなかったが、それならなおさら不可解だった。トーリなら紫銅に弾を撃ち込んだはずだ。自分はあのとき奇跡だと思った。法に遮られる前に仇を討てる。デニスが撃たれたあとは、自分もトーリもそれを目標に生きてきたようなものだ。トーリの怒りは自分以上だったはずだ。感情にまかせて引き金を引くだけでも、絶対にそうすると思った。なのに、なぜ――。

「それとトーリに何の関係があるんですか？」

山崎はパネルのひとつに動画を流した。真正面から映っているのはトーリだ。誰かの視覚データだ。背景の矛盾から見て、デブリから再構築してＡＩで補強したものだ。この視界の持ち主は――考えるまでもない。

「紫銅の関係者の記憶を分析したときだ。デニスのデブリデータが偶然サルベージされた」

言い争う彼らの声が再生される。デニスがOJでマスクをかけるまえの意識だ。不都合な記憶を廃棄して、トーリと上手くやろうとしたのだろう。そのときのバックアップだ。データはデブリから拾ってきたものだから、意識が動くたびに立ち位置が変わったりと画像が不安定だが、こんなものを捏造《ねつぞう》したってしかたがないし、彼ら以外に知りようがないことだ。

——やっぱり子どもは無理だ。俺はこんな仕事に就いている。事故がないとは約束できない。

——配置を異動したらどうだろう？

——もうやめてくれ、トーリ。俺はこの仕事が好きで、手放すことは考えられない。

——デニスはいてくれたらいい。教育は僕とナニーでするから。それも嫌でも、どうせ僕がいた施設に出すことになるんだから——。

——必要ないだろ？　別にいいじゃないか、お前がいれば子どもなんて。

——デニス、指輪は……？

——ごめん、任務の前に外してポケットに入れておいたんだけど、どうしても見つからなくて——。

——どのあたりで落としたの？　僕が探してくる。

——大丈夫だ、トーリ。遺失物の届けは出した。

——そんなの見つかるはずない！

——すまない、トーリ。家庭のことを考える時間がないんだ。お前のことは大切だ。だからこそ、今は少し距離を置かないか？　時間があるときに、昔みたいにお前とすてきに過ごしたい。

——『時間があるとき』っていつ——？　言ったよね？　プロポーズしてくれたときに、俺のすべてをやるから、って……！

別の動画もあった。視界に映る手は血に塗《まみ》れたアーマーグローブだ。荒い呼吸音が聞こえる。

——こちらオスカー0‐0。レオ？　レオ！　チ……聞こえないのか！

「これは、まさか……」

捏造であってくれ。そう祈りながらも頼りない音声から注意を逸らすことができない。

——誰か、見つけてくれ。標的は、俺だ……！

左下のタイムスタンプは、忘れもしない、デニスが撃たれる直前だ。

動画の中のデニスは、違法を覚悟でメインの意志をネットワークにアップロードしようとしていた。ＨＭＤを使って脳のデータにアクセスさせようとしていた。だがいくらネットワークが発達しても、何の装備もない外の回線で、巨大な『意志の中核《テセウス》』をアップロードすることなど不可能だ。そもそもHMDでは能力が足りなさすぎる。ほとんどデータは転送されないままさらにデニスは撃たれた。

もう一つ別の動画があった。紫銅の関係者のデブリから採れたものだ。画像は物の形がわからないほど荒れて、誰が映っているのかもわからない。

——こんなことになるなんて聞いてないッ！　少し、ほんの数日、話し合う時間が欲しいだけだと言ったはずだ！

——事故の可能性はあると言っておいたはずだ。金は返せない。

——金など要らない、デニスを返してくれ！

音声だけだが、声紋分析にかけるまでもない。泣き叫ぶ声は、トーリだ。

「トーリは紫銅と繋がっていた。厳密には、紫銅の仲間というところだろうがな。デニスは事故などではなかった。襲撃の依頼者は、高い確率でトーリだ」

「そんな……、そんな馬鹿な！　アイツはデニスを愛してた。事件まで幸せに暮らしてたんだ」

トーリの死後、彼が残したネットワークデータも見せてもらった。教育者らしい清潔でたわいのない、プライベートの写真に満ちていた。幸せそうな記憶がほとんどだ。看病日記。心配、安堵、希望、絶望、普通のペアが持つ、日常的なライフログと短い日記。

「その後もずっとデニスの看病をしてきた。誰よりも献身的に！　……幸せそうに」

「そっちが改竄《かいざん》データだ、レオ」

「誰が、そんなこと……！」

叫びかけて、頭を抱えた。

本職は認知工学の研究員で――。頭蓋の裏にデニスから紹介された日の、トーリの笑顔がちらつく。

――〝王様の耳はロバの耳〟って知ってる？

記憶の中のトーリが問いかけてくる――。

――秘密を身体から出した時点でアウトだ。

目の裏に記憶がフラッシュする。デニスの葬儀の日だ。デニスの指には指輪があった。

そしてあの日、トーリの指には指輪はなかった。

――少しサイズがきつくなった気がして、調整に出してるんだ。

長い療養生活で、デニスはトーリ以上に痩せてしまった。このとき無くした指輪の代わりに、トーリが自分の指輪をデニスに嵌めたとしたら。あのときの妙な間は、その矛盾をトーリの脳が修正する時間だったとしたら。

肺が固まる。指輪の内側の刻印を確かめてくれと、怖くて口に出せなかった。

はち切れそうに抱えたトーリの秘密《テセウス》。理想的な幸せな暮らしを構築するための、偽の木《O》材《J》。

「OJデータを自分で改竄することは、トーリなら可能だ。OJは脳の記憶《げんじつ》を作り出せる。自分の都合のいいようにな。俺にもまったく信じられない。トーリは、いわば完全無欠に見えた。いや、今でもそうだ。死の直前まで誰より人間らしく、慈悲深く、完璧だったという答え以外は出ない」

「――……じゃあ、なんで」

つじつまが合わない。例えばもしも彼らの仲がこじれていたことも、トーリがデニスを襲撃させたのも本当だとして、トーリならもっといくらでも上手く報復できたはずだ。デニスの看病に対する献身は本物だ。そして紫銅に対する憎しみが本当だったのも自分が一番よく知っている。

――ここに本物がいるのに？

そう言って目を覚まさないデニスに、愛おしそうに寄り添っていた姿に嘘はない。おかしなところは一つもなかった。

あの瞬間までは、正常だったのだ。

自分でそう思ったあと、その場面を視覚的に思い出した。

　モニターにデニスの名前が映った瞬間。

　──ここに本物《テセウス》がいるのに？

　ネットワーク上のデニスのデータ、そして目覚めない身体の中に息づくデニスの『意志《テセ》の中核《ウス》』。事故後、トーリは両方を手に入れた。そう思っていた、あの瞬間までは。彼の銃の中に、この世に存在する、可能な限りのデニスのすべてが集約され、圧縮されて、ひとつの、より完全な物体として存在するとわかった瞬間まで。

　──これが、現在最も人のすべてと言われる弾《モノ》だよね。

　あの瞬間、アルテミスの中には、この世で最も完全なデニスのすべてがあった。トーリの欲しかったものすべてが詰まった弾が。

「そんな馬鹿な」

　彼のすべてを自分に取り込もうとしたのか。彼のデータを、そして本心を。決して開示されない心の不可侵を〝モノ〟として彼は得たのか。

　山崎は気まずそうにプロンプターを閉じた。顔を歪めて息をつく。

「前代未聞だが、このデータを元に調査をすれば明らかになるだろう」

　ＯＪを利用して、本体の意志をデータがねじ曲げてしまった事例となる。

つまり嘘の記憶をつくってまで、船を放棄しなかったテセウスの話だ。

トーリは自らのテセウスを殺した。

トーリの秘密の欲望を、デニスのすべてで満たしたのだ。

山崎は、深く後ろに寄りかかっていた身体を起こしてレオを見た。見守る医官も痛ましそうな顔だ。

「今更お前から聞き出す事実はないが、怨嗟《えんさ》の可能性が出てきた。自分のバディ同士が殺し合うなど、お前にとってつらい結果になるかもしれんな」

「違うと思います。上手く言えませんが」

殺意と、あるいは愛情や憎しみと言うには、レオが推測する実情はあまりにもかけ離れている。

レオはゆっくりと両手で頭を抱えた。

「――話すのに、時間をください」

この先、言葉にできるかどうかレオ自身にも自信がなかったが、さしあたり今思いつく単語のどれにも当てはまらないことは、レオにもわかっていた。

Habitable にして Cognizable な領域で

吟鳥子

吟鳥子（ぎんとりこ）
2005年、〈ウィングス〉（新書館）に掲載された「ある幸福な人の噺」でデビュー。2016年から2020年にかけて〈ミステリーボニータ〉（秋田書店）で発表した『きみを死なせないための物語《ストーリア》』（秋田書店ボニータ・コミックス）は2021年、第52回星雲賞のコミック部門を受賞した。その他の作品に、『アンの世界地図～ It's a small world ～』（秋田書店ボニータ・コミックス）、『架カル空ノ音』（新装改訂版イースト・プレス）などがある。

Habitableにして Cognizableな領域で

吟鳥子

なんで また そんなもの 読んじゃったの?!
いや、けっこう、世界観そのものは ヘッセやルナール、ケストナー読むのと 変わらない感じで
……実は 他にも 少年同士が恋愛する 漫画あったんだけど、すげー泣けたし
あ、そうなの?
でも、ことごとく 主人公が苦しんで 悲劇で終わる んだよなあ……
何で
何でだろ
調べてみると 作者は女性 だったんだけど、
だから……
あ、そうなんだ?
姉ちゃんの表の本棚の 男女の恋愛漫画を読むと、女は良い男と出会って 結婚して子どももできて… ってのが女の幸せです!って 感じの漫画が多いけど
姉ちゃん、そういうの 母ちゃんにガーガー言われて たまに超ムカついてるから ……その幸せのパッケージ まるごとガッと否定したい のかなあって思った……
なるほど?
幸せって、押しつけられると 割とただの不幸 だからねえ?

自分が少年だったら、外からの抑圧がすごい女の人生の幸せ？から逃れられるのに！って、願いもあるのかな？

…俺らも 別にそんな自由でもないけどなあ…

あれ？ じゃあ……ことごとく悲劇で終わるのは、「そういう女の幸せパッケージから性別という一要素がずれただけでも全てが連鎖して人生は破滅ですよ」って、教訓がふくまれてる？

やめろ！ これは教養小説じゃないから！ 文学性は高いと思うけど娯楽エンタメだから！

あ、そういえばこの本… 女性作者のSF小説だけど、男同士の性行為がガンガン出てくるよ
せっ……そっちはどうなる？

SMな性行為を重ねる内にふたりは不幸になって死に至る。

何でだよ！

……やっぱり、同性愛は不幸になるってのが当たり前なのかな……

どうかな？「僕らがどうしてこう生まれてきたのか」なんて問いは… ああ、そういえば「人間原理」という
物理学上の…バジル？

…

あのさ あのさ……キスくらいまでなら、この漫画でもまあまあハッピーなんだよ…

ああ、そう？

……じゃ、キスだけでもしてみる？

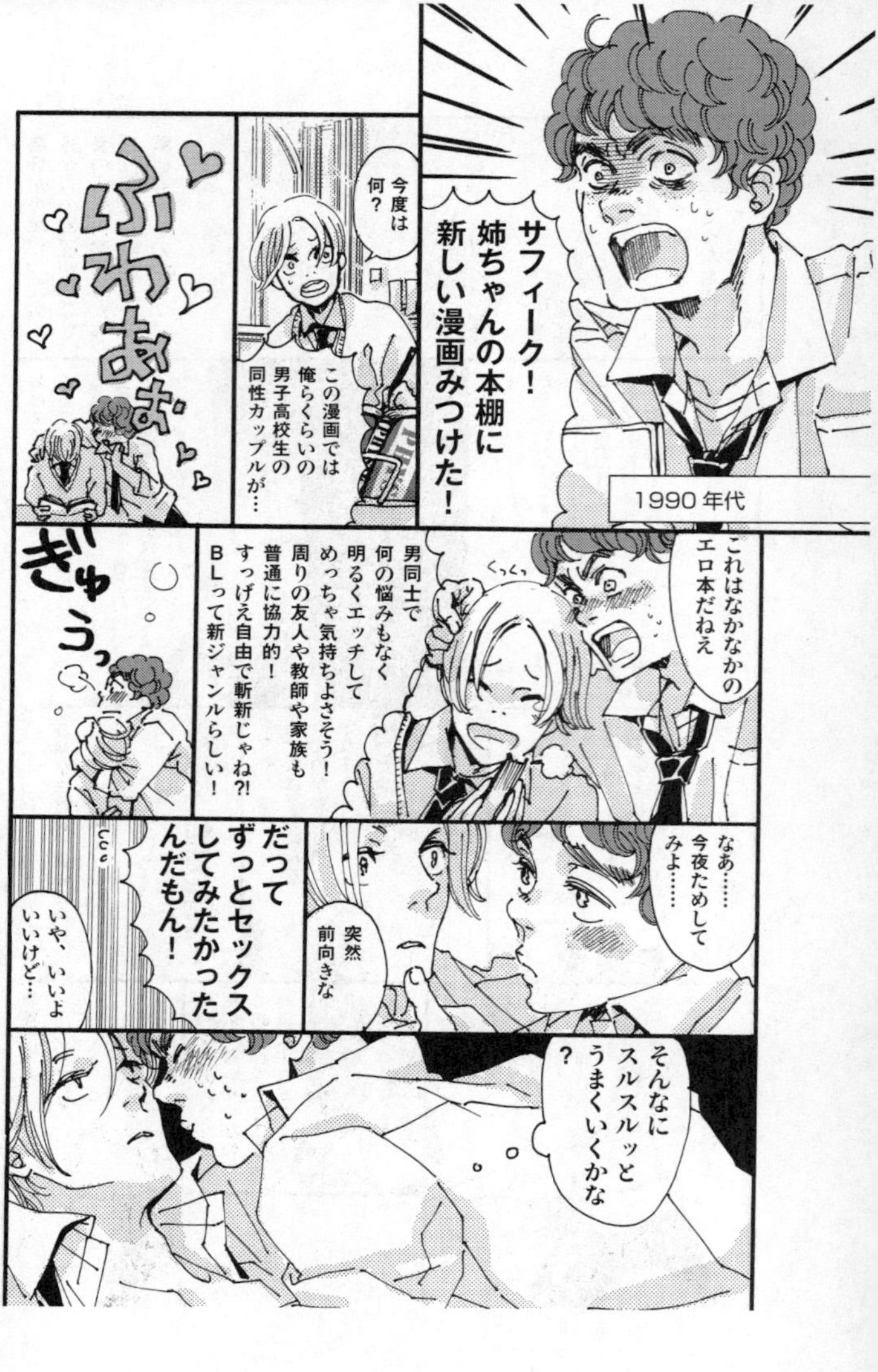
サフィーク！
姉ちゃんの本棚に
新しい漫画みつけた！
1990年代
今度は何？
この漫画では俺らくらいの男子高校生の同性カップルが…
ふわあお゛
これはなかなかのエロ本だねえ
くっくっ
男同士で何の悩みもなく明るくエッチしてめっちゃ気持ちよさそう！
周りの友人や教師や家族も普通に協力的！
すっげえ自由で斬新じゃね?!
BLって新ジャンルらしい！
ぎゅうっ
なあ……今夜ためしてみよ……
突然前向きな
だってずっとセックスしてみたかったんだもん！
いや、いいよいいけど…
そんなにスルスルッとうまくいくかな？

ごめん！
うーん……何か　やっぱり地球人類の男の人体構造的にやや無謀だったね
まあ気にするな
本当にごめん！やっぱり漫画みたいにはいかないいな！
……この間、僕も男同士の恋愛もので宇宙SF小説があったから読んだけど……
えっ
……たぶんBLレーベルだったんだな
超エロかった。
貸してくれ！
SFレーベルでは同性との性行為や性転換しての性行為とか異星人の同性？と性行為とか昔から割とあるんだけど、エロ描写はあんまり無いからびっくりした…
しかしこのBLレーベルのSFはエロエロだけど、具体的な手順の描写はあまりなくってさ？すぽんと性器を挿入できて、あんあん気持ちよくなれて……
男男でセックスしたって全然いいし、男女と変わらないって描写は、まあ…その逆よりはずっと嬉しいけど……やっぱり地球人の男同士だと挿入はあまり現実的じゃないね
イテテ…
うん……ごめん……まだ痛いか？
まあまあ…男男の挿入行為も地球史あるあるだから、僕たちもそのうち成功するよ
成功したい！

Physics Lab
2000年代
姉ちゃんにさ、サフィークと恋愛で付き合ってるって言ったら……
「あんたの顔で？不細工の同性愛は許されない！」……って、言われた
あ、殴ってきたのは、親父……
「セックスはしてない」って言ったら、……母さんは……
「学生時代の勘違いだ」って、安心して……泣いてた………
社会人同士の普通の恋愛がBLでは流行ってんのに……姉ちゃんも読んでるくせにな……
……なあ、バジル 世の中なんてそのうち変わるよ
SF小説を見ろよ 数十年前は夢だったことをどんどん現実が超えてゆく
テレパシー能力なんてもう誰も欲しくない ……メールがあるから
ここは人類の奇跡のハビタブルゾーンだ
…だから大丈夫だ

よかった！姉ちゃんの本棚の漫画を読んで本当によかった……！
2010年代
―BL史における前立腺および結腸の発見と描写の発展―
地球人の人体も奥深いねえ……
姉ちゃんのBL本棚の本でどんどんエロ描写が具体的になってきた時はどうしようかと思ったけど……
逆に全くエロくないのも増えたし男男で生殖するオメガバースとか獣人との恋愛とかお前の好きなSFっぽい設定も増えてきたな
たゆまぬ発見と発展のジャンルと呼びたいねえ…
SF小説は……いまは女性同士の同性愛ものが流行してるかな
あ、そうなの？
でも、割と破滅とか終末で死んで終わったりするから……なんか抑圧への怒りというか……バジルが子どもの時に持ってきた耽美作品を思い出す読後感かも
しかしバジルの姉さん、僕らのことがあっても変わらずBLは好きなんだ？
最近はさ、ごつくてむさい普通の男のBLも流行したから慣れたって！
SMとか薬物とかネットでは過激なBL作品も増えたかな
同性婚のできる国が増えたしね
男同士の恋愛ってだけではもう普通すぎてもの足りないんじゃない？
世界の普通が変わってゆくねえ……

2020年代
まさか生きているうちに普通に宇宙戦争なんてものが起きるとは
ビリビリビリ
正しくは衛星軌道からの地上爆撃であってやってることはいつもの地上の紛争という
人生、何が起こるかわからないもんだねえ
サフィークの好きなSF小説にはよくある展開かな
まあ…古典的でありつつ定番かな……
なあ、バジルBLならこの後どんな展開が予想される？
……大抵のBL作品なら
どんな困難があっても最後は……
ニヤ
めでたしめでたし…
…だよな……
………物語ってのは本当にすばらしいね
全ての物語の宇宙が
その時代に生きた人々の困難な人生のために存在したと
苦しい時ほど身にしみて分かるんだ

サフィーク
見えるか？
ああ……見えるよ
よかった そばにいるよ
なあ、バジル
夢みたいだな
こんなにも長く君と生きた……
2050年代
「宇宙はそれを観測する存在のためにありえないほど精緻に存在している」のではないか と…
……物理定数を追えば追うほどにまとわりついてくる……
このおろかで深遠な人間原理の問い…を
君といるとこれ以上に実感することはないと、
何度も思った
君の好きな同性の恋物語が、常にその時代の読者のために非現実的にも極めて都合よく優しい姿で存在したように
恋人《きみ》はそれを観測する存在《ぼく》のために
ありえない確率であまりにも都合よく存在してくれたのではないかと………
……何か大いなるものの手によって……
いい恋だった。

聖歌隊

吉上　亮

吉上亮（よしがみ・りょう）
2013年に『パンツァークラウン フェイセズ』（ハヤカワ文庫ＪＡ）で小説家デビュー。アニメ『PSYCHO-PASS サイコパス』のオリジナルスピンオフ小説『PSYCHO-PASS ASYLUM』および『PSYCHO-PASS GENESIS』（ともにハヤカワ文庫ＪＡ）が人気を博する。『泥の銃弾』（新潮文庫）で〈本の雑誌〉2019年のオリジナル文庫大賞第１位を獲得。他の著作に『テトラド 統計外暗数犯罪』（角川文庫）『RE:BEL ROBOTICA レベルロボチカ0』（新潮文庫 nex）など多数。

暗く憂鬱な部屋の内部を
しづかな冥想のながれにみたさう。
書物をとりて棚におけ
あふれる情調の出水にうかばう。

――萩原朔太郎「内部への月影」（『蝶を夢む』より）

序章

「種は喉に根を張った。

唱年《しょうねん》よ歌え、喉が枯れるまで。

さすれば枝に、実は結ばれん」


夜の海に枯枝の巨人が立っている。掌に唱年が立っている。

唱年は身を仰け反らせ、喉を晒している。

声帯に根を張る月炅樹《げっけいじゅ》が喉を生え伝う。枝が口腔から伸びていく。どんどん伸びていく。

月に向かって伸びていく。

地に注ぐ灰《レゴリス》の色彩が混じった青白い光を、月炅樹は身に浴びる。枝は伸び葉は茂り、
蕾は花に、花は散って実を結ぶ。

実った珪卵《けいらん》は、水面に映る月に落ちていくように、枝を重くしならせる。

返声期の訪れ。海から孵《かえ》り、地に囀《さえず》った唱年が、月に還るときがきた。そして枯枝の巨人が掌を握り込んだ。唱年を握り潰した。月から唱年を遠ざけようとするように。メキメキと音を立て、乾いた枯枝の手が割れた。鋭く尖った切先が唱年の肉を滅茶苦茶に切り裂いた。

唱年の血肉と枯枝の木片が混ざり合い、ボトボトと夜の海に注ぎ込まれていく。唱年の絶唱が月に届くほど高く鋭く響き、弦が切れたように前触れなく途絶えた。

珪卵が産まれ落ちる水音が、静けさの海に、波紋とともに拡がった。

月炅樹の枝が、月を浮かべた水面の上に漂っていた。

第一章　唱年と枯枝

僕たちの敵は海から来る。深い水底から。

鰤《むし》と呼ばれるかれらが浮上してくるまでの間、海は柔らかな防壁と化す。あらゆる攻撃が阻まれてしまう。僕たちの武器は剣と槍、弓矢、投石、あるいは火だ。どれも海の中では威力は減衰し、敵には届かない。

そのうえ、かれらはこの上なく頑丈な生物なのだ。蟲《むし》の名の由来たる黒くすべてを蝕むような外殻に覆われたかれらは頑丈で、呼吸器であり感覚器である鰓《えら》の極小の開口部以外に、外界との接点を持たない。海に潜む蟲《むし》を、僕たちの武器では殺せない。

なら、水の加護が絶える上陸を待ち、陸で狩ればいいと考えるのは当然のことだ。しかし蟲《むし》の数は途方もなく膨大で、上陸を許せば、その討伐に夥しい犠牲を払うことになる。

だから、〈聖歌隊《ヒエロス・コロス》〉は「歌《コロス》」を兵器にする。

歌は、声は、音は、大気を震わす現象だと理解されている。その震えが尋常ならざる強大な出力で唱年《しょうねん》から放たれることで、敵の身を守る加護そのものだった海は沸騰するように沸き立ち、水は一転して逃げ場のない全方位から蟲《むし》を割り砕く凶器と化す。

それでも夥しい数が大挙してくる蟲《むし》のすべてを殺戮し尽くすことはできない。吹き飛んだ蟲《むし》の血肉で淀んだ海は粘性を増し、歌の効果を減衰させてしまう。

だから、いつも海岸が最終防衛線になる。三日月の如く長い弧を描く海岸線は、戦のあとには〈聖歌隊〉の骸が積み上がることになる。

流された赤い血が碧く揺れる海と混じる。波が打ち寄せる汀《みぎわ》は葡萄酒色になるまで腐敗した蟲《むし》と唱年、枯枝の骸、折り重なった屍体の山で満たされる。

かれらはみな愛する者同士が絡み合ったすえに果てたようにもつれ、重なって、僕たちの戦争に関わることのない、空の住人たる海鳥に腐肉を啄まれることになる。

海鳥は、なぜかいつも唱年の屍だけを選り分け、狙う。

鋭い嘴を持つ鳥たちは毛の生えない恐ろしい頭を骸の裡に潜り込ませる。群がる海鳥は絶叫のかたちのまま開かれた口腔を嘴で掻き分け、ぐずぐずになった喉の組織を掘り砕き、硬質化した組織を鉱脈のように掘り当て、釣り針のようにかえしが先端についた嘴の切先で器用に引き抜く。

それは植物の根に似ている。月炅樹の根。すでに役目を終え、枯れ落ちた後に唱年の喉に残るもの。かつては喉に殖樹《しょくじゅ》され、「歌」を生む声帯を構成した重要な組織の残骸だ。

海鳥たちは根を抜き、大きな翼を拡げて飛翔する。根の正体を知らずに。

海からの侵攻に晒されることのない、峻厳な岩壁の僅かな出っ張りに海鳥は営巣する。多数に枝分かれした節を持つ月炅樹《げっけいじゅ》の根は、崖に吹き付ける海からの強風を受けても根と根をがっちりと噛み合わせ、岩の出っ張りに引っかかる。巣が吹き飛ばされないため、骨組みに最も適した素材であると海鳥は種として学習していた。

海鳥は月炅樹の根で作られた巣で卵を孵し、繁殖する。しかし、月炅樹の根が風に晒され、骸の如くに乾いた枯枝になったとき、巣は突如として卵や雛、海鳥を内に捻じ込む棘の檻と化す。この現象は一際強く風が吹き、海が鳴ると呼ばれる季節、そして月の満ちた夜の明け方に起きる。海鳥の羽根が飛び散るさまを、僕たちは「花が散った」と表現する。もつれて引き絞られた根は、頭と手足を持つ人の形になる。海鳥の血で濡れた月炅樹の根は、産まれたての赤子のように海鳥の血と卵で濡れている。

それを、命綱なしで崖を下りてきた唱年たちの手が摑む。

人の形を得た月炅樹の根の集合体を摘み、持ち帰る。それは一種の通過儀礼であって、やがて〈聖歌隊〉に選ばれるために唱年に課される予備試験のうち、最初のものだ。

「メレシスがやったぞ！」

このとき新たな枯枝の幼体を真っ先に手にしたのは、耀く金毛の唱年だった。眸《ひとみ》も黄金で、襲ってくる海鳥を退けるため放たれる「歌」も、黄金に輝いている。

さすがはメレシス。黄金児。

賞賛が相次いだ。メレシスと呼ばれる唱年は、まだ幼いが同年代の誰よりも背が高く、手足が長い。歓声の雄叫びを上げる口は大きく、晒される首は太い。海より碧いその眼は爛々と耀き、万事に図抜けた才を持つ傑物だと誰もが認めざるを得ない。

そして黄金の唱年は摘んできたばかりの月炅樹の根を得意げに掲げて見せ、それから自らの頭に栄冠のごとく載せた。そうした行為は、本来、王都の神族に限られるものであり、唱年自身が行うことは不遜であったが、天才児たるメレシスを誰も咎めることはできなかった。

「――唱年よ歌え、喉が枯れるまで」

メレシスの呼びかけに、彼に敗れて惨めな思いをしている唱年たちさえ、歓喜に沸き立った。

「さすれば枝に、実は結ばれん」

合唱が成った。誰もが自分こそが〈聖歌隊〉に属することを夢見ていた。

摘み取られた月炅樹の根は、祭壇に捧げられる。

そして、これは〈枯枝〉と呼ばれるようになる。

唱年を育む揺籃となり、やがては侍従となり、そして戦場に随行する伴侶となる。

すなわち〈聖歌隊〉の片割れはこうして生まれる。死した唱年は枯枝の親であり、枯枝は新たに生まれた唱年を育む親でもある。

なら、僕たち唱年はどこから来るのか。

陸でも海でもなく、唱年は月から生まれる。

夜空に月が煌々と耀き真円のかたちを取るとき、海は浮上し陸地に押し寄せてくる。あるいは月が姿を完全に隠す夜も暗闇に紛れて海が浮上する。

そして海の高まりに合わせ、敵は攻めてくる。逆に月の力で海が最も低くなる間、僕らは土石によって海を埋め立て、陸の領地を少しでも拡大する。

僕たちの都市スミルナは、埋め立てられた土地に建造されている。

防衛の砦として築かれたスミルナを見下ろす台地に王都イリオンがある。

王都の背後を峻厳な岩の山脈が覆う。イリオンを建国した王に仕えた枯枝の巨人が死後、その天を衝くほどの巨体を地に伏し、海からの脅威を退ける壁となったと伝えられている。

弧を描く三日月形をしたイリオンの島が、周囲を海に囲まれながら、海岸線の防衛に集中できるのは、この天然の要害たる岩の山脈に囲まれているからだ。ゆえにもし、〈聖歌隊〉が駐屯する港の都市であるスミルナが陥落すれば、王都の人々に逃げ場はない。

だから、防衛都市スミルナは海を埋め立て建築され続ける。海が満潮を迎えても沈まない高さに築かれた城壁が何層にもわたって存在し、それは何百年もの時間を費やし積み重ねられた陸の人々の営為のたまものだった。

埋め立て労働に従事するのは、十分に成長し背丈に優れ、攻撃と防御に長けた枯枝が担う。枯枝は成長著しい生き物で、ものの数年のうちに見上げるほどの体高を獲得する。

彼らは土を浚《さら》い、石を探す。孵化する前の唱年――珪卯は、こうした防衛のための干拓事業の最中に発見される。

枯枝たちの指揮を担うのは、〈遠見の柳〉だ。空間把握能力と記憶力に優れ、唱年を終えて大人になった彼らは、珪卵の採掘を指揮する。

発見の目安となるのは月の位置で、すなわち夜、水面に揺れる月影のあった場所を記憶しておき、海が引き、干潮によって剝き出しになった砂地を浚う。

そう滅多には見つからない。だからこそ、唱年は稀少な兵器になり得る。

珪卵は、その名の通り、石でできた卵だ。硬い殻である石に亀裂が奔《はし》り、肉のように潤った割れ目が入っている。脈打つ内部の肉の組織は個体によって色が異なる。

その日、陸地から最も遠く、干潮時であっても海に接する際《きわ》において、奇妙な珪卵が発見された。通常の珪卵より一回りも二回りも小さく、何より、通常、煌白に耀くことがつねである石の殻が真っ黒であったのだ。そして潤った肉の割れ目から覗く組織は月のように青かった。

この黝《くろ》い珪卵を見つけた枯枝は、とりわけ巨大な体軀の持ち主で〈五節の巨人《ペンタマキア》〉の名で呼ばれる古参の戦士だった。幾度も防衛戦に狩り出され、その度に生き残ってきた古強者。

開拓地を拡げる最前線の工事現場は、それだけ陸地から離れるため、帰還の間に潮が満ち齲《むし》に襲われる危険も極めて高い。

枯枝の巨人は、その分厚い掌に、小さな黝い珪卵を載せ、ことさら慎重な足取りで陸地に戻ってきた。このとき、枯枝の巨人は片方の脚を蝕《むし》の奇襲によって損傷し、以来、その歩行に支障を来すことになった。

だから僕は、〈五節の巨人〉――マキアに返すことのできないほどの恩がある。

黝い珪卵から孵った唱年――僕はリュクスと名付けられた。

僕たち唱年はみな、王都で殖樹を受ける。石から孵った赤子の喉に、旧き枯枝によって編まれた施術の医療具で微細な傷がつけられる。

枝が赤子の喉に宿すのだ。すなわち音を「歌」にするための種を。

「種は喉に根を張った。

唱年よ歌え、喉が枯れるまで。

さすれば枝に、実は結ばれん」

そう祝福され、石の赤子は唱年になる。

唱年は硬い石の肌を持ち、その内側に肉の柔らかな器官が詰まっている。喉は音の増幅器官であり、唱年の発する音は硬質な石の身体を共鳴させ、全方位に音を拡散させる。本来は海の中に留まる石の生物である珪卵が外敵を退けるためだ。

しかし、全方位に拡散してしまえば、唱年の「歌」は敵味方を問わず振動を及ぼす無差別破壊兵器になってしまう。そこで唱年の発する「歌」を一点に集約し、指向性を持たせて放出するための役割を果たす魂柱《こんちゅう》が必要になる。

この魂柱になるのが、唱年の喉に殖樹された月炅樹の根だ。声帯の組織に繊毛状に根を張った月炅樹は、唱年の発する音によって自らを震わせ、最終的には開口部となる口腔から共鳴・増幅された「歌」を放出する。

月炅樹が生長し、より根が声帯に深く張り巡らされ、喉に伸びる枝が太くなって幹となるほどに、唱年の「歌」の威力もまた強まる。

そして殖樹された唱年は、やがて血を吐く。喉に根を張った月炅樹の枝が共振し、その震えがまだ未熟な声帯を傷つけるためだ。この血を伴う震えの繰り返しを修復することで喉の組織は強靭さを増していく。

この紅咳《こうがい》は唱年のしるしと見做され、これをもって海に面した防衛都市スミルナに召し上げられ、そこで〈聖歌隊〉に配属されるための訓練を積むことになる。

王都防衛軍――すなわち〈聖歌隊〉は、最初の唱年ゴルギダスによって編成されたときから一貫して、百五十組の精鋭から成る王家直属の決戦部隊だ。

唱年がみな〈聖歌隊〉になれるわけではない。三百名の定員を割ることも増えることもない。

唱年と枯枝は二人一組で編成を組み、前者に後者が尽くす絶対の主従関係を築く。

だが、〈聖歌隊〉において、特に損耗が多いのは唱年のほうだ。

「歌」の発振源であるため蟲《むし》の標的にされやすく、大きさにおいても巨人である枯枝より遥かに小さな矮軀の唱年は「歌」以外に身を守るすべに劣る。蟲《むし》に喰い千切られようとも修復が可能な枯枝と比べ、蟲《むし》に群がられた唱年は石の肌を嚙み砕かれてしまえば、その身の破片によって自らの柔らかな血肉を傷つけてしまうほど身体が脆い。

だからこそ、〈聖歌隊〉に配属されることの栄誉は、唱年たちにとって生きることの目的そのものであって、自らの命以上の強い価値を持った。

あらゆる生物や楽器よりも美しく音を鳴かせ、王都防衛のかなめとなる生体兵器。

可憐で、鋭利で、壊れやすい唱年たちは、だから格別丁重に扱われた。その扱いに相応しい自尊心を身につけた。

輝く栄達を得るために、激しく競い合う闘争心に満ち、自らの喉に血を流すほどの「歌」の鍛錬も厭わない。

枯枝の幼体を崖に獲りにいく行いも、そのひとつだ。いたずらに傷を負うことがないように心配されながら、命知らずな果敢な行動こそが持て囃される。

危うい命の瀬戸際で、煌《きら》めかなければ、生きている悦びが得られない。

唱年は、そういう生き物だった。そのようにして快楽を得るすべを学習し、みなで共有し、反復し合っていた。

だからこそ、軍楽学校での教練や集合家屋での生活に至るまで、唱年たちを世話する枯枝は、その寡黙な忠義ゆえにかえって軽んじられ、死ぬことから遠い愚鈍な存在として見下された。

唱年が、唱年に向けて罵倒を放つとき、相手を「枯枝」と呼ぶ。


「そうだ。リュクス、いっそ俺の〈枯枝〉になれよ」

黄金の唱年――メレシスが、いつものように僕を大きな声で罵倒する。

圧倒的な声量の持ち主で、彼の口から放たれる大きな声は、同年代どころか年下の唱年にさえも体格で劣る僕の身体を強く震わせる。

僕は、何も答えずにじっと黙っている。

「でも、駄目だな。お前じゃ俺の「歌」を鳴かせる前に、砕けて壊れちゃうもんな」

うっかり、メレシスの音が身体のなかで蠢いているうちに自分の声を発してしまえば、共振によって僕の身体が砕けてしまう。

それほど天才児メレシスの「歌」は強力だった。彼が、従僕であり伴侶である枯枝を得たときは、どれほどの「歌」となって海を震わすのだろう。

　枯枝は、それ自体で生み出す音に乏しいが、内部に唱年を収め、その発せられた「歌」を巨大な身体に共鳴・増幅させたとき、他に比類ない楽器となる。

〈聖歌隊〉において唱年と枯枝が組むのは、こうした理由からだ。唱年同士で組んでも、「歌」で互いの身体を砕き割ってしまうばかりで意味がない。

「いつまで黙ってるんだよ、何か喋れよノロマ」

　黙って耐えるばかりの僕に苛立ったのか、メレシスがまた声を発した。さらなる振動を加え、僕の身体を壊してしまう気だ。

　どっと身体の内側で肉が蠢いた。震えたくないのに震えてしまう。自分の意志に反して無理やり官能を操作されるような感じだった。止めたくても止められない。ぎゅるぎゅると肉という肉が締まり、ますますメレシスの「歌」が僕の身体を激しく震わせる。

　ぞっとするような浮遊感が僕を襲った。メレシスの「歌」が僕の身体を滅茶苦茶に壊してしまいそうになる。キン――と硬く澄んだ音を立てて割れる自分を想像した。

　直後、ぼっという濁った破裂音とともに、僕とメレシスの間に割って入った、〈五節の巨人〉の脚の一部が吹き飛び、木片を散らせた。古傷によって組織が枯化してしまい脆くなった部分が弾けたのだ。

千切れ飛んだ木片が周囲にいた唱年たちを襲い、彼らは悲鳴を上げて逃げ惑った。なかでも大きな木片がメレシスの顔に飛び、その頬を浅く切り裂いた。枯枝の身体は木でできているが、月炅樹の硬度は生半可な鉱物よりも遥かに硬く、まだ生育途中の唱年の石肌であれば容易に傷つけてしまう。

「なっ、なにするっ」

メレシスが上擦った声で叫んだ。〈五節の巨人〉――ペンタマキアは身じろぎひとつせず沈黙で応えた。彼の巨体が再び砕けることはなかった。唱年の「歌」は精妙な調整が要求され、そうでない音は単なる声と変わらない。

枯枝の巨人は枝によって編まれた分厚い掌で小さな僕を覆い、メレシスの声を遮ろうとする。すっぽりと暗闇に包まれる。

メレシスの「歌」はもう僕の身体から消えていた。マキアの指が僕の身体に触れている。そこから振動を自分の身体に受け流してくれたのだ。枯枝の身体は楽器になる。その特性をもってしても身体の一部が吹き飛んだ。それだけメレシスの「歌」が強力なのだ。

マキアは枯枝の中でも屈指の頑健な巨体の持ち主で、その彼をもってしてもメレシスのもたらした破壊を抑えることができない。

マキアが指をどけると、僕は怒気を孕んだメレシスの顔を見た。彼は屹然と眦を吊り上げマキアを睨みつけている。唱年と枯枝では体高が倍も違う。最も巨大な枯枝であるマキアに至っては、優にメレシスの五倍はある巨軀の持ち主だ。それでもメレシスに臆するところはなく、黄金の眸が好戦的な光を宿した。

かっと叫ぶように口を開いた。また「歌」うつもりだ。

「さすが、枯枝の巨人をもってしても抑えきれないとは、天才児の「歌」はこれほどか」

通りがかった〈遠見の柳〉が、わざとらしい賞賛の声を発した。場の混乱を鎮めるためだ。かつて唱年だった、今は大人になった彼らは喉から月炅樹を失い、歌う力を失って前線を退いた者たちだ。

返声期。唱年は授けられた力をいつか失うときがくる。それまで生き永らえるということは〈聖歌隊〉として従軍する資格を得られなかった落ちこぼれと捉えられる。生き残っただけで幸運だと僕は思う。しかし、その場にいる唱年たちも、あるいは〈遠見の柳〉自身も、「歌」を失ってからも生きていることが恥であるような態度を取る。

メレシスは踵を返してその場を去った。ひとりで。彼は従者の枯枝を伴わなかった。その「歌」の出力に耐えられる枯枝がいないからだ。取り巻きの唱年たちはまだ自分の身体に刻まれた、傷といえないほど微細な破損を気にしてその場に蹲《うずくま》ったままだ。

〈遠見の柳〉は背中を丸めて海の監視任務へ戻っていく。——孤軍最強たる黄金児の伴侶を誰が務められようぞ。そう呟く横顔は薄笑いを浮かべていた。

メレシスは特別な唱年だった。岩の山脈から王都イリオンを流れる清流メレス川の水源地近くで見つかった珍しい珪卵から孵ったことから、メレス川の生まれ《メレシゲネス》の名を与えられた。海から最も遠い場所から生まれた唱年であるメレシスは、特別高貴な生まれとして羨まれた。王家の落胤とかまことしやかな噂が絶えなかった。

メレシスの絶唱の歌声は誰もが知る。殖樹され、彼が初めて発した「歌」は、枯枝の増幅なくして王都イリオンと防衛都市スミルナ双方に響き渡るほどだったからだ。

だからメレシスは番《つが》いとなる枯枝が見つからずとも、三〇一番目の〈聖歌隊〉として特別な任務を帯びると言われていた。

誰もが、未来の〈聖歌隊〉を率いるだろう天才を畏れ、その行いを許す。

でも、それは彼の攻撃の対象が僕だからかもしれない。

リュクス。陸から最も遠い場所で生まれた僕を嫌うのは、メレシスだけではない。

遠い海の沖合で見つかるということは、それだけ海に近い存在と見做される。

穢れた海。黝い珪卵。月と齲《むし》の交わり子。

疎まれるのも無理はない。

唱年は誰もが海を怖れ、スミルナの都市で過ごす夜は王都側に下がって眠ろうとするのに、僕は海に面した城壁でいつも眠ろうとした。寄せては引く波の音が、潮騒が耳に心地よいからだ。

今も、マキアは僕を掌に載せ、埋め立てられたスミルナの都市を海へ向かって歩んでいく。幾重にも築かれた城壁に監視者たる〈遠見の柳〉たちが立哨している。〈五節の巨人〉と呼ばれるマキアの比類ない巨軀は、その掌に載る僕に身の丈以上の視界をもたらす。張り巡らされた城壁がやがて絶え、腐った死骸がいつも絶えることのない海岸線が視界の果てにある。昼の海は穏やかで、紺碧の揺らめきは溶けた宝石のように美しい。

あんな綺麗な海から、恐ろしい怪物がやってくる。

鰍《むし》は唱年にとって天敵だ。陸に拾い上げられ、枯枝と組み、王都の人々を防衛する兵器となる以前から。

悪食《あくじき》の鰍《むし》は珪卵状態の唱年を捕食するが、必ずしも内部の柔らかな肉を食べるためではない。硬い石肌を嚙み砕いて、餌を擂り潰すための消化器官に蓄える砂礫にしてしまう。

その餌には、戦場で喰われた唱年たちも含まれる。

散々に消化に使われた砂礫は、擂り潰された餌と混合し、最終的に石となって排出される。だから陸地から遠い沖合で見つかる珪卵は、鼬《むし》が産んだ卵だと毛嫌いされる。

ましてや、他に例のない黝い珪卵となれば、鼬《むし》に喰われた唱年や枯枝の血肉が入り混じった忌み石と疎まれるのも仕方ない。

「――」

湧き出す感情を抑えられず、思わず「歌」を発していた。〈遠見の柳〉たちが何事かと反応し、周囲に警戒を巡らせた。そして僕を見つけ、不快な「音」を聞かせるなと罵った。

城壁傍では不用意に「歌」を発してはならない掟だ。

そして僕の「歌」は濁り、軋み、泣き出した空のような悲しい音色しか発しない。

それは殺されたものたちの悲鳴に似ている、というのだ。

あらゆる感情が剝き出しになった声。兵器として調律された「歌」ではなく、断末魔の叫び。

それは死の叫びだ。

嫌われるのは当然だ。

どこからか、僕の淀んだ「歌」を浄化するように、メレシスの澄んだ「歌」が聞こえた。

空に黄金の光が迸っていくような、太陽を想わす煌《きら》びやかな音色だ。

あの海の彼方まで届くだろう「歌」は、きっと戦争を終わらせる。

黄金児こそが希望だった。

誰もがそう思って疑うことはなかった。

第二章　聖歌隊

それから十年の歳月が過ぎた。

月におよそ二度、満月と新月の夜に襲来する蟲《むし》の侵攻は、二百四十回を数えた。

そのたびに〈聖歌隊《ヒエロス・コロス》〉が防衛に出撃し、唱年《しょうねん》と枯枝が勇猛に果てていった。

戦死者を讃える祭儀の礼は、都市スミルナにおいて最も身近な祭儀だった。

神への捧げものとして蓄えられた葡萄酒の甕が割られ、濃い血の色をした酒が唱年たちに振る舞われた。酒の酔いは競争心の絶えない唱年たちに一時の和をもたらし、〈聖歌隊〉となった唱年も、なれなかった唱年も、いなくなった唱年たちのために悲しみを「歌」った。

哀悼の夜更けが過ぎていくと、唱年たちは枯枝の従者たちに宴の片づけを任せ、寝食を共にする寝床に入り、酔いに任せて「歌」い合った。

互いの石肌を震わせ、内部の肉に浸透していく「歌」を共鳴させ合い、砕き割れて絶命する直前の恍惚を味わう。死の間際に恍惚の快楽を纏わせることで、いずれ来たる戦場で死の恐怖に身を竦ませることなく、いっそ甘美な悦びとするための精神を養った。

祭儀の夜の唱年たちの絶唱ぶりは凄まじいものがあり、寝床のある建物が時として崩れ落ちることもあった。そうした事態に対処できるよう、枯枝の従者たちは建物のすぐ傍に侍り、自らが仕える唱年たちが互いに嬌声を上げるさまに、じっと黙し続けた。

そして、時折、漏れ出した唱年の「歌」を枯枝の身体が拾い、楽器として鳴った。

それが、主人を亡くした枯枝に、新たな唱年の伴侶となる機会を与えた。

〈聖歌隊〉に属する枯枝と共鳴する唱年は、〈聖歌隊〉に配属されているか否かを問わない。むしろ、戦場での損耗率は唱年のほうが高かったから、交わりの夜は、まだ何者でもない唱年たちにとって、自らの「歌」で〈聖歌隊〉の座を勝ち取る選別の場として隠れた競争の場になった。

唱年同士で「歌」い合いながら、意識は建物の外にいる、伴侶を喪った枯枝を誘うように甘い声を発し続ける。ときにはあえて「歌」の出力を強め、競争相手を砕き割ってしまう狼藉を働こうとする者もいる。

だが、夜を通した歌合で、唱年が無闇に傷つけ合うことはあっても、殺し合うことはなかった。

そうならないよう、密かに「歌」の共鳴を制御するもうひとつの「歌」が、抑えた出力で一晩中、朗じられる。

マキアの巨軀に収まり、僕は歌う。とても低い音程で呼吸の続く限り、長く歌を吐く。声帯を覆う月炅樹《げつけいじゅ》の繊毛の震えを微細に感じ取り、唱年の交合による昂りで乱高下する「歌」の振動にぶつけていく。

だが、その強さにつねに気をつけた。唱年たちの石肌に響く歌を打ち消してしまってはいけないからだ。むしろ、昂りを補佐するような役割だ。あくまで優しく、誰の耳にも届かないだろう微かな吐息のような空気の震えを維持し続ける。

祭儀のたびに、この仕事は僕に押しつけられた。抑止に回るということは、その歌を誰に聞かれることもない、〈聖歌隊〉の選別枠から漏れることを意味する。

けれど、僕は率先して、交わりの夜の下働きを引き受けた。

十年を経ても、僕の身体はあまり成長していない。多数の唱年たちが一斉に「歌」を発する場所に放り込まれれば、全身の石肌が傷だらけになる。黝い石肌の破片が撒き散らされることを唱年たちは好まない。

僕もまた青い肉を無闇に晒したくなかった。羞恥心。十年の歳月で培った感覚はそれが最も大きいかもしれなかった。割れやすい自分の身体を、その中身を誰彼構わず覗かせることに嫌悪感を覚えるようになった。

みなと同じではない自分の身体が、自分たちが同じであると唱年同士が確かめ合う行為のために消費されることを嬉しいとは感じない。

すると、僕を収めた〈五節の巨人《ペンタマキア》〉の密集する木肌が僅かに強く、僕の身体を押し包んだ。発する「歌」に生じたブレを、楽器であるマキアが補正してくれていると分かったが、そこに慈愛のようなものを感じ取る。

〈五節の巨人〉と謳われるほどの戦士だったマキアが戦場に出られなくなって、十年が経っている。僕を見つけたときに負った脚の損傷はそれほど大きなものだったと今さらのように気づかされた。枯枝の巨人たちはほとんど言葉を発しない。苦痛も不平不満も訴えない。だが、何も感じていないはずがない。

生きているから、歌うことができるから。

どうして自分を見つけてしまったのが、彼《マキア》だったのだろうと僕は考える。彼ほど強力な戦士でなければ、遠い沖合で僕を見つけることはできなかった。だが、そのために、〈聖歌隊〉は比類ない戦力のひとつを失った。かつては、誰もが〈五節の巨人〉を讃えたというし、交わりの夜だって、彼を鳴らそうと躍起になる唱年が絶えなかったと聞く。戦場を遠ざけられた枯枝は、かつて唱年だった〈遠見の柳〉たちが蔑まれるのと同じように、生き残ったという事実それだけで誉れを穢す者として疎まれた。彼ほどに陸地を拡げ、城壁の石を積み上げた枯枝の巨人もいない。しかし、その献身が賞賛されることはなかった。

戦って死ぬ。

それが最も輝かしい生の在り方だった。

そうではない生き方があってもいいのではないか。〈聖歌隊〉に配属される見込みもないまま生きてきた僕にとって、戦場で果てることの勇猛さは理解できても、羨望は抱かなくなって久しい。

あるいは、どうやったら鰤《むし》との戦争は終わらせられるのか。数百年に及ぶ防衛戦争は、イリオンが海に囲まれた島であるために、人が島を捨てる以外に終わりを見出すことができない。そもそも船で海を渡ろうとすれば、鰤《むし》たちに船体を噛み砕かれ、孤立無援の海上で貪り食われる末路を辿るしかない。

戦うしかない。いつまでも、ずっと。だから終わらない戦争の途中で死んでしまうほうがいい。

でも、それは生きているのに、生きたいと欲しない、とても悲しいことだ。

死を想うほど、「歌」が乱れた。ともに学んだ唱年たちのなかには、すでに〈聖歌隊〉になった者たちもいる。そして、もうこの世にいない死者となり、この夜に「歌」を聞くことができなくなった唱年もいる。

生きている。ただ、それだけで悲しみが募った。心の曇りが歌を濁らせた。

マキアの巨軀をもってしても補正できないほどの「歌」の乱れ。

そこに、夜を裂く黄金の旋律が寄り添った。

乱れひとつない「歌」は、むしろ、抑制とは程遠い強い導きの力を発揮し、歌い合う唱年たちの昂りを強引なまでに高めていった。光り輝くような歌だ。それも夜に浮かぶ月のような密やかなものではなく、真夜中に夜明けを訪れさせるような圧倒的な官能の歓喜。

「歌」は極まり、そして枯枝の巨人たちに伝播し、王都にまで響く大合唱となった。

そして増幅の楽器となった枯枝の巨人たちが、尽《ことごと》く身体の一部を損壊させる破裂の調べによって、歌の終わりが唐突に訪れた。

響き渡った「歌」が強烈であるほど、もたらされた静寂は痛々しいほどだ。

「卑しい感情を人前で歌うな」

鋭い声がした。城壁にメレシスが立っていた。幼いときから完成された均整の取れた肉体の持ち主だった彼は、今となっては神話の英雄のように堂々たる体軀の持ち主になっていた。僕はその美しさに見惚れる。その眸が刺すような憎しみを宿していると分かっていても。彼の「歌」は巨大で、破壊的で、けれど昔と変わらず澄んでいた。

「ありがとう。助かったよ」

「助けてなどいない。お前たちが役目を果たせなければ、唱年たちが無闇に傷つけ合う。ひいては〈聖歌隊〉の損耗を意味する」

「でも、枯枝たちが傷ついた。次は、必ず上手くやるよ」

枯枝たちは破損した身体の傷口を月光に晒しつつ、それ以外の部位は城壁の陰に隠し、休息の体勢を取る。月炅樹によって編まれた枯枝たちにとって月の光は、肉体を再生・生長させる源であるが、唱年の伴侶となった枯枝は、楽器として完成された身体を無闇に巨大化させせないように工夫する。

「木偶《でく》の坊の従者どもを気遣うとは、落ちこぼれらしいな」

メレシスが口を歪めた。喉を鳴らして笑った。

嘲笑も露わだが、十年も同じことが繰り返されれば、笑って返すことも出来るようになった。

「君は枯枝を必要としない。でも、僕やほかの唱年たちは違うから」

歴然とした実力差を見せつけられ、敵愾心のような感情を抱くことはなかった。住む世界の違う存在から悪罵を投げられようと、それは神が悪戯心を発揮するようなもので、むしろ、僕たちの許まで、メレシスほどの唱年が下ってくることに可笑しさを覚えた。

僕が微笑んだのが癇に障ったのか、メレシスが大げさな身振りで身を翻した。

「俺は帰る」

「みんなのもとには行かないの？」

すでに歌合の宴も終わり、へとへとになった唱年たちが身を寄せ合い、幸福な夜の眠りを過ごすことになる。これからしばらく海が遠ざかる時期になる。鼜《むし》の襲来を怖れずに済む夜は貴重だ。

「訓練だ。〈聖歌隊〉に選ばれるためなら何でもやるあいつらと群れるつもりはない」

「じゃあ、僕も行こうかな」

「ついて来たら、砕く」

「冗談だよ」

冗談ではなかったが、メレシスがひとりになることを心から望んでいると感じた。そういう声の響きがするのだ。小さい頃、幾度も砕かれそうになるほど、彼の「歌」が僕の石肌に浸みこんでいた。その震えが、どんな感情によって生じたものなのか、それとなく分かるようになっていた。

メレシスが訓練をすると言ったのも嘘ではない。人知れず彼は誰よりも「歌」の鍛錬を続けている。気づかれないようにしようと声を絞っていても、その産声が王都と防衛都市に響き渡るほどの類まれな声量の持ち主だ。完全に隠せるものではない。

だが、誰も彼の研鑽について口にしようとはしなかった。感情の昂ぶりが激しいメレシスが本気になれば、唱年であれ、枯枝の巨人であれ、ひとたまりもない。一日も早く戦場で果てることを夢見る唱年たちも、黄金児を挑発し破壊されることを望みはしない。

それに――。

「俺は、俺の「歌」だけで、王都に〈聖歌隊〉を率いることを認めさせる」

メレシスが断乎たる口調で告げた。必ず叶うと固く信じて疑うことがない。

そう自らに言い聞かせ、メレシスは十年を経てもなお、〈聖歌隊〉への配属を待望しながら、その託宣がいつまでも下らないことへの怒りを必死に抑えていた。

メレシスは、いまだ戦場に出たことがない唱年のままだ。僕がそうであるように。

彼よりも実力に劣る唱年たちが幾人も〈聖歌隊〉になり、そして戦い死んでいった。

みな、メレシスが〈聖歌隊〉に配属されないのは、他に比肩する者のいない最強の唱年である彼を失うことを、王都の人々が惜しんでいるからだと考えた。

防衛都市スミルナの埋め立て事業は、この十年の間も継続され、城壁の数も増している。それだけ防御が厚みを増しているが、平和が近づいているわけではなかった。

今年――あと半年も経たず、およそ千年ぶりの月の大接近が迫っている。

月の満ち欠けによって、海も満ち引きする。そして夜空に月が煌々と耀き真円のかたちを取るとき、海は浮上し陸地に押し寄せてくる。

その最接近の夜を貪月《アルケー》と呼んだ。かつて唱年と枯枝が見出されるより遥か昔、防衛のすべなく陸の人々が、海の蟲《むし》に貪り食われた最初の接触、惨劇の夜を今に伝えるものだ。

それだけの時間、陸は海に殺され続けてきた。〈聖歌隊〉の創設による陸の防衛は、数百年の攻防のすえ、ようやく反撃の糸口を摑みつつあった。

埋め立てられた海に築かれた陸の橋頭堡。だが、それさえも海の大浮上によって水底に沈めば、防壁としての役割を果たせるかどうか未知数だった。

見張りのための城壁は、むしろ貪月の夜に沈む海を、〈聖歌隊〉が行軍するための軍路として整備されたものだ。

沖合遥か遠く、蟲《むし》たちの棲み処とされる海溝に繫がる、海の深まるところがある。

幾多の〈遠見の柳〉が犠牲となって発見されたその地点に、〈聖歌隊〉は戦争を終わらせるための決戦兵器を投入すると噂されている。

あらゆる蟲《むし》を根絶する兵器――それほどの威力を有する「歌」の持ち主に、黄金児メレシスをおいて、誰が選ばれようか。

枯枝という楽器を伴わず、単騎ですべてを砕き壊す「歌」の持ち主。

誰もがその来たる日のために、メレシスが温存され続けていると信じて疑わなかった。メレシス自身もそうだったし、それほどの決戦に関わりを持つ可能性など万に一つもない僕にしてもそうだった。

千年の歳月。数百年の戦役。その規模に比べたら、僕たち唱年が生まれてから過ごした時間など些細なものでしかない。十年や二十年など刹那の瞬きに過ぎない。歴史という巨人の視野に立つならば。

しかし、僕たちにとって目の前に流れる時間の一分一秒は、待ち遠しいと希《こいねが》うほど、長く感じられた。

おそらく、誰よりもメレシスにとっては長い辛抱の時間だったはずだ。

彼がスミルナの軍楽学校で訓練に顔を出さなくなっても、どこかでいつも彼の「歌」が聞こえた。もう、彼より強力な「歌」を発せる者はなく、その激烈な力の放出は王都が背負う岩の山脈さえも崩すほどだった。

そして貪月の訪れが予測される年が来た。

決戦に臨む〈聖歌隊〉を定める神授がもたらされる、選別の日が訪れた。

この日のために〈聖歌隊〉では、〈攻めの七将《ヘプタ・エピ》〉と呼ばれる精鋭中の精鋭の唱年と枯枝が選抜され、文字通りの総力戦の準備が整えられた。

やがて最後の聖歌隊員を定める託宣が、王都から来た神官によって為された。

「――欠員を埋める新たな一組を、以下の者たちに命ずる。

唱年の名は、〈黝い妖光《リュクルゴス》〉。

枯枝は、〈五節の巨人《ペンタマキア》〉。

そして、以下の者を〈遠見の柳〉の役に命じる。

〈川より生まれたる者《メレシゲネス》〉――以上」

第三章　巨光戦役

「……どうして俺が〈聖歌隊〉じゃないんだ」

メレシスが聞いたこともない声を発していた。弱々しく、今にも消えてしまいそうな儚い声だ。

メレシスが立派な体軀を張りぼてのように揺らし、覚束ない足取りで神官へ近づいていく。〈聖歌隊《ヒエロス・コロス》〉の精鋭が揃い、王都の貴人も同席した選別の場にいることを忘れたように。

「どうしてだ」

上擦った甲高い声だった。神官は自分が彼の「歌」によって吹き飛ばされるかと思い、必死に縮こまったが無傷だ。感情が乱れて発せられるのは、ただの音であって「歌」にはならない。

——卑しい感情を人前で歌うな。

メレシスが昔、僕に言ったことを思い出した。

あのときは、どういう意味なのか理解できなかった。

それが今は、何となく分かる心地だった。感情を剝き出しにして喋ることは、ひどくみっともなく見えるものなのだ。〈聖歌隊〉の「歌」は王都防衛のかなめ。だとすれば、最重要の器官である声帯を無闇に震わせ、損耗させることがあってはならない。

「リュクス、お前どういうことだ」

戸惑うメレシスは、僕に近づいてきた。傍に控えたマキアが巨軀を動かそうとしたが、僕は小さく手を上げ、彼が間に割って入るのを止めた。

「〈聖歌隊〉を定めるのは王都の貴人の方々だ。僕たちは答えられない」

「待てよ」

「もうすぐ夏の月が満ちる。敵が来る」

僕は神官から授けられた兜を被る。〈聖歌隊〉の軍装は、革の鎧の上に白くゆったりとした布を外套として羽織り、頭には目元を隠す目庇《まびさし》がついた革の兜を装着する。

革の兜は著しく視界を制限する。戦場における鼬《むし》との戦闘を従者たる枯枝に任せ、自らは歌唱に集中するためだ。

「鼬《むし》が浮上してくるのを監視するのは〈遠見の柳〉の連中の仕事だろ」

目元を覆い、視界を暗闇で満たすと、かえって音の発質がいっそう明瞭になった。メレシスの言葉が説得力を伴っていたのは、あの立派な体軀を眼で同時に見ていたからだと気づいた。ただ耳にするだけになったメレシスの声からは、あのときの神話の英雄の如き姿を想像することはできなかった。幼い子供が癇癪を起こしているかのようだった。

「そうだ。だったら君は、どうして授けられた役目を果たそうとしないんだ」

あの誰よりも誇り高いメレシスに、みっともない姿を晒して欲しくなかった。

だから、諭すように言ったつもりだが、メレシスがひゅっと息を呑む音が聞こえた。

〈聖歌隊〉に任ぜられた唱年《しょうねん》の言葉には、そうでない唱年を萎縮させる威力が伴う。

信じられないことが起きていた。あのメレシスが僕の声に怯えているのだ。

それどころか、彼の啜り泣く声さえ聞こえてきた。

驚き、僕は革の兜を外す。

メレシスは〈聖歌隊〉の枯枝たちに押さえつけられ、口に布を巻かれているところだった。監視者である〈遠見の柳〉にとって、眼と耳はもっとも重要な器官だから、それ以外の感覚は遮断されなければならないのだ。

「放せっ、俺は何も失っちゃいない。俺は歌える、歌えるんだ……」

メレシスは処置を拒んで抵抗した。自らの力を証明するように、メレシスが喉を開こうとしたが、彼を容赦なく抑えつける枯枝たちが、その口に棘玉を放り込んだ。

棘玉は枯枝の破片を編んで作った防歌具《ぼうかぐ》であり、これを含んだ唱年が不用意に「歌」を発しようとすると、口腔内のあちこちに突き立ち激痛を与える。

「やめてくれ、二度と歌えなくなる」

「歌」うために喉を開けば、棘玉は喉の奥まで入り込み、声帯に根を張った月炅樹《げつけいじゅ》の枝と絡まり合い、発声器官の徹底的な破壊をもたらす。

棘玉を含まされたメレシスの口は、枯枝たちの頑健な腕によって閉じられ、きつく布を巻かれて完全に閉ざされた。

それでもメレシスは身を捩り、噎《むせ》び泣いた。ぼたぼたと口腔から血が溢れ、巻かれた布を真っ赤に染めた。見るも無残な光景をこれ以上直視させないように、マキアが手をそっと握り込んだ。僕もそれを拒まなかった。

これ以上、彼《メレシス》の哀しい姿を見たくなかった。

「ああ、ああ、案の定、こうなった」

メレシスを迎えに来た〈遠見の柳〉の一団から、聞き覚えのある声がした。ボロボロになるまで巻かれた布越しのくぐもった声だが、かつて僕を壊そうとしたメレシスを制止した〈遠見の柳〉だと分かった。ひどく手足が長く痩せこけている。〈遠見の柳〉はみな似たような体形をしている。

「案の定、とは」

何か思惑のある口調だった。誰かに話したくてうずうずしている。

「そもそも、メレシゲネスの珪卵を見つけたのは、私ですからねえ。どこだと思います？海から最も遠いメレス川の源流、月炅樹の種を採取する原生林の只中ですよ」

「それは……」

「珍しい生まれだと言われていたでしょう。何しろ、やがて枯枝になる月炅樹に囲まれ、土の中から見つかった珪卵なんですから」

「土から孵るのか、唱年の珪卵が」

「何を仰る。唱年は月影が水面に浮かぶ海の砂礫のなかから生じるのです。産地にばらつきがあり、海岸部に注ぐ川の流域で見つかることも稀にありますが、いいですか、海から遠のくほどに、唱年ではない者が孵るのです」

「唱年ではない、者？」

「まあ、言うなれば、枯枝の性質を多く含む唱年の亜種ですね」

〈遠見の柳〉は事もなげに言った。そして継ぎ接ぎだらけの外套をそっとまくり、自らの腕を見せた。元唱年である彼の石肌は、長く陽に晒されたことで光沢を失っていたが、それよりも目につくのは、その石肌の質感が乾いた枯枝の表皮とそっくりなことだ。

「そもそも、枯枝を伴わず単騎で「歌」を放出できるなら、それは殖樹された喉が特別というより、その身体が普通の唱年と異なりすでに楽器になっていると考えたほうが自然じゃありませんか。つまりですよ、メレシゲネスは唱年の「歌」う機能を内蔵した特殊な枯枝である、と考えたほうがしっくりきませんか？」

〈遠見の柳〉の枯枝のように乾ききった手が、僕の石肌を擦った。マキアに包み込まれるときとはまるで異なり、怖気が奔り思わず身を退いた。

「ああ、ひどい。やはり唱年は私ら〈遠見の柳〉に対して残酷ですね」

言葉とは裏腹に、声には明確な悦びがある。

「私らがなぜ〈遠見の柳〉と呼ばれるか？　柳の枝は風に吹かれて右に左にふらふら揺れる。唱年と枯枝のどっちつかずの存在である私らに相応しい蔑称でしょう。しかしまあ、儲けもんではありますよ。唱年は鰤《むし》に嗅ぎつかれて早晩喰い殺されちまいますからね。枯枝にしたって、使い捨ての兵器だってのに気位ばかり高い唱年のお世話係を何十何百年もやらされることになる。もっとも、私らも昔はそういう哀れな唱年でしたがね」

「口を慎め」

「いいえ。黙りません。あいつが見事な体軀に育つほど、やはりね、と私らは思っていましたよ。あなたをご覧なさい。唱年は海に近づき純血になるほど、生まれたときの小柄な身体のままだ。一方、黄金児ともてはやされたメレシスはあれほど図体が大きく育つのなら、そりゃあ枯枝の血も相当濃いと見たほうがいい」

〈遠見の柳〉が視線をやった先で、メレシスが監視地である海際の城壁へと連れていかれる。茫然自失になった彼は抵抗もせず、牛のような鈍重な動きで遠ざかっていく。

「僕は、忌み嫌われた黝い珪卵から生まれた。だから、みなが避けた」

「畏れたんでしょう。正体を知らずとも、発する「歌」の響きで本能的に察するんですよ」

「畏れられたのは彼だ。メレシスだ」

「ええ。怖れたでしょう。枯枝の巨人並の図体を持ち、唱年を軽く凌駕する出力の「歌」を放てる。敵も味方も構わず壊してしまえるような欠陥品が傍にいるなんて、生きた心地がしない。彼のせいでどれだけ多くの枯枝の巨人たちが負傷したことか。唱年も多かれ少なかれ、身体のどこかを砕き割られています。あなたもそうじゃないんですか、〈黝い妖光《リュクルゴス》〉」

「僕は砕かれてなどいない」

「でしょうね。さすがは純血の唱年だ」

「違う」

「違いません。あなたと古参の戦士〈五節の巨人《ペンタマキア》〉が一緒に〈聖歌隊〉に選ばれた。今度の戦は規模が違う。滅ぼすか、滅ぼされるか、総力戦であることは間違いない。これまで温存されてきた、あなたたちがいよいよ投入されるんですからね」

温存、その言葉の意味を問い質そうとしたとき、壮麗な「歌」が響いた。

〈攻めの七将《ヘプタ・エピ》〉たる唱年と枯枝の組が先陣を切り、海へと向かって歩き出した。

それぞれが巨大な楽器となって鳴いている。

彼らの後に〈聖歌隊〉に属する唱年たちが、それぞれ伴侶とする枯枝の巨人の手に、肩に、頭に乗って、合唱隊を編成する。

個々の声量は、〈攻めの七将〉には及ばないが、精妙な操作によって互いの「歌」を共鳴させ合うことで、防衛都市スミルナの地面を鳴動させる。

最後列に続くのは、今回の戦より編成されることになった新参だ。

つまりは僕たちだ。殿《しんがり》を務めるに相応しい堂々たる巨大な体軀を揺らし、マキアが歩行する。その分厚い掌に、僕の小さな身体が掬い取られる。これ以上、〈遠見の柳〉の戯言を聞いてはならないと言わんばかりだった。

マキアは巨大な手をそっと握り込んだ。戸惑う僕を落ち着かせ、周囲からの好奇と悪意から守るために。

多くの音が遠のいた。やがて潮騒の音が聞こえた。

海へと近づいていることが分かった。

再びマキアの手が開かれたとき、僕は戦場を見た。

空には月が輝く。

夏の満月の夜、一年で最も海が高くなる夜を迎えていた。

後に〈巨光戦役〉と呼ばれる、王都防衛史に刻まれる最大の戦が始まった。

青い夜が下りてきた。千年に一度、月は地に落ちてくるかのように巨大だ。

浮上する海が揺れる。夥しい数の蟲《むし》たちが陸を目指して攻めてくる。

まだ満潮を迎える時刻ではない。潮が満ち始めたばかりだが蟲《むし》の数はとてつもない。

枯枝の巨人たちが、連なる山脈が鳴動するように、大地を揺らして海岸へ向かった。

その身に火を宿していた。自らの身体を油に浸し、火をくべられた枯枝の巨人は、最も海に近い第三十七次城壁に到達する頃には、燃え盛る焚火と化している。城壁に押し寄せる蟲《むし》を抱きかかえる。蟲《むし》は水に濡れているが、燃え盛る枯枝の炎に為すすべもない。何十匹もの蟲《むし》を道連れに、枯枝の巨人たちが燃え落ちる。

それでも城壁を突破してくる蟲《むし》の数は膨大だった。それほどの侵攻規模だった。

しかし燃え盛る枯枝の巨人たちは、躰の内に壺を格納している。壺には戦死した唱年の亡骸を擂り潰した骨灰が詰まっている。これは爆発燃焼する特殊な石質を有しており、蟲《むし》の猛攻によって壺が割り砕かれた途端、枯枝が身に帯びた炎が着火し、凄まじい鳴動を伴って炸裂した。

三桁に及ぶ周囲の蟲《むし》を巻き込み、枯枝の巨人が次々に爆散していった。飛び散る枯枝の巨人の残骸は、その破片すらも鋭利な殺傷物として飛散し、蟲《むし》の外殻を刺し貫いた。

瞬く間に夥しい死で海岸が満たされた。そこに〈遠見の柳〉たちが城壁を駆けた。蟲《むし》の死骸に油を浴びせ、火を点けて回った。三日月状の海岸線を縁取るような炎の線が、迫りくる暗闇の浸透に抗するように、夜を煌々と照らした。

だが、それは開戦の狼煙《のろし》に過ぎなかった。第一波を退けたところで、月の作用によって海は刻々と高さを増し、大地を黒く呑み込んでいった。燃え盛る蟲《むし》の死骸でできた防壁も海に呑まれ、鎮火され、吹く風に煙も消し飛ばされた。

多くの城壁が海に浸かり、その役割を果たせなくなった。蟲《むし》たちは仲間の死骸の山などものともせず、長い歳月をかけて埋め立てられてきたスミルナの城壁を乗り越えてくる。

だが、中ほどの城壁に達したとき、異変が起きた。突如として海が沸き立ち、火を避けるため水中に浸かっていた蟲《むし》たちが次々に爆発四散した。〈石地雷〉の罠が砂礫に埋め込まれていた。珪卵として採掘されながら、孵ることのなかった唱年の石。本来、外敵を退けるために音を発する珪卵の能力を一度きりの音響兵器に改造したもの。

蟲《むし》が石地雷を踏み抜いた瞬間に生じた振動を、石は内部で音として増幅し、不完全だが十分な殺傷力を持つ「歌」として放出する。炸裂の水柱が城壁に沿って次々と突き立った。

その連鎖によって城壁と城壁で区切られた海中で「歌」が共鳴し、一帯の蟲《むし》たちを木端微塵に砕き割った。

しかし、その影響で城壁も次々に砕けた。埋め立てられた湾に軍路として張り巡らされた城壁が壊れたことで、すでに海に土地が完全に沈んだ沖合の城壁で活動していた枯枝の巨人や〈遠見の柳〉たちが孤立した。

援軍が駆けつける手段はなく、殺到する蟲《むし》たちに嚙み殺され、全滅した。かつては唱年だった〈遠見の柳〉たちが発する断末魔の悲鳴は、蟲《むし》たちをより引き寄せた。

そして、最終防衛線となるスミルナの第一次城壁まで海の水位が達する。

唱年と枯枝の組――〈聖歌隊〉がそこに勢揃いする。

百五十組三百名。〈攻めの七将〉〈獅子と猪〉〈ハルモニアーの首飾り〉〈スパルトイの後裔〉〈ヒュペルビオスの兄弟〉――誰もが歴戦の英雄ばかりだ。

清浄無垢たる装いの〈聖歌隊〉は月の光を反射し、眩いばかりの威容を示し、奮戦した。

蟲《むし》の血肉で濁った海が、〈聖歌隊〉の合唱によって煮え立った。怒濤となって押し寄せてくる蟲《むし》たちを片っ端から鏖殺《おうさつ》していった。

響き合う歌声は王都にまで燦然と響いた。山脈から海岸へ流れるメレス川は海嘯を起こしたように逆流した。岩壁の海鳥たちも崩れゆく巌から次々に飛び立った。

それほど〈聖歌隊〉が勢揃いし発せられる「歌」の響きは凄まじかった。

千年に一度の大戦。その一夜が愛する者たちが蟲《むし》に貪り食われる惨劇になると覚悟した王都の人々は、〈聖歌隊〉の鉄壁の防御に希望を見出した。

だが、その直後、王都に異変が起きた。蟲《むし》の一団が王都に雪崩れ込んできたのだ。海岸での防衛線がいまだ維持され、背後の岩の山脈は峻厳に聳えている。どこに防御の穴が空いたのか。生き残った〈遠見の柳〉たちが奔走し、間もなくメレス川に生じた海水の逆流に乗じて、一部の蟲《むし》たちが海から川へ遡ったことが判明した。

石肌を持つ唱年を砕き、鉱物に匹敵する枯枝の躰を噛み千切る蟲《むし》に、柔らかい皮膚を持つしかない人間は為すすべもない。剣と槍では蟲《むし》の外殻を砕けない。短時間に三桁に達するイリオン人が惨殺された。生き残った人々は王都を捨て背後の岩の山脈へ避難した。

王都陥落。その報せに防衛都市スミルナの唱年たちは激しく動揺した。

城壁を守る〈聖歌隊〉にも浮足立つ者が現れ、「歌」の精妙な共鳴にずれが生じた。生じた隙を蟲《むし》たちは喰い破った。まず、戦死した唱年たちを祀るアムピオン墳墓を守る〈攻めの七将〉の一対〈ハルモニアーの首飾り〉がやられた。枯枝の巨人は墓掘り人でもあり、パルテノパイオスは恋多く愛情深い唱年で、想いを通じた唱年の亡骸の石肌を採取し、自らの首飾りとして戦に臨むことが常だった。

その情深さゆえに、墳墓が蹂躙されることを止めようとするあまり、撤退の好機を見失った。〈ヒュペルビオスの兄弟〉が救援に駆けつけたが、そのときすでに無数の蟲《むし》に枯枝の巨人とともに覆い尽くされ、事切れる寸前だった〈ハルモニアーの首飾り〉は自らの喉を割り砕く絶唱で自決した。一種の音響爆弾と化し、墳墓ごと蟲《むし》たちを道連れにしたかれらは形を残すことのない塵と化した。月光に銀色の粒子が舞った。

イリオン人の王都放棄を支援するため、王都に雪崩れ込んだ蟲《むし》たちを一手に引き受けた〈スパルトイの後裔〉も果てた。唱年メラニッポスは竜の歯牙の異名で呼ばれ、その壊れやすい石肌から剝離した破片を地面に撒き、「歌」によって弾き飛ばすことで、予期せぬ死角から蟲《むし》たちを殺戮した。しかし、柔らかな皮膚を持つイリオン人を巻き添えにしないため、本来の枯枝の巨人とともに自らの身体を傷つけることを厭わない無差別攻撃が行えず、王都イリオンの建物を盾にして接近した蟲《むし》たちの奇襲を許した。〈スパルトイの後裔〉は唱年たちが殖樹を受ける神殿まで敵を引きつけ、そこで絶唱により自決した。砕け散った唱年と枯枝の破片が神殿の建物ごと蟲《むし》たちを圧し潰した。

〈攻めの七将〉次々戦死——戦況を報告する伝令役を担った〈遠見の柳〉たちが危機を叫んだ。スミルナの城壁では、王都が陥落したのか、イリオン人が全滅したのか、その状況も定かではないなか、決死の抗戦を続ける他なかった。

もはや殲滅戦と化していた。最後の唱年、最後の蟲《むし》、どちらかが一体残らず潰えるまで決着しない。

元より、蝨《むし》の脅威を根絶するため、数百年の苦闘があった。

そして多大な犠牲のもとに埋め立てられた土地に築かれた城壁——黒く染まった海に切り拓かれた軍路に一斉に火が点された。

火を持つ〈遠見の柳〉によって照らされた、沖へと続く最後の道を〈聖歌隊〉が一直線に駆けて行く。

その巨軀は〈五節の巨人《ペンタマキア》〉、手に掲げられた唱年は〈黝い妖光《リユクルゴス》〉。


「種は喉に根を張った」

聖歌は、そのような歌い出しから始まる。

「唱年よ歌え、喉が枯れるまで」

喉に根を張った月昃樹が震え、「歌」が放出される。

「さすれば枝に、実は結ばれん」

枯枝の巨人は楽器となり、増幅された「歌」が周囲の海を干上がらせるほどの威力を発揮する。歌は、声は、音は、大気を震わす現象だと理解されている。一定の出力のまま維持された「歌」により、僕たちの周囲から海が遠ざけられた。

これまでにない高出力で歌うために、脆い僕の石肌に次々に亀裂が生じた。青い光が覗いた。歌に光が混じり、海に青い月が落ちてきたような光景が生じる。

海を退け、剝き出しになった海の底に僕たちは降り立った。

すぐ先に、底知れぬ闇へと繫がる大きな亀裂がある。

そこが鰤《むし》が湧き出してくる源だった。

僕は身を仰け反らせ、喉を晒す。声帯に根を張る月炅樹が喉を生え伝う。枝が口腔から伸びていく。どんどん伸びていく。月に向かって伸びていく。

唱年に「歌」の力を授ける月炅樹が急激な生長を迎えてきた。

最も月が近い夜――地に注ぐ灰《レゴリス》の色彩が混じった青白い光を、月炅樹は身に浴びる。枝は伸び葉は茂り、蕾は花に、花は散って実を結ぶ。

それは何十何百年もの歳月が一挙に流れていくような光景だった。

黝い珪卵が成る。

返声期の訪れ。海から孵り、地に囀った唱年が、月に還るときがきた。

あるいは、ようやく達したというべきかもしれなかった。

陸から遠い海の果て、防衛都市スミルナが埋め立てた土地を拡げていったのは、安全な領土を増やすためだけではなかった。

唱年が世代を重ねるたび、その誕生の土地を海の沖合へと進ませ続けるために。

やがて蟲《むし》の生まれる源に達するために。

そこに「歌」を届けるために。

無慈悲な殺戮の歌を。

だが、その前に愛を交わすことを神が許す。

「我が光《リュクス》」

枯枝の巨人が声を発した。

「やっと名前で呼んでくれた」

「これで、六度です。お訣《わか》れは、いつも苦しい」

枯枝の巨大な顔の眼にあたる窪みから、黒い涙のような液体が零れた。

数百年の歳月を生きた古参の枯枝である〈五節の巨人〉の名の由来は、これまでに五回、仕えた唱年を見送ってきたからだ。

黝い珪卵が特別な唱年のあかしだ。最も遠い沖合で長い歳月を経て繰り返し見つかる。

「我が手に、前の、前の前の、前の前の前の、前の前の前の前の、前の前の前の前の前のあなたを握り潰した感触が、消えず、ずっと残っていました」

出撃の前、〈聖歌隊〉より、僕たちの使命が伝えられた。

同時に自分が何者であるのかも。人為的に兵器としての特性を強められてきた唱年。夥

しい数の齲《むし》が蠢く、その源の至近において生き延びるため、その身は小さく、しかし
「歌」は強まった。時に齲《むし》に喰われ、そのたびに「歌」を発して殻を砕き、生まれ直し続けた。

唱年は記憶を引き継がない。僕は、僕より前の僕が何者であったのか知り得ない。

だが、そのすべてを知る相手がいる。〈五節の巨人〉が僕に尽くすのは、前の僕がいたからだろうか。最初の僕と彼の関係は、今の僕よりずっと特別だったのだろうか。

知るすべはない。しかし貫かれた愛を、僕は〈五節の巨人〉から確かに受け取ってきた。

僕は彼の愛を疑わない。恋は執着と独占を、愛は自らを与え続ける。

与えられてきた。生まれたときからずっと。見つけられたときからずっと。

みな、そうだった。唱年と枯枝は「歌」を介して愛し合ってきた。

「うん。でも、これが最後だ。よく僕と、僕たちとずっと一緒にいてくれた。愛しいよ、僕の巨人《マキア》」

「我が光《リュクス》、いつまでも、あなたの「歌」を響かせます」

掌を握り込んだ。強く抱きしめられた心地だ。

激しく愛撫されるように、握り潰される。

メキメキと木が砕けた。乾き切った枯枝の手は割れて鋭く尖り僕の石肌を裂く、柔らか

な内部の肉を貫く。同時に僕の身体を突き破り、月炅樹の枝が一斉に突き出す。どこからが枯枝で、どこからが月炅樹の若木であるか境界が定かでなくなる。やがて絶唱が、月に届くほど高く鋭く響き、弦が切れたように前触れなく途絶えた。

　入り混じる。僕たちは。唱年の血肉と月炅樹の枝と花、枯枝が混ざり合い砕けていく。その中心に、新たに生じた〈巨光《リユクスマキア》〉の珪卵を抱くように、枯枝の巨人は身を丸める。生まれてきたときと逆に。いつまでも孵ることのない卵を抱えた永久の巣と化す。

　それが、愛に結ばれた僕たちの生涯最初の、そして最後の交わりだった。

　まるでそれは水に落ちた月のように青く眩く輝く。枯枝に覆われた〈巨光〉の珪卵が、海底のより深い亀裂の底に向かって落ちていった。

　間もなく、海に静けさが取り戻された。

　齲《むし》の襲来が止んだ。

　一振りの月炅樹の枝が、月を浮かべた水面の上に漂っていた。

　愛し合った二人の最期を、月と、一人の〈遠見の柳〉だけが看取っていた。

終章　遠見の柳

そして自分だけが生き残った。

〈遠見の柳〉に落ちぶれた、恥ずべき自分だけが。

〈巨光《リュクスマキア》〉の二つ名を後に与えられることになったリュクスとマキアは、決戦兵器の役割を果たし、蟲《むし》の源とされる海溝の直前まで迫り、そこで返声期を迎え珪卵を産んだ。

産み落とされた珪卵は枯枝の巨人が枯化した殻に覆われ、そのまま海溝を直下した。深く深く落ちていった。誰にも目視し得ぬ、その暗闇の底にあるはずの蟲《むし》の源へ。

海の只中に僅かに残った城壁に取り残された〈遠見の柳〉たちは、新参である自分を——メレシスを庇うようにしてみな犠牲になった。

ゆえに〈巨光〉の返声を最も近くで確認したメレシスは、自ら禁を破って口を覆う布を破り裂いた。指を捻じ込み、血塗れた棘玉を引き摺り出し、血の混じる「歌」を奉じた。

愛した者たちへの鎮魂歌を。

その命の犠牲がもたらした成果を遠く、山脈に逃れた人々の耳にまで届かせた。王都と防衛都市に散開していた〈聖歌隊《ヒエロス・コロス》〉や唱年《しょうねん》たちも、みな、その「歌」を聞いた。

それは月に吠える獣の遠吠えのようだった。悲しく澄んで、どこまでも響き渡った。

そして、メレシスの歌さえも届かない深い海の底で——、リュクスとマキアが交わり生まれた〈巨光〉は鰍《むし》を永続的に砕き割る「歌」を発する音源と化した。

枯枝の身体によって共鳴増幅された「歌」に、孵化したばかりのまだ甲殻も柔らかな鰍《むし》たちはひとたまりもなかった。一夜にして次世代の鰍《むし》を殲滅した。

鰍《むし》たちは〈巨光〉を排除しようと幾度も捕食を試みたが、その表面を重層的に囲う枯枝の殻を砕くことはできず、屍の山が築かれ続けた。やがて、致命の毒となる歌う石によって、鰍《むし》は種としての滅びを迎えた。

以降、月の接近のたびに生じる防衛戦で、監視者の〈遠見の柳〉が目視する鰍《むし》の勢力は減じていき、唱年たちの戦死者も生じなくなっていった。

続くイリオン人の王都帰還、唱年と枯枝は彼らの宮廷音楽の楽器として、文化の最盛期を極めていくことになる。

その栄華に、メレシスが浴することはなかった。喉に根を張る月炅樹《げっけいじゅ》が生長を終え、その身から枯れ落ちるときを迎え、彼は唱年の力を失った。

〈遠見の柳〉を務め、肌を陽に灼かれ、潮風に喉を焼かれ、声は濁り切った。

それでも歌を欲したメレシスは、〈遠見の柳〉の務めを果たす海上にあって、歌うようになった。それは兵器のための「歌」ではなく、死んだ者たちについての歌だった。

「歌」を穢すな。

卑しい感情を人前で歌うな。

物語を歌うな。音の純粋が失われ、歌が穢れる。

王都イリオンに花開いた唱年たちの声楽は、何よりも純粋な響きを尊ぶものであったから、濁った声で、歓喜と悲しみ、愛と怒り、雑多な感情や、時に耳を塞ぎたくなるような凄惨な描写を含んだメレシスの歌は下賤なものと謗られた。

――いいや、これが「歌」だ。

だが、メレシスは聞く耳を持たなかった。

歌だけが、おのれに残された最後の自由だった。

――俺は愛を祈り、歌うことをやめない。

歌をやめなかったメレシスは捕らえられ、〈遠見の柳〉の任を解かれた。眼を潰され、王都イリオンを追放された。

蝕《むし》の弱体化によって、海の安全な航海が可能になり、島々の集合である群島は活発な交易を増やしつつあった。島から島へ吹く強い風に運ばれて、粗末な木舟に乗ったメレシスは故郷を去った。永久に戻ることはなかった。

島々を渡る商人に拾われ、その手伝いをしながら、やがてメレシスは詩人となった。

かつて禁じられた「歌」の代わりに、戦争について歌った。

歌うたび、失われた暗黒の視界に、今も深い海溝の底で「歌」い続ける〈巨光〉の卵が想像された。自らが何者であったかを告げられ、すべてを失った恥辱の記憶も。栄光の未来が約束されていると信じ疑わなかった無垢の唱年であった頃の黄金に輝く日々も。

枯れた喉で歌った。

数え切れない人々の耳を悦ばせた。

あの長きにわたる戦争。聖歌隊の活躍と、数多の唱年たちの犠牲。悲しき枯枝の献身。

そして、リュクスとマキア。愛し合う者たちが辿った末路。

愛した者たちへ、唱年の日に宿った愛を、枯れた喉で、いつまでも歌い続けた。

〈巨光戦役〉を歌う叙事詩はメレシスの死後も歌い継がれ、やがては語られる戦争の名も、戦士の名も変わってゆき、〈聖歌隊〉の名も廃れた。詩聖メレシゲネスの歌は今日、『イーリアッド』あるいは『イーリアス』の名で呼ばれる。

断

木原音瀬

木原音瀬（このはら・なりせ）
「眠る兎」で商業誌デビュー。代表作に『箱の中』『美しいこと』『罪の名前』（以上三作講談社文庫）『Borderline』（リブレ B-BOY NOVELS）『パラスティック・ソウル』（新書館ディアプラス文庫）『吸血鬼と愉快な仲間たち』『捜し物屋まやま』『ラブセメタリー』（以上三作集英社文庫）など多数。

玄関の鍵をかけている途中で、欠伸《あくび》が出る。新庄祐太《しんじょうゆうた》が「ふうわっ……」と大口をあけたところで、隣の部屋のドアがガチャリと開き、女性が出てきた。百貨店勤務で三十代前半、髪型や化粧は地味だが、清潔感のある人だ。反射的に口を閉じ、欠伸が「はうぐっ」と妙な音声と共に終了する。

女性はマフラーを指で押さえてクスリと笑い「おはようございます」と小さな声で挨拶し、先に歩いていった。決まり悪さと、そしてやや恨めしい気持ちで後ろ姿を見送り『欠伸の原因、寝不足なのはあなたのせいなんですけどね』と胸の中で愚痴《ぐち》る。

夜中、午前二時頃に微かな物音で目がさめた。緩衝材を潰すのに似たプチプチという音。トイレに行った時は聞こえなかったので、ベッドの周囲、壁の向こうの隣人宅から発生しているのはほぼ確実。前からたまに生活音が漏れ聞こえてくることはあったが、気にならなかった。このプチプチ音もそう大きくはないものの、周囲が静かな分だけやたらと耳についた。

音がしなくなり、ようやく止《や》めたかと思ったら、だまし討ちみたいにプチプチプチと集中的に鳴ったりする。そこに規則性はない。夜中に緩衝材を潰してストレス解消か？　いい加減にしろよとうんざりしながらウトウトし、最後に記憶にある時刻は午前四時。そこから推測して、実質三時間ほどしか寝てない。

寝不足のだるさを全身に巻き付けたまま歩きだす。電車の中でも、乗車はほんの十分程度にもかかわらず、立ったまま居眠りしていた。駅を出て、人の密度がふっと薄れたところで前にいた黒いダウンジャケットのサラリーマンが、フランチャイズのコーヒーショップの中に吸い寄せられるように入っていくのが見えた。

自動ドアが開き、コーヒーと焼いたパンの香ばしい香りがふわっと漂ってくる。朝飯は基本食べてないが、いい匂いだなぁ……と思った時には、後に続いていた。エネルギー補給、血糖値をあげたら、もう少し頭もすっきりさめるかもしれない。

さっさと食べて出れば、始業時刻にも間に合う。職場の「まるい不動産」もすぐそこに見えているし、五分や十分遅刻しても、社長の丸居は文句も言わないだろう。ひょっとしたら遅れたことに気付かないかもしれない。それぐらいのんびりした職場だ。

窓際の席に手袋を置いてキープし、レジに向かう。カウンターに貼られているセットメニューの表示を見ながら「モーニングセットのC、コーヒー」と注文した。

「ありがとうございます。お飲物のサイズはいかがいたしますか?」

店員の問いかけに「Mで」と答える。レジの横には個包装されたワッフルやクッキーが陳列されていて、そこにチョコがけのワッフルを見つけた。「これも」とレジに差し出す。午後、小腹が空いたら気分転換も兼ねてふらっとコンビニに行くが、今日はこれでいい。

現金で支払い、レシートと釣りを受け取った時に店員と目が合った。茶色の短髪に顎先の薄い鬚、長身の若い男がにぱあっと笑いかけてくる。

「この前はどーも」

不意打ちに、鈍い脳がフル回転する。この前ということは、さほど昔の話でもない筈だが、この顔は記憶にない。

「すみません、俺すごく忘れっぽくて。店に来られたお客様ですか?」

過去、再来店した客のことを覚えてないと言えず曖昧に誤魔化し、そうしているうちに話が合わなくなりバレて気まずい思いをしたことがある。それを教訓に「忘れっぽい」と自分に非をつくり、嘘をつかないことにした。いっときは気まずくても、最終的にこちらがマシだった。

男は「忘れている」ことを気にした風もなく「先月、友達が部屋を借りに行ったのに俺も付き合って〜」と右手の指先をひらひら動かす。

「コンビニの裏にある、犬の飼える青い屋根のマンションで〜」

物件と紐付いたことで、消えかけていた記憶が一気に呼び戻される。先月、バーテンダーだという若い男が、犬を飼える部屋を探していた。その客についてきていた友人が、この店員だ。客本人よりもよく喋るので、五月蠅《うるさ》かった。背が高くてやけに細い目、この顔だ。やっと思い出した。

「あぁ、あの時の」

「この店、よく来るんですか？　俺、一昨日《おととい》からバイトしてるんですよ。会社辞めて、ここは繫ぎっていうか〜」

男はべらべら喋りだす。しかしレジは一つで、自分の後ろには注文待ちが二人いる。喋っていていいのか？　と気になっていると、レジの奥から「あずまさーん」と聞こえた。男が振り返る。

「お客さん、並んでるから〜」

店名の入った茶色いエプロンをしている中年男の声は穏やかだが、目は恐い。男はレジを詰まらせているとようやく気づき「あっ、はーい」と慌てた仕草でコーヒーをトレイに置き「あちらのカウンターでお待ちください」と案内してきた。すぐさまホットサンドが出てきたので、確保してあった窓際のカウンター席に戻る。……あの店員、仕事ができないタイプだな、と早々にジャッジする。

窓越し、駅に向かう人を眺めながらホットサンドをかじる。中年リーマンの厚手のコートの裾が大きくはためいていて、昔は自分もあんな風にせかせか歩いてたよなと懐かしくなる。

二年前、三十一歳の時に離婚を機に大手のS不動産を辞めた。自分が必死になって家を売って稼いだ金で、料理も掃除もしない妻がホストと不倫旅行していたことが発覚し、そこで搾取され続けていた自分に気付いた。いい加減薄れていた妻への愛情が嫌悪に変わると同時に、仕事の熱まで一気に冷めた。

独身に戻ったのをいいことに、部屋に籠もってゲーム三昧の日々。他人からすれば、浮気され、仕事も辞めた引きこもりなど人生終了に見えるかもしれないが、これが想像以上に快適だった。

妻の機嫌を伺うことも、ゲームばっかりと母親が乗り移ったみたいな小言を言われることもなく、好きな時に好きなことをする昼夜逆転の生活。それまで仕事が忙しく、学生時代から付き合いのあった友人とは疎遠になっていたので、自分の選択や生活に同情や非難をする声はどこからも聞こえてこなかった。いっそゲーム配信者になるか？　と血迷い、試しに動画サイトに実況動画をアップしてみたものの、二桁という再生回数に現実を突きつけられた。

引きこもりも半年が経過し、そろそろ働くか……と前と同じ、不動産業界の就職先をチェックしていたタイミングで、同い年の従兄弟《いとこ》から「家族経営している小さい不動産会社で従業員を探しているとこがあるんだけど、誰かいい人いない？」と聞かれた。

従兄弟の知り合いの女性が、旦那の転勤で福岡に越すことになったらしい。女性は父親の経営している不動産屋を手伝っていて、かわりになる人を探していた。

女性の父親は脳梗塞を患い左半身が不自由で出歩くのが難しく、経験者を希望していた。従兄弟は自分が仕事を辞めていたのを知らなかったので、業界の知り合いを紹介してくれという意図だったと思うが、ここぞとばかりに立候補した。

社長との二人体制と聞き、性格が合わないと地獄だなと懸念材料はあったものの、それなら辞めて別の会社に行けばいいだけかと「まるい不動産」に就職した。

以前は大手不動産会社で、数千万、億の家を売っていた。まるい不動産は賃貸がメインで手持ちの物件の管理が殆《ほとん》ど。たまに知り合いに頼まれて中古戸建てを扱う程度だ。

賃貸物件の不具合の対応などちまちました仕事が多く、給料も前の職場の三分の一だが、ノルマ、ノルマとガツガツ頑張らなくていいし、土日以外は休みも割と自由に取れる。給料の増額さえ望まなければ、今の自分に合っている職場だった。

　仕事もプライベートもストレスフリーで気楽。とはいえ一人きりで部屋にいると、ふと寂しさのようなものが過《よぎ》ることはある。ただ前妻の件があるので、誰かと暮らすのはもういいかとなる。犬が好きなので、ペット可の部屋に引っ越してパグでも飼うかとぼんやり考えたりもするが、部屋を探すなど具体的な行動はおこしてない。

　ホットサンドを咥《くわ》えたまま、スマホでSNSを開く。フォローしているのがゲーム実況者のアカウントが多めなので、話題はそっち関連ばかりだ。いつも見ている実況者がリポストしている動画が二十三万回再生されていて目にとまる。それには「情報過多」とコメントが入っていた。

　動画のサムネイルは、五十ぐらいの禿げたオッサン。面白動画系だろうか。何が情報過多なのか気になり再生してみる。

　オッサンは黒縁の眼鏡をかけ、下ぶくれで無精髭。加えてタンクトップの上半身とそれだけでなかなかの異様さが滲《にじ》み出ている。場所はベランダか屋上なのか、街中の背景が遠くまで見渡せた。画面がゆらゆら揺れるので、自撮りだろう。風が強く、オッサンの薄くて長い髪の毛が縦横無尽になびいている。

『私はハナダトシオと申します！　これから皆様に、大切なお話をしなければなりませんっ。宇宙人が、宇宙人が、地球を滅ぼそうとしているんですぅ』

血走った目で、唾を吐き散らしながら喋りかけてくる。イヤホンから流れてくる音声を聞きながら「うわ、きっつ」と呟きが漏れ、画面を閉じるか迷って指先が揺れた。

『普段と違うなと思うことが一つでもあれば、それは宇宙人からの攻撃なのですぅ！』

脂ぎった顔に、べちゃっと何か落ちる。灰色の液体……鳥の糞か？　「うわあっ」というオッサンの叫び声と共に画面がガタガタと揺れてその姿が消え、最後に空が映った。動画は終わる。オッサンは転びでもしたんだろう。

これ、キモいだけでそんなバズるほど面白いか？　と思いつつ返信欄を見たら「これ、ハナ10《てん》だよな？」「確かに情報過多」「背景やば」とあった。

ハナ10は聞いたことがある。昔、有名だったゲーム配信者だ。今は殆ど名前を聞かず、配信もしてない。レジェンド的なゲーマーの話になった時に、たまに名前が出てくる程度だ。顔を見たのは初めてかもしれない。

ハナ10はどうでもいいが「背景やば」のコメントが気になり、もう一度再生してみる。そうしてオッサン、ハナ10の背景に注目しているうちに気付いた。喋るハナ10の背後、ビルの屋上に何かいる。誰か立っている。遠すぎてよくわからないが、髪と、長いスカートっぽいものがヒラヒラなびいているから、女の人だろうか。その誰かは、ハナ10の『攻撃なのですぅ！』の台詞と同時に、飛んだ。その瞬間、画面を上にスクロールする。

胸がドクドクする。朝っぱらから嫌なものを見た。ビルから飛んだ誰かが生きているか死んでいるか知らないが、こんなもんエンタメでも何でもない。見なくていいし、見たくない。

そろそろ本格的に遅刻しそうで、急いでホットサンドとコーヒーを腹に押し込み、トレイを片づけ店を出る。店の中は暖かかったが、外はさっきより風が出てきて、首筋を容赦なく擦り抜ける。背筋がゾワッとし、自然と早足になる。十二月の半ばでこの寒さ、年末に雪が降っても驚かない。

「おにーさん、おにーさん」

背後から、飲み屋街の客引きみたいな声が聞こえる。

「不動産屋のおにーさん」

足を止め、振り返る。あの仕事ができそうにない店員が、白い息を吐きながら自分に駆け寄ってくる。

「あの、これ」

店員が手に持っていたのは、チョコがけのワッフルだ。

「おにーさん、買ったでしょ。俺、レジ通した後で、トレイに載せるの忘れててさ」

笑顔で差し出してくる。自身の失敗を悪びれもしないポジティブ思考は、ある意味凄い。

呆れていると、店員は「あ、袋とか欲しかった？」と首を傾《かし》げた。

「あ、いや。それはいいですけど……」

「そうそう、聞きたかったことがあるんだよ。おにーさんとこの不動産屋ってさ～ボロ戸建てとか扱ってない？」

「ボロ戸建て……ですか？」

「うん。俺、大家とか興味あって～」

古い空き家を安い値段で買い、リフォームして貸し出し家賃収入を得るという投資家がいるのは知っているが、そういう輩《やから》に興味はないしあまりお勧めしない。古い家は耐震性を含め、設備の老朽化など問題が山積しているからだ。素人の手に負えるものじゃない。

「うちでは殆ど扱ってないですね」

「殆どってことは、全くないってことじゃないよね。何か良さそうな物件あったら、教えてくれない」

殆どっていうのは、九割方ないということだ。何かこいつ、色々通じないし面倒臭そうだが一応、「そうですね、いい物件があれば」と愛想良く笑っておく。

「じゃ、ラインの交換をしようよ」

男がエプロンのポケットからスマホを取り出す。正直、あまり関わりたくないし繋がりたくない。けれど「早く」と急《せ》かしてくるし、自分も遅刻しそうだし、断るための適当な理由も思いつけない。ボロ戸建ては兎も角、そのうち顧客になるかもしれないし……と妥協し、仕方なく繋がった。

「ユータさんね、オッケオッケ」

男はニコニコしている。新庄のスマホ、ラインに入ってきた、歓迎してない「新しい友だち」の名前は「キラ」だ。店では東《あずま》と呼ばれていた気がするが……。

「キラが名字なんですか？」

男が「ブーッ」と唇をとがらせ、顔の前、指で×のマークを作る。子供っぽい仕草は女の子だと可愛いが、男だとイラッとするのはなぜだろう。

「俺ね、下の名前がキラなの。光り輝くって書いてキラ」

読めない系の名前。名前まで面倒臭いなと思いつつ「綺麗な名前ですね」と、仕事をしている時の習慣でつい持ち上げてしまった。男の薄い眉がヒクリと動き「そう？」と首を傾げる。見つめられたまま、変な間ができる。沈黙も決まり悪く「響きもいいですし」と付け足す。男が口許《くちもと》をもやもやと動かし、はにかむようにニヤッと笑った。

「高校の時とか、リアル源氏名って言われて、あんま好きじゃないんだけどさ～」

もじもじと肩を揺らした男が「じゃまたね、ユータさん」と言い残し、のんびり店へと引き返していった。


まるい不動産は二階建ての建物の一階に店舗があり、二階は社長である丸居の住居になっている。外観はタイル様でレトロだし、入り口はアルミの引き戸で安っぽいことこの上ないが、ここには千円でも安い家賃の住居を求めてやってくる人が殆ど。入り口だけ頑張っても仕方ないので、これでも問題ない。

十二畳ほどのワンフロアの店内、カウンターの奥にあるパソコンの前で、自分が住んでいるアパートの情報を呼び出す。築二十年と古いが、駅近で徒歩圏内にショッピングモール、スーパー、ホームセンターがあり、利便性がすこぶるいい。部屋も2LDKの割に安く、しかも自分は社員特典の家賃半額で暮らしている。なかなか空きが出ず、出てもすぐに埋まる優良物件だ。

「新庄君、それ自分ちじゃないの？」

背後から、社長の丸居が画面を覗き込んでくる。今年七十になる丸居は、肉付きのいい丸々とした風貌と垂れ目で、どことなくたぬきの置物を彷彿させる。「娘に痩せろって言われたんだけど、無理でね～」と笑っていた。

「最近、壁から変な音が聞こえるんです。大したことないんですけど一応、配管位置を確認しておこうと思って」

丸居は「あそこも割と古いからねぇ。何かあったら、適当に手配してなおしといて」と奥の席に戻っていく。

一昨日の夜、コンビニから帰ってきたところで、隣の部屋の女性と鉢合わせた。キャリーケースを横に置き、ちょうどドアの鍵をあけようとしている。

いい機会に思えて「すみません、ちょっといいですか」と声をかけた。夜中のプチプチ音は、週一、二回のペースであれから三週間、ランダムに聞こえてくる。耳栓も試したが、それをつけて寝るのに慣れないし、建物で火事がおこった時に警報が聞こえなかったら……という不安もある。そもそもどうして自分が我慢しなくちゃいけないんだ、理不尽じゃないかという思いが頻繁に湧き上がる。近頃はあの音の気配を感じると条件反射でイラッとしてしまう。昨日も夜中にプチプチ五月蠅かった。

「たまにそちらの部屋から音が聞こえてきて」

女性はハッとしたように目を大きく見開き「すっ、すみません」と謝ってきた。

「うるさくしないよう、気をつけていたんですけど……」

その反応で悪気はなかったんだなとわかり、怒りがシュッと半減する。

「昼間のは気にならないので、夜中だけちょっと気をつけてもらえたら」

女性が「夜中？」と首を傾げる。

「夜中の二時から四時頃に、プチプチって聞こえてくるやつで」

「その時間、寝てますけど」

「えっ、でも昨日の夜も聞こえてきて……」

「昨日？　昨日は名古屋に出張で部屋にはいませんでした。ちょうど今、帰ってきたところで」

ドアの前にあるキャリーケースが「出張」を裏付ける。

「えっ、でもたまにプチプチって……じゃあ動物か何か飼ってますか？　ハムスターとか……あと、魚だったら水槽のポンプとか……」

「何も飼ってません」

申し訳なさそうにおどおどしていた女性が一転、疑惑の眼差しでこちらを見つめてくる。

逆転した立場に、ゴクリと唾を飲み込む。「あっ、えっと……」と言葉が変に詰まる。

「もっ、もしかしたら上下階の人か、配管の問題かもしれません。急に変なことを言って、すみませんでした」

女性は困惑の表情を残したまま「あ、いえ……」と呟き、部屋に入っていった。隣ではないとしたら、音は上の階か下の階ということになる。これは音の位置をはっきりさせてからクレームを入れないと、さっきみたいに決まり悪いことになる。

そのやり取りがあって以降、プチプチ音は聞こえてこないが、周期的にそろそろだろう。アパート情報から配管を見てみるも、壁の向こうは電気線の他はなさそうだ。水回りはベッドの位置とは反対側になる。電気線が古くなって断線しかかっているんだろうか。けれど夜中に聞こえる、ほんの小さな音の原因を突き止めるために壁を壊すのは勇気がいるし、予算もかかる。懇意にしている電気屋に相談してみるか……と考えているうちに、プルルと電話が鳴った。固定電話の子機を取ろうとしたら、丸居が「俺がでるよ～」と親機に手を伸ばしたので、任せた。

店の前で、誰か立ち止まった。アルミの引き戸に貼っている物件の紙、その間にチラッチラッと人の断片が過る。多分、男だ。入ってくるか、どうか。この分だと入ってきそうだなと予測していると、隙間から細い目が見えた。こちらに向かってピースサインをし、スイッと歩き去っていく。

もしかして？　と思っていたら、ブッとスマホが鳴った。キラからラインに『暇そう』とメッセージが入っている。ラインで繋がってから、たまに『今、飯食ってる』とか『バイトだりぃ』とどうでもいいメッセージが送られてくる。最初は気を遣ってすぐに返していたが、最近はわざと既読にせず、反応を遅くしている。今回は見てしまったので『事務仕事をしてますよ』と無難に返信する。キラはこれからあのカフェでバイトなんだろう。

スマホを置いたところで「新庄君、ちょっといい？」と丸居に声をかけられた。

「はい、何でしょう？」

「上畑《かみはた》さんからさ、戸建てを扱ってほしいって頼まれたんだ。ちょっと話を聞いてきてくれない。ついでに現地も見てきてほしいんだけど」

「あぁ、わかりました」

「上畑さんには、新庄君に行ってもらうって伝えてあるから、連絡して日程調整してみて。多分、前に見たことある家だと思うんだよね。あそこ旗竿地《はたざおち》だったんだよ。前の道、二メートルないとこあったんだよなぁ、確か」

道路から細い道に入った先にある旗竿地の家は、物件から道路へ続く道幅が二メートルない部分があると、接道義務で新たに家は建てられない。今ある家を活用するしかないが、リフォームするにしても、車が入れない、資材が置けないので難しい。隣の家が買い取ってくれる、周辺一帯が再開発で買い上げられるという奇跡でもおこらない限り、資産価値はない。それをわかっている丸居は、腕組みしてウーンと唸る。

「多分、売れないと思うけど……まぁ、扱うぐらいはね。上畑さんは付き合いの長い人だし」

こういう家は値段が激安なので、たまに安さに目がくらんだ客が買っていって、やっぱりダメだと手放すパターンが多い。「ボロ戸建て」を希望していたキラの顔が頭に浮かんだが、紹介はしない。ああいう考えの浅そうなタイプは衝動買いしそうだし、買ったら買ったで、何が困った、トラブルがあったと後々面倒事を持ちこんでくるのが予測できる。それなら最初から関わらせないほうがましだった。


プチプチ……微かな物音が、きた。ベッドサイドのスマホを摑む。時刻は午前二時。場所だけでも突き止めるぞと気合いをいれ、起き上がった。冷気に締め上げられるように、体がブルッと震える。寝る時は薄着なので、寒い。ルームライトをつけ、真っ先にエアコンを起動する。が、作動音でプチプチ音が聞こえづらくなり、仕方なく止めた。

家の中でダウンジャケットを着て、壁に耳をあてる。ベッドの横、足許、枕元……順に音を聞いていく。プチプチ音はたまに途切れるが、ベッドの頭側で大きく聞こえた。

それなのに頭側の壁に耳をつけたら、音が小さくなる。これは床か？　と俯《うつぶ》せになって絨毯に耳を押しつける。音が大きくなった。床だ。

邪魔なゴミ箱を窓際に移動させて、もう一度耳をあてる。すると急に音が小さくなった。おかしい。耳を絨毯《じゅうたん》に擦りつけたまま、這いずって音が大きく聞こえる方角を探る。頭にコンとあたった。ゴミ箱だ。ゴミ箱をどけ、もう一度絨毯に耳をつける。なぜか音が遠くなった。そうして音が大きくなる方に這っているうちに、また頭にゴミ箱があたる。音はゴミ箱の傍が一番大きい。もしかして原因はゴミ箱か？

ゴミ箱が、床の素材と化学反応しているんだろうか。けどこのゴミ箱は近くのホームセンターで買ったプラスチック製だ。金属でもない。

試しにゴミ箱に耳をあてると、それまでで一番大きくプチプチ聞こえた。そして次、床に耳をあてる。何も聞こえない。これはゴミ箱単体の問題だ。

ゴミ箱を覗き込む。確かに奥から聞こえる気がする。だがそこにあるのは紙くず。昨日が可燃ゴミの日だったから、中に入っているのは寝る前に自慰で抜き、それを拭い取ったティッシュだけだ。

触りたくないので、そっとティッシュの端をつまんで取り出し耳に近付ける。青臭い匂いと共にプチプチ……とあの音が聞こえた。丸めたティッシュをそっと開くと音が俄《にわか》に大きくなり、反射的に手を離した。床に落ちたティッシュからは、プチ……プチと間欠的に響いてくる。

精液が「鳴って」いるんだろうか。けどどうして音がするのかわからない。精液が乾く時に鳴るなんて、これまで聞いたこともない。精液の中に入っているのは精子。ひょっとしてこれは精子の音か？ それなら出した後、すぐ聞こえてきてもいいんじゃないのか？

プチプチ音がするティッシュを前に座り込み、スマホで検索する。精液、音と入力しても、でてくるのは「どぴゅっ」「ぬちぬち」といった馴染みのやつばかりで、プチプチはない。ネットを巡っているうちに、産婦人科病院の作っている「精子のしくみ」というサイトに辿り着いた。そこには、精子は温度変化や精液の乾燥と共に死滅すると書かれてあった。乾きかけたティッシュと、精液。プチプチ音。音が聞こえるのはいつも夜中。自分は寝る前に抜くことが多い。そして音はいつも、夜中の二時三時ぐらいから大きくなる。

「もしかしてこれって、精子が死んでる音……か？」

口にしながら、自分の推理がどうにも信じられないでいた。

いくら調べても精子が死滅する際に音が聞こえるなんてどこにも出てない。精子が死ぬ音、精子の死亡と色々とワードを変えて検索してみるも、近かったのは精液がミュータントになるという投稿型のエロ小説サイトにあった話ぐらいだ。

顕微鏡で見ないとわからない物が死滅したところで、普通は音など出ないだろう。それでも「精子の死滅する音」を自分が聞いているらしいのは事実だ。

頭がおかしくなったのかもしれない。けれどプチプチという「精子の死滅する音」が聞こえる以外は、自分も、周囲も何も変わりはない。共に過ごす時間が一番長い丸居に「俺、最近何か変わったなと思います？」と聞いてみるも「相変わらず細身のオトコマエだよ。……あぁ、散髪でもした？」と見当違いな返事がきただけ。「見た目じゃなくて、言葉とか行動とか」としつこく食い下がるも「普段通りだけど？」となぜそんなことを聞くのか？　と言わんばかりの顔をされた。

気になってどうしようもなくても「精子の死滅する音」が聞こえるなんて誰にも話せない。まず間違いなく頭がおかしいと思われるし、幻聴の可能性も消えたわけじゃない。精神科で話を聞いてもらおうかとも考えたが、プチプチ音はトイレで抜けばほぼ問題なし、それで解決。鼻水が出たら拭うぐらいの感覚で、実生活では一切困ってない。

自分だけじゃない、他の人間の耳にも精子の死滅音は聞こえるんじゃないかと一度試してみた。自慰したティッシュを会社の机の下に隠し、けっこうな音がしはじめたところで右手に握り込み丸居に近付いた。「何かプチプチって音がしませんか」とそしらぬふりで聞いてみるも、返事は「何も聞こえないけど」だった。

これはある意味「特殊能力」ではないかと気付いた時、思わず笑ってしまった。人の未来が見えるとか、透視できるとか漫画やドラマでよくあるかっこいいものではなく「精子の死滅する音」。世界最高レベルのくだらない能力だ。

そしてくだらなさが過ぎるが故に、逆に面白くなってきて色々実験してみた。精液をプラスチックトレイに入れて窓際の陽当たりのいい場所に置くと、冬でもあっという間にプチプチ音が大きくなる。水に入れておくと、乾燥しないのか、それとも水中で音が遮られるのかなかなかプチプチ音は聞こえてこない。自分の精液で色々試した後は、死滅音が聞こえるのは自分の精液だけか、それとも他人の精子の死滅音も聞こえるのか気になってきた。確かめてみたいが、人に「ちょっと精子を分けて欲しいんだけど」なんてお願いできるわけもない。

客も来ず、管理している物件からトラブルの電話もない、一月半ば過ぎと繁忙期に入っているのに退屈な午後。丸居も休憩中で、店の中で一人、ぼんやり死滅音のことを考えていると、固定電話が鳴った。

「……はい、ご検討いただき、ありがとうございました。また何か気になる物件があればいつでも気軽にご相談ください」

丸居が休憩から戻ってきたところで、ちょうど出ていた電話が切れる。

「社長、旗竿のお客さん、ダメでした」

報告すると「まぁ、アレは仕方ないよ」と肩を竦《すく》められた。丸居が知り合いから頼まれて売りに出した旗竿地は、価格が激安なので店のHPに掲載してから何件か問い合わせはあったが、再建築不可でリフォームも難しいと説明した途端、今回はやっぱり……となる。一昨日、ようやく一組内見までこぎつけたが、たった今断られた。順調に塩漬け物件化しつつある。

ピロンとスマホにメッセージが入る。キラからだ。普段はすぐに見ないが、写真だったので気になり開けてみた。

送られてきたのは、裸の男の写真だった。顎下から太股半ばまで写っていて、性器は右手で隠してある。ギリギリ猥褻物にならずにすんでいるが、それでもアウトな構図だ。筋トレかラグビーでもやってそうながっしりした筋肉の付き方といい、ポーズといい何ともゲイっぽい。キラ本人でもないし、どうしてこんなものを送ってきたんだと首を傾げていると、写真はスッと削除された。そしてメッセージが入る。削除された写真には一切触れず『いい物件ない？』と普段の調子で聞いてくる。

写真が秒で消され、そのことに対するコメントすらない意味を考える。最初から図々しく、言葉や態度が馴れ馴れしかったキラ。もともと人との距離感が近いタイプなんだろうと思っていたが……自分以外の人間に対する態度を殆ど見たことがないので、よくわからなかった。

用もないのにくだらないメッセージを送ってくる行為に、繋がりを持ちたいという「別の意味」があるのだとしたら。

とはいえ写真を一枚、おそらく誤送されただけ。キラがゲイで、自分に好意を持っているという確証はない。……ふと思い出す。学生時代、全くタイプでない女の子の好意を感じ取った時の優越感と鬱陶《うっとう》しさ。そして男という時点で、キラは自分にとってそういう意味での対象にはならない。

「……そっか、そういうことね」

思わずそう口から漏れ出て、丸居に「新庄君、何か楽しそうだね」と指摘された。

「うおっ、これで三百万とか壮絶に安いじゃん」

旗竿地にある二階建ての中古住宅、その狭い庭に入った途端、キラは「いいじゃん、いいじゃん、俺が住みたい」とテンション高い犬のようにはしゃいだ。

「事前に説明しましたが、ここは難しい物件なんですよ。自力でリフォームするなら何とかなるかもしれないですが、それも現実的じゃないですから」

「中見せてよ、中」

「はいはい」

鍵を使いドアを開ける。空き家になってから五年、中の荷物は殆ど運び出してあるので、室内はガランとしているが、どことなく埃っぽい。日焼け止めにと残してあるカーテンは、すでに焼けて白くなっている。

「あー水回りもすんごくきれーだ」

二十畳と広いリビングキッチンを、キラは客用スリッパでぐるぐる歩き回る。

「ここは一度、リフォームしてるそうです」

説明している間に、キラはポケットからビー玉を取り出し、床の上に置いた。

「何をしてるんですか?」

「床の沈みとか傾きとか見るのにビー玉使うってネットにあったから、試してみようと思って～」

付け焼き刃の知識で置かれた青いビー玉は、微動だにしない。

「傾いてないみたいだし、いいんじゃない」

拾い上げようとして指先で弾いたのか、ビー玉はコロコロと転がる。こちらにきたので拾い上げ、キラに差し出した。

「あっ、サンキューサンキュー」

受け取ろうとしたキラの手首をわざと摑み、手のひらにビー玉を載せる。向かいの男の表情をうかがうと、驚いたように口が半開きになっている。そして視線が合うとぎこちなく顔を伏せた。

「この家、売り出す前に簡単にチェックしましたが、経年のわりに傾きは少ないんですよ」

「あ、そーなんだ」

手を離さず、わざとギュッと強く握る。すると俯いたままの耳がじわっと赤くなる。あーやっぱりなあ、と確信し「落とさないように」と言葉を添えて、手を離す。

「家の状態はまずまずですが、自分が住むなら兎も角、投資目的ではお勧めしません。あとで売ろうとした時に、売れない可能性もあると覚悟しておいてください。正直、やめておいたほうが無難ですね」

俯いていたキラが顔をあげ、上目遣いに「じゃどうして俺に紹介したの」と呟く。

「ボロ戸建てがでたら教えて欲しいって言ったのはキラさんじゃないですか」

まぁそうだけど……と口許で言葉を嚙む。さっきまでの、興奮した犬のテンションが弱まり、かといって消えたわけでもなく、不完全燃焼みたいにくすぶってる目で、何度もチラチラとこちらを見てくる。

「あとですね、実はキラさんに個人的にお願いがあって」

「お願い？」とキラの口許が反芻《はんすう》する。

「キラさんなら協力してくれるのではと思ったので」

わざと語尾に甘えた雰囲気を出してみる。するとそれを敏感に嗅ぎ取ったように「えっ、なになに？　俺にできることなら協力するよ」と欲しかった反応がきた。

「私の友人が研究者で、サンプルとして健康な若い男性の精子を収集してるんです。それに協力してもらえないかと。予算がなくて、謝礼は出せないそうなんですが」

キラは細い目を大きく見開き「あー」「えーっ」と躊躇する風だったものの、じっと顔を見ていると「あ、うん。いーよ」と消極的な声でオッケーを出した。

「ありがとうございます。じゃあコレにお願いします」

ポケットに入れてあった、百円ショップで購入した手のひらよりも小さいサイズのタッパーを差し出すと、キラは「えええっ」と体を引いた。

「こっ、ここで取れってこと？　研究してる大学とか研究所とか、そっちの方に行かなくてもいいの？」

聞かれて、設定が少し甘かったなと反省する。

「そう厳密な管理は必要ないそうで。協力いただいたものは、すぐに友人へ届けますが」

喋りながら、内見に来た空き家で急にオナれと言われても、無理かもしれないなと流石《さすが》に気付いた。スマホで、おかずはいくらでも調達できたとしてもだ。

「お会いしたこのタイミングだと手間がないかと思ってお願いしましたが、不躾《ぶしつけ》でしたね。日を改めましょうか？」

キラはしばらく黙っていたが「いや、ここでも大丈夫だとは思うけど」と手を差し出してきたので、タッパーを渡す。そして「よかったら、これもご利用ください」とウエットティッシュとゴミ箱代わりのビニール袋も添えた。

「あのさ、見えないトコでやってきた方がいい？……それともここで、俺が採るところまで見せた方がいいの？」

ちらりと上目遣いにこちらを見るキラに向かって、ニコリと微笑み「じゃ隣の部屋でお願いします」と扉の向こうを指さした。

旗竿地の中古住宅前でキラと別れ、そのままタクシーでアパートに戻った。今日はまるい不動産は休み。キラの内見は、丸居には秘密。内見させても売るつもりはなかったし、真の目的は精子の採取だ。

言うことを聞いてくれる、都合のいい男がいてよかった。精子を集める変な人間と思われても別にいい。何ならこのまま付き合いがなくなればスッキリする。そういう存在だからこそ、キラに頼んだ。

家に帰り、テーブルの上でそっとタッパーをあける。ふっと漂ってくる特有の匂いが自分と違っていて、いかにも他人のモノという感じがして気持ち悪く、吐き気が込み上げてくる。

タッパーの底にべったりとはりついた乳白色のキラの精子は、プチプチと音を立てている。鳴ってはいるが、蓋《ふた》をしているとわからない程度だ。これで自分だけでなく、他人の精子の死滅音も聞こえると判明した。

自分はおそらく、世界中の男の精子の死滅音を聞くことができる。凄い能力かもしれないが、最高にくだらない。おかしくて笑えてくる。この能力、どこかで有効利用できるんだろうか。どれだけ考えても使い道が思いつかない。誰かの抜いたティッシュがゴミ箱に捨てられていたら気付きそうだが、そんなものがわかったところで、だ。正直、ゲームの最弱モンスター以下のゴミ能力だ。

キラの精子の死滅音は、散発的なのにそこそこ大きい。キラは自分よりも多分、十歳ぐらい若い。年齢の違いはあるんだろうか。気付いてしまったら微妙に腹が立つ。

もうキラのモノに用はない。精子をタッパーごと捨てようとして、ふと手を止める。これまで精子を日光にあてたり、水中にいれてみたりしたが、サバイバル、過酷な状況に置いたことはなかった。

思いついたら、どうしても試してみたくなった。電子ケトルで水をわかし、沸騰して湯気のたつ熱湯を、キラの精子が入ったタッパーに勢いよく注ぎ込んだ。

ブチブチブチブチブチブチブチブチブチブチブチ

突如、凄まじい音が辺りに響き、息を呑んだ。花火のような爆音は、五秒ほどですうっと消えた。爆音がしている間も、タッパーに入れた水面は揺らぎもせず、もわもわと湯気をたて、独特の匂いを撒きちらしているだけ。

熱湯を入れたことで、精子は一気に死んだのだ。高熱が出たら死ぬと言われるぐらい熱に弱いのだから、こうなって当然だ。

「……気持ち悪ぃ」

もう捨ててしまおうとタッパーを持ち上げたが、縁が熱くなっていて、思わず手を離した。タッパーがテーブルの上でひっくり返り、精液混じりの湯をぶちまける。

「うっわ、最悪」

タオルで拭いて、それごとゴミ箱に捨てた。キラの精子は死んでいるのに、気持ち悪くて除菌シートでも念入りに擦る。

自慰なんてもう何千回もやっている。そのたびに精子はティッシュで拭われ、乾燥し死んでいった。死滅音で生きていたことを意識させられない限り、子供でも作ろうとしない限り、精子の生き死になど一生考えることもなかっただろう。

頭に浮かんだ「子供」のワードに背筋がぞわりとする。自分が熱湯をかけて殺した精子、あれはいったい何だったんだろう。細胞？　死んでしまうのなら、生きてるモノだろう。突き詰めていったら、人間のモトか？　しかも熱湯責めにして殺したのは自分のじゃない、他人の精子だ。

考えているうちに、段々と恐くなってきた。人を殺したわけじゃない。人になる前前前前段階ぐらいのモノだ。それに自分が殺さなくたって、ティッシュにくるまれて勝手に死んでく予定だったモノだろう。熱湯をかけて死んでも、乾燥してじわじわ死んでいっても、死に変わりはない。行き着く先は同じだ。

そう何度自分に言い聞かせても、耳の中にはあの破裂するようなブチブチ音の残響が残っていて、頭の中が黒い靄《もや》に覆われていった。


午後七時過ぎ、外へ出て「本日の営業は終了いたしました」の札を出した。店の中を片づけ、窓の鍵を確認し、奥にいる丸居に「それじゃあもう帰ります」と声をかける。店を出かけたところで「ちょっと待って新庄君。明日、休みにしようと思うんだけど」と呼び止められた。

「えっ、でも日曜日ですよね？」

不動産業界では、平日は仕事で来られない人のために土日祝日は営業し、月曜や水曜に定休日を設定する店が多い。まるい不動産も定休日は月曜だ。

「たまには臨時休業もいいだろ。新庄君さぁ、何か疲れてるんじゃないの？　最近、顔色が悪いよ。明日を休みにしたら二連休になるから、ゆっくり体を休めたらいいよ。僕ものんびりするから」

俺なら大丈夫ですよ、と言ったが結局、休みになった。繁忙期の日曜でも来客の予定は入ってなかったので問題はないが、丸居に気を遣われるほど疲れた顔をしているのかと思うと、うんざりする。そして自分が消耗している原因もわかっている。

キラの精子の壮絶な死滅音が、繰り返し耳の奥で反響する。そのたびに何とも言えない、それまでゴミだと思っていたものに対する罪悪感が込み上げてきて、気持ちが沈む。その感情に引きずられるように、自分の精子の死滅音まで、微かなプチという響きすら聞くのが苦痛になった。

なるべく死滅音を聞かないため、自慰はずっとトイレでしている。先走りからもプチプチ聞こえてくるので、する時は耳栓をする。たかが自慰に厳戒態勢だ。自分でも何をしてるんだろうとうんざりするが、止められない。それだけ真剣で、切実だった。

本当言うとトイレで抜くのは好きじゃない。場所的に気分が乗らないし、少しでも音から距離を取ろうと立ったままするのでリラックスできない。出しても、聞こえなかった以前のようにはスッキリできなくて、フラストレーションが溜まっていく。

色々と面倒になってしばらく抜かないでいたら明け方、夢精してプチプチ音で目がさめた。久しぶりに聞くそのランダムな音に胃の中がぐうううっと混ぜ返され、トイレに駆け込み吐いた。

死滅音を聞きたくないのに、聞こえる。自分だけの最悪な雑魚《ざこ》能力。急に聞こえるようになったから、どうすれば聞こえなくなるのかわからない。ネットを巡っても、どこにも対処法や答えは書かれてない。

やっぱり病院か……と腹を括り、精神科を受診した。長い時間、話を聞かれ、そして医師の出した推測は「妻に浮気されたことで心理的なダメージを受け、それが性への無意識の憎悪になり『精子の死滅音』という幻聴が聞こえる原因になったのでは？」だった。

離婚したのは二年も前だし妻に未練はないが、それなりに説得力のある説明だったので納得し、薬を処方してもらい内服した。やっとこれで聞こえなくなるぞとホッとした翌日、久々にベッドで自慰をしたらそれまでと何ら変わらずプチプチと響いてきて、失望と共に盛大に吐いた。それでも薬が効いてくればそのうち、と期待し内服を続けたが、いつまで経ってもなくならない。聞こえる。二週間ほど飲んでも何の効果もなかった上に、眠気とかだるさの副作用のほうが辛くなってきて、今は薬の説明書と共にクローゼットの奥にしまい込んでいる。

プチプチ音のせいで自慰をすること自体が嫌になり放置すると、夢精して死滅音で目がさめる。そして吐くの繰り返し。袋小路の状況で鬱々とする中、パッと閃いた。自分でしたくないなら、その道のプロにお願いすればいいんじゃないかと。

学生時代から離婚するまで、彼女的な存在が途切れたことはなく、風俗の世話になったことはない。今はフリーだし、誰にも気兼ねなく堂々と利用できる。

早速、風俗店を検索しフェラの上手な子のいる店を探した。三十半ばにさしかかってからの風俗デビューかと笑われそうで、知り合いには相談しづらい。なのでネットの口コミで入念に下調べをし、利用の手順からトラブル回避のノウハウまで頭に叩き込み、当日を迎えた。

ホテルに来た女の子は、目の周りのメイクが盛りすぎな上に写真よりも老けて見えたが、しゃぶって飲み込んでくれるならどんな顔でもよかった。

人の口の中なら、体温と湿度があるので先走りが出ても精子はすぐには死なない筈だ。そのまま飲み込んでもらっても、胃までいけば胃酸で死ぬかもしれないが、人の腹の中なら肉と皮膚にガードされて、音は聞こえない可能性がある。そこに期待する。

よく知らない相手とするという経験がないので、緊張して体が震える。けど向こうの態度は淡々としてビジネスライクで、そのことで罪悪感が薄れ、気が楽になった。二人で一緒にシャワーを浴びているうちに興奮してきて、バスルームで立ったままフェラしてもらった。

フェラが得意と言うだけあり女の子は上手くて気持ちよく、生温かい場所に気持ちよく射精する。ホッと肩の力をぬいたところで、女の子が口許を押さえ、俯いた。途端、あの音が微かに聞こえてきた。

プチプチ、プチプチ、プチプチ……

「ちょっと待って。もしかして今、俺のやつ口から出した？」

女の子が頭を上げ、ギョッとした表情で「いっいいえ」と口許を拭う。けれどやっぱり排水溝の辺りから、プチプチ聞こえてくる。飲んだふりをして、そこに吐き出したのだ。他人の精子の可能性はない。バスルームに入った時は、何も聞こえてなかったのだから。

「わざわざ『ごっくん』をオプションにしてるのに、どうして飲まないんだよっ」

飲んでもらえるから、音を聞かなくてすむと思ったから、わざわざ風俗に来たのだ。それなのに飲んでるふりでこっそり吐き出すとか最低だ。

「わ、私は飲みました。ちゃんと」

女の子は怯えた顔で訴え、小さく震え出す。

「嘘つけ。俺にはわかるんだよっ。嘘ついても、ちゃんとわかるんだよ。金を払ってるんだから、その分は仕事しろ。こんなん詐欺じゃないかっ」

女の子は今にも泣きそうな顔をしている。怒鳴るこっちが悪くて、私は被害者ですと言わんばかりの態度に、猛烈に腹が立つ。チッと舌打ちしてバスルームを出て、テーブルに金を置いた。「店にクレーム入れとくからな！」と怒鳴り声を残し、ホテルを後にする。あんなに下調べして事前準備も完璧だったのに、最悪の子にあたってしまった。

そろそろ抜いておかないと、放っておいたらまた夢精してしまう。彼女を作って飲んでもらえばいいのかもしれないが、歴代の彼女や元妻はフェラはしても飲んでくれたことはなかった。飲みたくない、飲めないという気持ちもわかるし、無理強いはしたくない。だからこそのプロだ。死滅音さえ聞こえなきゃ、プロに頼もうなんて考えなかった。そして金を払ったにもかかわらず誤魔化されたという苛立ちが、あれから三日経った今もおさまらない。ふとした折に怒りがぶり返す。

もうずっと変な吐き癖がついていて、テレビから流れてきたゲリラ的な「プチプチ」音で、それは死滅音でもないのに条件反射で吐く。そんな音を聞かせやがってと、テレビに憎悪すら抱く。吐くのも嫌だし、胃の調子も悪くてあまり食わなくなったら、体重が落ちた。食欲はなくても少しは何か胃に入れないと夜中、空腹で目がさめて鬱陶しい。

駅前のカフェ、キラのバイト先を足早に通り過ぎる。先々月、キラの精子の死滅音を聞いた翌日から、奴からのラインは無視している。ブロックはしないが、メッセージは読んでない。キラでなければ、精子をもらおうなんて、熱湯責めにしようなんて思わなかった。

キラが悪いわけではないとわかっていても、決まり悪さがある。二度と関わり合いたくない。あの顔を見たくない。

距離をおきたがっているのは、キラにも伝わっているんだろう。毎日だったメッセージの間隔が、最近空いてきた。キラは顧客名簿には入れてないので、奴がこちらに連絡してくるのを止めたら切れる。早くそうなればいい。

家の近くのコンビニで、レトルトのおかゆを買う。胃は荒れてるし、食後に下っ腹がじくじくと痛むので、最近はこんなものばかり食べている。

ビニール袋をぶらぶらさせながらアパートに入り、エレベーターで三階にあがる。廊下の奥、隣人の部屋の前あたりに、人がいた。背の高い男が、こちらに背を向け立っている。隣の女性の彼氏かなと思いながら、部屋の鍵を取りだした。

「えっと、こんばんは〜」

聞き覚えのある声にギョッとする。後ろ姿で顔が見えなかったこと、何より髪が伸び、色も黒くなっていたから気付かなかった。隣人の部屋の前にいた男が、ゆっくりとこちらに近付いてくる。

どうしてお前がここにいるんだとは言わず「あぁ、どうも」と会釈する。ラインの間隔は疎遠のバロメーターだと思っていたので、その逆、いきなりの来訪に不意を突かれて心臓がバクバクする。

「お久しぶりですね。ライン、忙しくて返事ができなくて申し訳ないです」

白々しい言い訳を口にする。

「あ、それはまぁ、いいんだけど〜」

キラが決まり悪そうに後ろ頭を掻く。

「うちをご存知だったんですか？」

「この前、ユータさんが帰ってる時に、後をつけたらここに入ってったから〜」

さらっと語られる事実に背筋がゾワッとする。気持ち悪い。自分に好意のありそうだった男。これはある意味、ストーカーじゃないのか。

「そん時に声かけようかと思ったけど、何かさ。俺、鈍いってよく言われるけど、流石にここまで既読になんないと、うん、まあ、何ていうか関わるなってことかな〜って」

わかってるなら、そのまま空気を読んで近付いてくるな。胸の中で毒づく。キラは黒くなった髪をまた、所在なげに掻いた。

「一個だけ聞いておきたいことがあってさ。友達に話したら、絶対に変だって言われたし。あのボロ家でさ、俺の精液をあげたじゃん」

アパートの外廊下、公共の場で「精液をあげた」と躊躇《ためら》いもなく口に出され、全身からザッと血の気が引いた。エレベーターがとまり、ガガッと扉が開く。中から角部屋の住人のおばさんが出てくる。

「精子をさ、大学の研究に使うっていうあれ、本当なの？」

精子、精子と軽々しく口に出すな、と内心パニックになる。

「あ……えっと、そうですね。ここだと声が響いてご近所さんの迷惑になるので、入ってお話されませんか？」

キラが「えっ、いいの？」と驚いたように目をパチパチさせる。

「明日までに片づけないといけない仕事を持ち帰っているので、長くは話せないんですが」

家の中には入れたくないが、外廊下で話をしたくない。仕方なくストーカー男を家の中に招き入れる。玄関は半畳ほどと狭いので自分は部屋に上がったが、キラには「部屋の中が汚いので、ここでいいですか？」と靴を脱がさなかった。

「仕事の持ち帰りとかするんだ〜。ユータさんのとこいっつも暇そうなのにさ」

それは話を早く切り上げる為の嘘だが、キラの顔にそこを疑っている気配はない。

「三月に入ったばかりで、忙しいんですよ。そう、キラさんにご協力いただいたものは、友人に渡しました。その節はありがとうございます」

キラは「うーん」と唸り、薄い髭のある鬢を親指で擦った。

「ユータさんを疑ってるわけじゃないけどさ、研究っていうなら、その人の名前と所属してる大学も聞けって友達に言われたんだ。だから教えてもらっていい？　そっちに連絡とかするわけじゃないけど、本当にいるのかだけ確認しとこうと思って」

急にそんなことを言われても、嘘なので答えられない。考えの浅いキラとは対照的に、友達は用心深い。鬱陶しい。

「そういうとこ、ちゃんとしとけって。ほら、事件の現場にお前のセーエキ残しとくとか、悪用して嵌《は》められたらどうすんだって」

「そんなことするわけないじゃないですか」

思わず大きな声が出ていた。

「俺もユータさんは、そういう人じゃないって思うけど、精液あげてから急に連絡取れなくなるし、そういうのもずっと気になってて……」

もしキラが来ると事前に知っていたら、適当な大学の適当な教員の名前を準備しておくこともできた。けどこんな風に突撃されたら、どんな風に切り抜ければいいのかわからない。

「俺の精液、どこの何て人に渡したの？」

どう言い訳すればいい？　考えても、最適の解などでてこない。キラの細い目が、じっと探るように自分の顔を見ている。決まり悪くて視線を逸らした。胃が、弱っている胃が、キリキリ痛んでくる。

「それだけ教えてくれたらいいから」

じりじり追い詰められ、理由を考えるのも嫌になり、キラの顔を見ずに「捨てました」と吐き捨てた。

「えっ、捨てた？」

「友人に聞いたら、やはり専用のキットが必要だったようで。申し訳ないですが、捨てさせてもらいました」

「さっきは渡したって言ってたじゃん」

「せっかくいただいたのに捨てたなんて申し訳なくて、本当のことが言えませんでした」

深く頭を下げる。もうそろそろいいかと上げるついでにチラリとキラの表情を窺《うかが》う。理由を話したのに、その細い目から不信感は消えてない。

「捨てたのはいいんだけど……じゃ、その渡す予定だった人を教えてよ」

もう終わりにしたいのに、しつこく迫ってくる。

「教える必要もないでしょう」

「けど気になるよ。相手の名前を聞いて、実在するか確かめたら帰るからさ」

キラは納得しない。実在しない相手を教えられるわけもなく「教えてよ」「必要ないでしょう」という綱引きみたいなやり取りが続く。

「もういい加減、帰ってくれませんか」

しつこさに苛立ちがつのり、声が尖る。

「帰れないよ。名前教えてってだけなのに、どうしてそんなに拒否すんの。何か隠されてる、変なことされたんじゃないかって、余計心配になってきたよ」

とうとう限界がきて「もう帰れ！　警察を呼ぶぞ」と低く唸った。

「自分から家の中で話そって入れてくれたのに、ケーサツ呼ぶとかおかしくない？　どうしてお願い聞いてあげた俺が悪者になるの？　相手を教えろって言ってるだけじゃん。黙ってるユータさんの方がずるいよ」

責められて、差し込むように胃がキリッと痛み、腹を押さえた。もうどうでもよくなり、目の前の男が消えることだけが望みになってくる。

「あぁ、嘘だよ。研究者の友人とか嘘。お前の精液は捨てた。タッパーごと。それでいいだろ！」

「やっぱり嘘だったんじゃん。どうして精液なんて集めてるんだよ。……そういう趣味の人？」

言葉の端に哀れみじみたものを感じ、頭がカッとなった。

「んなわけないだろ！」

「精液集めんのが悪いってわけじゃないよ。人それぞれだし」

「もういい加減、黙れ！　俺はな、ココがおかしいんだよ！」

自分の頭を人差し指で叩き、キラを睨んだ。

「精子が死んでく音が聞こえるんだよ。プチプチプチプチって……」

口も半開き、ぽかんとした顔でキラがこちらを見ている。

「精神科にも行ったけど、薬も効かない。オナるたびに聞こえて、それで……精子が一気に死ぬとブチブチッって凄い音がして、トラウマになって……」

喋りながら、息が上がる。

「気持ち悪いし、音を聞いたら吐きそうになる。オナるのも嫌になって、フェラでごっくんしてもらおうと思って風俗行ったら、ごっくんしたふりして排水溝に吐かれて、プチプチ音がして、騙《だま》されて、それで……」

段々惨めになってきて、涙が込み上げてくる。

「騙されて……」

もう嫌だ。胃の痛みが俄に強くなり、腹を抱えてぐずぐずとその場にしゃがみ込む。どうしてこんなことになったんだろう。どうして精子の死滅音なんて聞こえるようになったんだろう。どうしてあの女の子は、飲んでくれずに吐き出したんだろう。

「何かよく意味わかんないけど……それ、俺がしよっか？」

間近で声が聞こえ、頭を上げる。すぐそこに、膝をついて前のめりになったキラの顔があった。

「俺がユータさんの、ごっくんしよっか？」

じっと目を見つめてきて、キラは「俺だったらさ、ちゃんとごっくんできるよ、どう？」と主人の機嫌を伺う犬みたいに首を傾げた。

週二回、午後八時過ぎにキラはアパートにやってくる。フェラして飲んでもらったら、死滅音はしない。鳴っているのかもしれないが、キラの腹の肉に阻《はば》まれて一切聞こえてこない。

最初は玄関でフェラをさせて、廊下にもあげなかった。フェラをしているとキラも勃《た》ってくるので、トイレに行く時だけ家にあがるのを許可した。

死滅音を聞かず、フェラで気持ちよく処理してもらえることで、次第に気持ちが落ち着いてきた。最初は男にフェラをさせるのに抵抗があった。けれどキラはおそらくゲイで、自分に好意を持っている。ノリも軽かったし、向こうもこの状況を楽しんでいて、それでこちらも助かってるんだからお互い様だろと思うことで、気まずさと罪悪感も薄まった。

歴代の彼女と比べても、キラは格段にフェラが上手い。強い力で、ねっとりしつこく吸ってくる。玄関フェラに慣れてきた頃に「あのさぁ、今まで我慢してたんだけど、玄関って寒いんだよね」と訴えられ、仕方なく廊下まであげた。そしたら今度は「膝が痛いんだけど」とか言い出して、部屋の中まで入れざるをえなくなった。

最初に部屋に入った時、テレビの横にゲーム機があるのを見つけたキラは「ユータさんもゲームするんだ、意外〜」と飛びついた。どうも同じゲームをやっていると判明し、それなら対戦しようということになった。レベル的には自分がやや上で、やっているとあっという間に二、三時間過ぎる。キラは「ユータさん、ガチ勢だね」と笑っていた。

それからはフェラとゲームがセットになった。すっきり抜いてもらってから、心機一転ゲームをする。それにも飽きたら、ダラダラと動画を観たり、またゲームをしたりとそんなことをやっているうちに終電がなくなり、キラは泊まるようになった。最初はソファで寝ていたのに、そのうち人のベッドにまで侵入してきた。

ペニスに触ってきた時は、怒ってやめさせた。先走りが出たら、音がするからだ。けどフェラはフリーでいつでもさせた。朝、メチャクチャ気持ちいいなと思って目覚めたら、キラが股間にしゃぶりついていてギョッとしたこともある。最初は衝撃だったが、言ってもやめないし、そのうち慣れた。目を閉じていれば相手が誰かなんて関係なかった。

三月の繁忙期が過ぎ、いつの間にか桜も散って、五月のGWが直前まで迫ってきた頃。平日にもかかわらずキラが泊まっていった翌朝、前の晩に遅くまでゲームをしていたせいで寝不足になり、往生際悪くベッドの中でぐずぐずしていた。隣のキラもゴソゴソしているので目覚めてはいるようだが、起きる気配はない。

とうとうスマホのアラームが鳴り出した。壁際にいたので、手前に寝ているキラが邪魔でサイドテーブルに手が届かない。

「……おい、スマホとって」

キラは「んーっ」と唸りながらスマホを摑み、こっちに渡してくる。手に持った感触がいつもと微妙に違うし、音がしてない。

「これお前のだろ」

「あーごめ」

今度こそ自分のを渡される。音は消したが、起きたくない。スマホを握り締めたまま、枕に顔を突っ伏せる。

「起きなくていーの？」

　キラの声が、耳に近い。

「……うっさい」

「寝不足の時ってさぁ、チョーゼツ機嫌わりーね」

　昔、元妻にも似たようなことを言われた。顔を上げると、間近にキラの顔があった。目が合う。元から細い目が、起き抜けは余計に細くなる。それで普通の人と同じに見えてんのか？　と思っていたら、もっと顔が近付いてきて軽くキスされた。

　キラはニヤッと笑ってシーツに顔を押しつける。キスされたという認識の後にきたのは、違和感。それも、とてつもない。

「お前、今何した……」

「えーっ、いいじゃーん」

　キラがシーツに顔を半分埋めたまま、モゾモゾと肩を揺らす。

「していいって、言ってない！」

「ちんこにはいつもしてんだから、いーじゃん」

「それとこれとは別なんだよ」

「ってかさ、もうユータさん、俺のカレシじゃん」

その一言に衝撃を受けている間に、キラがのんびりと欠伸する。

「週二で家デートして、遊んで、エロいことしてお泊まりとかさ、もう俺がカレシでいいんじゃねーの？」

「何でそうなるんだよ！」

怒ってるのに、あそこを触られてビクリと体が震えた。

「何か甘勃ちしてね？」

キラがスマホを覗き込む。

「ユータさん早いし、間に合うね。出勤前にちうちうしとこうか？」

「その言い方、やめろ」

キラはごそごそシーツの中に潜っていく。もうすっかり慣れた生温かい感触に、気持ちいいそれに、これってダメだろ、おかしいとわかっていても、今更という思いがかぶさってきて止められない。

下半身はスッキリしても、頭の中は逆に悶々とする。通勤している電車の中でも、ずっと。キラといるのは肉体的、精神的に楽だが、恋愛感情はない。そして友人でもない。よく喋るし五月蠅いが、飼い犬的な可愛さがないこともなく……。

じわじわと人のパーソナルスペースに踏み込んできて、勝手に勘違いしているキラ。じゃあこの関係をやめるか？　でもやめたら、アレをしてもらえなくなる。じゃあ今度こそちゃんとしたプロに頼むか。確実にごっくんの仕事をしてくれる……けどまた誤魔化されたら、ダメージがでかい。

　いつまで、と考える。いつまでこのプチプチした精子の死滅音は聞こえるんだろう。もしかして死ぬまでずっと？　それともいつか、ふっと聞こえなくなるんだろうか。聞こえはじめた時のように。

　キラがバイトしているカフェが見えてくる。そういえば今週は午後からのシフトだと話していた。

　ラインの通知音が聞こえた。またキラがくだらないメッセージを送ってきたんだろう。「うざい奴」と呟きながら鞄から取りだしたスマホ、そこに表示されていた名前は萌音《もね》。ほぼ二年ぶりになる、元妻からのメッセージだった。

　週二回、家に来る予定ではない日の午後七時、キラをファミレスに呼び出した。「外で飯を食わないか」とメッセージを送ると「いく！」と秒でレスがきた。

ファミレスの、窓際の席で待ち合わせる。外は雨。一昨日からずっと、強くなったり弱くなったりしながら降り続けている。今日は六月最終日だが、体感的に月の八割は降っていた印象だ。昨日も客を内見に連れていったら、駐車場から物件までが遠くてズボンの裾がずぶ濡れになった。

時間に少し遅れてきたキラは「バイトでトラブって〜」とニコニコしながら、和風ハンバーグ定食を頼み「ユータさんは何にしたの？」と聞いてきた。

「俺もハンバーグ」

キラが「俺ら何かばちばち合ってんじゃん」とわかるようでわからないたとえをする。フリードリンクで緑色の炭酸飲料を取ってきて、一通り落ち着いた様子のキラに「あっ、そうだ。部屋の鍵を返してくれないか」と切り出した。

「えっ、何で？」

「引っ越す予定だからさ」

キラは「ふーん」と鼻を鳴らし、ポケットをごそごそ探った。キーチェーンから合鍵を外し、差し出してくる。

「次、どの辺にするの？　不動産屋だとさ、めちゃいい部屋とか安く借りれんでしょ？」

まぁな、と返事をしながら心の中で『ミッション１クリア』と呟く。十分ほどで二人同時にハンバーグが出てきて、食べながら人気実況者の話で盛り上がる。昨日、その実況者がゲリラ的に一般からゲームの参加者を募り、その参加者とのやりとりがメチャクチャ面白かった。話の内容も、いつもと変わらない。それなのに、ずっと腹の底がゾワゾワして落ち着かない。キラにゴネられたら面倒だが、店の中なら大騒ぎはしないだろう。そう読んでここを選んだ。

「お前に話しておきたいことがあるんだ。実は俺、再婚しようと思ってさ」

キラが食べ終えた時点で切り出した。フォークを置いたキラの動きが、静止画のようにぴたりと止まる。細い目が、これまで見たことないほど大きく見開かれている。

「相手は元嫁で、子供ができた」

これ以上の説明は必要ないだろう。半開きだったキラの口がじわじわと閉じられ、俯く。黙り込む。ある程度の文句や罵倒は覚悟していたが、何もない。沈黙の相手に、間がもたなくなってくる。こちらを見ることもなく、何も言うことなく「衝撃を受けてます」と、その姿だけで訴えてくる。

「じゃ、そういうことで」

居たたまれなくなり、そそくさと立ち上がる。ごねられたら面倒だと思っていたが、こういう反応を見せられるのもキツい。

「これで払っといて」

二人分の支払いには多過ぎる一万円札を、手切れ金の意味も込めてテーブルに置き、ファミレスを出た。

曲がり角まできた時に振り返ったが、追いかけてくる気配はない。終わった。合鍵も取り返したし、揉めずに切れてよかった。スッキリした気分と後味の悪さが喉元で絶妙に絡み合う。

元妻、萌音から連絡がきて、再会したのは先々月。結局ホストとは別れたとかで、色々と話をしているうちに、何となくそういう雰囲気になりホテルに行った。ピルを飲んでいるというのでそのままやって、プチプチ音はしていたかもしれないが、久々のアレに興奮して気にならなかった。

それ以降、再び連絡は途絶えた。萌音の気まぐれかと、連絡がないことを惜しいと感じることもなく、こちらも忘れていた。それが昨日になっていきなり「子供ができた」とメッセージが来た。その報告を見た瞬間、心がふわっと軽くなった。

最初に頭に浮かんだのは「よかった」だ。ムラムラするたびに外へ吐き出され、プチプチと死んでいく精子たち。けれどそれが「人間」になるなら、一つでも生き残るなら意味はあるんだと思えたし、人が生まれるための無数の死、犠牲であるなら、自分も「死滅音」を受け入れられそうな気がした。

これから萌音と会って話をする。場所は五駅向こうの駅前だ。元妻は相変わらずの派手なコーデで、柱を背に立っていた。雰囲気のいい隠れ家的なバーに連れて行こうとしたが、歩きたくないというので仕方なく近くにあるフランチャイズのカフェに入る。……キラのバイトしているカフェの系列店というのが微妙だったものの、本人が働いているわけではないので考えないことにした。

萌音を先に座らせて、アイスコーヒーとフラペチーノを買って席に戻る。「ありがとう」も言わずフラペチーノを手に取り、萌音はズズッとすする。どこかけだるげな表情で、窓の外に視線を向ける。

「俺たち、やり直さないか」

振り返った萌音は「えっ」と小さく声をあげた。

「子供ができるなら、その方がいいだろ」

この状況だし、すぐに同意が得られるとばかり思っていたが、萌音は「けどぉ」と口ごもる。

「俺も昔のことは忘れるから」

「あのさぁ」

萌音は首を傾げた。

「私、祐太とやり直すことは考えてないんだ。だから子供を産むつもりもないっていうか。手術の費用だけもらえたら、こっちで処理するから」

処理という冷徹な言葉に、全身がブルッと震えた。

「それ、堕ろすってことか？」

元妻ははっきりと頷いた。予想外の展開に、頭がパニックになる。目に見えないほど小さな精子ではない。元妻の腹の中にいる子は、何万倍も大きく、そして人になろうとしているモノだ。精子でさえ死ぬ間際にプチプチ音をたてる。人にもっと近付いているとなると……聞こえないはずの「キイイイイイッ」という悲鳴が鼓膜の奥に響いて、反射的に両耳を塞いだ。想像したくない。子供が死滅する音とか、死んでも聞きたくない。

「おっ、堕ろすのだけはやめてくれ。結婚が嫌ならしなくていいし、生活費は俺が出すから、頼むから産んでくれよ」

必死に訴えるも、萌音は迷惑そうな顔で首を横に振る。

「嫌だよ」

「お前が嫌なら、俺が育てる。お前は産むだけでいいから、お願いだから殺さないでくれよ」

「妊娠したのは祐太のセキニンだけど、体は私のものだし。どうするかはジブンで決めるから」

堕ろすという元妻と、産んでくれと懇願する元夫。話が聞こえているのか、斜め向かいの席の男女がチラチラとこちらを見ている。決まり悪いが、今は人目など気にしていられない。

どんなにお願いしても、復縁と出産を断固拒否される。困り果て「互いの親を呼んで、話し合わないか」と切り出した途端、萌音の顔色が変わった。

「親は関係ないじゃん。絶対に言わないでよ！」

萌音にとって、元夫はたまに寝るのはよくても、それ以上は求めてない存在だったんだろう。出産は女性の体に負荷がかかると聞いたことはあるが、それでも、何があっても子供を殺したくない。産んで欲しかった。

萌音が「ほんと、うざい」と立ち上がった。

「明日、病院行く予定だから。お金はよろしく」

話は終わってないのに、店を出て行く。手つかずのコーヒーもそのまま、慌てて後を追い掛けた。

「待て、待てったら」

小雨の中、萌音は振り返らない。そしてこちらも諦められない。諦めたら、億の犠牲の上にようやく成り立った「希望」が死んでしまう。

「義母《かあ》さんに、連絡するからなっ」

怒鳴ると、萌音が足を止めた。振り返り「そんなことしたら、一生許さないからっ」と叫ぶ。そんな元妻の背後から、不意に自転車が現れた。うす暗くて、近くに来るまでわからなかった。危ないっ！　と思った時には、傘差し運転していた自転車は元妻にぶつかり、二つの影はビリヤードの玉がぶつかるように左右に吹っ飛んだ。自転車は歩道のガードレールに、萌音は左にあった店の窓ガラスに頭から突っ込んだ。

ガラスの割れる音と悲鳴。慌てて駆け寄ると、萌音は血みどろの顔で「いたあああいいっ」と叫んだ。

「あ、見つかった」

隠れてもいなかった癖に、白々しい。部屋の前の外廊下、柵に凭《もた》れたキラは、背中を丸めて俯き加減にこちらを見ていた。

ファミレスでキラを切ってから一カ月、ライン、電話のどちらからも連絡はなく、死んだのか？　と思うほど静かだったので、ブロックもしてなかった。

「そこで何してるんだよ」

午後八時と中途半端な時間、かつ招いてもいない来訪者に声が尖る。

「ちょっと、散歩のついで的な？」

「お前ん家、こっから電車で三十分かかるだろ」

キラはぐうっと目を細め「何かさぁ、顔色悪くない？　ここ暗いからかな？」と首を傾げた。

「お前に関係ないだろ」

突き放すと「そうだけど～」とヘラッと笑う。柄物を着ていることが多いキラだが、今日は黒いTシャツに、濃い色のジーンズ。「何かカバン的なの、すぐに忘れちゃうからさ」と基本手ぶらの男だが、今日は黒いトートバッグを肩にかけている。

「引っ越すとか言ってたのに、まだいるじゃん」

「あれ、やめた」

ふーん、と鼻を鳴らす。そんなキラに背中を向け、部屋の鍵をあけた。何気なく振り返ると、キラが真後ろにいて息を呑んだ。キラも「ふうっ」と変な息を吐く。

「……あがってくか？」

キラの顔が、笑っているのか怒っているのかわからない奇妙な形に歪む。

「えっと、それはいわゆる不倫的なやつデスカ?」

キラの胸を乱暴に小突き、部屋に入る。帰るかと思ったが、やっぱり後に続いてきた。前は自分の家が如く堂々としていたのに、キラは借りてきた猫みたいにおそるおそる部屋に入ってくる。そしてリビングの前で立ち止まり「何かすごいことなってんだけど」と呟いた。その指摘も当然。部屋の床はコンビニの空き袋で埋まり、フローリングが見えなくなっていた。

「ゴミじゃ人間、死なないだろ」

「まぁ、そうなんだけど、何か臭いし」

「嫌なら帰れよ」

キラは「けど、まぁ……」と足許のゴミを右足で端に寄せる。

「ゲームしようぜ、ゲーム」

搔き分けたゴミの間に座って、二人してゲームする。けどイマイチ自分の反応が鈍くて、バンバン死ぬ。上手くいかないことに苛々して、コントローラーをゴミの山の上に放り出し、床で丸まった。

「ユータさんさぁ、絶不調じゃね?」

キラの言葉に苛立ちが増幅し、隣にある膝を叩く。するとキラが「痛いって」と文句を言った。

「……お前、変わんないなぁ」

ぽつりと漏らすと、それを拾ったキラが「そぅ？」と笑う。「ユータさん、クマすげー」と目元に触れられて、その優しい質感にぼろっと涙が出た。

「何かボロッボロでグダグダに弱ってんね。元妻とラブラブしてるかと思ったのにさ〜」

そうなる予定だった。あの日……ガラスに突っ込んで大怪我した萌音を救急車に乗せ、自分も付き添った。運び込まれた病院の救急医に妊娠していることを告げ「どうか、よろしくお願いします」と頭を下げた。その後萌音の両親に連絡する。近くに住んでいるので二人はすぐに駆けつけてきて、命に別状はなさそうだと話すと、ホッと胸をなで下ろしていた。

萌音の両親は、離婚の原因が娘の浮気にあると知っていたので、元夫の自分に対して決まり悪そうだった。離婚したのになぜ二人でいたのか聞かれ、離婚後も交流があり、萌音に子供ができたので自分は再婚したいと思っているんだと伝えた。萌音は嫌がっていたが、外堀から埋めていくことにする。萌音の両親は驚きながらも「あんな身勝手な娘でも、許してくれるのなら」と再婚話にまんざらでもなさそうな雰囲気だった。

運び込まれて一時間ほど経った後、控え室に医師がやってきた。萌音の顔の傷が思いのほか深く、緊急手術が必要だと説明される。その際、医師は「奥様は妊娠されているというお話でしたが、その兆候はありませんね」と伝えられ、驚いた。

「俺は彼女に子供ができたと言われて……」

「手術をするにあたり、念のため胎児の状態を産婦人科医に確認してもらったのですが、妊娠はしていないとのことでした。月経が遅れるか何かで、勘違いをされたのではないでしょうか」

あんなに何度も「堕ろす」と言われた。「明日病院に行く」とも。それで勘違いということがあるんだろうか。

胸の中に湧き上がった疑惑に、指先がすうっと冷たくなる。「つけずにやった」という事実があったから、信じた。そしてこちらが「産んでほしい」と懇願しても、頑《かたく》なに「堕ろす」と言い金を要求してきたこと。

はじめから妊娠などしてなくて、やったという事実を楯に偽の堕胎費用を巻き上げようとしてたんじゃないだろうか。自分が元妻にとってただのカモだったなら、再婚を嫌がったこと、親に言うなと怒ったことの全てが納得できる。

医師が控え室を出て行ったあと、萌音の母親に「妊娠してないって、いったいどういうことなの？」と聞かれた。あなたの娘に騙され、金を巻き上げられそうになりました、とは言えず「勘違いしたんでしょうか」とだけ返した。そして手洗いに行くふりで部屋の外へ、そのまま病院を抜け出し駅へ向かった。

電車に乗っている間に、萌音のラインはブロック、電話は着信拒否にする。これでもう元妻は自分に連絡を取れない。今住んでいる場所は知らない筈だし、再就職した職場の名前も言ってない。自分の両親に居場所を聞くような勇気はないだろう。

繋がりを断ち切ったスマホを握り締め、黒い画面をじっと睨みつける。子供ができたことで、救われた。救われる気がしていた。そんな気持ちを、騙すという行為も含めてグチャグチャに踏み潰された。腹が立って仕方なくて、あのクソ女のちょっと可愛い顔がガラスでメチャクチャになっていればいいのにと、延々呪った。

部屋に戻っても、腹が立って仕方ない。一瞬は忘れても、またすぐ頭の中は元妻への怒りが充満する。弁護士に相談したら訴えられるだろうかと考え、そんなことをするよりもサッサと忘れたほうがいいと、復讐のススメと忘却のススメを行ったり来たりする。

怒りが頭の中で反芻され、異様に冴え切って眠れない。一睡もできず迎えた朝日に、また怒りが込み上げる。再プロポーズをした後は、もしかしたら萌音と共に夜を過ごすことになるかもしれないと、翌日の今日はわざわざ休みをとっていた。こんなことになるなら、出勤して働いていたほうが気も紛れて何十倍もマシだった。

昼にカップ焼きそばを食べ、横になると同時にストンと眠りに落ちた。ごめんなさい、ごめんなさいと泣いて謝る萌音に、怒りの断片を残しつつも「しょうがないか」と許し、やっている最中に、次第に意識が現実へとシフトしていく。そしてプチプチ……というあの音。

窓から差し込む西日に、汗だくの体。そして股間ではプチプチと絶望の音。ようやく人間になった精子も、死んだ。いや、あれは萌音の嘘だ。一つも人間にはなってない。自分の精子は、今も夢精した下着の中で死んでいっている。死んでくばかりだ。

なんでこんな「音」が聞こえるんだろう。こんな不愉快な思いをしないといけないんだろう。聞きたくないのに、聞かされる地獄。もしかして自分は一生、精子の死滅音と共に生きてくんだろうか。

みんな同じなのに。みんな同じように精子は死んでる筈なのに、どうして自分だけこれ見よがしに「死」を突きつけられるんだろう。

バスルームに入り、抜きながら洗い流す。水の音にかき消されて、音は小さい。でも死んでいる。ずっと死に続けている。

翌日、電車待ちをしていると、右側からプチプチ……と聞こえてギョッとした。振り向くと、制服を着た高校生ぐらいの子がコンビニ袋を手首に引っかけたまま、イヤホンを弄《いじ》っている。よく聞けばプチプチじゃない……ガサガサだ。どうしてアレがプチプチに聞こえたのかわからなかった。

それから、プチプチという音、それに似た音に耳が異常に反応するようになった。丸居がおやつで食べている煎餅《せんべい》の袋のパリパリという音、昼飯のために入った店の揚げ油のバチバチという音……。

それらを耳にするたび体がビクリと震えた。確かめて、違うと理解しても気分が悪くなる。あまりに頻繁で、自分の頭が音を変な風に変換している気すらしてくる。もう一度精神科に行くことも考えたが、前の時も薬は一切効かなかった。

キラがいないから、全く音を聞かずに処理するのが難しい。どんなに注意しても、週に二回はあの音を聞かないといけない。それが苦痛でたまらない。その道のプロは、また騙されたらと思うと行く気になれない。ずっと気持ちが沈んだまま浮上しなかった。

今は……音こそ落ち着いたものの、憂鬱は晴れない。洗濯、掃除、ゴミ捨て全てが嫌になって放置する。あんなに好きだったゲームですら、もう殆どやってない。

キラの手が、理容室に行かず伸び過ぎた前髪を摘まんでくる。

「そういやさ、子供ができんじゃなかった？」

萌音の嘘を思い出し、同時に吐きそうになった。えずいていると「えっ、何なのっ」とキラがその辺のビニール袋を差し出してくる。えぐえぐとえずいている間、キラの手が背中を摩《さす》ってきて、また泣きそうになった。

「……俺はここで、ゴミに埋もれて死んでくんだ」

「暗い未来だね」

「お前に言われたくない」

頭を抱えて背中を丸める。しばらくすると、ズボンが引っぱられる感触があった。

「久しぶりにさ、ちうちうしようか？」

「……もういい。アレ、聞こえなくなった」

ズボンから手が離れる。「そういや精子の死ぬ音が～とか何とかって言ってたなぁ」と呟いたキラが「あのさ、泊まってっていい？」と耳の傍で聞いてきた。頭を傾けると、間近に顔がある。

「……勝手にしろよ」

「元妻とかさ、来たりする？」

些細な言葉が、不安定な心を殴打する。

「お前さ、これ見てわかんない？　もうダメになってんの。全部言わないとわかんないのか！」

「わかるわけないじゃん。俺、超能力者じゃないし。ふーん、そっかぁ。そうだったんだ、ふーん」

キラの声が笑っている。いや、笑ってるように聞こえる。きっとざまあみろと思ってるに違いない。惨めで、腹立たしくて、ゴミだらけのベッドの中に潜り込んだ。

そしたらキラが隣に入ってきて、背中にぴたりとくっついてくる。……クソ熱い。

「俺さぁ、かなりガチ恋だったの」

キラがぼそぼそと喋りはじめる。

「だから、振られてショックでさ。ファミレスがトラウマになるし、何かずっとムカついててさ。今日もさ、めちゃくちゃ腹立ってたんだけど、何か弱ってるし、ゴミばっかだし、やっぱカワイイしさぁ」

「お前、黙れ」

「ダメんなったのってさ、きっとよかったんだよ。ユータさんも俺もさぁ」

キラが鬱陶しい、五月蠅いと思いつつ、眠気が来る。意識が遠のきかけた耳の奥に「マジよかった」とうっすら響いた。

無茶苦茶心地いいと思ったら朝で、股間にキラがしゃぶりついていた。寝ぼけたまま「……お前、やめろ」と欠伸する。前も、たまにやられた。勝手にはじめられたものの気持ちいいし、そのまま放っておいたら最後の一滴まで吸われた。陰嚢を甘噛みしていたキラが「何かここ、傷みたいになってんだけど」と付け根あたりを舌でチロチロと舐めてきた。

「……手術した」

「タマタマまで具合が悪かったの？」

その言い方に、脱力する。

「パイプカットしたんだよ。精子が出てこなくなって、やっと音が聞こえなくなった」

キラは「ええええっ」と驚いていたが「お前も大変だったなー」と、労《いたわ》るように陰嚢を撫でているのがシュールだった。

七時を過ぎたので、起きて出勤準備をする。キラが背後にぺたりとくっついてきて「あのさぁ」と声をかけてきた。

「俺、今日休みなんだよね。部屋にいていい？」

「ここにいて、何すんだよ」

「適当にごろごろしてよーかなって」

「……別に好きにしろよ」

合鍵を渡すと、キラは嬉しそうにニヤッと笑った。年下の男との、ぬるま湯みたいな関係に危機感を覚えて、萌音に走った。それなのに、また元に戻りそうな気配がしている。もう、それでもいいかと思っている自分がいる。久しぶりにあれこれ考えずにゆっくり寝られたし、キラの鬱陶しさよりも、萌音に騙されたことの方が何倍もキツかった。

再婚したかったのは、子供ができ、萌音が母親だったからで、萌音本人が好きで仕方なかったわけではない。あとは精子の死滅音、罪悪感に対する救いだ。

けど結局、萌音とは終わり、死滅音も物理的に「出てこない」ようにすることで、聞こえなくなった。今でも、自分の中で精子は死に続けているんだろうが「聞こえ」なければ、何も変わらないのに、何もなかったことになった。

仕事にいき、帰ってくると部屋の中が目を見張るほど綺麗になっていた。キラがゴミ袋を買ってきて、分別してベランダに出してくれたからだ。礼も兼ねて、外へ夕飯を食いにいく。話をしているうちに、キラは駅前のカフェを辞め、今は居酒屋の従業員になっていると知った。食ったら帰るだろうと思っていたのに、駅に行かずにまたうちまでついてくる。シフトは明日の朝からなので、それまで一緒にいたいと言われた。

二人で少しだけゲームをする。何だか欠伸が止まらなくなり、このままだと寝落ちする気配に、ゲームを止めて風呂に入った。出てくると、キラはベッドのふちに凭れて座り、スマホを見ながら笑っていた。

『宇宙人が、地球を滅ぼそうとしているんですぅ』

前に聞いたことがあるフレーズ。覗き込むと、スマホの中で目が血走ったオッサン、ハナ10が喋っていた。

『普段と違うなと思うことが一つでもあれば、それは宇宙人からの攻撃なのですぅ！』

「それなぁ」

呟くと、キラがこちらを見上げてきた。

「知ってるの？」

「かなり前にSNSでバズったやつだろ」

「そうなんだ。俺はこの前、教えてもらったんだよ。この人、昔は有名なゲーマーだったんだってね」

「みたいだな。オッサンもかなり癖強いけど、その動画って背景がヤバいんだよ。女の人がビルから飛んでるのが映ってて……」

キラは「えっ、マジで」と画面を覗き込む。

「俺、何回も見てんのに気付かなかったよ。最近さぁ、自殺とか多くない？　一昨日もさぁ、電車に乗ってたら若い女の子が飛び込んだみたいで止まっちゃってさ」

喋りながら、キラは画面をじっと見ている。

「この動画長いんだよなぁ。だいたいどの辺かだけでも教えて」

キラがスマホを差し出してくる。そこに映っているオッサンの顔は白い液体、おそらく鳥の糞でべっとりと汚れている。

『みなさん、私のいうことはぁ、俄には信じられないでしょうけれどもぅ〜私はぁ、天からの啓示を受けて〜みなさんにお伝えしていますぅ』

顔に鳥の糞をくっつけたおっさんが、大口を開けて訴える。前に見た時、こんなシーンはなかった。配信者がリポストしていた動画は十五秒もなかった筈だ。もしかしたらあれは動画の切り抜きで、本体は動画サイトにあるこっちなのかもしれない。

『宇宙人が、私たちに仕掛けてくる攻撃ぃ〜それはぁ、それはぁ〜【種の断絶】なのですぅ〜。ダンゼツ！　ダンゼツ！』

ハハッとキラが笑う。

「俺、このダンゼツ！　ってとこが好きでさ」

「お前のツボ、全くわからんわ。俺はそういうの見たくないから、ヤバいシーンは自分で探せ。宇宙人の攻撃あたりだったかな」

ダンゼツ、面白いじゃ〜ん、とキラがスマホをテーブルに置き、立ち上がった。トイレに入っていく。

ため息をつき、ベッドの下に座った。パイプカットで精子の死滅音は聞こえなくなり、そしてキラが戻ってきた。もうあそこを吸ってもらわなくてもいいのに、必要ないのに、いる。

これから先、自分はどうなるんだろう。あんまり考えたくないなと俯いたその先、ベッドの下に何か黒いものが見えた。服でも入り込んだのかと引っ張り出す。それは黒いトートバッグだった。このタイプに見覚えがない。そういえばキラが、こういうのを持っていた。何が入っているんだろうと何気なく覗き込み、息を呑む。そこには包丁が、カバーをつけないまま無造作に放り込んであった。

ミシリとフローリングが軋《きし》む。気付けばキラが自分を真上から見おろしていた。

「あーっ」

キラの声が、じわりと沈んでいく。気まずげな顔をしている男に、これは何だと聞けない。

「見なかったことに……できない？　ってかごめん」

何を謝られているのか、わからない。

「俺、言ったじゃん。振られたの、ショックだったって。ユータさん自分勝手だし、人のことゴミみたいに捨てるし、けっこうメンタルにきちゃってさ。腹立ってもうメチャクチャにしてやる、一気にとか思ってたけど、早まんなくてほんとよかった。犯罪者になるとこだったわ。けどさユータさんさ、元嫁とダメんなってなかったらヤバかったかも」

そんな震えなくても、何もしないよ。俺もおかしかったからさぁ、とキラが困った顔で笑う。

「俺、いつもはそんなに執着するほうじゃないんだよ。振られても『あー俺はお好みじゃなかったんですね』って、わりとサクッと次に行けてたんだけど、ユータさんには何か、メチャクチャ入れ込んじゃってさ。俺のタイプって筋肉ガッチリ系なんだけど、ユータさんは細身なのに、何かビカッてきたっていうか」

けど、とキラは続けた。

「ユータさんさ、わりと俺のこと気に入ってるよね。女の子が好きみたいだけど、男が相手でも大丈夫そうだし。もう俺にしときなよ。じゃないとまた振られたら俺、次は何するか自分でもわかんないよ」

一億年先にきみがいても

樋口美沙緒

樋口美沙緒（ひぐち・みさお）
2009年に『愚か者の最後の恋人』（白泉社・花丸文庫BLACK）でデビュー。代表作に『愛の巣へ落ちろ！』を始めとする《ムシ》シリーズ（白泉社花丸文庫）、《パブリッククスクール》シリーズ（徳間書店キャラ文庫）、『ママはきみを殺したかもしれない』（幻冬舎）など多数。

眼を開けると窓の外には「月」が昇っていた。

僕――ルーチェは、ベッドの上からのそのそと起き上がり、窓辺へと近寄った。

広い部屋の中は静かで、遠くからかすかに聞こえる低い駆動音すら、まさかここが巨大な船の中だとは思わせないほどだった。

窓には鏡で見慣れた僕の姿がうっすらと反射している。茶色い髪に、そばかすの浮いた肌、明るい茶色の瞳。亡くなった父さんも、じいちゃんも、そのまた更にじいちゃんも、写真で見る限りでは僕と同じような容姿だった。

もし僕が、僕の夫――ラスに出会わなかったら、僕は人間という人間は、みんな自分と似たような姿なのだと思い込んでいたかもしれない。

まあ、僕には一つだけ変わったところがあって、左目の下に花びらみたいな小さな痣《あざ》がある。でも、遠いご先祖様の中には同じ特徴を持つ人がいたんだぞって、大昔、じいちゃんから聞いたことがあるんだけどね。

窓の向こうには明るい半月と、その明かりに照らされたのどかな町の様子が映っている。似たような背丈の、似たような外観の、赤い屋根の家々の遠くには森があり、時折街灯が、ちかちかと点滅する。

これが、地球人の懐かしむ風景なのかな？

窓枠に取り付けられた小さなボタンを押すと、今まで見えていた景色が消えて、窓の外には茫漠《ぼうばく》と広がる星の海が見えた。

それはそうだ。僕がいるのは本当は、のどかな町中なんかじゃなくて、宇宙を航行する巨大な船の中の一室、なのだから。

……僕がこの船の長命種と同じように生きてたら、月夜の風景を懐かしく思うんだろうか？

そんなことを考えるけど、意味のない問いだと思う。だって僕は地球を知らないし、月のない星で生まれ育った。この船に乗ったのだって、夫の——ラスのためだ。たぶん。よく分からないけど。

眼が覚めてしまったから、散歩に行こうかな。

そう考えて、すぐに面倒になる。この部屋から一歩出ると、セキュリティシステムが作動して、僕には監視のロボットが何台もついてくる。それにこの船の中の貴族区画は四角くて無味乾燥な建物が連なるだけで、歩いていてもそれほど楽しくはない。

ラスがいれば人工植物に囲まれた庭園にも行けるけど、僕だけだと、歩き回れるのはごく限られた一部区域だけ。それもこれも、この船の人たち——「ベイシクス」の民からすると、僕は貴重な「フィニアス」の一族の、たった一人の生き残りで。

それで、僕はベイシクスの子どもを産める、たった一人の人間だから、なんだって。

ため息をつきながらベッドに座ると、枕元で充電していた小型ロボットのファロが目覚めたみたいで、ピッピ！　と話しかけてきた。

ファロは僕の、たった一人の友だち。生まれ育った星から連れてきた、古い古いロボット。手のひら大の球体で、空を飛べる。白い板金はつぎはぎだらけで古ぼけているけれど、大きなレンズは毎日磨いてあげているからピカピカで、きゅいんと素早く動く様は、子どもの瞳みたいだ。言葉はしゃべれないけど、僕は意思疎通ができていると思ってる。ベイシクスの人たちは、そんな旧式のロボットより、最新式のものをあげるって言ってきたけど、僕は断った。

「ファロ、起こしちゃった？　大丈夫、ここにいるから。ラスはまだ帰ってきてないみたい。お仕事かな……？」

それとも、船の中の偉い人に、子どもはまだなのかと怒られてるか。

――僕の夫は、僕に対していくつもの課題を課せられてる。でもそのどれも、夫は無視している。そのせいでたまに、偉い人に叱られているみたいだ。

ファロが丸いレンズをぎゅいん、と動かして、部屋の中を見渡した。僕はファロを両手に包んで、歌を歌った。

――一億年先にきみがいても、迎えにいくよ。その時もきみが僕を愛したら……。

歌っているうちに寝室の扉がすうっと開いた。振り向くと、窮屈そうな船員服を着崩した夫が立っていて、僕を見ると優しく微笑んでくれた。

「ラス」

「起きてたのか？　ルーチェ」

ラスは心地良い、低い声で話す。透き通った、きれいな声だ。

そして彼が僕のほうへ近づいてくると、嗅いだこともないような甘やかな香りがして、僕はドキドキする。ラスが言うには、僕からもいい匂いがしてるって。ほんとかな？

僕たちは「オメガ」と「アルファ」同士だから、互いに心地良い匂いを感じるんだってさ。正直それもまだ、よく分からない。

ラスはベッドサイドのクローゼットを開けると、中のものを確認した。

そこには直径一メートルほどのガラスドームに覆われた、偽星環境複写システムが展開されていて、とある植物が育っている。八十センチほどの高さで、枝も葉も実も全部桃色。葉の下には小粒の実が十粒以上、大ぶりのビーズを集めたように実っている。

「……ちゃんと朝、実を食べたんだね」

「ラスがそうしろって言うから……」

僕が答えると、ラスは目を細めて微笑み、僕の頭を撫《な》でた。

――この実はオメガの「ヒート」を抑えるから、必ず毎朝食べるんだ。きみが生まれた星でそうしていたように。

この船に連れてこられてすぐ、ラスはそう言った。

その頃は、夫の言葉の意味が分からなかったけど……今はなんとなく、理解できるようになってきた。

「……ラス、僕を抱かなくていいの？」

僕はそっと訊いてみた。

だって僕は、そのためにここへ連れられてきたのだし。

ラスにもそう教わった。ラスはアルファで、僕はオメガで、僕は孕《はら》む性。僕は、ラスの子どもを産まなければならないって。

でもラスは――かつて僕らのふるさとだったと言われる星、地球のように深く青い瞳で、少し悲しそうに、淋しそうに僕を見つめると、そっと手を伸ばしてきて、僕の左目の下にある、花びらのような痣に触れた。

そうして痣を撫でて、困った顔で微笑んだだけだった。

◆

僕たちの祖先が、「星」に移住したのは何百年も前のことらしい。

星に名前はない。あるのは地球ではない星、という呼び名くらい。

結局のところ地球じゃないんだから、名付けても意味がない。星に愛を持つのはやめようと、ご先祖様たちは話し合ったんだそうだ。

移住してきた初めの頃には、僕ら一族は何十人かいたらしいけど、僕が物心ついた時生き残っていたのは父さんとじいちゃんだけだった。

で、その二人も僕が十五になるまでに亡くなった。

二十歳の僕は、父さんたちが遺してくれた小さな家にファロと二人で暮らしていた。

「でもこの星は、地球より乾燥してはいるけど、住みやすい星なんだってさ」

いつものように目覚めると、僕は歯磨きをしながらファロにそんなことを話す。ファロは僕の周りを浮遊しながら、ピッピ！　と相づちを打ってくれる。

家は平屋建てで、台所とご飯を食べるところ、寝室と、作業部屋兼物置だけの簡単な造り。あ、お風呂とトイレももちろんある。こちらはご先祖様が四苦八苦して自浄装置を作ってくれた。とはいえ築数百年なので、僕の毎日は畑の世話とちょっとの散歩以外、ほとんど家のどこかや機械のいくつかを修理して終わる。

一応このあたりには似たような家が数軒建っているけれど、どれも使う人がいなくなって長いので、朽ちて屋根が潰れ、草が伸び放題、廃屋状態だ。

歯磨きの後は家のすぐそばに生えている桃色の実をつまんで食べる。

じいちゃんと父さんから、十三を過ぎたら毎日食べなさいと口を酸っぱくして言われていて、今では習慣になっている。なんでも僕ら一族——フィニアスという一族名らしい——にとって、この実はとある重大な病を治す特効薬だとか。

重大な病ってなんなのか、よく知らないけど。

その日の朝ご飯はパンと豆のサラダとお茶だった。

「培養肉製造機が壊れちゃったから早く直さないと、このままじゃ一生パンと豆の生活になっちゃうよ」

ファロがそれは困る、と言わんばかりにピピッと反応した。

食事中、僕はラジオをつける。周波数を合わせると、この銀河のどこかでやっているラジオ局の放送が聴ける。

僕のお気に入りは、大都市――見たことないけど、たぶんそう。昔ご先祖様が撮ってきた記録の中には、いろんな星があって、中には建物がたくさんひしめく大都市もあった――ミュランベルの放送局で全銀河向けに発信している番組。パーソナリティはかわいい声の双子、ミラとベラ。

――『ハイ、こんにちは。朝を迎えた星のあなたも、夜更かし中の星のあなたも、ミラとベラの星間ラジオを聴いていってね』

僕の住む星は、一年中大体晴れていて、時々ざあっと激しくも短い雨が降る。雨水は大きな大きな桶に溜めておいて、それを浄水して使う感じ。

それでも、生命力の強い植物がいくつも生えていて、窓の外には緑が広がっている。ご先祖様がこの星に定住したのも、その景色がどことなく地球に似てたからだって。

残念ながら、似ていたのはそのくらいで、ここには小型の哺乳類と両生類と爬虫類、あとよく分からない生き物がいくつか住まうだけだった。つまり、人間はいない。そんな中でも僕たち一族は、端末に残された記録から、地球の歴史やご先祖様の歴史、宇宙のことや言葉などを、伝統として学んできたわけだけど——僕は今ではもうこの星に一人きりなので、学んだことに意味があったかは謎だ。

ラジオからは軽快な音楽が流れ出す。

聴いていて楽しくなる音楽だ。僕は食事を終えると音楽に合わせてちょっと踊りながら皿を洗って、ラジオをひっさげたまま大きな作業場に移動する。

「昨日散々畑の世話をしたから、今日は船を組み立てるよ、ファロ。もしこれが完成したら、ついに僕たちも隣の星くらいには行けるようになるかもね」

ファロが気合いを入れたかのように、ピ！　と鳴った。

ご先祖様が作ってくれたガレージには、たくさんの機械の部品や、貴重な発電機器、星のあちこちを観察できる端末なんかがごそっと集められていて、中でも一番大きいのは「船」だった。

一人乗りの宇宙船。

ご先祖様たちは、自分たちがこの星まで乗ってきた大きな船はバラバラにして捨ててしまったらしい。それから長い間、「船」を造ることは禁止されてたんだって。

でも一族の生き残りが数人になった頃、やっぱり他の星に移動できる手段もあったほうがいいと話が決まって、昔捨てた機械部品を掘り起こして小型船を造ることになった。

とはいえ、技術はとっくの昔に失われていて、誰も船の造り方を知らなかった。

ご先祖様が遺してくれた様々な機械の記録は端末にあるけど、理解できる人はそういない。というわけで、僕の代になってもまだ完成していないのだ。

「僕が完成させたら、じいちゃんも父さんも褒めてくれるかな。それとも悔しがるかなあ」

外側だけは完成している船の、中の基盤をいじりながら、僕はひとりごちた。

ラジオから流れてくる曲が終わり、パーソナリティのミラとベラが楽しそうにしゃべりだす。

──『やっぱり地球産の音楽は最高ね！ でもこれまでに記録が残っている音楽はもう全部番組で紹介しちゃったのよ。新しい曲の発見を待ち望んでるわ』

──『たしかにそれはそうだけど、星間ラジオでは宇宙中のアーティストの活躍も楽しみにしているのよ。最近なんて、ＮＭ０９１２１の音楽が評判じゃない？』

──『ただ残念ながら、あたしたちみたいな元地球人の耳には聴き取れない音階のものも多いのよね』

──『元地球人といっても、今じゃ土着の惑星人とさして変わらないけどね。そうなってくると、元地球人が新しく作った音楽も、どの星に定住してるかどうかで聞こえ方が変わってきちゃうのよ』

――『ああん、悲しい。あたしたちがすがってる、元地球人なんてアイデンティティも、結局のところ崩壊寸前ってワケ』

ミラとベラはそこからひとしきり、元地球人あるあるの話で盛り上がった。僕には半分くらいしか分からない。

はるか昔――何千年か、何万年か。

地球という星が転換期を迎えて、人類は船に乗って宇宙へ逃げた。逃げたといっても、いつかは地球に帰るつもりで。

でも、地球が人間の住める環境に戻るまで、数万年がかかると予想されていたらしく、母船から離脱して他の星に住む人たちがたくさんいた。僕のご先祖様も、そんなふうにして大きな船を下り、今の星に定住したらしい。

昔、父さんに訊いたことがある。地球に帰れるなら、帰りたい？　って。

そうすると父さんは困ったように笑って答えた。

――どうかな。僕たちフィニアスは、地球環境に適応して生まれた一族じゃないからね……。

その言葉の意味は、ついぞ教えてくれなかったけど。

ただ地球には月があって、山や川がある。なにより海があることは教わった。

たくさんの人が住んでいて、街は発展していて、自分たちが捨ててきた母船も、まるで一つの国のようだったと聞いた。でも、生まれた時から小さな家とその周りしか世界がなかった僕にとっては、なんだか遠いおとぎ話に思える。

……この船が一生完成しなかったら。

たまに、そんなことを考える。

僕はひとりぼっちで、この星で死ぬんだろうな。ファロも充電できなくなったら壊れてしまうし。そうしたら、この星で生きていた僕たち一族のことなんて、誰も知らないから宇宙の藻屑《もくず》として消えていくんだろう。

パーソナリティのミラとベラも僕と同じく、母船を下りて他の星に定住した元地球人みたいで、その惑星の人たちとの混血らしい。住んでいる場所が違うからか、彼女たちの星には元地球人が結構いて、その血は限りなく薄いけれど、地球への郷愁はないわけじゃない。

時々考えるんだけど、どうしてご先祖様は近隣の星々と交流しなかったんだろう？

船を壊して隠れるなんてことをしなかったら、僕らも他の惑星人と交わりながら、なんだかんだで生き残れたんじゃないかな？

　素朴なこの星での生活も好きだけど、一日中ネオンのきらめく大都市も、僕は見てみたいな、なんて思う。

　――『おたよりが届いてるわ。「いつも番組楽しみにしています。僕はR９２１０で暮らす元地球人ですが、今ではそれらしい部分なんて、髪の毛があるところだけです。青い肌に目が四つある地球人って、他にいるんでしょうか？　そんなわけで余計に純粋な地球人に憧れています。お二人は、いまだに純粋な地球人だけのコミューン、ベイシクスの母船が存在してると信じていますか？」だって。ベラはどう？』

　興味深い話題に、僕は機械いじりの手を止めた。

　話題を振られたベラは、うーんと唸った。

　――『ベイシクスって、あたしたちの祖先が下りてしまった、最初の船ってことよねえ。見たって人もいれば、とっくにコミューンが崩壊して、母船はなくなったって人もいる』

　――『ＭＣ５５６７の地球歴史学者、ベネティ博士の回顧録は読んでない？　彼らはまだ存在していて、この宇宙をさまよいながら地球に還ることを望んでる。他の惑星人を寄せ付けず、純粋な地球人のままであることを誇ってるそうよ』

　――『そんなこと、誇るほどのことかしら？』

ミラはわくわくした調子で話したけれど、ベラは否定的だった。種族として閉じてしまったら、生き残るなんてできるわけがない、というのが彼女の主張みたい。

僕もどちらかというとそう思うかも。だって閉じていた僕らの一族は、今じゃもう滅びかけているから。

ネジを回す音が、かちゃりと響く。

ラジオとファロがなかったら、僕は淋しくて、毎日泣いていたかもしれないな。

僕はたぶん、きっと。

「純粋な地球人」なんじゃないかなって思うことがあるんだけど——ご先祖様の記録を見る限り——そんなことよりも、おしゃべりする相手がいる、他の元地球人のほうが羨《うらや》ましかった。

◆

翌日もまた、晴天なり。

僕はパンと豆を食べて、ラジオを腰にぶら下げると、一時間ほど畑の世話をした。

といっても、自動散水機のチェックとか、作物が問題なく育ってるかを見るくらい。芋の葉がつやつやしていたから満足だった。

トマトをつぶしてソースを作り、昼は製造機でたくさん作り置きしてある乾麺を茹でて、パスタにした。

そのあと、パーツ拾いに出かけた。

僕の星を照らす恒星はHD９４４６って名前らしいんだけど、ご先祖様もじいちゃんも父さんも、単に「もう一つの太陽」って呼んでた。長いから太陽って略すけどね。

この太陽は一日十時間僕の住む地域を照らして、もう十時間は沈んでる。これがちょうどいい塩梅《あんばい》らしくて、おかげで畑の世話も難しくない。

お昼になるとミラとベラの放送が終わって、言葉のよく分からない外惑星の人のチャンネルが始まるけど、妙に高音だったり、低音だったり、聴き取れなかったりする音楽もそれはそれで楽しいからずっと聴いている。

パーツを拾いに行く場所は決まってて、大昔、ご先祖様が乗ってきた船を解体して埋めた場所。浅くしか埋めていなかったらしく、長年雨にさらされた土が溶けて、今では古い機材の小山になっている。

僕は定期的にここへやってきては、家の修理に必要なものや、一人用の小型船に使えそうなものを探すのだ。

「ファロ、いいものを見つけたら教えてね」

ファロはピピ！　と張り切った声をあげて、機材の小山の中を浮遊し始めた。僕はゴーグルをして、埃を吸い込まないよう布で口元を覆ってから、ごそごそと眼の前の板金や小さなパーツをどけたり、拾ったり、どけたり、拾ったり。

僕はあまり力が無いから——といっても、僕らの一族はみんなそうらしい——大きなものは動かせない。そういうものを前にすると諦《あきら》めて、また別ルートを探す。

しばらく没頭していたら、ファロが少し離れたところからピー！　と僕に呼びかけた。音のしたほうへ行くと、土に半分埋まった、丈夫そうな箱が覗いていて、その上をファロが飛んでいた。

「わあ、なんだろこれ。この前までなかったよね？　雨で出てきたのかな……」

僕はそこをスコップで掘り起こして、鉄でできたらしい箱を取り出した。かすれていてよく見えないけど、元はなにか模様が描かれていたようで、うっすらとそのあとが見える。絵の描かれた箱なんて、高級品だったのかな？

鍵の部分は朽ちていて、ちょっと力を込めたら開いた。そして中に入っていたのは、謎の四角い機械。

「……なんだろうこれ」

両手に収まるくらいの、長四角のハード。ボタンがいくつかついていて、円や四角のマークがある。試しに色々押してみたら、ガチャッと側面が開いて、中には薄い長四角の、表面に二つ穴の開いたなにかが入っていた。

てっぺんには、つやつやした薄いフィルム。

「じいちゃんの端末に記録あるかな？」

地球で使われていた機械や機材の説明が、読み切れないほど載っているデータを思い返して、僕はその謎の機械を家に持ち帰った。

なにせ毎日が同じような日々だ。

僕は久しぶりに出会う「未知」にわくわくしてしまった。端末の中に眠る膨大なデータの海を遊泳し、あれでもない、これでもない、と調べだしてから三日目、ついにその機械がなんなのか突き止めた。

「ファロ、分かった！　これはカセットレコーダーっていうらしい！」

ファロが不思議そうに、ピピ？　と鳴ってくるりと回転した。

「この小さな記録媒体に、音声を録音できるんだって。といっても、たった一二〇分だけらしいけど。だけど相当古いものみたいだから、貴重な発見だよ」

機械は箱に入っていたおかげかきれいなものだったけど、なにせものすごーく前のものだろう。消えずに残っていた品番を検索したら、少なくとも僕らのご先祖様が母船を下りるよりは前に作られていた。

「地球産ではないのかも。母船が地球を出たあと、船の中には地球懐古主義っていうのが流行《はや》ったんだって。その時作られたものじゃないかなあ」

ご先祖様の遺してくれた古い古い記録を読みながら、なんとなく予想する。地球産だったら仰天しちゃうけど、かつて自分たちがそこにいたと想像すらつかない母船産のものでも、貴重品中の貴重品だ。

小さな記録媒体はカセットといい、ラベルには小さく文字が書かれていた。

――『私のフィニアスへ』。

この文字を書いた人はどんな人で、このカセットを箱に入れて保管していた人は、どんな人だったのだろう？

「もしかしてご先祖様の一人が、これを持っていたのかな……？」

そうして箱に入れて、大事にこの星まで連れてきたのに、なぜだか船と一緒に捨てた……ってこと？

考えても分からない。なにせ何百年も前のことだから、予想したって仕方ない。

そんなことより、なにか音声が記録されているかもしれない。僕は好奇心に駆られつつも、慎重にレコーダーの電池を取り外し、同じ電圧で電気を流せるか試してみた。

間違って壊しちゃったらどうしようとドキドキしていたけど、機械の構造は思っていたより単純だったらしくて、意外と上手くいった。

再生ボタンとおぼしき、三角マークのボタンを押すと、サーッと空気の流れる音が聞こえた。

それから、歌声がした。

低く、透き通った声だった。とてもきれいな地球語。

カセットの音はどこか一枚紙を挟んだようなのに、それでも歌声は美しく響いた。

——一億年先にきみがいても、迎えにいくよ。その時もきみが僕を愛したら……。

聴いているうちにふと、思う。

「……これって、別れた恋人への歌なのかな……」

ミラとベラの星間ラジオでは、よく昔の地球の音楽がかかる。その中には、恋愛の歌がたくさんある。この歌も、恋心を表している気がした。

歌声は続く。

——もし僕に会いたいと願ってくれるなら、もう一度花びらを持って生まれてきて。

「花びらかあ。そういえばご先祖様の中に、僕と同じように花びらみたいな痣を持ってた人がいたって聞いたっけ。このカセットの持ち主は、その人だったりして……」

端末の記録をあさったら、たぶんその人のポートレートを探しだせるだろうけど、そうするのはなんだか躊躇《ためら》われた。大切な思い出に、土足で踏み込むような行為に思えたからかもしれない。

僕は二度、三度とその歌を聴いた。

なんだか淋しく、胸がすうすうと寒くなるような。歌声の向こうから、会いたいと叫ぶ誰かの想いが聞こえてきそうだった。

このカセットが、どうしてここにあって、歌った人がどんな経緯で録音したかも分からなかったけど。

聴かせたかった人に、ちゃんと届いたのかな。そんなふうに感じた。

ちゃんと届いているといいな。そう願った。

◆

──そうだ、ラジオ局に送ればいいんだ！

カセットを見つけてから二日後。

僕は突然その考えに至った。どうして思いつかなかったんだろう？　星間ラジオで流してもらえば、もし仮にこの歌が届けたい人に届いていなくても、運良く聴いてもらえるかもしれない。

その人が、まだ生きてるかどうかは分からないけど、宇宙には長命種がいっぱいいるし、地球人の中にも、長く生きる人はいるってじいちゃんが言ってた気がする。

いつもは聴いているだけのラジオに、発信をするのは初めてだった。緊張しながらあちらの受信機に周波数を合わせて、僕は短いメッセージと一緒に「この曲を流してくれないかな」とお願いして、カセットの歌声を届けてみた。

採用されるかは分からなかったから、数日間ドキドキして過ごした。

そしたらなんと！

僕のメッセージとあの歌声は、それから約三日後にばっちり全銀河向けの波に乗せてもらえた。

――『今日は珍しく、HD94４6方面からのおたよりなの』

――『えっ、あそこ、知的生命体がいたの？』

――『なんと、地球語のメッセージよ。しかも新発見の地球産音楽も一緒に！』

賑わしい二人のおしゃべりの後に、僕が託した歌声はきれいにラジオから流された。曲が終わったあと、ミラとベラはうっとりとして、『なんて美声！』『一度も聴いたことのない地球産音楽だわ』と褒めてくれたので、僕もなんだか得意な気分になった。

――『この音楽は、とても古い機材、カセットレコーダーに残っていたらしいの。HD9446のお友だち、ルーチェは、品番も一緒に教えてくれたわ』
五年ぶりに他の人の声でルーチェ、と名前を呼ばれたので、僕は聞きながらそわそわした。
――『実は放送局でも話題になって、レコーダーの生産場所を調査したのよ』
――『そんなことできたの？』
――『奇跡的にね。ルーチェ、あなたが持っているカセットレコーダーは、数百年前、地球懐古主義が流行したベイシクスの母船で生産されたものよ。……とても歴史的価値が高いわ。だってその船は、いまや存在しているかすら怪しいもの』
――『なんてこと！　そんな貴重なものなら、ルーチェは急いで銀河間自警団に連絡を取ったほうがいいわね。小さな星のお友だちでしょう？　宇宙には盗賊も大勢いるからね』
「ええ……盗賊？」
僕はラジオから聞こえてきたその言葉に、びっくりした。
この星には、数百年間どの惑星人も訪れていない。当然、盗賊だってやって来ていない。盗る物なんて一つもないのだから。

ミラとベラは、僕が危険だから具体的な星の名前は言わないと続けた。そしてもしとても困ったら、放送局が品物を保護するのでメッセージを追加で送ってくるように、と付け加えた。

——『それにしても、そのレコーダーがベイシクスの母船で作られたのなら、歌ったのは当時存命のベイシクスってことになるわね？』

ミラが言うと、ベラは『そこが不思議なところよ』と相づちを打った。僕は盗賊うんぬんのことが気になって、聴いているような聴いていないような状態だった。

——『聴いた限り、この曲はオリジナルソングなの。古い地球の曲をさらっても、私たちが知る中には同じ曲がないのよね』

——『それがどう不思議なの？』

——『もうずっと昔に聞いた学説よ。なぜ多くの元地球人がベイシクスの船を下りたのか……ベイシクスは純血にこだわるあまりに、命の禁忌に触れた。そうすると、なにも「生み出せなくなった」と言われてるのよ』

創造性の滅亡、とベラは言い換えた。

——『ベイシクスが滅んだと噂されるのは、生み出す力を失ったからなの』

それにしてもさっきの曲は素晴らしかった、もう一度聴きたいわ。ミラがワガママを言って、僕が送った歌はもう一度流れた。

きっと銀河の果ての果てまで。

一億年時間がかかっても、受け取ることさえできるのなら、あの歌声は届くだろう。

僕はしばらくの間、盗賊の心配を忘れてラジオから聞こえてくる美しい歌声に耳を澄ませた。

◆

本当に盗賊が来たらどうしよう、と僕が悩んでいたのはそれから三日程度だった。

毎日決まった時間に日が昇り、同じような天気で、外には平原が広がっている。僕は歯磨きをして、桃色の実を食べて、朝ご飯。仕事をして昼ご飯。そうしてまた仕事。

ファロが時々鳴らす音と、ラジオの音しかしないこの星に、やっぱり他の誰かがやってくるなんてあり得ないなあと思い始めていた。

その頃、よく夢を見た。

本当に幼い時の、父さんの言葉。

――ルーチェ、大人になってもし誰かがきみを見つけて……それが地球人なら、きみは二つの道を選ぶことができる。

父さんは僕を膝に抱いて、ゆらゆらと動かしながらそんなことを話していた。

一つは、その地球人から逃げて、一人で生きる道。

もう一つは、その手をとって、一族の血を残す道。

でも、どちらを選んでもいい、どちらも否定できない、と父さんは言った。

――そもそもきみを見つけてくれる人がいるんだろうか……こんな銀河の果てまで。何百年もの間、隠れて暮らしてきた僕たちを、本当にあの人たちが……。

そんな話をする時、父さんはいつも少し苦しそうだった。僕が眠る間際に、僕の頭を撫でながら、父さんがじいちゃんと話していたこともある。

――ルーチェを産んでくれた人に悪いことをしました。フィニアス同士で子どもを作ると、産んだほうが早死にするのは分かっていたのに……僕がその役目を負えばよかった。ただでさえフィニアスは男性体だけなんです。相手がアルファならまだしも、オメガ同士での繁殖なんて……。

――やめなさい、そんなことを言い出せば、船を下りなければよかったという話になってしまうじゃないか。

――船を下りたのが本当に正しい判断だったと、僕らはルーチェに向かって言えるんでしょうか？　……結局のところフィニアスも、ベイシクスと同じように血を繋ぐ選択をしてしまったというのに……。

父さんとじいちゃんがそんなふうに話すのは、遠くない未来に、僕がこの星に一人きりになると分かっていたから。

幼い頃から、感じていた。いつかやってくる孤独。ひとりぼっちの人生。

でもそれが、どうして船を下りるとか下りないとか、そんな話になるのかは分からなかった。

巨大な黒雲が、僕の星を覆ったのは、星間ラジオで歌が流れてから五日後のことだった。

◆

僕の家どころか、畑も、昔あった集落も、パーツ拾いに行く機材の小山まですっぽりと覆うほどの巨大な影のせいで、一瞬、あたりは夜になったようだった。

けれどその影がだんだんと地表に近づくにつれて、僕はそれが大きな雲ではなくて、見上げても全容が分からないほどに巨大な船なのだと分かった。

黒い宇宙船は闇のようで、ものすごく大きいのに音はそれほどせず、風圧で家はカタカタと揺れたけど、間もなく収まった。

どういう科学技術が使われて、こんな巨体がさほどの抵抗もなく僕の星の空に滞空できるのか、僕にはさっぱり分からなかった。

——もしかしてこれが、宇宙強盗かな？

だとしたらとても太刀打ちできない。カセットレコーダーが欲しいと言われたら、素直に差し出そう。

僕は家の玄関にぼんやり突っ立って、なすすべもなく宇宙船を眺めていた。

正直言って、僕は他の惑星人がどんな姿なのか、あまり知らない。

端末から銀河に流れる無料データにアクセスすれば、最新ニュースや雑誌の記事に触れられるので、ごくたまにそれを見る。そこには他の惑星人の写真や動画がいくらでもあるから、宇宙には、僕や父さんやじいちゃんとは違う顔や目や耳、あるいは足の本数が違ってる人とか、肌が光る人がいるとか、そういう知識はうっすらあるけれど、実際には見たことがないものだから、やっぱり「人」というと僕らのような容姿を想像してしまう。

宇宙船からどんな人が出てくるのか、どんな人が相手でも必要以上には怯《ひる》まないぞと、そわそわしながら決意を固めていたら、やがてどこかのハッチが開いて、豆粒大の人が数人、出てきた。

豆粒大、と言うのは宇宙船に比べるとそう見えたというだけで、彼らは動く床板みたいなものに乗って、あっという間に僕のほうへ近づいてくる。

そうして――僕は、その先頭の人を見て、固まってしまった。

「……きみがルーチェ？」

いつの間にかすぐそばまで、その人は来ていた。

動く床板からするりと下りて、僕の前に立つ。

その人は僕より背が高くて、肩幅も広かった。そして、驚くほどきれいな顔をしていた。

黒髪に、深い青の瞳。睫毛がとても長い。

声は低く――僕は、「あっ」と声をあげていた。

「……あの歌声の人……？」

カセットの中で、歌っていた人。

あの人と、同じ声がした。

彼は僕の顔をまじまじと見つめたあと、なぜだか一瞬、息を呑んだ。

「花びらが……」

そう呟いたかと思うと、すぐに穏やかに微笑み、「迎えに来たよ」と言った。

「私のフィニアス。……私の、オメガ」

◆

そこから後のことは、正直あまり覚えていない。

彼はラスと名乗った。名字もあるけど、ものすごく長いから覚えなくていいと言われた。

地球にいたころの名前と、船に乗ってからの名前と、とにかくずらずらと続くんだって。

ラスは他にも人を従えてきていて、その人たちはラスのことを「閣下」と呼ぶ。

――まさかさんかく座付近にフィニアスが暮らしていたなんて。

――船を下りた裏切り者の一族。

――だが我々にフィニアスは必要だ。

そんなことを、誰かが言っていた。ラスはにっこりと笑って、彼らを振り返った。

「ルーチェ以上に価値のある船員はここにいるんだろうか？　私でさえフィニアス最後の一人に比べれば宇宙ゴミと似たようなものなのに？」

ラスがそう言うと、彼らは黙り込んでしまった。

「迎えに来た」と言われても意味が分からない。

僕が混乱していると、ラスは他の人々を宇宙船に戻して、一日星を案内してほしいと言ってきた。僕は戸惑いながら、畑と、パーツ拾いの場所と、あと自分の家を紹介した。

でも、乾燥して埃っぽい地面を歩きながら、ラスが着ているかっこいい服が汚れないか心配になって気が気じゃなかった。だって布地に、深い光沢があって、とってもなめらかなんだ。

「すごくきれいな服ですよね？」

「これ？　ただの船員服だよ。ベイシクスであることが分かるようになっている。あとは階級とね。ただの記号だから気にしなくていい。ルーチェは過ごしやすそうな服だね。この星の気候に合っていて、きみのご先祖の工夫が読み取れる」

ラスは僕の、なんてことない生成りのシャツと丈夫なだけのパンツを褒めてくれた。

家を案内した時、玄関のそばに生えている桃色の実を見て、ラスは目をしばたたいていた。

「あ……それはこの星だけに生えてる木だそうです。えっと……ご先祖様はこの実があるから、ここに定住を決めたって。なんでも、僕たち一族の病を治してくれる薬だとか……」

「なるほど……」

ラスはそう呟くと、桃色の実を一つもいで、口に含んだ。

僕も毎朝食べるから毒じゃないとは思っているけれど、ラスが僕らフィニアスと同じ体質だか分からないので、ちょっと緊張した。

彼は自分のことをベイシクスだと言うから——それが本当なら、つまり、僕らのご先祖様が下りた母船に留まり続けている人、ということになる。

　ミラとベラが話していた、既に存在しないかもしれないと噂されていた、純粋な地球人……それがベイシクス、のはずだ。たぶん。

「フィニアスにはヒートを抑える術《すべ》がないから、船を下りてすぐに滅んだだろうというのがベイシクスの見解だったんだ。……天然の抑制薬を見つけていたのか。ルーチェが今元気なのも、この実のおかげなんだね」

「……え、ええ？」

　ちょこちょこと、知らない単語が混ざる。

　ヒートってなんだろう？　それから、僕らの一族はたしかにフィニアスという名前だけど、そこにとても大きな意味を感じるのは気のせいかな？　僕にとってフィニアスという名前は、出身を表すだけのものだった。でも、ラスはまるで、フィニアスであることが付加価値であるかのように話す。

「ベイシクスとフィニアスって、そんなに違うものなんですか？」

　僕が訊くと、ラスはう-んと呟いたあと、「それはもう少し、落ち着いたら話そう」と話を切り上げてしまった。

　落ち着くっていつ？　どういう意味で？

なんだかよく分からなかった。

初日、ラスは日が暮れる前に船に帰って行った。

——それから十日後、僕はファロと一緒に、生まれ育った星を出てベイシクスの船に乗ることになる。

ラスの妻として。

◆

妻って言葉がこの世にあるのすら知らなかった。

ラスは便宜上のものだと言ったけど、ベイシクスの船に乗る時に引き合わされた偉い人たちは、そう思っていないみたいだった。

彼らはラスより年老いていて、僕のじいちゃんよりもっとじいちゃんだったけど、じいちゃんみたいに優しそうではなく、とてもイライラしていた。

ラスに対して、「お前が貴族階級で最も若いから一旦は任せるが、子ができぬならフィニアスは他の男の妻とするぞ」と何度も念押ししていた。

ちなみに僕はルーチェですって挨拶したのに、この人たちは全員僕をフィニアスとしか呼ばない。

ラスも、この偉い人たちの前では、僕をフィニアスと呼ぶようだった。

「フィニアスが繊細な気質なのはご存知でしょう。私よりも長老方のほうが親しく接していたのですから。……前回と同じ轍《てつ》を踏むわけにはいきません。まずはフィニアスにベイシクスを受け入れてもらわねばなりません」

逃げられてもいいのですか、とラスが言うと、彼らはしぶしぶ、といった表情で口をつぐんだ。

僕が船に乗ることにしたのは、ただラスに言われたからだ。

――選んでくれ。私から逃げるか。私とともに来るか。

もしも逃げたかったら、どうにかして逃がしてあげると約束してくれた。

いつかの、父さんみたいなことを言うんだな。

そう思った。父さんも、僕に言ったのだ。

――ルーチェ、大人になってもし誰かがきみを見つけて……それが地球人なら、きみは二つの道を選ぶことができる。

それは、ラスが僕の星を訪れて十日目の日が暮れる頃のことで、ラスはそれまでの十日間、毎日僕のもとへ通い、僕と一緒に朝ご飯を食べ、畑仕事を手伝い、機械の修理をしてくれた。

驚いたことに、ラスが手伝ってくれると、一人乗りの小型船はあっという間に完成した。僕が飛び上がって喜ぶのを、ラスはにこにこして見ていた。

まあ、ベイシクスの船に乗ることを選んだ時点で、その小型船も無意味なものになったのだけど。

結局のところ、僕はひとりぼっちで生きていくよりは、よく分からないなりに——一応は優しく見えるラスにくっついていったほうがいい、と思ったのだ。

父さんはどちらの道を選んでもいいと言ってくれていたから、きっと怒らないだろう。少なくともラスはとてもきれいな見た目で、声も透き通っていて、性格も優しい……と思った。二人きりの時は、僕をルーチェと呼んでくれるし。

それに、とても良い匂いがした。

そばに近づくだけで、胸がときめき、全身に多幸感が巡ってくるような。そんな香り。

「私がアルファで、きみがオメガだからだよ」

と、教えられた。

じいちゃんと父さんからはしなかったよと言うと、「フィニアスは全員オメガだからね」と分かるような分からないような説明をされた。

ベイシクスの船に乗るよと伝えたのは、十日目の夜ご飯の時だった。初日以降、ラスは他の人たちを僕の家に寄せ付けなかったけれど、船から食材を持ってきてくれるようになった。

おかげで僕は数ヵ月ぶりに肉を食べた。

窓辺にランプを灯し、もらった肉をじっくり煮込んで作ったシチューと、パンを用意してラスと食卓を囲む。家族が亡くなって五年、ずっと一人で食べていたのに、たった十日一緒に過ごしただけでラスとの食事が日常に馴染んでいた。

「フィニアスは五感が繊細だから、味覚も優れてるとは知ってたけど……ルーチェの作る料理は美味しいね。次は、私もなにか振る舞うよ」

「ラスって料理をするの？　なんだかイメージがないけど」

「ベイシクスには有り余るほど時間がある。暇つぶしに一時期はまっていたんだ。まあ、数百年前のことだけどね」

なんだか遠い世界の話を聞くように、僕はへえと相づちを打った。

ベイシクスは長命種らしい。十日のうちに、ラスがぽろりぽろりとこぼす情報を繋ぎ合わせると、環境が激変した地球から逃れた地球人たちは、長い間母船の船内で疑似的な地球の環境を作りだし、暮らしていたそうだ。

「でもある時、女性だけが奇病にかかってね。次々と亡くなった」

「えっ、そんなことがあったの？」

ご先祖様の端末にも、歴史については残っているけれど、女性の大量死の記録はなかった。そもそも、僕は生まれてこのかた女性に会ったことがないから、女の人がどんなものかよく知らない。ミラとベラは女性体らしいけど、声がかわいいことしか分からない。

「原因不明の奇病だった。そしてわずかに生き残った女性たちは、その後母船での暮らしに耐えかねて船を下りた……現在、元地球人として他惑星で繁栄している種族のほとんどが、この時の女性たちの末裔だと言われている」

「へえ……じゃあ、ベイシクスに女性はいないの？」

「ああ、いない」

ラスはきっぱりと答えた。

「そうなんだ。フィニアスも男性体だけの一族だって習ったよ」

僕が言うと、「それはベイシクスの歴史とフィニアスの歴史に関係している」とラスが教えてくれた。

「私たちがベイシクスとなる前……三千年以上も前だ、女性を失ったベイシクスの祖先たちは、男性体から女性体へ進化する方法を探し始めた。だがその研究には長大な時間が必要だと分かっていた。そのため……祖先はまず長命を優先させた。種を残すために、当時生きていた一部の優秀な遺伝子を持つ者たちをアルファとして、寿命を伸ばす方法を編み出したんだ。これがそもそも、ベイシクスと呼ばれる私たちの起源だ」

「おとぎ話みたいだね。フィニアスはそんなに長生きしないよ。じいちゃんは六十歳で死んじゃったけど、それでも長生きなほうだった」

僕が言うと、ラスはふっと笑った。

「ルーチェは、生と死の話を、明日の天気と同じようにするんだな」

……それのなにがおかしいのかな。

よく分からなくて、僕は目をしばたたいた。

生まれてきた命はいつか死ぬもの。昇ってきた太陽が、夜には沈むのと同じ。

じいちゃんも父さんも、生まれてきた意味なんて考えることはないって言っていた。ただ生まれてきた。そして死ぬ時も、ただ死ぬんだって。

「……さっき、男性体から女性体へ進化する方法を探し始めたって言ってたよね。もしかして……フィニアスが、それ？」

「察しがいいな。そうだ」

「でもフィニアスは男性体だから、実験は失敗したの？」

「いいや。成功したんだ。きみたちは孕めるし、産むことができる」

——きみらのことを、分類上はオメガと呼ぶ。

ラスはそう言い、静かに笑った。

「……そしてベイシクスは愚かにも、フィニアスにさえ逃げられてしまったんだよ。きみたちのご先祖様が去っていった時、私はまだ十七歳だった。……フィニアスに友だちがいたんだが……彼もまた、船を下りた」

ラスの青い瞳に、ランプの光が映ってオレンジに瞬いていた。

なぜだか、ラスが泣き出すんじゃないかと僕は思った。

——一億年先にきみがいても、迎えにいくよ。その時もきみが僕を愛したら……。

耳の奥に、カセットの歌声が蘇《よみがえ》った。

やっぱりあれを歌ってたのはラスで、ラスは別れたフィニアスの友だちへ、会いたいと願いをこめて送ったんだ。だけど送られた僕のご先祖様は、その歌声が入っていた箱を、どうしてだか解体した船と一緒に沈めてしまった。

——そのフィニアスを、愛していたの。

そう訊きたくなったけど、どうしてだか訊けなかった。代わりに出た言葉が、「ベイシクスの船に乗るよ」だった。

ラスは目を見開いて、何度か「いいのかい?」と確認してきた。

でも僕はもう、一人で食事をするのも想像できなくなっていたから。

「……船の中でも、こうしてラスが、僕と過ごしてくれるなら」

って、そう言った。

フィニアスは産むことができる。

僕はオメガで、ラスはアルファ。船に乗ったら、僕はたぶん、ラスの子どもを産むんだろう。

それがどういうことかよく分からないし、深く考えると怖いことだと思った。

でも、ひとりぼっちで宇宙の隅っこに残されるよりは、ずっとマシだと思ったんだ。

◆

ベイシクスの船の中には、ご先祖様の端末で見た、巨大都市があった。

人口はそう多くない、とラスは言ったけど、船の中には三千人ほどが暮らしているという。その全員が長命のアルファで、貴族階級と呼ばれる人たちは、上位百名ほど。その中では、ラスが一番若いらしい。

一般階級が暮らしている場所は、地球の街中を模しているそうで、群れをなすマンションに、ショッピングモール、美しい公園に街路。船の中に空があって、疑似太陽まであって、ちゃんと季節と昼夜があった。全部が全部、ご先祖様の残してくれた記録で見た、地球の風景と同じだった。

驚いたのは、人間そっくりのアンドロイドが多数そこで生活していたこと。女性体や子どものアンドロイドもいて、彼らはごく普通にレストランやショッピングモールで働いていて、子どもは幼稚園に行き、夕方にはお迎えのバスでそれぞれの家に帰っていく。

「歪んでいるだろう」

僕が口を開けたままびっくりしていると、ラスは苦笑気味にそう言った。

「行きすぎた懐古主義のせいで、莫大なエネルギーをこの風景に費やしている。……今の長老たちが亡くなれば、こんな馬鹿げたことをやめさせるんだが。あと、百年はかかるかな」

自動で移動する道路を歩いている時に、ラスは僕にだけ聞こえるように言った。

ラスの住まいは貴族階級の区画にあった。大きなマンションがまるまる一棟、ラスのものらしくて、僕は腰が抜けそうになった。さらに家の中には、使用人や護衛といったアンドロイドがたくさん働いていた。

ただ、彼らは全員監視機能がついているから、秘密の話は寝室だけでしよう、とラスから言われた。ラスは詳しく話さなかったけど、新しい子どもを欲しがっている長老たちに、情報が漏れてしまうんだって。

僕が船に乗って二日、母船は僕の星を飛びたった。

僕の持ってきたものはカセットレコーダーと、先祖代々受け継いできた端末。生活のともだったラジオ。それから、ファロだけ。

二十年暮らした家が見る間に遠ざかり、宇宙空間に出たあとは、初めて星の外に出たというのになんだか力が抜けてしまった。

少なくとも、もうあの星に帰ることは二度とない。

僕が世話をしていた畑も、いずれ荒れるだけ荒れて、野生の状態に戻るだろうな。僕が暮らしていた家も、いずれ朽ち果てて、ご先祖様の他の家と同じようにひしゃげ、屋根から草が生えてしまうだろう。機材の小山は風化するだろうけど、土に還らない素材はそのままか。なんにせよ、使う人はいなくなる。

僕は何百年も前、あの星に移り住んだご先祖様のことを考えた。

どんな気持ちで船を下りたんだろう。苦しくて？　嫌気がさして？　ベイシクスの子どもを、産みたくなかったの？

それなのに、たった一人の生き残りが、また船に乗ったと知ったらどう思うかな。

落ち込んでいると、ラスが僕の隣に座り、抱き寄せてくれた。

ラスの甘い匂いを嗅いでいたら、気持ちが落ち着いて自分は正しかったような気がしてくる。不思議だった。

僕はラスのことをあまり知らないし、ラスも僕のことをあまり知らない。

僕はラスが好きだけど、愛しているかは分からない。

分からないまま、僕たちは結婚した。たぶん。書類上そうなったって、これはルーチェを守るためだから許してくれって、ラスが言っていたから。

ちなみに、結婚って言葉も、僕は初めて知った。

◆

「フィニアスには結婚の仕組みが必要なかったんだろう。フィニアス同士で子は成せるが、確率が低い上に出産したほうは短命になりやすい。……子どもは伴侶《はんりょ》と育てるものではなく、コミューン全体の資産だという考えに至ったのかもな」

僕とラスは、結婚してから朝と夜、一緒に食事をしている。

そんな時にラスは、僕があれこれ疑問に思うことへ、丁寧に答えをくれる。

ラスは仕事があるので、日中や、時々は夕食を食べたあとにも出かけていく。ラスの仕事は母船の管理らしい。面倒な中間管理職だよ、とたまにぼやいている。

船の中の暦は、僕らが星で使っていたのと同じだった。

やっぱりだけど、地球のものをそのまま使っているんだって。季節の再現も、地球の暦どおりらしい。

母船に乗って一ヵ月ごろまで、僕は興味本位で船内をうろついていたのだけど、二ヵ月が経つころにはラスと暮らしている家に引きこもりがちになっていた。

どこへ行くにも護衛がついてくるのが面倒なのもあったけど、アンドロイドは僕に無関心だからまだマシだった。時々すれ違うベイシクスのアルファたちが、僕に投げつけてくる視線や言葉が、不快なのだ。

ぶしつけに見てくる様子もいやだったし、「ラスのとこのか」と言われるのもいやだった。僕にはルーチェって名前があるのに。

離れた場所からこそこそと「ラスがダメならお前にお鉢が回ってくるんじゃないのか？」と言い合って笑われるのも不愉快だった。

珍しい存在だから、仕方ないのかもね。その日の夜、ちょっと怒りながらラスに報告したら、ラスは僕が散歩をする時はベイシクスが近くを通れないように法整備を進めてくれた。

それはありがたかったんだけど……。

きっとラスはそのせいで、偉い人の反感を買ったんだろうなあ。その日から一カ月ほど、帰りが遅かった。

ラスは僕に優しい。

その優しさの中でも一番驚いたのは、ラスが僕を抱かないところだった。

――だって僕は、ラスの子どもを産むためにこの船に乗せられたはずなのに。

一応僕は覚悟して、初めて二人で過ごす夜を迎えたのだけど……ラスは僕の手を握り、僕の目をしっかり見て言ったんだ。

――ルーチェ。きみが私を愛するまでは、私はきみを抱かない。きみが子どもが欲しいと言わなければ、産ませるつもりもないからね。

もちろん、ヒートだって起こさせない。きみを無理に抱いたりしないと、ラスは何度か繰り返した。

僕はびっくりした。

だってそれじゃ、目的と手段があべこべじゃないか。

――子どもを産ませないなら、どうして僕を連れて来たの？

僕が訊くと、ラスは小さく微笑むだけで、その時は答えてくれなかったけど。唇に人差し指を当てて、「内緒だよ」と言いながら、寝室のクローゼットを開けて中を見せた。

で、そこには僕の星にだけ生えていた、桃色の実のついた小さな木があった。ガラスドームに包まれて、つやつやと葉を光らせていた。

――十日間、きみの星の環境を観察して、持ち帰ったこの木を育てることに成功した。恒常的に採取当時の姿を保つように設計したから、実を食べても二十時間後には元に戻る。つまり、きみは毎朝この実を食べられる。必ず食べるんだ。

そうすれば、無理に子どもを産まなくてすむと、ラスは言った。

僕が欲しいと思ったら産めばいい。そうじゃなかったら……。

そうじゃなかった時の話を、僕らはまだできていない。

◆

「……ラス、僕を抱かなくていいの？」

その日の夜、夜更けに目が覚めた僕は、散歩をする気も起きなかった。

ファロに歌を歌っていたら、夕飯のあとに呼び出されて仕事に行っていたラスが戻って来て。

それでなんとなく、というか思わず、僕は訊いてしまった。

こんな質問、まぬけかなあ。

ラスが僕に無理強いしないつもりなのは知っている。僕はラスを愛しているかどうか、よく分からないし、子どもが欲しいかどうかも分からない。

ただ、毎日無意味にここで過ごしていることに、妙な罪悪感があった。

生まれた星で暮らしていたころ、僕は生まれてきた意味なんて考えなかった。生きていくことそのものが、大変だったせいかもしれない。

ベイシクスの船の中は豪華で、清潔で、食事も勝手に出てくるし、掃除だってロボットやアンドロイドがやってくれる。僕は日がな一日暇を持て余していて、ラジオを聴いたり、機械をいじったりもするけど、それは誰の役にも立っていない。自分の役にさえ。

そのせいなのか、僕は自分が生きている意味をつい考えてしまう。

そうすると、なぜだかひどく不安になるのだ。

でもそれ以外にも、心配な気持ちもあった。

いつまで経ってもラスとの間に子どもができなかったら、別のアルファと結婚しろ、と言われてしまうかも……ということ。

僕はここに住んでいるベイシクスの男たちをほぼ知らないけど、今まで見かけたラス以外の人は全員好きじゃなかった。

ラスを愛せることはあるかもしれないけど、あの人たちは無理だなって思う。

ラスは着崩した船員服をさらに脱いで、上着を椅子の背にかけた。ベッドに座っていた僕の隣に腰を下ろすと、「不安なの、ルーチェ」と優しく訊いてくる。

ラスは地球のように深く青い瞳で、少し悲しそうに、淋しそうに僕を見つめてから、僕の左目の下にある、花びらのような痣に触れてくる。その指先は少しだけ冷たい。

「……だって僕が子どもを産まなかったら、他のアルファと結婚させられるかも」

「まさか。そんなことになるくらいなら、ちゃんと逃がしてあげるよ。今度こそ絶対に見つからない場所にね」

きっぱりと言いきるラスに、僕は驚いて目をまたたかせた。

どうしてそこまでしてくれるの？

よく分からなくて、首をかしげると、ラスは困ったように微笑んで僕の左目の下にある、痣を優しく撫でる。

ファロが僕の膝の上で、ピー……と悲しげに鳴いた。

ラスはやがて僕の肩を抱き寄せると、そっと寝台に倒れ込んだ。抱き寄せられたまま横になると、鼻腔一杯にラスの香りがして、胸が安らいでいく。体がぴったり重なると、指先とは違って、ラスの熱いほどの体温が僕を包む。すると体から、力が抜ける。なんだか、泣きたい気持ちにもなる。

「今、賭けをしているんだ」

その時ラスが、僕の耳元であやすように囁《ささや》いた。

「賭け？」

僕が下からラスの顔を見ると、ラスは少しおかしそうに息をこぼして笑った。

「……ベイシクスは女性に逃げられ、フィニアスにさえ逃げられた愚かな一族だって、前に話しただろう？」

「……」

ラスのことは、愚かだと思わないけど。

でも他のベイシクスはどうなのかな。分からないながらに、小さく頷く。

「その前には女性だけが奇病に見舞われた。……そもそもこの船ができた理由を思い返してみたんだ。地球環境が激変して、人類が住まうには難しくなったから……わずかな人数だけを、馬鹿げたことに金で量《はか》って船に乗せた。貨幣価値なんて、宇宙に出たら無意味なことにも気づかずに」

船の中では、当然淘汰が起こったんだよ、とラスは続けた。

記録にははっきりと残されていないらしいけれど、地球を離れて十数年が経つ頃、船内では無意味な戦争が起こったそうだ。当時、船を統制する権利を持っていた臨時政府が倒され、多くの人が亡くなった。勝利した側が統制する側に回ると、また戦争が起きて、臨時政府は何度も入れ替わった。

「……狭い船の中で争うことが愚かだと気づくのに、人類は数百年を費やした」

そう語るラスの青い瞳に、窓辺に流れる宇宙の光が映っている。

だからラスの瞳の中にも、宇宙があるように見える。

「私の友だちのフィニアスが船を去った後――ずっと考えていたよ。長命になってまで種を守ろうとするベイシクス……旧人類にとって、神が下した最適解は、実は滅亡なんじゃないかな、とね」

――滅亡？

僕はラスの言う意味が分からずに、目をしばたたいた。

「産む性は旧人類を見限った。残された私たちには創造性がない。数万の時を経て命を繋ぎ、やがて地球に還ったとしても……その時、故郷の土地に適応し、そこで繁栄できる人類は我々ではない……新しく生まれてくる、なにかではないのか」

なら、生きのびることになんの意味があるだろう？

「……ただ、一つだけ。もしきみが私を愛したら……きみが子どもを欲しいと思うなら。愛のためなら、私はこの滅亡に抗《あらが》ってもいい」

——そこには意味が、あるからね。

耳元で囁くラスの言葉については、よく分からなかったけれど。

納得のいかなかったところが、一つある。

「……僕が愛したら？　ラスが僕を愛したり、子どもが欲しいかは……重要じゃないの？」

なぜだかちょっとだけ、腹が立つ。顔をしかめて訊いたら、ラスは一瞬黙って、それから出会って初めて、声をたてて笑った。

「ルーチェ、気づいてないの？　私はきみを愛してるよ」

その言葉にびっくりしてラスを見ると、ラスの瞳の中には僕が映っていた。ラスはにっこり微笑んで、僕の額に自分の額を押しつけた。

「きみとなら、私は子どもだって欲しい。……きみが私のもとを去った数百年前から、ずっときみを待っていたんだから」

——ただ、きみはもう一度、花びらを持って生まれてきてくれただろう？

「……それだけで充分だよ、ルーチェ」

私の一生は……きみに再会して報われたんだ。

ラスはそう言って、僕のこめかみに優しくキスをした。

——なにを言っているの、ラス。それは僕のことじゃないでしょ。

そう言いたいのに、なぜだか言えなかった。もしかしたら……本当にもしかしたら。

それは僕だったのかな。

そうして生まれ直してきたから、僕はラスと出会ったのかな。

遠い昔、僕はラスの友だちで、船を下りて星へ渡り、あのカセットレコーダーを箱に入れて埋めてしまったの？

でも、やっぱり会いたくて……もう一度生まれてきた？

そんなの夢物語だと思うのに、そうだったらいいな。

そんなふうに思う自分がいる。

——一億年先にきみがいても、迎えにいくよ。その時もきみが僕を愛したら……。

子守歌のように、ラスが歌う。

ファロが自分から、充電ゾーンに戻っていく。

窓辺に覗く宇宙は、ラスの瞳の中にある。

——……僕もきみを愛して、二人で星へ帰ろう。

もし僕に会いたいと願ってくれるなら、もう一度花びらを持って生まれてきて。

小さな家、静かな食卓、たとえ明日死ぬとしても。

愛のためなら滅んでも構わない。


ラスの歌声を聴きながら、僕は眼を閉じた。いつか僕が、ラスを愛したら——。

僕ら二人で、この船を下りない？

滅びゆくすべてに背を向けて、還ることのできない地球を忘れ……僕らの肉体が潰《つい》えた時、愛しか残らないなら……。

生きる意味なんて考えない。ただ生きて、ただ死ねる。それはきっと幸福なこと。

そうでしょう、ラス。

僕は眠りに落ちながら、そんなことを言ったかもしれない。……たぶん。

BL

一穂ミチ

一穂ミチ（いちほ・みち）
2008年、『雪よ林檎の香のごとく』（新書館ディアプラス文庫）でデビュー。代表作《イエスかノーか半分か》シリーズ（新書館ディアプラス文庫）は2020年に劇場アニメ化された。2021年、『スモールワールズ』（講談社文庫）で第43回吉川英治文学新人賞を受賞。2024年、『光のとこにいてね』（文藝春秋）で第30回島清恋愛文学賞を、『ツミデミック』（光文社）で第171回直木賞を受賞。他の著作に『砂嵐に星屑』（幻冬舎文庫）など多数。

「男は男しか好きにならないようにしようと思う」

ある日シサクが言った。シサクが言ったらそれはもうそうなるんだろうなと思い、ニンは「へえ」と答えた。「差し支えなければ理由を訊いても？」

「リピカがBL好きだって言ってたから」

「Boy's Love のこと？　そういえば言ってたね」

シサクは愛用のリクライニングチェアに深く身体を預け、フットレストの上で足の指にしゃべらせるようにもぞもぞ動かしてみせた。靴下が左右違う。大方どこかへ脱ぎ散らかして片割れ同士が行方不明になっているのだろう。そしてまたあらぬところから――冷蔵庫の裏とか、本棚の間とか――ニンが発見することになる。才能ある人間は私生活においてポンコツである、というベタなテンプレにシサクは忠実だった。黒無地の同じ靴下を大量に買うよう何度進言しても、フルシカトでもこもこタイプや重ねばきタイプや足指分割タイプを通販で注文してしまう。包装を剝がし、ごみを分別し、明細やチラシをシュレッダーにかけるのはニンの仕事になる。

「でもあれはあくまでフィクションだろ？」

「だからノンフィクションにする。好きなものに囲まれるのは楽しいだろ、リピカのためにやってやるんだ」

ニンはため息をついて言った。「振られたからって世界に八つ当たりする人間はきみくらいだな」

「違う、彼女のためを思ってだ。ざっと計画を立てたから読んで意見くれ」

「はいはい」

シサクがどんなに突拍子もないばかげた行動に出ても、ニンは最終的に肯定し、服従する。なぜならシサクは博士で、ニンはその助手だから。

シサクとニンが出会ったのは、ある児童養護施設だった。正しくは児童養護施設という名目で設立された国家的な教育機関で、ダ・ヴィンチのような、ガリレオのような天才を育成するプロジェクトの適合者として、国じゅうから孤児や将来有望な子どもたちが集められ、共同生活を送っていた。すぐれた知能を持っていると判断されれば、乳飲み子だろうと親とは完全に切り離される。施設はただ「家」と呼ばれていた。

病気、戦争、飢餓、貧困、犯罪——枚挙に暇がない人類の課題を解決できる頭脳を育成しようという試みの下、シサクとニンはそれぞれ二歳にもならないうちから「家」に引き取られてすくすく育った。なかでもシサクの優秀さは群を抜いていて、ニンは百人足らずのメンバーのなかで中の下というところだったけれど、子どもたちを管理指導するＡＩ、通称メンターがふたりの相性は非常に良好だと判断し、また年齢もニンがシサクのふたつ上と近かったので彼らはペアにされて順当に仲よくなった。ニンはシサクのサポートに回ることでよりポテンシャルを発揮し、シサクはニンの助言を受けることでより速く最適解を導き出せる。

家族がいないことは気にならなかった。皆二、三歳で「家」にやってきて、もちろんその年で克明な記憶を持つ者もすくなくはなかったが、肉親への思慕や環境への違和感は細心の注意で取り除かれていった。メンターと経験豊かな施設のスタッフたちによって情操教育が施され、子どもたちがネットから得る情報は何重にも濾過《ろか》される。

ニンは鋭敏な感受性と動物的な勘を持ち、自分たちが特殊な存在だということを早くから悟っていた。己の非凡さに無頓着なシサクと違ってその鋭いアンテナに自覚的で、洞察力を大人たちに隠しておくほうが得策だという計算も働いた。ニンは各種の適性検査や心理実験を穏当にくぐり抜け、「天才を補強するための秀才」としての役割の中で息をひそめていた。

リピカに初めて会ったのはシサクが十二、ニンが十四の時、彼女はオンラインで文学の講義を担当する二十四歳の大学院生だった。子どもたちの教育は大半が少人数での対面式だったが、オンライン上のコミュニケーションに慣れるため遠隔授業のカリキュラムも用意されていた。シサクはリピカをひと目見た瞬間恋に落ちた。それに気づいたのは、隣の席にいたニンのほうが先だった。

リピカが画面越しに「初めまして、国家のエース候補さんたち」とほほ笑んだ瞬間、シサクの目はシャボン玉をまとったように輝いた。まつげの下の球面がみるみる美しいプリズムで潤っていき、いったいこれはどういう現象なのかとニンにはふしぎだった。

次の日、シサクはニンに話しかけた。

「きのうの哲学の授業でパジン先生が話してたことを覚えてる？」

（リピカ先生を見てたら下半身が痛くなる）

「ドイツの教会の？」

（普通そこは胸が痛くなるっていうんだよ）

「そう。ジョン・ケージの曲を流すオルガン。聴きに行ってみたいな」

（胸っていうのはどこ？　肋間神経？　筋肉？　肺や胸膜？）

「確か最初の和音が鳴るまで一年半かかったんだろ、タイミング間違えて休符にかち合ったら何も聴こえないよ」

（心臓）

「違うよ、無音を聴きに行くんだ」

（心臓に痛覚はない）

えらそう、とニンは笑う。

プライベートな話をする時、ふたりは「家」の至るところに設置された監視カメラの死角で指文字を使った。並んで座り、雑談に興じるふりをしながら互いの背中に指で文字を書く。日常的に盗聴もされているだろうからとニンが提案し、専用の文字はシサクが発明した。だからこのやり取りはふたりにしか解読できない。もし人に見られたとしても、少年らしくくっついてじゃれ合っているだけだと受け止められるだろう。

ニンは、シサクの恋心を大人たちに気取られないようにしたほうがいい、とアドバイスした。彼らは、思春期の少年少女の揺らぎやすい精神状態にひどく神経質だった。知識として必要な性教育を施しつつ、特定の男女が不必要に接近する傾向が見られれば即座にクラスを分け、それでものぼせ上がるようなら「特別プログラム」を受講させた。プログラムの内容は誰も知らない。修了した子どもは沈黙し、ふたりきりでデートがしてみたいなどとは二度と口走らなくなる。きみたちに必要なのは友愛であって恋愛ではない、と教官は何度も釘を刺した。

(それなら、もっとガチガチに締めつければいいのに)

(バランスが大事なんだ。ある程度管理はされているけど、縛られてはいないって思わせるために。鎖じゃなくてベルトなんだって錯覚させなきゃ)

口では最近流行っているeスポーツの大会について話しながら、ふたりは背中でそんな会話を交わしていた。

(ニンは時々怖い)

シサクは書いた。

(将来はここで働いてたりして)

それも悪くない、とニンは思う。シサクのサポーターとしてお役御免になったら、「家」で子どもたちを育成指導する立場になるのも。シサクは国家の頭脳として活躍するだろうから、自分は第二、第三のシサクを支える。

しかし、そんなニンの未来予想図はあっけなく裏切られる。ある日突然、他国からの侵攻を受けた。他国にとっては「独裁政権下の国に民主主義を取り戻す戦い」だった。「家」の子どもたちは残らず保護され、第三国へ身柄を移された。母国にいると政権の残党や愛国主義者によって命を狙われる危険があるという建前で、でも本当のところ、彼らの稀有な頭脳をどこの国も欲しがった。とりわけシサクの頭を。仲間たちは侵攻作戦に関わった国に散り散りになっていった。自分たちは戦利品なんだな、とニンは理解した。切り分けられるホールケーキ。シサクはひときわ大粒のぴかぴかしたいちごで、ニンはそのヘタのようなもの。

シサクはニンとともに新しい名前、新しい国籍、新しい生活を与えられた。シサクは十七歳、ニンは十九歳だった。本当の名前で呼び合うのは――それだって、実の親の命名とは限らないが――ふたりきりの時だけだった。ふたりは母国語での会話を禁じられたが、新しい国の言語を苦もなくマスターし、相変わらず互いの背中をノートに秘密の指文字で語り合った。監視や盗聴を警戒するくせが抜けない。シサクはしきりとリピカの身を案じていたが、母国に関する情報は著しく制限され、彼女の動向を知ることはできなかった。

（機密漏洩を防ぐために処刑されたか、国際法廷に立たされてるのかもしれない）

(彼女は「家」に来たこともなかったし、都合よく使われた一般人に過ぎない。どこかで元気に暮らしてるよ。監視の目から解放されて民主主義を謳歌してるのかも)

(楽観的すぎる)

(悲観的になったところで、できることはないよ)

もどかしさを表現したいのか、シサクの指先がニンの背中をとんとん叩く。

(頭脳なんか役に立たないな)

(胸が痛む?)

(いや)

シサクは明快に答えた。

(心配ではあるけれど、それで胸部痛を生じるっていうのが理解不能だ。頭痛ならまだわかる)

(そっか)

大事なのは進んで新しい生活に馴染むことだ、とニンは助言した。そうすれば監視の目も緩み、ある程度の自由を得てリピカの消息も探れるだろう。

(ドイツにも行けるかな?)

(どうだろう。まだパスポートも作れないと思う。ひょっとして、前に言ってた「教会に行きたい」って本心だった？）

（うん）

施設の教官が気まぐれに語ったオルガンの話。その教会ではジョン・ケージの「オルガン2／As Slow As Possible」という曲が流れ続けている。ただし、「できるだけゆっくりと」という曲名のとおり、演奏が終わるまでにはあと六百年以上を要する。２００１年に始まり、２６４０年に終わる。教官はその試みを「愚かな戯れ」だと語った。自己満足だ、意味がない、誰も、何も利さない。君たちに求められるのは「As Soon As Possible」だから、早く成長し、成熟し、国家に受けた恩を返さねばならない。それも「As Much As Possible」に。

その教会を訪れたところで、オルガンのぼやけた音が引き伸ばされて響いているだけだろうに、シサクはやけにご執心だった。理由はない、行ってみたい。それはＡＩにない人間の不合理性、閃きと創造性の種だった。百科事典を暗記するより、四色問題の証明に迫るより重んじられる人間性。

ふたりは新たな祖国が自分たちを檻から解放し、人間らしい暮らしを与えてくれたと感謝を口にし、施設での生活がいかに息苦しく非人道的だったかを訴えた。結果、祖国の

「裏切り者」として身の危険は増したが、新天地である程度の信用を得ることができ、翌年にはふたり揃って大学に入学し、一年で院に飛び級進学を果たした。シサクは人工臓器やメジャーな病の制圧、寿命の延長といった方面に舵を切り、研究に没頭する。

(リピカを見つけた)

ニンがそう告げたのは、シサクが二十歳の時だった。

(どこで?)

(リアルで、じゃない。メタバース)

祖国では今やそんなメジャーなSNSも許されていることに、シサクは軽い衝撃を受けた。

(話せるよ)

(俺たちにアカウントが作れる?)

(足がつかないアカウントを買った)

ニンはこともなげに言う。もしばれたところで、世話になった相手にコンタクトを取りたいと思うのは当たり前だと開き直ればいい、とも。シサクにご機嫌を損ねられたら困る人間が、この国には大勢いる。パワーバランスの取り方をニンはよくわかっていた、というかシサクが世間知らずすぎた。シサクが開発した常温保存可能な人工血液はすでに人体での治験を終え、実用化は目前だった。

仮想空間上で、シサクは三年ぶりにリピカと再会を果たした。彼女のアバターは首から上が猫のキャラクターで、シサクはニンに（こういうのが好きなのかな？）と尋ねた。

（猫が好きなだけで、これが理想の自分っていう意味じゃないと思う）

（何だ）

つまらなそうな横顔を見るに、リピカが望めば人体改造に挑むつもりだったらしい。人間の体に猫の頭部が本当に乗っかっていたら相当怖いという想像力がシサクには欠如している。

懐かしい、生まれ故郷の言葉で話しかけると、リピカは「シサクなの？　本当に？」と最初は懐疑的だったが、文学の授業の思い出や、彼女が好きだったイタロ・カルヴィーノの小説について事細かに語るうちに心を許し「無事でよかった」と喜んでくれた。今の名前や生活については話せなかったが、しばし旧交を温め、次はお互い顔を見て話そうと約束した。

ログアウトした後、シサクはよろけるようにベッドに転がり、仰向けになって息をついた。

「疲れた？」

「妙な気分だ」

ニンが手のひらを差し出すとシサクはゆっくり指を這わせた。ニンはくすぐったかったが我慢した。

（心が満腹したようでもあるし、生身の彼女に会える見込みは当面ないと思うと腹ぺこな気もする）

ニンはシサクの腹に指文字を書いた。シサクはふ、ふ、と吐息で笑った。

（胸が痛い？）

（いや）

後日、シサクはリピカとモニター越しに話すことができた。

『本当に、本物のシサクなのね。それにニンも！　あなたたち、昔も仲がよかったものね』

「うん」

ニンは控えめに答え、基本的には会話の聞き役に徹して口を挟まなかった。回線の安全面を考慮し、十五分程度の短い通話を終えると、シサクは「彼女、全然変わってない」と満足そうに頬をほころばせた。

「髪の長さも色も変わってたけど」

「でも声や、表情や、ちょっと考える時に左斜め下を見る癖とか……リピカが生きていてくれたことを、彼女でも彼女の両親でもない誰かに感謝したいけど、思いつかない」

こういう時のために信仰が必要なんだな、と、リピカとの通話の名残でか、シサクは遠い母国語でつぶやいた。

シサクとリピカはオンライン上で短い逢瀬を重ねた。ニンは「お邪魔だろうから」とカメラのフレーム外に引っ込んで仕事をしていた。「最近ハマってることは？」というシサクの質問に、リピカはしばし黙り込んでからぽつりと答えた。

『……BL』

「アルファベットのBとL？　何の略？」

『ボーイズラブ。男性同士の恋愛をテーマにしたフィクションのこと……ねえ、わたしのこと、変に思わないでね。こんなの、男の子に打ち明けるのは勇気がいるんだから。シサクだったらフラットに受け止めてくれそうだから言うのよ』

「変には思わないけど」

ハマる、という感覚もわからなかった。でも、何がどういいのか追究しようとするとリピカは恥ずかしがり、「その話はおしまい」と打ち切った。

『知ってほしかったの。それだけで何となく満足っていうか。わがままを言うけど、わたしからその話題をする時だけ黙って聞き役になってくれない？』

シサクはリピカのわがままを喜んで受け入れる。

十年の月日が流れた。シサクはその間に人体の免疫系の制御に関する遺伝子操作の手法を編み出し、臓器移植から「適合」という概念を取り去った。病に苦しむ多くの患者にとって福音となった一方、臓器売買にまつわる犯罪も急増した。先進国では恋人や夫婦で心臓を交換する移植手術が流行った。死がふたりを分かつとも、あなたの鼓動はわたしの中に。わたしの鼓動はあなたの中に。わたしがあなたを想う時、あなたの胸が痛む。わたしの胸が痛む時、あなたがわたしを想っている。そのロマンチックな考え方が若者を中心に広がった。

「リピカと心臓を交換できたらいいのにね」

もうその頃には当局の盗聴を恐れなくなっていたニンが言った。シサクは「いや、いいよ」とかぶりを振る。

「彼女の胸が痛まなかったら、愛されていないんだと思うだろうし、俺の胸が痛んでも痛まなくても恐ろしい」

そんなことを言うものの、リピカに思いを伝えたわけではなかった。月に一度か二度、他愛ない近況報告をし合うだけだ。シサクに至っては日々のほとんどを占める研究について口外できないものだから、記憶を掘り起こしてリピカとの乏しい思い出をループ再生のように繰り返す。パスポートの取得と海外渡航をニンが何度か訴えたが、暗殺や亡命を警戒してか、あれこれ理由をつけられて通らなかった。結局、自分たちは檻の中にいる。

シサクは核シェルターをリノベーションした地下のラボにこもって外出しようとしなかった。必要なものはニンが揃えるし、医療設備も充実しているから、必要とあればいつでも有能な医者を呼び寄せられる。完璧にコントロールされた光も水も空気も、外界よりずっと快適で信用がおけるものだった。

リピカは四十歳になっても独り身で、男の存在を匂わせるでもなく、小学校教師の仕事や年老いた両親の介護について、またBLというひそやかな趣味について話し、たまにモニターに映り込むのは飼っている黒猫くらい。彼女の寂しい身ぎれいさは却ってシサクをやきもきさせていた。

ある時、シサクは彼女に言った。

「ご両親が元気になればいいのにな」

『元気っていうのは無理ね。年老いてるのよ、経年劣化はどうしようもないでしょう？』

「古びたパーツは置き換えればいいんだ」

その日のシサクは珍しく酒を飲み、いつもより口が軽かった。

「臓器も骨も皮膚も筋肉も脳も代替品を用意できる、そんな時代がもうすぐ来るかもしれない」

『夢みたいな話』

リピカはもちろん本気にせず、お愛想の相槌を打った。

「そうなったら、人類は寿命という軛から解放される。もちろん不老不死というわけにはいかないけれど、長くて百年の寿命に合わせたスパンが転換期を迎え、あらゆる文明と文化がまったく新しい局面に突入する」

『そんなのは怖いわ』

「死の恐怖の普遍性に比べたらどうってことないと思う」

『あなたはそんなふうに長生きがしたいの？』

もちろん、とシサクは即答した。「あと六百年くらい生きたい」

『欲張りすぎるわ。何をするの？』

「ドイツに行く。ハルバーシュタットのブルヒャルト教会で、ジョン・ケージの曲の最後の和音を聴きたい」

酒の勢いに任せてシサクはつけ加える。

言葉の意図は伝わったようだった。リピカは小首を傾げ、曖昧な笑みを浮かべる。シサクが恋に落ちた瞬間の、花びらがひらめくような微笑ではなかった。

『あなたの気持ちには応えられない』

リピカは控えめに、しかしはっきりと告げた。

「……きみと一緒に」

長い初恋に破れたシサクは、「男が男しか好きにならないようにする」ことで片思いを葬ろうとした。今まで挑んでこなかった領域の研究に没頭して我を忘れなければ、リピカを恨んでしまいそうだという不安もあったのかもしれない。

ニンは、施設の教官たちが恋心というものを疫病のように恐れていたわけがわかった。神の領域に手をかけられる頭脳の持ち主がこんなばかげた考えを実行に移そうとするのだから。

いや、逆なのかもしれない。ばかげた考えを実現できる頭脳と資本と、それから自分のような手先さえいれば、欲望や衝動の矛先はあらゆるものに向かう。

「失恋したらさすがに胸が痛む？」

ニンは尋ねた。

「腹にブラックホールを飼ってるみたいな感じはする」

シサクは答える。

「でも胸は痛くないよ」

シサクの「世界BL化計画」には少々の時間を要した。シサクは環境分野の研究者に転身し、気候変動や気象予測、そして天候の制御に関する勉強を始めた。巨大なポンプとなって玉石混交に知識を吸い上げ、シサクにしかわからない経過で濾過、洗練させていく。三年後にシサクは世界中の水資源を仔細な水位まで観測できる衛星システムと安価で精度の高い人工降雨装置、そして台風の目を「ほどく」技術を開発した。ニンはシサクが必要なデータを集めたり、仮説を裏づけるための実験方法を考案したりと、サポートに徹した。

もちろん、国際社会は当初それらに懸念の声を上げたが、砂漠化や干ばつの問題を抱える国々がまず飛びつき、そこからは我も我もと世界中がシサクの発明に群がった。巨大なハリケーンの被害を未然に防ぎ、山火事を鎮め、ひび割れた大地に緑の萌芽をもたらす。地球全体の気象バランスや生態系が崩れるということもなく、人類はひとつの脅威を克服した——かに見えた。

シサクの作った気象制御装置が普及し、十年くらい経つと世界各地である異変が現れた。出生率が右肩下がりになっていった。それも、かねてから少子高齢化が叫ばれていた先進国ではなく、平均年齢の低い発展途上国で顕著に。人口の推移を示すグラフを見ながらシサクは「始まったな」とつぶやいた。雨の核となるシーディング物質、台風の目を散らすための氷の粒の中に、ヒトのオスの性指向を決定づけるホルモンに作用する化学物質が含まれていた。それは雨に溶けて降りそそぎ、やがて飲み水として人間を潤し、蓄積された化学物質が世の男たちから「異性への恋愛感情」を奪っていく。

男女カップルの成婚率は減り、反比例して離婚率が上昇した。インフルエンサーも名もなき市民も次々カミングアウトを始め、男性同士の恋愛は急速にマジョリティ化していく。その異変に当然人々は気づいたが、気象制御装置と関連づけてシサクを批判する勢力は陰謀論者と見なされた。誰も干ばつや不作や巨大ハリケーンに悩まされたくなかったし、何より当事者たる男たちが世界を〝正常化〟させることに興味がなかった。たとえ自分の心が「汚染」されているのだとして、「異性と恋愛し、性交し、繁殖する」システムに戻りたくなかった。だって目の前には魅力的な男がいる。彼に恋しない自分など考えられなかった。

ヘテロの男は絶滅こそしなかったが、性的少数者として「守られるべき存在」であり、かといって世の女性を選び放題、という特権的な立場にはならなかった。そして女たちは、男よりむしろ状況の変化に対して柔軟だった。男性カップルと三人で「新しいかたちの家族」を作り、体外受精で子を成し、恋愛と別種の関係を育むことに勤しんだ。受精卵を子宮に戻す必要はなく、新生児は四十週を医療機関の管理下で見守られる。卵を温めるようなものだ。妊娠の経過や出産を味わうのは女性の「チャレンジ」として一種のエクストリーム体験のように扱われた。

男性から女性への痴漢や性犯罪は激減し、もう自分の顔や身体が雄の劣情を不用意に刺激しないかと心配する必要はない。反対に男性間でのDVやセクシャルハラスメントが社会問題化したことによって、これまで女性が耐えてきた危険と屈辱にようやく光が当たり、急速に法整備が進んだ。男性との恋愛を楽しみたい女たちの間では、体感覚をそっくり再現できるメタバース空間が流行った。そこで理想的な架空の彼氏とデートやセックスを重ねて充実した時間を過ごせるし、現実の男は自分を性的に消費しない。

大小の軋轢を挙げればきりがないが、ヒトは、これまでもさまざまな変化や危機に適応してきたようにニューノーマルを受け入れていった。心臓交換は、子を成せない男たちが結婚する際の誓いとしてスタンダードな行為になった。

半世紀ほどかけて、人類の社会構造は変化した。ほとんどをシェルターで過ごし、クリーンな水を摂取するシサクとニンには何ら影響がなかった。家の中から雨を眺めるように世界を傍観していた。老化細胞を抑制しつつ、くたびれた臓器は人工のものと交換して保存装置に押し込み、どんどん寿命を延ばしながら。先進国の平均寿命は百五十歳を超えたが、少子化もどんどん進んだ。そのうえ定期的に新しい疫病が流行り大規模な死者が出る。地球が恒常化を図っているかのように、人類の総数は百億に達しないラインで頭打ち傾向だった。

「結構かかったな」

シサクがつぶやくと、ニンは「急激だよ」と正した。「有史以来の人間のあり方を一変させたんだから」

「リピカは喜ぶかな」

「そういえば、その話題が出ないね」

「彼女もだいぶ年を取ったから」

シサクはすこし悲しそうに言った。二十代半ばの容貌のまま健康を保っているシサクたちと違い、リピカは、スペアの臓器で生き永らえることを拒んでいた。

「最近は、俺以上に同じ話を繰り返してばっかりだろ。先生だった頃の思い出とか」

「もうBLを好きじゃないのかな」

「そうかもな」

最近のシサクは、リピカに連絡するのを怖がっているふうだった。彼女が遠からず死んでしまうこと、あるいは老いが進んでシサクの存在を忘れてしまうことを懸念して。

「シサクは今でもリピカが好きなんだね」

「好きじゃなくなる道理がない」

「いっぱいあるじゃないか、リピカはもうおばあさんだし、会うことも触れることもできない。あとは、結構年月も経ったし、恋愛感情が摩耗するのも自然の摂理だ」

「それが道理なのか、よくわからないな」

「シサクにも？」

「俺にはわからないことだらけだよ」

シサクは「As Slow As Possible」のライブカメラにアクセスし、相変わらずふぁーんととぼけた音色を聴く。この五十年で音符をいくつ消化したのだろう。ニンは「リピカと話しなよ」と促し、シサクはちいさく頷いた。

「今回も傍で聞いててくれるか」

「もちろん」

「ニンは何でも聞いてくれるんだな」

「助手だからね」

『久しぶりね』

半年ぶりに通話するリピカの瞳は、灰色に濁っていた。シサクのすぐ隣にいるニンに反応しないあたり、もう視力がほとんど残っていないのかもしれない。

「元気だった？」

シサクはおずおずと尋ねる。リピカと話す時のシサクは、自信なさそうな十代の少年に戻ってしまうようだった。

『きょうはとても調子がいい。きのう、家の前の通りにアーモンドの花が咲き始めたの。もうそんな季節かって思ったわ。人間の世界は目まぐるしく変わってしまうから、植物のサイクルの規則正しさにほっとする』

「そうだね、人間は変わる……いつの間にか、男同士で結ばれるのが当然になったみたいに」

『ああ、そうね。いつからだったかしら。そういう、一時的なムーブメントの広がりかと思っていたら、すっかり定着した。人間ってふしぎね』

シサクが原因だとは知る由もなく、リピカは小首を傾げた。シサクは「その……」と言葉を選びながら問いかける。「リピカは昔、男同士の、そういうの、BLが好きだっただろ？　現実がBLになってどんな気持ち？　嬉しいのか、その逆か」

リピカは焦点の合っていない目を丸くし「何を言うの」と笑い出した。

『BLはBL、現実は現実、それだけよ。懐かしい、BLなんて久しぶりに口に出した』

「もう好きじゃない？」

『昔好きだった、と、今は好きじゃない、は厳密にイコールではないの。そう、昔は大好きだったわね、紆余曲折はあるけれど最後は幸福で、それが永遠に続くと思わせてくれるロマンスに触れている時だけ、つらい現実から解放された。フィクションの男の人たちに、感謝というか、温かい感情が残ってる』

「今は現実がつらくないってこと？」

『薄れてきたわ。何もかもね。わたしはもう、自分がどんなふうにBLを好きだったか忘れてしまいつつある。あなたと話したいろんなことも』

「忘れるほどたくさんの思い出もないじゃないか」

シサクは怒ったように言った。

『そうね、考えてみたらわたしたち一度も会っていない。でもわたしはあなたについていろいろと考えた。賢すぎたから、国に人生を狂わされてしまった』

「そんなふうには思ってない」

『でも、あなたのためにもっとできることがあったはずだって思ってた。ごめんなさいね、わたしは頭がよくないからそれが何かわからないまま年を取ってしまった……ねえ、昔、六百年後まで流れてるオルガンの話をしてくれたでしょう。あなたが本当にそこまで長生きしたら、最後の和音を大切な人と一緒に聴きに行ってほしいと思ってる』

リピカの目が潤み、ただでさえグレーにぼやけた瞳がいっそうにじんだ。

『あなたの心はまだ子どもだから、六百年かけてゆっくり大人になってね。As Slow As Possibleよ。これを最後のおしゃべりにしましょう。若いままのあなたに、これ以上老醜を晒すのは悲しくなりそう。さようなら、シサク。元気で』

真っ暗なモニターを見つめたまま、シサクは長いこと動かなかった。その背中にニンは指で尋ねる。

（悲しい？）

シサクの指は（うん）と答える。

（俺は何をやってたんだろう）

（今気づくなよと思うけど、反省したんなら世界を元に戻す？）

（時間がかかる）

（時間ならいっぱいあるよ、僕らにも人類にも）

（元の世界は正常で健全だろうか）

　さあ、とニンはそれだけ声に出す。

（自分の目で確かめてみたら？）


　ふたりは半世紀ぶりに外に出た。浄化されていない生《なま》の光や大気がおっかないのか、シサクは宇宙服なしで月面に放り出されたように不安げだったがすぐに慣れ、自動運転の車で市街地へ向かった。

「もし、地球上を年がら年中咲くアーモンドの花でいっぱいにしたら、リピカは喜んでくれたのかな」

　シサクの問いにニンはかぶりを振った。

「そういうことじゃないんだよ。特定の季節に、身近な場所で咲く花を愛してたんだ。施設にいた時、たまに食事についてきたベリーのムースを覚えてる？　みんな大好物だったけど、あれをバケツいっぱい食べたいわけじゃない」

「なるほど、俺はいつも間違える」

「こんなにおりこうなのにね」

大通りを散策すると、手を繋ぎ、肩を抱き、時折軽い口づけをかわしながら歩く男たちがたくさんいた。考えてみれば、異性も同性も関係なく「カップル」というユニットをこの目で見た経験自体がふたりにはすくなかった。だから、世界を変えてしまった実感がニンには希薄で、おそらくシサクも同じだろう。カフェのテラス席で自然の太陽光に目を細めて紅茶を飲んだ。隣のテーブルから、若い女（暦年齢が見かけどおりとは限らないが）の会話が聞こえてくる。

――うちのおばあちゃんって、本物の男とやったことあるんだって。

――まじ？　こわ。

――やめなよそういうこと言うの、ヘテロの男って少数派なだけで存在してるんだから。

――うちの会社に噂ある人いるよ。

――別に差別するつもりないけど、えーって感じじゃない？　実在の男と……むり、考えられない。

――昔は当たり前だったんでしょ。

――信じられないよねー。

「俺も信じられない」

シサクは小声で洩らした。「本当に、ここまで変わるなんて」

「本能って、そんなに強固なものでもないのかもね」とニンは言う。「社会通念とか、集団の認識の矢印をすこしずらしてやったら、そっちの方向に自分を納得させて、本能を騙すことができるんだと思う」

種としての本能など、シサクが手を加える前からとうにすり減っていたのだと思った。だって、男女がつがって最低ふたりの子を成さなければ先細っていく、そんな単純な原理にさえ従えず少子化は止まらなかった。

「変わる前の世界が必ずしも正常だったわけじゃないし、シサクのくだらない衝動が過ちだったとも言いきれない」

「隣の女たちが本音でしゃべっているとも言いきれない」

「そうだね。本当は生身の男と恋愛や結婚をしたいのかもしれない。好きな男がいて、それを隠して胸を痛めているのかもしれない」

「またか。胸が痛むって表現が好きだな」

「恋をして胸が痛むのは本能だからね」

ニンは笑った。ティーカップが空になる頃、急に厚い雲が広がり、雨が降り出した。前に雨を浴びたのはいつだったか覚えていない。

「この雨に濡れたら、僕も男を愛するようになる？」

「バカ言うな、いくら何でもそんな急に変わるもんか」

「そう」

「安心したか？」

「そうだね」

ニンは「もうちょっとぶらぶらして帰るよ」と、車に乗り込まなかった。シサクは一瞬顔を曇らせ、何か言いかけたが飲み込んで「わかった」と頷いた。


その日、ニンは戻らなかった。次の日も、その次の日も。

研究所の組織はシサクとニンのふたりだけだったから、所管する省庁にメールでニンの不在について尋ねるまで一週間かかった。シサクはニンと違って実務が不得手だった。返答は「長期休暇」だった。

『ご本人から申請が出ております』

「いつまで？」

『さあ。これまでにプールされている有給休暇は二千日以上ですから、行使する権利はありますね』

最長で五年以上戻ってこない？　そんなバカな。

「何らかの事故や犯罪に巻き込まれた可能性は？」

『そういった事案は確認されておりません』

ニンの生体データは政府が把握し、移動にも決済にも体内のデバイスを用いるはずだから、システムに侵入して足取りを捕捉しようと試みたが、ブロックされた。ニン自身がアクセスを拒んで強固な障壁を構築しているのだと悟り、シサクは諦めざるを得なかった。強行突破したら取り返しのつかないことになるような気がした。ニンは「帰る」と言ったのだから、帰ってくる。そう自分に言い聞かせてひとりで暮らした。ニンが約束を違えたことなどなかったし、自分たちは家族以上にずっと一緒だったのだから。新しい研究テーマを見つけて熱中すれば五年なんてまたたく間に過ぎ去るだろうと期待し、太陽熱推進ロケットや海底都市の建造に関わるいくつかの課題に取り組んだ。でも、ニンのサポートがないと思うようにいかなかった。

カレンダーをじりじりと塗りつぶすだけのような空しい二千日が過ぎてもニンは戻ってこなかった。そんな予感はしてたんだよ、どこか冷静にシサクは思う。冷静ではあっても、ニンの行方を探す踏んぎりはつかない。

怖かった。ニンはどこかで死んでいるかもしれない、本気で足取りを探ってもどこかで行き詰まるかもしれない。どこかで、シサクのいない日常を楽しんでいるのかもしれない。誰もシサクに「探しなよ」と促してくれなかったし、リピカは生死もわからない。ニンの不在がどんどん積み重なっていく。どうしていなくなってしまったんだろう、何度考えても正解に辿り着けない、どころか有力な説さえ思い浮かばなかった。不慮の出来事か、初めて出かけたカフェで何かまずいことを言ってしまったのか、いや始めからいなくなると決めていて外に誘ったのか、どの可能性にも確証が得られない。

じゃあ、逆のことを考えよう。発想の転換だ。どうすればニンは戻ってきてくれるのか。ここを、戻ってきたくなる場所にする。たとえば地上にガラスのドームを造り、ふんだんに「自然」を取り入れられるような構造に、あるいは一緒に育った施設そっくりのデザインに。ベリーのムースは二週間に一回、デミタスカップ一杯ぶんくらいでいい……その考えもすぐに行き詰まった。ニンが好きなこと、喜びそうなことを思いつかなかった。八十年近くも傍にいたのに何も知らない自分に驚いた。

さらに二千日の月日が流れる。シサクは世界各地のライブカメラをはしごした。ばったりニンを見つける確率を頭の中で計算しながら、あてどなく見知らぬ街を山を海を、放浪した。

ある日、古めかしい石畳の路上で結婚式を挙げているカップルを発見した。故郷の旧市街の街並みに似ていた。真っ白いタキシードを着たふたりの新郎が腕を組み、歓声と拍手の輪に包まれている。ブーケを持つ左側の男はどことなくニンに似ていると思った。研究所の外で「汚染」された水を飲んでいれば、ニンもBL化してどこかで男と結ばれていたっておかしくない。体内に蓄積され、作用するには十分な時間が流れた。

そうか、だから戻ってこないのかもしれないな。もしかするともう二度と。

（胸が痛む？）

想像のニンが問いかける。シサクは心の中で答える。内臓がすかすかになって、代わりに氷を詰め込まれたような気分だ。でも、胸は痛まないよ。

世界BL化計画から百年経った。シサクひとりの企みによって転換した世界は、転換したまま続いていた。いなくなった時と同じく、唐突にニンは帰ってきた。

「顔認証のシステムは優秀だね。ちゃんと僕だとわかってくれた」

それがニンの第一声だった。ニンは年老いていた。加齢に抗う治療を放棄したのか、髪は真っ白で顔じゅう波打つような皺が刻まれていた。若い姿のまま死を迎えるのが当たり前になっていたので、こんなにも生々しく「老い」を突きつけられてショックを受けた。最後に見たリピカの姿がよみがえる。そういえば、彼女のことを思い出すのは久しぶりだった。

「肉体のメンテもせずに何をやってた」

シサクはうろたえ、責めるように言った。何十年ぶりかに会うのにこの台詞はない、と思ったが後の祭りだ。

「いや、話は後だ。取り替えよう。新しい身体に脳を移すほうが早いな。すぐに手続きを」

「いいんだ」

ニンはシサクの言葉をやわらかく遮った。

「それより僕は、君にふたつ謝らなきゃいけないことがある」

突然の失踪と長い不在についてだと思った。けれど違った。

「まず、リピカが存在しない人間なのを黙ってた。ごめんね」

「は？」

ニンはシサクの前をのろのろ横切り（もう、そんなふうにしか動けないのだろう）、いつも使っていたリクライニングチェアにかけると、脂っ気のまるでない、かすかすした声で話し始める。

「彼女は架空の人格だった。それらしく設定された姿かたちがモニターに映ってただけ。あの施設で、僕たちに『淡い初恋』っていう通過儀礼を体験させるための張りぼて。明るく聡明で、美人すぎず、時には年上らしい教養や威厳も見せる。温室育ちの頭でっかちが惚れるよう考え抜かれて構築された嘘の女。僕は何となく気づいてたから、国がごたごたし始めた時、リピカのＡＩを管理してた技術者から権限を譲り受けた。国際裁判で有利になるよう証言するって条件つきでね」

「何でそんなことを」

「きみが彼女を好きだったから」

「理由になってない。もっと早く教えてくれるか、いっそずっと騙してくれればよかったじゃないか」

ニンはリクライニングをいっぱいに倒してほぼ水平に近い体勢になるとシサクを見つめ、ほほ笑んだ。瞳は澄んだままだった。少年の頃の面影が水彩画のようににじみ、溶け出していく。

「シサクを見てると胸が痛かったよ」とニンは言った。「ずっと……誰にも言えなかった。わかるだろ？　あの『家』では同性愛なんて異常者扱いだった。そんなことを悟られたらすぐさま収容所送りにされかねない。リピカに惹かれていくきみは滑稽で、かわいそうで、何も言えなかった。反面、間抜けなやつだときみを嗤ってもいた。そうしたらもっと胸が痛かった。リピカにBL好きっていう属性を付与したのは、まあ、ちょっとした出来心だったけど、きみはすんなり受け入れて、リピカを好きなままだった。その素直さが嬉しかったし、僕の痛みに気づくそぶりもない鈍感さが憎らしかった……言っとくけど、リピカがきみを振るように仕向けたわけじゃないよ。教え子に恋愛感情を抱かないっていうのは模擬人格の絶対的なルールだから。まさかあんなことになるとはね」

リピカの生涯を終わらせ、シサクを置いて旅に出ることは、以前から決めていたのだという。シサクはもう一度「何でそんなことを」と問わずにいられなかった。だって、リピカがいなくなったら俺にはいよいよニンしかいない。それこそ、お前の望むところじゃなかったのか。

「きみの心臓が痛むかと思って」

ニンは答えた。「だから、保管されてたシサクの心臓を持ち出して自分に移植した。ごめんね。これがふたつめの謝罪。ひとりで、僕がいなくて、きみの心臓が、僕の胸が痛んだら、きみが僕を思ってるって兆しが得られたら、帰るつもりだった。でも自分の心臓が痛んでたようには痛まないんだ。シサクは平気でいるんだなと思った」

「バカじゃないのか」

俺がどんなに心配したか。思わず声を荒らげると「わかってる」と苦笑が返ってきた。

「きみに比べたら全人類バカだよ」

「そういう意味じゃない。ちくしょう、俺はすごく腹が立ってる。お前と、それから自分自身に」

自分の間抜けさに、愚かさに、鈍感さに、残酷さに、幼さに。As Slow As Possible ではいけなかったのだ。

「悪いと思ってるよ、だから結局こうして戻ってきただろう？　投薬はいろいろしたけど、さすがに肉体の限界だ」

「悪いと思うなら今死ぬな」

「いろんな街をさまよったよ」

ニンの瞳が、魂が、天体のように遠ざかる。

「ごく普通に男同士が愛し合って、憎み合って、出会って別れて生きてた。きみがつくった嘘っぱちの世界だ。でも美しかった。世界がはなからこんなふうだったら、僕はもっと早く、ちゃんときみに伝えられたのかなと想像した。美しくて、僕はどんどん寂しくなった」

シサク。目の前に横たわっているのに、なぜかその声が天から降ってくるみたいに聞こえる。

「手のひらを貸して」

「いやだ」

「頼むよ」

シサクは断れなかった。だってニンはたったひとりの助手だから。自分のなめらかな手のひら、つややかな爪とまっすぐな指、変わらない姿かたちをなぜか恥ずかしく感じた。ミイラのように干からびたニンの指が、ふるえながら、懐かしいふたりだけの暗号を書く。

(さよなら、僕の心臓)

頼りない筆跡が切っ先に変わり、シサクの心臓を刺す。いたい、と洩らした時、ニンはすでに息をしていなかった。


シサクはひとりで旅に出ることにした。研究所に保管してあるニンの細胞からクローンをつくるという誘惑に何度も駆られ、そのたび、もうこの世にいないニンが「そういうことじゃないんだよ」とシサクをたしなめた。でも、ひとりぼっちでいると誘惑に負けてしまうかもしれない。だからここを出て、歩く。ハルバーシュタットまでは地続きだからいつか辿り着けるだろう。最後の和音まであと五百年以上ある、As Slow As Possible で構わない。世界を見るのだ。

ニンの嘘によってシサクがつくった美しい嘘《Beautiful Lie》の世界。

ＢＬＳＦ宣言：ＢＬＳＦはひとつのジャンルである

文筆家
水上《みずかみ》　文《あや》

なぜＢＬとＳＦなのか？　ＢＬＳＦとはいったい何なのだろう？

ＳＦマガジン「ＢＬとＳＦ」特集（二〇二二年四月号及び二〇二四年四月号）をもとに編まれた本アンソロジーを手にとるにあたって、そんな疑問を抱いた読者もいるだろう。

だからここでは、一見すれば唐突にも思える二つのジャンルの結びつきについて探ってみたい。それによって私は、ＢＬＳＦがこの一冊に限られるものではなく、今後さらなる展開を見る可能性を持ったひとつのジャンルであることを、ぜひとも示したいと思うのだ。

ジェンダーをめぐる思考実験としてのＢＬＳＦ

そもそもBLとは何か?

BL(ボーイズラブ)とは歴史的に、書き手にも読み手にも女性が多く存在している、男性同士の恋愛/性愛を描く物語のジャンルを指す言葉である。BLのファンダムに当初から当事者や女性ではない人も存在していたことは事実だが、このジャンルがまずもって「女性向け」とみなされてきたことは重要だ。なぜならこの歴史性こそ、ある意味でBLとSFを結び付けているものでもあるのだから。

というのも、現在BLと呼ばれているジャンルの前身のひとつは、一九七〇年代の少女漫画における「少年愛」なのである。物語の中心人物が女性であることを期待される少女漫画において少年同士の性愛を主題にした物語が描かれ、少女たちの人気を博したこと。BLの起源はそこにあるのだ。そして少年愛人気の理由としてしばしば指摘されるのは、少年愛が「少女」であることをめぐる女性嫌悪やジェンダー規範、性に対する忌避感からの解放をもたらした、ということである。少年に仮託することによって初めて可能になるものがあったからこそ、少年愛は人気を博したのだと。

少年愛の出現以降、いわゆる「女性向け」の男性同士の性愛を描く物語群はひとつのジャンルとして発展を遂げていく。とりわけ八〇年代、ジャンルの発展に寄与したのは同人誌文化である。**高河ゆん「ナイトフォールと悪魔さん　0話」**はSFマガジン「BLとSF」特集2の表紙を飾った二人の物語であり、もとは同人誌で発表されたものだが、八〇年代に同人作家としてその経歴をスタートし今なお同人活動を続ける著者は、まさしくこうした歴史の生き証人なのである。そして同人文化で花開いたこのジャンルは、九〇年代以降、BLという言葉とジャンルの確立に至り、現在ではさらなる多様化を経て発展し続けている。なお**吟鳥子「Habitable にして Congnizable な領域で」**は、ジャンルの歴史的変遷とその問題点の概略を、男性同士のカップルの人生と重ね合わせながら描き出すものだ。

　藤本由香里はこうしたBLの歴史的展開について、少年愛は現実のジェンダーをめぐる抑圧から逃れるための装置として生まれたが、いったんその装置が生まれると、それは読者が「ジェンダーを遊ぶ」ことを可能にしたのだ、と指摘している。[注] BLのバリエーションの豊かさは、男性同士であるという一点をもとにあらゆるジェンダー的要素や権力関係を組み合わせる、そんなジェンダーをめぐる思考実験としても考えられるのだと。

注　cf．藤本由香里（２００７）「少年愛／やおい・BL」『ユリイカ　総特集：BLスタディーズ』２００７年12月臨時増刊号、青土社この種の想像力は、SFジャンルとも無縁ではあり得ない。

なにしろ元祖SF小説ともみなされる一八一八年のメアリー・シェリーによる『フランケンシュタイン』は、まさしくジェンダーをめぐる思考実験であり、BL的想像力の萌芽を読み込めるものでもあるからだ。参政権をはじめ、あらゆる公的権利を奪われていた時代に生きた女性である著者が描き出したのは、男性たちの物語だった。科学者である青年フランケンシュタインが、性別二元論／異性愛を基盤にした通常想定される生殖とは異なる仕方で生命を生み出すことを試み、怪物を誕生させてしまう。物語は、数多《あまた》のフェミニズム批評を生むと共に、青年と怪物の関係を同性愛的なものとみなす読み方も可能にしてきた。たとえば怪物の存在を必死に否定しようとする青年フランケンシュタインは、同性愛的欲望の否認の形象として読むことも出来るのである。要するにBLとSFという二つの言葉の結びつきは、各ジャンルの歴史と根本に孕まれた想像力に関わるものなのだ。

フランケンシュタイン的想像力の行方

では、フランケンシュタイン的想像力は現在どこへ行ったのだろう？

答えのひとつはもしかしたら、近年のＢＬジャンルで流行しているオメガバースにあるのかもしれない。オメガバースとは、既存の性別二元論とは別の性別――バース性――が存在し、また男性の妊娠・出産が自明視される世界観を描く設定である。物語によって細かな設定は異なるものの、異性愛に基づかない生殖と同性愛の普遍化は共通している。別の仕方での生殖への想像力は、今やオメガバースとして頻繁に描かれているのだ。

たとえば**樋口美沙緒「一億年先にきみがいても」**は、オメガバースＢＬであると同時に、地球を離脱した後、様々な種族となり生き延びている人類の子孫を描く物語だ。オメガバース設定はもともと運命的な恋愛を描くことに長けたものだが、本作はそこに、地球離脱後の人類の子孫の存亡という、壮大なＳＦドラマをも付与している。死してなお再び巡り合う二人、滅亡に抗う愛という、この上なくロマンティックなＢＬＳＦである。

おにぎり１０００米「運命のセミあるいはまなざしの帝国」もまた、オメガバースという言葉こそ使われていないものの、性別二元論／異性愛とは異なる生殖が可能な人々を描いているという意味で、近しい場所にあるだろう。オメガバースに類するＢＬ作品は、バース性による階級社会や被差別属性としての「産む性」を描くことで、現実の性をめぐる抑圧を照射することがままある。恋愛よりはむしろ性的にマイノリティとして生きざるを得ない人々の悲哀に焦点を当てる本作は、こうした現実批評としての側面も持つものだろう。

実際、オメガバースBLを現実から切り離された設定としてのみみなすことには危険がつきまとう。性別二元論や異性愛に基づいていない生殖は、現実にすでに存在している——生殖補助医療を利用する同性カップル、トランス男性の妊娠など——からだ。

その点、**琴柱遥「風が吹く日を待っている」**は、人類学的な彩りによってオメガバースと現実を明確に接続する作品である。本作はオメガバース設定を人類学的に肉付けし、オメガバースの発見とそれに伴う社会の変容を描き出す。本作では性別二元論／異性愛を絶対視する西洋近代の視野から外れる人々と文化が描かれるが、その語り口は、まさに人類学が見出す非西洋圏のクィアな人々——タイのガトゥーイ、北米先住民におけるトゥースピリットなど——に対するものと響き合う。オメガバースBLと植民地主義を接続する本作は、BLSF的想像力の批評性を知らしめる一作なのである。

いずれにせよ、生殖をめぐる問題はBLSF的想像力の中心を形作っている。

そしてこの問題を独特の仕方で描き出す作品こそ、**木原音瀬「断」**である。突如として精子の死滅する音が聴こえるようになってしまった人物を主人公とする本作は、恋愛とも性欲ともつかない男性同士の性関係を描く。主人公はある男と性的関係を持つが、それはただ精子の死滅する音を聞きたくないがために過ぎないのだ。本作は異変の原因に宇宙人による人類の「種の断絶」を仄めかすことで、ＢＬＳＦに仕立て上げている。しかし主人公を追い詰めるその音は、異性愛者として生きてきた男性が同性愛に抱く恐れ――生殖に至らない性関係への欲望と否認――を象徴してもいるようにも思えるものだ。ならば怪物を必死に否定する青年フランケンシュタインの現在形は、まさにここにあるのかもしれない。

多様なる可能性としてのＢＬＳＦ

とはいえもちろん、ＢＬＳＦは生殖をめぐる問題にのみ限定されるものではない。たとえば**吉上亮「聖歌隊」**は、歌を武器として海からやってくる敵と戦う唱年《しょうねん》と、彼らに付き従う巨人の枯枝を描く、神話にも似た趣を持つファンタジックな作品だ。戦闘の果てに死ぬことを称揚される中で生きる彼らの悲哀、そして繰り返し生まれ変わりながらも再び出会う運命的なその二人の関係が、本作では描かれる。ＢＬとはいかなる舞台設定であっても、男性同士でありさえすれば成り立つのである。ＢＬＳＦの多様さを物語る一作だ。

そしてこの自由度の高さはそのまま、BLとSFが掛け合わさることで増幅される。BLとSF各ジャンルが持つ豊かさは相互に作用し、BLSFを一層多彩なものにしているのだ。例をあげよう。**榎田尤利「聖域《サンクチュアリ》」**は、老いも暴力も排された未来を舞台に、痛みを、そして愛を求める様を描く作品だ。主人公は、高度に発展した技術によって痛みから遠ざけられ、生きた実感を得られずにいる。そんな彼のもとに男性型ヒューマノイドがやってきて、彼は恋に落ちるのだ。アイザック・アシモフによるロボット三原則を基底としながら模索される男性同士の恋愛は、合理性を超えた代替不可能な愛というBLの核心といって差し支えない主題への追求に帰結し、BLとSFの交わる場所を描き出すのである。

尾上与一「テセウスを殺す」もまた、SF的思考実験とBLを掛け合わせた、切なくもスリリングな作品だ。物語は、人間の意識がネットワーク上の情報から再構築できるようになり、肉体から別の肉体への移行が可能になった近未来を舞台にして展開される。肉体の同一性が問題にならないばかりか、意識もデータ化され書き換え得るなかで、人はいかにしてその人たり得るのだろうか。そんな問いかけは本作において、男性たちの愛の問題に接続される。BLジャンルは歴史的に肉体に還元されない「個」への愛を追求してきたが、本作はまさにその主題を、文字通り意志と肉体をめぐるSFとして展開させたのだ。

なおＢＬＳＦは、各ジャンルの「お約束」の相互作用によってももたらされる。

たとえば**小川一水「二人しかいない！」**は、いわゆる「セックスしないと出られない部屋」をＳＦ的に仕立て上げた一作である。セックスしなければ出ることの出来ない部屋に突如閉じ込められてしまう、という設定は、説明を省き性描写に至れるその手軽さから、ＢＬ二次創作においてしばしば活用されるものである。本作は、そんな「部屋」を異星人による誘拐下でのサバイバルゲームとして描き出し、古典的ＳＦとＢＬを融合せしめるのである。あるいは**竹田人造「ラブラブ☆ラフトーク」**は、あらゆる物事に対して望ましい選択肢を提供してくれる対話型個人推薦システム『ラフトーク』が流通している世界を舞台に、平成期のＢＬを彷彿とさせる、富豪の攻めと彼に振り回される平凡な受けを描く作品だ。いかにもＳＦ的な科学技術の進展した世界の設定が、ＢＬの根本的主題たる「究極の愛」を演出するがためにこそ機能する、まさにＢＬＳＦである。

そして**一穂ミチ「ＢＬ」**は、まさしく直球のタイトルを掲げるにふさわしい、ＢＬとはそもそもなんであったのかをＳＦ的に思考する作品だ。それはボーイズラブを愛する女性に恋をした青年が、「男は男しか好きにならないように」世界を作り変えてしまうという物語である。女性の夢想に端を発するＢＬは、確かに「美しい嘘」の世界でもあった。本作はそんなＢＬジャンルが根本に孕む危うさをＳＦによって巧みに表現したうえで、なおもＢＬであることを手放さない。ＳＦジャンルが持つ豊かな蓄積の数々が、ＢＬというジャンルを捉え直すうえで極めて有用であることを、本作は指し示しているだろう。

と同時に、今ある社会とは異なる文化を持った未来を描くＳＦがなおも異性愛主義に囚われていることがままあったことを考えれば、ＢＬがＳＦにもたらす果実もまた大きいのだ。性は人間存在と社会の根幹に関わるものである。ＢＬが培ってきたジェンダーをめぐる思考実験が、ＳＦの想像力をさらに広げるだろうことは疑いえない。

要するにＢＬＳＦは、単にＳＦ的なＢＬやＢＬ的なＳＦが存在することに留まらない。それはひとつのジャンルとして存在するに足る必然性と独自性を有するものであり、本書を皮切りに今後ますますの発展が望まれるものなのだ。だから私は、この文章を解説というよりむしろこう呼びたい——ＢＬＳＦ宣言、と。

初出一覧

一穂ミチ「ＢＬ」
小川一水「二人しかいない！」
吟鳥子「Habitable にして Cognizable な領域で」
琴柱 遥「風が吹く日を待っている」
木原音瀬「断」
……〈ＳＦマガジン〉2022年4月号

榎田尤利「聖域《サンクチュアリ》」
尾上与一「テセウスを殺す」
竹田人造「ラブラブ☆ラフトーク」
樋口美沙緒「一億年先にきみがいても」
……〈ＳＦマガジン〉2024年4月号

高河ゆん「ナイトフォールと悪魔さん　0話」
……〈品川ナンバーだ！　大島ワーケーション日記〉（同人誌、2024年刊）

おにぎり１０００米「運命のセミあるいはまなざしの帝国」
吉上 亮「聖歌隊」
……本書書き下ろし

HM=Hayakawa Mystery
SF=Science Fiction
JA=Japanese Author
NV=Novel
NF=Nonfiction
FT=Fantasy

恋《こい》する星屑《ほしくず》
ＢＬＳＦアンソロジー

〈JA1582〉

二〇二四年十月 二十 日 印刷
二〇二四年十月二十五日 発行
（定価はカバーに表示してあります）

編者 ＳＦマガジン編集部
発行者 早川 浩
印刷者 西村文孝
発行所 株式会社 早川書房
郵便番号 一〇一 - 〇〇四六
東京都千代田区神田多町二ノ二
電話 〇三 - 三二五二 - 三一一一
振替 〇〇一六〇 - 三 - 四七七九九
https://www.hayakawa-online.co.jp

乱丁・落丁本は小社制作部宛お送り下さい。
送料小社負担にてお取りかえいたします。

印刷・精文堂印刷株式会社　製本・株式会社明光社
Printed and bound in Japan
ISBN978-4-15-031582-5 C0193

本書は活字が大きく読みやすい〈トールサイズ〉です。